KB267270

2005 허난설헌

을유명당도(乙酉明堂圖)

오원배
동국대학교 미술학과 졸업
파리국립미술학교 수료
제9회 이중섭 미술상 수상
프랑스예술원 회화 3등상 수상
현재 동국대학교 미술학부 교수

문학지리 · 한국인의 심상공간

국내편 1

문학지리 · 한국인의 심상공간

문학지리 · 한국인의 심상공간 ❸ 국내편 1

지은이 김태준 외

초판1쇄 인쇄 2005년 6월 10일

초판1쇄 발행 2005년 6월 20일

펴낸곳 논형

펴낸이 소재두

편집 디자인공 이명림

표지디자인 디자인공 이명림

등록번호 제2003-000019호

등록일자 2003년 3월 5일

주소 서울시 관악구 봉천2동 7-78 한림토이프라자 6층

전화 02-887-3561 **팩스** 02-886-4600

ISBN 89-90618-10-X 94810
ISBN 89-90618-13-4 94810(세트)

가격 19,000원

문학지리 · 한국인의 심상공간

국내편 1

그곳이 차마 꿈엔들 잊힐리야

-문학지리학을 위하여-

1.

사람에게 고향이 있듯이 문학에도 고향이 있다. 내 고향이 〈장연〉이라면 《춘향전》의 고향은 남원이고, 민요 〈아리랑〉의 고향은 한민족의 마음이다. 고향은 땅이다. 땅은 사람이 태어나고 살아가는 공간이며, 걸어가는 길이다. 그것은 '자리[空間]'이며, '지리(地理)'이다. 이 자리와 지리를 얻어서 문학은 자기의 세계를 해석하고, 무한한 우주와 호흡한다. 지리는 '내'가 선 이 자리[實地]에서 가장 현실적이다. 그것은 사실의 땅이며 사건의 현장이다. 고향, 시골, 지방과 국토, 바다와 자연 환경, 동서와 남북, 세계와 우주, 길과 지도(地圖) 등등 문학의 공간과 주제에서 학문의 새로운 가능성으로, 문학지리는 심상공간(心象空間)에 이른다.

땅은 사람이 살아왔고 살고 있으며 살아가야 할 삶의 터전이다. 민족의 정서와 문화와 사상이 살아 숨 쉬는 그곳이 나라 땅[國土]이며, 이런 나라 땅들이 세계를 이루고, 〈그곳〉에서 우리는 꿋꿋이 살아가는 사람과 만나고 역사를 이어가는 문학의 주인공들과 만난다. 이 땅에 정착하여 땅을 일구는 사람들, 국토를 유람하고 순례하는 사람들, 국경을 넘어 해외를 체험하는 사람들, 절도(絶島)와 벽지(僻地)에 유배되고 타국에 유랑하여 떠도는 사람들, 혹은 한국의 꿈을 안고 몰려오는 외국인 노동자들. 우리 국토와 해외의 땅에 수없이 각인된 사람들의 숨결은 더 나은 삶을 향한 간절한 염원을 이 땅에서 실현하고 문학에 염원을 담는다. 이러한 삶의 현장에서 자갸의 숨결을 확인하는 일이야말로 참 문학이며, 이야말로 실지(實地)의 학문이라 할 수 있다.

〈문학지리〉에 대한 성찰은 우리의 삶에 대한 성찰인 동시에, 우리 학문에 대한 성찰이다. 〈문학지리〉는 우리의 문학과 학문의 다양한 층위에서 이 공간, 곧 지리에 대한 관심으로 탈근대의 유용한 경험과 인문학적 대안을 지향한다. 세계화의 시대는 동질성이 강조되고 역사적 인식이 판을 치기 마련이다. 큰 나라, 큰 도시가 큰 소리를 내고 다수결이 민주주의의 원리가 된다. 그러나 이제 민주주의는 소수자의 소외현상을 다수의 횡포로부터 보호하는 것이야말로 민주주의의 원리라고 말하게 되었고, 정치도 사회도 지방 자치를 중시하게 되었다. 특히나 도시 중심·문명 중심주의에서 지방, 자연, 환경의 지리적 중요성이 일차적 관심으로 강조되기에 이르렀다. 지방과 내 나라가 빠진 세계화는 공염불이다. 이런 지리적 관심은 바로 우리의 삶[生命]의 문제에서 생태사상으로 이어갈 수 있다.

〈문학지리〉는 시대나 장르를 넘어, 보이는 삶의 지역적 경험과 태도, 그 일관성과 타당성을 점검하고, 인문정신의 지역적 정체성과 자연지리적 관심에서 "북의 소월(素月)과 남의 목월(木月)"이 비교될 수 있고 (정지용, 〈목월을 추천한 말〉, 《문장》1940. 9월), 19세기 동아시아의 암울한 정치 현실에서 "중국의 손문(孫文)과 조선의 신규식(申奎植)"이라는 자리매김이 나올 수 있다(홍기삼, 〈재외 한국인의 문학〉). 혹은 "하느님이 천지를 창조하신 여섯 날 중 마지막 하루는 금강산을 만드는데 보내셨을 것이다"는 스웨덴 국왕 구스타브의 산천 이해가 나올 수도 있다(박성순, 〈금강산론〉). 그리하여 우리는 노신(魯迅)의 소설 《고향》의 유명한 마지막 구절에서 '희망'과 '지상의 길'의 자리를 바꾸어 이렇게 말할 수 있을 것이다.

> "길은 희망과 같아서 본래 있는 것도 없는 것도 아니며, 단지 그것의 실현을 추구하는 사람에게**만** 생겨나는 실천적이고 불확정적이며 미래적인 것이다"

2.

　《문학지리·한국인의 심상공간》은 범박하게 〈문학〉과 〈지리〉를 결합한 개념으로, 〈한국문학지리학 어떻게 할 것인가?〉(조동일)라는 체계론에서부터 지리학자들의 〈문학지리〉적 축적과, 글쓴이들 각각의 지리적 체험의 실험적 글쓰기로 이루어졌다. 오늘날 학문의 학제적 분위기는 물론, 한국인의 심상지리라는 시각에서 사회학자 조은 교수의 체험적 에세이 〈기억으로 만나는 광주〉와, 지리학자 오홍섭 교수의 본격적 〈한라산〉론이며, 일본의 문화학자 노자키 미츠히코 교수의 〈한국의 유토피아〉에 이르기까지 글쓰기 방식은 다양하다. 게다가 일찍이 발표된 지리학 쪽의 글을 다시 싣도록 배려해 주신 이은숙 교수와 김종혁 교수의 호의는 문학과 지리학의 경계를 넘는 만남으로 기억될 것이다. 그러나 〈문학지리〉가 인문학의 대안으로 통합학문이기 위해서는 우리의 학문적 전통, 동양적 인문지리학의 창조적 계승으로 새로운 학문론의 성찰이 필요하다. 특히 《세종실록지리지》와 역대 시문의 문학적 총화로 《동문선(東

文選)》이 합쳐진 《동국여지승람》과 이중환(李重煥)의 《택리지(擇里志)》 등은 우리의 본격적 인문지리서로, 문학지리적 글쓰기의 한 모범이 된다. 일찍이 정익섭(丁益燮) 교수의 《호남가단연구》와 같은 선편도 기억할 만하다.

이 책이 동국대학교 한국문학연구소의 문학지리학 학술회의에서 계획되고 나의 정년퇴임에 맞추어 나오게 된 것을 뜻 깊게 생각한다. 80분에 이르는 선후배 동학 필자 여러분의 후의를 고마워하며, 각자 관련 지방을 여러 번 답사하고, 원고수정에 따르는 등 괴로움이 적지 않았으리라 믿는다. 〈천년 승지, 서울〉의 문학지리 원고뿐 아니라, 발간사를 함께 써서 명쾌한 방향을 보여주신 이혜순 교수와, 한국 사람의 심상지리를 그림으로 형상화해 주신 오원배 교수의 우의를 오래 기억하고자 한다. 방대한 원고의 계획에서 교정까지 박성순 김수연 두 분 선생의 노고가 컸고, 방대하고 까다로운 출판을 기한 안에 해 주신 〈논형〉의 소재두 사장께 고마운 인사를 드린다. 특히 인문지리와 동아시아학에 대한 열의가 남다른 소 사장이어서, 우리 인문학의 발전에 크게 이바지할 것으로 믿고 발전을 빌어 마지않는다.

광복 희년을 맞는 을유년 늦은 봄,

긴내[長淵] 김태준

철령 높은 봉에 쉬어 넘는 저 구름아

《동국여지승람》,《택리지》의 창조적 계승을 자부하는 《문학지리·한국인의 심상공간》 전 3권의 출간은 참으로 학계의 경사이다. 이러한 거창하고 힘든 작업을 기획하고 완성한 긴내 김태준 선생의 노고에 감사하면서 이 일에 동참해준 필진 여든 네 분 모두와 함께 그 기쁨을 나누고 싶다.

이 책은 김태준 선생의 정년을 기념하기 위한 뜻을 담아 간행된 것이지만, 실제로는 선생께서 그간 논문으로 또는 실지 답사로 후학들에게 여행의 의미를 이끌어주셨기에 이 어려운 작업이 가능했던 것이 아닌가 하는 생각이 든다. 김태준 선생은 일본 도쿄대학에서 비교 문학을 전공했으나 한일간의 문화 교류뿐만 아니라 한국과 중국이 만났던 연행 문학에 남다른 연구 성과를 보여 주신, 우리 학계에서 드물게 한국·중국·일본을 완벽하게 포괄한 동아시아적 시각을 구유하신 분이시다. 《한국 문학의 동아시아적 시각》1-18세기 연행의 비교 문학(1999), 2-한일 문학의 교류 양상(2000)과 같은 저서가 그 예이거니와, 박지원이 다녀온 열하를 포함해서 압록강을 건너 만주를 통과하여 북경에 이르는 연행로를 여러 번 직접 답사하기도 하셨다. 잘 알려진 것처럼 국문학계에서 아직 사행의 문화적 의미에 적극적인 관심을 보여 주기 이전부터 《여행과 체험의 문학》, 중국, 일본, 국내편 3권을 공편하시는 등, 한국문학사에서 대외, 대내적으로 여행자 문학이 갖는 의의를 분명하게 보여 주신 것도 선생의 업적이다.

문학지리학은 아직 우리 학계에서, 적어도 국문학계에서 그렇게 보편화되지 않은 영역이고 용어이기는 하지만, 16세기 《동국여지승람》을 편찬했던 문사들에 의해 이미 광범위한 문헌에 기초한 문학지리학적 접근이 시도된 것으로 볼 수 있다. 지리는 지구상의 위치, 지형, 기후, 생태, 역사, 또는 거주민 등의 측면에서 그 특성이 규정되고 있지만, 정서적, 심리적 또는 철학적, 미학적 숨결을 넣어 그 지역을 다시 살아나게 하는 것은 그곳이 문학 창조의 공간이 되거나, 그곳에서 태어나고, 감수성을 키우며 성장하고, 또는 생활하고 살던 작가의 존재가 아니겠는가.

이 책에서는 우리 국토 속의 민족이 "정착하여 땅을 일구는 사람들, 국토를 유람하고 순례하는 사람들, 국경을 넘어 해외를 체험하는 사람들, 유배되고 조국을 떠나 새 땅을 일구는 사람들, 우리 국토와 해외의 땅에 수없이 각인된 선인들"로 구성되었다고 본다. 이러한 의미에서 한국 문학지리의 연구는 바로 국문학이고, 지방 문학이며, 비교 문학이다. 좀 더 세분해서 말하면 기행 문학이고, 유배 문학이며, 이민 문학이고, 여행자 문학이기도 하다. 그렇기 때문에 그 동안 주로 정치 경제적 시각에서 규정되던 지역의 경중이 문학지리적 접근에 의하면 완전히 달라질 수 있다. 본서에서 국내 지역은 쉰 곳으로 분류되었는데, 산과 강, 섬을 포함하여 계산해 보면 각 지역이 비교적 고르게 망라되었다. 이것은 문학지리에 근거해 볼 때 기존의 지역 불균형이 크게 조절될 수 있음을 의미한다.

　예컨대 서울은 조선조 창건부터 현대까지 600년 이상 권력과 부의 집합지였고, 이것이 현재 행정 수도 이전을 둘러싼 해당 지역 간의 심각한 대립을 야기시킨 이유이지만, 문학지리의 시각에서 볼 때에 서울은 반드시 그러한 독점적 위치를 지니고 있는 것은 아니다. 서울은 벼슬을 바라던 이들에게는 임이 계신 선계일 수도 있으나 그렇지 않은 사람들에게는 대체로 티끌 세계이고 욕망의 도시일 뿐이다. 이에 비해 개경은 황진이가 삼절의 고장으로 자부하고, 〈이생규장전〉의 이생과 최랑의 사랑과 이별이 수놓아졌던 낭만의 도성이며, 이곳을 지나던 수많은 조선조 문사들의 회고의 정과 탄식이 쌓인 그리움의 고장이다. 험난하기만 한 마천령은 종성에 유배된 남편 유희춘을 찾아가며 삼종의 의리를 다짐하던 송덕봉 때문에 우리들 앞에 다시 생생하게 살아날 수 있고, 이항복의 "철령 높은 봉에 쉬어 넘는 저 구름아"라는 시조 속의 철령은 역사적 분쟁지로서의 상처를 넘어 광해군의 마음을 흔들어놓은 감동의 지역으로 재생된다. 김해나 강진 같은 곳은 더 이상 외롭고 쓸쓸한 유배지가 아니라 이제 학문·사상·문학의 배태지로서 경외심마저 일으키는 지역으로 각인되고 있다.

　이 책은 한국의 지리를 한반도에 국한하지 않고 만주는 물론 북경을 지나 러시아, 서구에까지 확장시킴으로서 과거의 물리적인 지형도를 완전히 바꾸어 놓았다. 여기에 한국인의 의식 또는 무의식 속의 심상공간까지 포함되었으니 그 지리는 시각적으로 물리적으로 측정될 수 없는 셈이다. 여행자 문학은 타자의 시각에서 본 여행지의 문물과 사람들을 그리고 있다는 점에서 한국인의 외국에 대한, 또는 외국인의 한국에 대한 숨겨진 의식을 드러내거니와, 따라서 《문학지리·한국인의 심상공간》은 한국문학사에서 대외 관계의 확대에 의해 이루어진 새로운 정신

사의 형성, 그리고 지속과 변모를 알려주는 매우 중요한 자료들을 제공
해 줄 수 있을 것이다.

　　나는 김태준 선생과 학문적 관심이 일치하고 연구 방향이 유사해서
늘 선생의 연구업적에 관심을 기울이고 그 성과에 많은 도움을 받아왔다.
이 책의 간행위원회에서 내게 발간사를 부탁했을 때, 외람된 줄 알면서도
그간의 업적을 기리고 싶은 간절한 마음 때문에 감히 이를 받아들였다.
금년 2월 학교를 떠나 이미 전야의 낙을 만끽하고 계신 선생과 폐쇄된 인
문학에 활기와 생명을 불어넣는 작업에 동참한 여러 연구자들의 앞날에
무한한 축복과 영광이 있기를 기원한다.

2005년 4월에, 이화여대에서

이혜순

8부 한국인의 심상공간

하국외편 차례

3부 그 밖의 지역

4부 외국인의 눈에 비친 한국

문학지리학, 어떻게 할 것인가?

조동일

1. 머리말

문학지리학의 새로운 모색이라는 것을 말하기 위해서 개념 정리가
시급하다. 이렇게 생각해서 문학지리학 개념도라는 것을 만들었다. 그것
을 가지고 이야기를 시작하겠다. '문학지리학'이란 말은 '문학역사학'
과 대칭된다고 생각한다. 문학역사학은 줄여서 문학사라고 한다. 그 둘
의 관계를 살펴보자.

세계(世界)란 말을 자주 쓰는데, 이는 불교 용어다. '세(世)'는 시
간이고 '계(界)'는 공간이다. 문학지리학은 '계'를, 문학역사학은 '세'
를 말한다. 우리가 사물을 인식할 때 공간적 인식과 시간적 인식이 있고,
학문에서도 공간적 인식을 담당하는 지리학과 시간적 인식을 담당하는
역사학이 양립하고 있다. 그런데 우리 경우에는 역사적인 이해에는 크게
힘쓰면서 지리적인 이해는 등한시한다. 도서관에도 서점에도 역사학 책
이 지리학 책보다 월등하게 많다.

역사학이 강세이고 지리학이 약세인 것이 우리나라 학문의 특징이

다. 그 이유가 무엇인지 찾으면 둘을 들 수 있다. 하나는 국토가 좁고, 지방의 다양성이 적은 점이다. 오랫동안 나라 안에서 지내오다 보니 바깥에 나가 하는 활동이 매우 적었다. 이것이 두 번째 이유이다. 그런데 이제 시대가 달라져서 한편으론 지방화 시대가 되고, 또 다른 한편으론 세계화 시대가 되었다. 내가 지금 계명대학교에서 하는 강의 제목이 "세계·지방화 시대의 한국학"이다.

지방화가 되면서 우리는 국토가 좁다고 하지 않고, 국토 안에 가지고 있는 지역적 특성과 문화의 다양성, 서로 다른 삶의 방식에 진지한 관심을 가지기 시작했다. 그런 작업을 문학지리학에서 맡아야 한다. 세계화 시대를 맞아 우리는 이 국토 안에서 우리끼리만 산다는 생각을 버리고, 이제 널리 교섭하면서 남들과 더불어 산다는 생각을 하게 된다. 이것 또한 문학지리학을 하도록 한다. 이제 역사학 못지 않게 지리학을 중요시해야 한다. 문학에서도 문학역사학과 문학지리학을 함께 연구하고 발전시켜야 한다.

문학지리학은 공간적 인식이고 문학역사학은 시간적 인식이라 한 것에, 또 하나의 차이점을 추가할 수 있다. 문학역사학은 개별적인 것을 예로 들어 총괄론을 펴고자 하지만, 문학지리학은 총론에서 각론으로 나아가 개별적인 것들을 그 자체로 이해하고 존중한다. 시간에서 공간, 총괄에서 개별화로 관심을 돌리는 것이 지방화, 세계화 시대가 요구하는 새로운 인식 방법이다. 이것이 문학지리학 연구의 기본 철학이 되어야 될 것이다.

문학지리학 발전에 전념하는 연구소도 있고 학회도 있어야 한다. 개개인의 작업에서도 새로운 기풍이 필요하다. 그렇다고 해서 문학역사학을 버리라는 것이 아니다. 둘의 균형을 취하는 것이 당연하다.

2. 문학지리학의 영역

지방 문학

문학지리학에 포함되는 영역은 어떤 것인가? 크게 둘이다. 하나는 지방 문학이고, 다른 하나는 여행 문학이다. 지방 문학은 어느 지방에 머물러 살면서 이룬 문학이다. 여행 문학은 다른 고장에 가서 견문한 바를 다룬 문학이다.

지방 문학은 우선 어느 고을의 문학이다. 고을의 크기에 따라 크게 나누어지기도 하고 작게 나누어지기도 한다. 제주 문학·영남 문학·호남 문학 같은 광역 지방 문학도 있고, 그 하위 단위의 개별 지방 문학도 있다. 광역 지방 문학뿐만 아니라 개별 지방 문학도 모두 소중하다. 자기 고장의 문학을 대단하게 여기는 것이 당연하다. 그런 가운데 강화 문학, 부안 문학, 남해 문학 등은 널리 주목할 만한 풍부한 전통과 소중한 가치를 자랑하고 있다.

지방 문학은 또한 특정한 산천에 관한 문학이기도 하다. 백두산, 금강산, 지리산 같은 산이나, 한강, 낙동강, 섬진강 같은 강을 두고 많은 작품이 창작되어 특별하게 거론할 만한 자료가 축적되었다. 범위를 좁히면 해인사·통도사 같은 사찰, 영남루·촉석루·식영정 같은 누정을 두고 이루어진 문학도 지방 문학의 하위 단위를 이룬다.

나는 《지방 문학 연구의 방향과 과제》(서울대학교출판부, 2003)에서 지방 문학에 관한 전반적인 고찰을 시도했다. 세계적인 추세가 지방 문학을 중요시하는 쪽으로 나아가고 있는 것을 먼저 고찰하고, 외국에서는 지방문학을 어떻게 연구하는지 살폈다. 인도·중국·미국 같이 큰 나라를 돌아보고, 독일·프랑스·일본 등과 같이 우리하고 비슷한 크기를 가진 나라도 다루었다. 국내에서는 지방 문학에 관한 논의가 어떻게 이루어졌는지 지방별로 고찰했다.

　지방 문학 가운데 제주 문학은 독자적인 특성이 뚜렷해 특별한 의의가 있다. 이미 많은 연구가 이루어지고, 아주 중요한 자료집이 출간되어 단연 앞선다. 그 다음이 호남이고, 영남이 뒤를 따른다. 서울 문학도 또한 지방 문학이다. 서울 문학을 고찰하는 작업을 서울시립대학교 서울학연구소에서 열의를 가지고 계속하고 있다.

　근래 각 지방 자치 단체에서 자기 지방의 역사와 문화를 이야기하면서 문학을 함께 다룬 간행물이 쏟아져 나오다시피 하고, 구비 문학의 현지 조사도 적지 않다. 그러나 연구의 수준은 아직 그리 높지 않아 검토와 비판이 필요하다. 자료를 모두 모으고, 연구 성과를 계속 점검하는 연구 기관이 있어야 한다.

　자료 열거에 그치지 않고 지방 문학사를 깊이 있게 고찰하는 것이 긴요한 과제이다. 문학사 연구의 새로운 방향을 제시하는 임무까지 감당해야 한다. 그런 작업을 온통 감당할 수는 없어 몇 가지 예시하는 데 그쳤다. 그 대목의 차례를 들면 다음과 같다.

제주 문학사의 연원	탐라국 건국 서사시를 찾아서
영남 문학사의 특성	인물 전설에 나타난 상하 관계 역전
호남 문학사의 맥락	남성 시가의 여성 화자
지리산 문학사의 영역	조식(曺植)의 시문에 나타난 지리산의 의미

　부제로 단 것에서 자세한 고찰을 시도했다. 제주 문학사의 경우를 들어보자. 전체적인 개괄을 하고, 그중에 한 부분 특별히 다룬 것은 제주도 서사무가 가운데 영웅 서사시 계열의 것이 건국 서사시로서 발현된 것일 가능성이 크다 하는 것을 구체적으로 다루었다.

지리산 문학에서 산천 문학 연구의 본보기를 마련했다. 백제 시대부터 시작해서 최근에 문제가 된 많은 대하 장편 소설에 이르기까지 지리산 문학의 면밀한 전개에 대해서 특별한 관심을 가질 필요가 있다 했다. 영남사림파가 등장하면서 남긴 시문을 구체적인 고찰의 예증으로 들고 조식(曺植)의 경우를 집중해서 살폈다.

지리산 문학뿐만 아니라 낙동강 문학도 소중한 의의가 있다. 2004년 3월 20일 부산에 있는 동아대학교에서 낙동강 문화에 대한 다년간의 종합적인 연구를 한다고 했다. 그 사업을 시작한다고 하는 학술회의에 참가해 낙동강 문학 연구의 과제와 방향에 관한 발표를 했다.

지방 문학의 특수 영역에 변새 문학(邊塞文學)이 있다. 지금은 국경이라고 하는 것을 옛사람들은 '변새'라고 했다. 압록강 두만강 가의 변새에 가서 험준한 산에 올라 멀리 중국 땅을 바라보면서 긴장감을 느끼고 기개를 펴는 변새 문학의 좋은 작품을 임제(林悌) 같은 사람이 남겼다. 현대 시인 유치환(柳致環)이 만주를 노래하는 시가 그런 기풍을 이었다.

여행 문학

문학지리학의 두 번째 큰 영역은 여행 문학이다. 지방 문학은 거기에 머물러 사는 사람들의 문학이고, 여행 문학은 지역을 옮겨 다니는 사람들의 문학이다. 지방 문학과 여행 문학은 서로 구별되기도 하고 겹치기도 한다. 여행 문학이라도 여러 사람이 어느 지방을 여행하고 이룩한 것들은 그 지방 문학에 포함시켜 함께 다룰 수 있다. 가령 제주 문학을 다룰 때 제주민의 제주 문학과 외지인의 제주 문학을 둘 다 들고 서로 비교해 고찰할 수 있다.

여행 문학은 다시 국내 여행 문학과 외국 여행 문학으로 크게 나눌 수 있다. 외국 여행 문학은 지방 문학과 전혀 겹치지 않는 독자적인 영역이다. 외국인이 한국 여행을 하고 남긴 문학도 함께 다루어야 한다. 그것은 우리가 보면 국내 여행 문학이고 작자 자신에게는 외국 여행 문학이다.

국내 여행 문학은 근대 이전의 것과 근대의 것이 다르다. 근대 이전의 것은 한문시문이 많고, 국문 작품은 대부분 가사이다. 한시문 여행 문학은 이제 연구되기 시작하는 단계이다. 가사는 기행 가사라고 일컫고 자료 수집과 연구에 힘써왔으나 아직 모자란다. 근대 이후의 국내 여행 문학은 최남선나 이광수의 국토 순례가 많이 이야기되고 있는데, 더 찾아내 다루어야 할 것이 많다.

외국 여행 문학에는 한국인의 외국 여행 문학도 있고, 외국인의 한국 여행 문학도 있다. 둘 다 여행한 사람이 누구이고 왜 여행을 했는가가 긴요하게 고찰해야 할 사항이다. 한국인의 외국 여행 문학 또한 근대 이전의 것과 다시 근대 이후의 것이 다르다. 근대 이전에는 외국 여행을 할 기회가 아주 적었다. 승려, 사신, 그리고 표류자가 외국에 갔다 와서 여행기를 남겼다.

승려의 여행기는 혜초(慧超)의 《왕오천축국전(往五天竺國傳)》이 우뚝하고, 그 뒤에는 이렇다 할 것이 없다. 사신의 외국 여행기는 중국 여정의 연행록(燕行錄)이 아주 많고, 일본 여정의 해사록(海槎錄)도 상당한 분량이다. 자료를 모으고 연구하고자 하는 노력이 많이 있었어도 아직 모자란다. 러시아 사람들이 만주로 들어왔을 때 청나라 정부의 요청으로 우리 군대가 출동한 것을 나선정벌(羅禪征伐)이라고 한다. 그때의 견문을 남긴 것이 근대 이전 한국인의 외국 여행 문학 가운데 아주 특별한 것이다.

외국인의 한국 여행기 가운데 근대 이전의 것은 드물고, 내용이 예사롭지 않다. 중국인과 일본인의 임진왜란 참전기가 있어 관심을 끈다. 서양인이 뜻하지 않게 왔다 가서 남긴 《하멜 표류기》 같은 것도 있다. 근대가 되면 일본인이나 서양 사람이 한국에 많이 와서 실정을 살피고, 진출의 기회를 노렸다. 외국인의 한국 여행기는 문학 작품으로 평가할 가치가 적고 한국인의 외국 여행기와 비교해 상호 인식을 위한 자료로 다루어야 할 것이다.

정리

이상에서 고찰한 바를 정리하면 문학지리학의 연구 대상은 다음과 같이 구분된다.

지방 문학	고을 문학	영남 문학, 호남 문학, 강화도 문학, 종로 문학 등
	산천 문학	금강산 문학, 지리산 문학, 한강 문학, 낙동강 문학 등
	사원 누정 문학	해인사 문학, 촉석루 문학, 식영정 문학 등
여행 문학	국내 여행 문학	한문학, 국문 문학, 근대 문학 등
	한국인 외국 여행 문학	승려, 사신, 표류자, 근대인 등
	외국인 한국 여행 문학	중국인, 일본인, 서양인 등

이것들을 한꺼번에 다 다룰 수 없어, 위에 든 것일수록 우선 순위가 앞선다고 할 수 있다. 그러나 전체의 판도를 알아야 하고, 장차 연구를 어떻게 진행해야 할 것인가 하는 계획을 갖추어야 한다. 지도를 손에 들고 길을 가는 것과 같다.

경기도, 《해좌승람(海左勝覽)》, 19세기 후반
출처_영남대학교 출판부, 《韓國의 옛地圖》, 1998.

1부

서울 · 경기

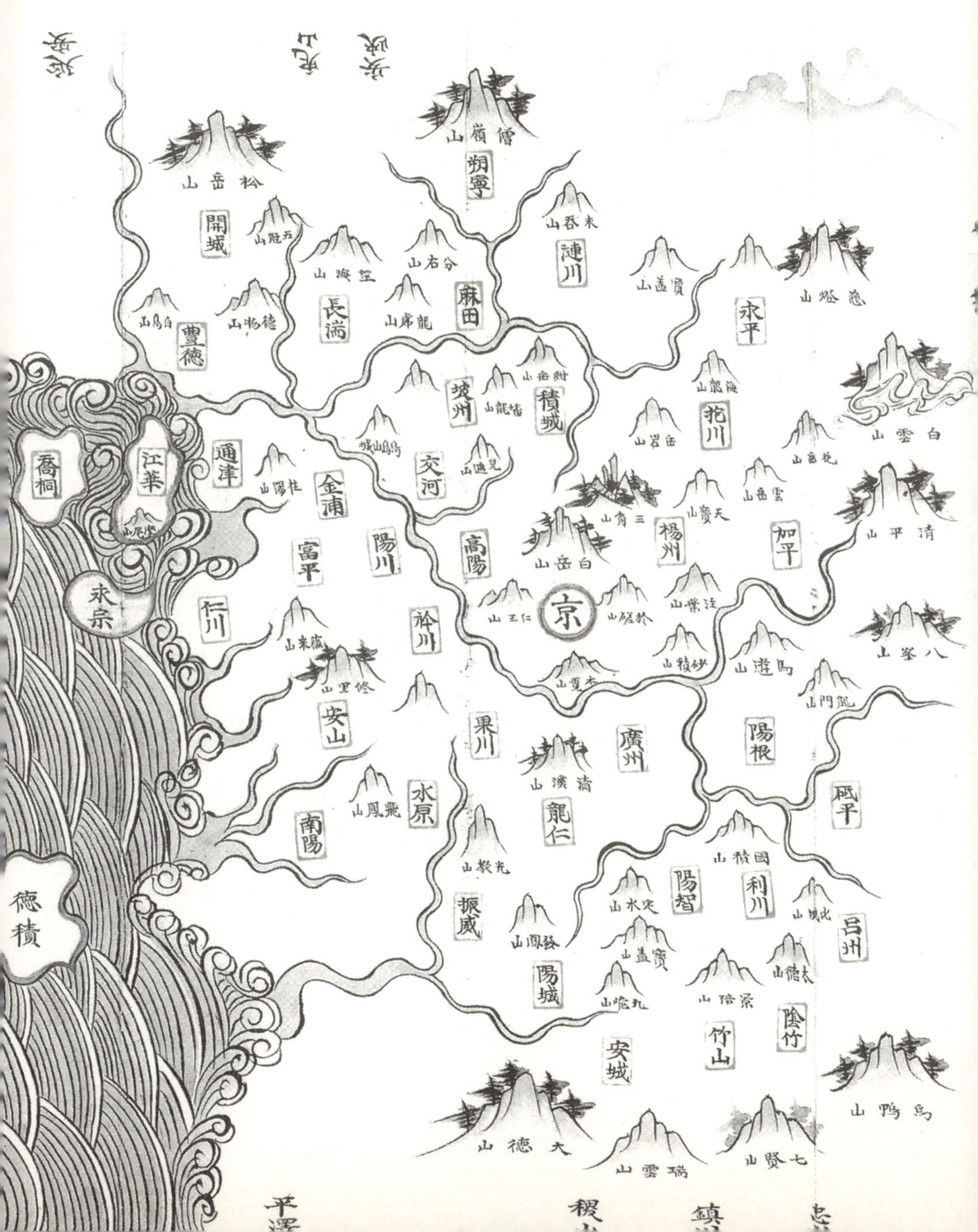

천년 승지
서울

이혜순

역사적으로 서울은 고구려의 북한산군(北漢山郡)이었는데, 백제의 온조왕이 빼앗아 성을 쌓았으며, 근초고왕 때 남한산으로부터 옮겨 도읍하였다. 신라에 귀속된 후 경덕왕이 한양군이라 고쳐 불렀고, 고려조에는 양주라 했다. 그 후 양주는 다시 남경으로 승격되어 서경·동경과 더불어 3경의 하나가 되었으나, 충렬왕 때 한양부라 고쳐 부른 것을 보면 이 때에는 그 위상이 격하되었던 듯 하다. 태조가 조선을 건국한 후 개경에서 한양으로 도읍을 옮겨 500년 조선조의 서울이 되었고 일본 강점기를 거쳐 대한민국의 수도로 600년의 전통과 역사를 축적했다.

조선 초에는 한성부가 왕조 권력의 중심지로서 왕실 인물들과 고위 관료들의 주거지로서 번영했기 때문에 일반 민중들은 그 핵심에서 비켜 있었다. 건국 이후 2세기 동안 서울은 수도로서의 틀이 잡혔으나 임진 병자의 난으로 심한 병화를 입게 되었다. 왜적이 물러난 직후 서울에 돌아온 권필은 "천리 산하, 전쟁으로 피에 물드니, 백년 성궐, 황폐해졌구나" 〈적퇴종입경(賊退從入京)〉라고 탄식했고, 17세기 후반에서 18세기 전반에 활동했던 홍세태는 불에 탄 경복궁의 이끼 낀 주춧돌과 궁원 가득한 잡초로 황폐해진 모습을 보면서 태평세월 한번 잃으면 끝내 다시 얻기 어렵다는 절망적인 감회를 피력했다〈과경복궁유감(過景福宮有感)〉. 궁궐은 조선의 권위와 영광의 상징이어서 외국 군대에 의한 궁궐의 훼손은 조선의 지식인들에게 헤아릴 수 없는 절망감과 치유하기 힘든 상처를 남긴 것이다.

이러한 전란의 피해는 17세기 후반에 이르러서야 점차 복구되면서 새로운 전환기를 맞게 되었고, 18세기 후반에 들어가면서 한성부의 도시적 양상이나 성격에 큰 변화가 나타났다. 박제가는 〈성시전도시(城市全圖詩)〉에서 특히 시장의 혼잡과 물산의 풍성함을 묘사했다.

    …… 이현 종루 철패

    이 곧 도성의 삼대 저자라

    모든 장인(匠人) 거업(居業)하니 사람 몰려 혼잡하고

    온갖 화물 이득 쫓아 수레가 연이어 가네

    봉황성의 융모자 연경의 비단……

시장에는 교역에 참여하는 사람들과 화물을 담은 수레로 붐볐으며, 물품 중에는 북경(北京)에서 들여온 중국의 상품뿐 아니라 일본에서 수입한 물품도 진열되어 성황을 이루었다고 했다.[1]

이처럼 18세기 말엽 이후 19세기에 접어드는 시기에 서울의 도시적 양상은 임진왜란 이전과는 비교가 안 될 정도로 크게 변화했고, 다시 19세기 후기에 이르러 열강의 진출로 또다시 새로운 전기를 맞게 되었다. 19세기 중엽 한성부의 인구는 20만 3901명(1835)으로, 개국 초기와는 달리 한성부의 주민들 중 상공업에 속하는 인구와 그 가족이 상당히 많았던 것으로 보인

[1] 이 글에서 인용한 서울 관련 한시에 관해서는 이혜순, 〈한시에 나타난 서울의 형상〉, 한국고전문학연구회 편, 《문학 작품에 나타난 서울의 형상》, 한샘, 1994, 9~23쪽 참조.

다. 1948년 대한민국 정부가 수립되자 수도로 결정되고, 1949년 특별시가 되어 오늘에 이르렀다.

서울의 지리

《동국여지승람》에는 "서울은 북으로 화산(華山)을 진산(鎭山)으로 삼아, 동과 서는 용이 서리고 범이 쭈그리고 앉은 형세이고, 남쪽은 한강으로써 요해처(要害處)를 삼았다"고 했다. 권근의 〈상대별곡〉에 "화산남 한수북 천년 승지"라는 구절은 바로 이를 말한 것이다. 화산은 북한산(북악)을 가리킨다. 서울은 동쪽의 낙타산, 서쪽의 인왕산, 남쪽의 목멱산, 북쪽의 백악산 성밖의 일부 지역도 관할했지만 원칙적으로 성안의 구역만을 한양이라 했다. 〈한양가〉는 "북악이 입수(入首)되고 종남산 안산이라. 청룡은 타되고, 백호는 길마재라."라고 노래한 바 있다. 길마재는 안현(鞍峴)으로 곧 무악재이다.

서울은 궁궐과 관청을 중심으로 건설된 전형적인 동양적 전제 국가의 권력형 정치 도시이다. 가장 먼저 지어진 것이 정궁인 경복궁으로 북악 남쪽 기슭의 명당을 택해 태조 4년(1395)에 창건되었고, 경복궁 남쪽 대로의 양쪽에는 육조와 중추부·사헌부 등의 중요한 관청이 설치되었다. 태종 때 창덕궁이, 성종 때 창경궁이 세워졌으나, 세 궁궐 모두 임진왜란 때 거의 불타 없어졌고, 현존하는 건물들은 그 뒤 중수한 것이다. 좌묘우사(左廟右社)의 법식대로 왼쪽에는 종묘, 오른쪽에는 사직단이 각각 지금의 자리에 궁궐 역

수선전도 목각본
조선 후기에 김정호가 그려서 목각한 서울의 지도 목판으로 보물 제853호로 지정되었으며 크기는 67.5×82.5cm 이다. 1824부터 1834년에 걸쳐 제작되었다. 출처_문화재청

사와 때를 같이해 건설되었다. 《신동국여지승람》에 따르면 성곽은 태조 5년에 돌로 쌓았고 세종 4년에 다시 수리하였다. 도성의 안과 밖을 연락하기 위한 4대문과 4소문이 뚫렸으며, 동대문과 남대문은 각각 1397, 1398년에 준공되었다.

서울은 최고의 지식인들이 모여 있는 학술 문화의 중심지이기도 했다. 태조 7년 낙산의 서쪽 기슭과 응봉의 동쪽 기슭에 둘러싸인 현 성균관 터에 문묘와 명륜당을 창건했으나 화재로 태종 7년에 복원했고, 임란에 다시 피해를 입어 후에 재건되었다. 중국 사신들이 조선에 오면 먼저 문묘에 예를 올리고 시를 지으면 조선의 관인들이 차운시를 짓곤 했다. 세종년간에 조선에 온 중국의 정사 진감과 부사 고윤이 문묘에 배알하고 쓴 시에 그들을 배행했던 박원형 · 노숙동 · 홍윤성 · 신숙주 · 김균 · 김말 · 조석문 등 무려 일곱 사람들이 화답했다.

삼각산 진관사는 최초의 사가독서 지역이었던 문화 공간이었으나,

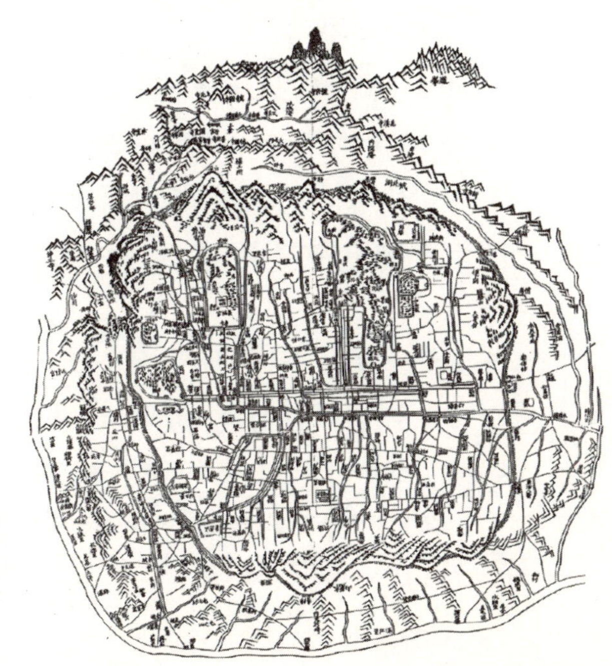

수선전도 탁본
서울 북쪽의 도봉산에서 남쪽의 한강에 이르는 지역을 종로거리가 동 · 서로 가로지르는 것을 그린 것으로 정확성과 정밀함 및 규모에서 돋보일 뿐만 아니라, 제작 솜씨가 뛰어난 것으로 평가되고 있다.
출처_http://blog.empas.com/wwind10/6655014

어느 시기인가 그 장소가 장의사(藏義寺)로 옮겨졌다. 장의사는 신라 무열왕 때(659) 황산벌에서 전사한 신라의 장춘랑과 파벌구의 명복을 빌기 위해 창건된 충절의 역사를 지닌 곳으로, 서거정에 의해 한도십영의 하나로 명성을 얻으면서 선초 문인의 중요한 시제로 자리잡게 되었다.《동국여지비고》에는 장의사가 창의문 밖 탕춘대(蕩春臺, 세검정)라 하였다. 장의사 다음으로 선정된 곳이 용산이었다. 성종이 집현전을 대신하여 홍문관을 개설하고 사가독서를 다시 실시하면서 14년(1483) 용산의 폐사를 홍문관에 소속시켜 사가독서의 장소로 삼았다. 연산군 시기를 거치는 동안 건물이 퇴락하였으므로 중종 시에는 임시로 정업원(淨業院)을 사용했다가 후에 두모포 웅봉 남쪽 기슭에 독서당을 세웠다. 한강에서 두모포 일대를 동호라 부르는데, 이 때부터 동호 독서당 시대가 열린 것이다. 약수동쪽에서 옥수동으로 넘어오는 고개는 현재도 독서당길이라고 부르는데, 임진난이 일어나기까지 79년 동안 사가독서의 영예를 받은 유명 문사들이 여기를 거쳐갔다.[2]

인왕산 근처 역시 서울을 문화 공간으로 만드는데 기여한 장소이다. 17세기 소설《운영전》의 무대인 수성궁은 안평대군의 옛집으로 장안성 서쪽인 인왕산 아래에 있었다.《운영전》의 서두는 이곳을 다음과 같이 묘사하고 있다.

이곳은 산천이 수려하여 용이 서리고 호랑이가 걸터앉은 형세를 하고 있으며, 수성궁의 남쪽에는 사직단이 있고 동쪽에는 경복궁이 있다. 인왕산 한 줄기가 굽이굽이 뻗어 내려오다 수성궁에 이르러서 우뚝 솟아올랐다. 비록 산이 높거나 험준하지는 않았지만, 산꼭대기에 올라가 버려다보면 사방으로 통하는 큰길과 저자거리, 성안의 수많은 집들이 바둑판을 펼쳐놓거나 별들이 늘어선 듯 역력히 가리킬 수 있었고, 실타래

2 이종묵, 〈賜暇讀書制와 讀書堂에서의 문학 활동〉,《한국한시연구》8, 한국한시학회, 2000, 6~26쪽.

를 풀어서 나누어 놓은 듯이 뚜렷하였다. 동쪽을 바라보면 경복궁이 아득히 솟아있고, 그 사이로 복도(複道)가 공중을 가로지르고 있었다. 게다가 이곳은 푸른빛을 짙게 띤 구름과 안개가 아침저녁으로 고운 태도를 자랑하니, 참으로 절승지라고 할 만했다.

18세기 말 19세기 초에 활동했던 중인 문사 천수경이 인왕산 기슭의 옥인동 옥류천 위에 초가를 짓고 열었던 송석원시사(松石園詩社)에는 수백 명의 사람들이 모였다는 기록이 있다. 이 시사는 남촌·북촌의 중인들이 봄 가을에 대규모로 참여하는 시 경연 대회를 열었는데, 이를 백전(白戰)이라 했다. 백전에 간다고 하면 밤에 순라군도 놓아줄 정도로 장안의 관심을 끈 행사였다. 저녁이 되어 시축을 모으면 소의 허리만큼 되었는데, 당대 제일의 문장가에게 품평을 부탁했고, 여기서 1등으로 뽑힌 시는 그 날부터 사람들에게 전송되어 그 시축이 본인에게 돌아올 때는 이미 다 해어졌을 정도였다.[3]

이에 비해 한강은 문화 공간이면서 유락이 더 중심이 된 곳이었다. 한강에서 특히 마포, 서강, 양화도 부근을 서호라고 불렀는데, 서호는 조선 시대 한양 근교의 제일가는 명승지였기에 초기부터 문화사의 중심 공간이 되었다. 이 시기 중국 사신 접대를 위한 연회가 바로 서호 일대의 뱃놀이였다. 성종년간 조선에 정사로 사행왔던 명나라의 문사 동월(董越)은 그의 〈조선부(朝鮮賦)〉에서 한강을 다음과 같이 묘사했다.

경기 안의 경치로는 한강이 제일이라
누대는 높아 구름을 막고 물은 푸르러 거울처럼 비춘다.
나루로는 양화도가 있는데 물산이 또한 풍성하다.

팔도에서 운반해 온 식량을 모으고 나라의 옷깃이 된다.

가장 높은 정자에서 긴 물가를 굽어보면 백제국의 옛 국경이 닿아 있다.

나는 일찍이 여기서 배를 띄우고 말을 타고 하루를 논 적이 있는데

저들 또한 그때의 즐거웠던 일과 기쁜 마음은 백년 만에 맛보는 경사라

고 스스로 축하하였다.[4]

4 동월, 《조선부(朝鮮賦)》, 윤호진 옮김, 까치, 1994, 75~76쪽.

서호의 유락은 중국 사신과 이를 접대한 조선 최고의 문사들간 시재를 겨룬 시회로 이어진다. 성종년간 부사로 조선에 왔던 장근이 한강의 놀이를 읊은 시에 정사 기순(祁順)과 함께 서거정 · 김수온 · 윤자운 · 이승소 · 성임 등 조선 문사 5인이 차운했다.

16, 17세기 서울의 중심은 경복 · 창덕 · 창경 세 궁궐이 있는 현재의 종로구였다. 《동국여지승람》에는 "종루 서쪽을 운종가"라 했다. 운종가는 경향 각지의 물화가 거래되는 매매의 집합지였고, 동시에 전국 최고의 장인들이 모여 음식, 의복, 장신구 등을 만드는 조선 최대의 공업 단지이기도 했다.[5] 조선조 후기에는 서민 상대의 일용 잡화 등을 거래하는 순수 민간 시장이 있었는데, 동대문의 것을 이현(배우개)이라고 했고 남대문의 것을 칠패라고 했다. 칠패의 주요 상품은 어물로, 남대문과 서소문 사이에 있어 용산 마포와 가까워 그 반입이 용이했다. 그러나 운종가는 여전히 번화의 상징이었다. 이덕무는 〈입연기〉에서 요동의 번화함을 묘사하면서 "시장이 오리나 뻗어 있어 한양의 운종가를 연상케 했다"라고 기술했다.

5 최완기, 《漢陽》, 교학사, 1997, 11쪽.

서울에서 서민의 삶이 잘 드러나는 곳은 청계천이었다. 청계천은 서울의 도시 형태를 구성하는 중심축이었다. 청계천은 본래 개천이라 불렀다. 개천은 도성의 네 산에서 모여든 물로 이루어졌고, 그 중간마다 길과 엇갈리는 교차 지점에 다리를 놓았다. 서사 문학에서 곧잘 등장하는

다리가 광통교·장통교·수표교 등인데, 연암이 쓴 〈마장전〉의 세 인물이 우도를 논한 곳이 광통교 위였고, 〈광문자전〉에서 걸인들이 죽은 아이를 버린 곳이 수표교 다리 아래였다. 잘 알려진 것처럼 청계천은 서민 여성들의 빨래터였고, 어린아이들의 놀이터였으며, 다리에서는 연 날리기 다리 밟기 등의 행사로 인산인해를 이루기도 하는 일반 백성들의 행사장이기도 했다. 청계천은 500년 서울의 역사와 문화가 전개되어 온 공간이었다.[6]

6 김영상,《서울 육백년 4 낙산기슭·청계천변》, 대학당, 2000, 170~171쪽, 211~243쪽.

문학 속의 서울

조선 초 처음 서울을 수도로 정한 후 문사들은 악장, 경기별곡, 한시 등을 통해 서울 이미지 만들기에 주력했다. 따라서 여기에는 그들이 생각하는 왕도의 이상이 투영되어 있을 것이다. 조선조 창립의 공신 정도전은 제일 먼저 신도읍지의 형상화가 바로 창건된 조선조의 위세나 지향과 직결된다는 점에 주목했고, 따라서 〈신도팔영(新都八詠)〉은 그가 새로 창업한 국가에 대해 가지고 있던 비전의 제시였을 것이다. 이 시에서 가장 강조한 것은 '백성' 으로, '여민동락,' 민생의 여유, '백성의 식(食)' 을 위주로 하는 정치, 장유의 질서 등 신국가 건설의 바탕이 백성의 삶임을 노래하고 있다.

어느 정도 새 국가 창업이 완성된 15세기 후반에 오면 또 다른 서울 이미지 만들기의 의도가 드러난다. 서거정의 〈한도십영(漢都十詠)〉에는 정도전의 작품과 달리 안정기에 들어선 왕조의 태평성세와 개인의 유락을 추구하는 변화가 보인다. 10경 중 도성 안의 경치는 '종로관등' 이 유일하다. 그러나 이 시에는 이미 백만가로 상징되는 백성들의 거주지로서의 서울의 번화함, 놀라 뛰어 다니는 아이들을 통해 엿보이는 백성들의 놀이 동참 등이 자연스럽게 그려지고 있어, 건국 초기와는 달리 도성으로서 어느 정도 정착된 서울의 외형적 변화가 눈에 뜨인다.

따라서 왕조 건설 후 반 세기가 지난 시기에 서거정이 만들려고 한 중요한 서울의 이미지는 그 초점이 문화적인 측면에 맞추어지고 있었음을 알 수 있다. 서울의 이미지는 서울에서 관직을 갖고 있는 자신들의 이미지와 동일시된다는 점을 그는 주목했던 것으로 보인다. 서거정이 보여 준 10경인 남산의 꽃구경, 마포의 뱃놀이, 제천정의 달감상, 양화나루의 눈밟기, 반송정에서 손님배웅, 장의사에서 스님찾기, 흥덕사의 연꽃감상, 입석포의 낚시질, 살곶이의 꽃찾기, 종로의 등구경은 초기에 그려진 일반 백성들의 '삶' 의 모습과는 달리 선비들의 유아적이고 풍류적인 생활의 모습이다. 이것은 서울이 관인의 삶을 살면서도 처사의 여유와 생활 방식을 공유할 수 있는 곳임을 보여 주는 것이다. 다음은 서거정의 〈한도십영〉 중 '입석조어(立石釣魚)' 이다.

입석포의 낚시질

시냇가의 괴석이 사람처럼 섰는데

옥 같은 가을물이 푸르게 비치었네

낚싯대 들고 와서 풀밭 깔고 앉으니

은실 백 자 끝에 금잉어가 뛰것다

잘게 쳐며 회치고 끓여 국을 만드니

모래 위에 쌍옥병이 연방 거꾸러지는구나

취하여 다리를 치며 창랑을 노래하니

만고의 기린각 이름을 무삼하리오

선돌개 입석포는 두뭇개(두모포) 뒷산 매봉의 한 줄기가 동쪽으로 내려가 만든 작은 매봉과 중랑천이 한강을 바라보는 곳에 있는 깎아지른 듯한 벼랑 앞을 말하는데, 중랑천이 한강으로 합류하기 직전의 지점이다. 냇가에 괴상한 돌들이 사람처럼 서 있는 모양을 해서 얻은 이름으로, 이곳은 천연적으로 낚시터로 유명했다. 이 시에서 보이는 주된 정조는 한가로움과 여유로, 이것은 자신들이 세속의 이욕을 쫓는 바쁜 생활에만 매달려 있는 것이 아님을 과시하는 방편이 된다. 이 점은 이 시 결구에서 창랑가를 부르면서 "만고의 기린각이 쓸데없다"고 한 데서 잘 보인다. 기린각은 공신의 얼굴을 그리어 길이 보존하는 명예의 전당으로, 모든 관인이 누리고 싶어 하는 영광의 장소이다. 이 시에는 물론 서거정 자신의 탈속적인 삶의 지향을 드러내려는 의도가 없는 것은 아니지만 '기린각'이 '입석'의 대칭적인 공간으로 거론된 것이라는 점에서 서울이 창랑가를 부르던 어부와 같은 사람들이 모여 있는 도성이라는 의미가 더 강하게 함축된 것으로 볼 수 있다. 결과적으로 관인들에 의한 이러한 서울 교외에서의 자연탐색이 부귀가 집중되어 있는 서울에 어느 정도 새로운 탈속의 정신 세계를 투영시키는데 성공한 것으로 볼 수 있다. 서울은 권력만을 쫓는 욕망의 도시는 아니라는 의미이다.

조선 중기 중종반정 이후 사림의 정계 진출과 사화의 발생 등 출사와 치사, 유배와 은둔의 삶이 나누어지면서 서울은 '홍진'과 '선계'라는 양극화된 이미지를 갖게 된다. 국왕에게 버림받아 유배를 간 이들이 지은 작품에서 서울은 백옥경, 광한전과 동일시되는 대궐과 선계의 인물로 묘사되는 국왕이 있는 곳(〈사미인곡〉)이지만, 서울을 떠나려는 이들에게는 "홍진에 뭇진 분네 이내 생애 어떠한고(〈상춘곡〉)"에서 언급되는 대표적인 홍진 세계로 암시된다. 퇴계가 서울에 기거할 때 분매(盆梅)와 증답한 시 "고향갈 때 아직 그대 데리고 못 감을 한하노니, 서울 티끌 가운데 아름다움 간직하고 있기를"이라는 구절에서도 서울은 '티끌 가운데' (塵中)의 세계로 묘사되었다.

16세기에 들어가면서 서울은 홍진과 선계의 관념적 이원화에서 빈부의 양극화라는 좀더 현실적이고 구체적인 차원에서의 비판이 제기된다.

> 작위 가진 높은 관리들 곳곳에서 **만나**는데
> 수레는 말처럼 말은 용처럼 달리네
> 서울 거리 위 때로 머리 돌리면
> 지척인 그대의 집 아홉 담을 격했구려
>
> 성궐은 높고 낮게 부잣집에 이어지고
> 오후 들어 즐기는 풍악소리 물끓듯 하늘에 사무치네……
>
> 이달 〈낙중유감(洛中有感)〉

오랜만에 서울로 올라 온 손곡 이달의 시야에 제일 먼저 들어온 것은 고관대작의 위세 높은 행차이고, 그들과의 만남을 가로막는 웅장한 집이며, 먼저 귀에 들리는 것은 이들이 즐기는 풍악소리로, 이 시에서 서울은 이미 권력과 부귀가 편재되었을 뿐 아니라 이로 인한 인간적인 단절도 심화된 곳으로 형상화된다. "푸른 구름 높이 솟은 장안의 저택들 / 높은 누각 풍악소리 먼 데까지 울려 오네 / 칠보로 장식한 한 나라 승상의 수레 / 밤이면 요란하게 벼슬아치 집으로 드네"라고 읊은 권필의 〈고장안행(古長安行)〉도 갑제·풍악·고관 수레가 서울의 중심을 이룬다는 면에서 이달의 시와 유사하다.

18, 19세기

　　18세기 서울이 경제 중심지가 되면서 서울에 대한 활력과 유흥 문화를 일으킨 서민들을 주목한 작품들이 나오는데, 여기에는 대체로 18세기의 시장과 놀이를 중심으로 풍부한 물산과 서민의 활기찬 삶을 담은 서울의 도시적 양상이 강조되고 있다. 여기서 서울은 그 이전과는 달리 구체적인 도시의 모습을 갖고 형상화되어 나타난다. 대표적인 작품으로 정래교의 〈한양팔영〉, 박제가, 이덕무 등의 〈한양성시전도시〉, 강이천의 〈한경사(漢京詞)〉 등을 들 수 있다. 이 작품들에는 시정인들의 매매 후 시작되는 연희의 내용도 묘사되어 있어 당시 상업의 발달과 활기찬 시정 생활로 드러나는 서울의 새로운 모습이 자연스럽게 드러나고 있다.

　　강이천의 〈한경사〉는 서울의 온갖 유형의 인물 군상을 등장시켜 당시의 풍속과 세태, 서민의 삶을 그린 연작시이다.

새벽녘 사대문 열리니

말과 수레에 짐을 싣고 한 떼가 몰려오네

생선 소금 야채들 많고도 많도다.

떠들썩히 사고서 오전에 돌아가네.

〈한경사〉 제47수

바늘 주머니 명주 속곳에 드리우고

반들한 머리 까만데 댕기를 매었구나

해질녘 돌아오는 광주리 안에

어린 새나물과 싱싱한 생선이라네

〈한경사〉 제10수

위 두 편은 모두 매매와 관련된 것이다. 위의 것은 새벽녘에 서울로 몰려드는 무수한 어염과 야채가 오전 중에 다 팔리는 서울의 구매력과 소비량을 암시해주고, 아래 시는 일하고 집에 돌아가는 한 아낙네의 소박한 일상을 그리는데, 여리고 싱싱한 물건이 이들 노동계층의 활력과 동일시된다. 그밖에 떠돌이 예능인, 연의를 낭송하는 이야기꾼, 연경에서 온 골동품을 파는 사람, 도박하는 사람, 투계꾼 등 각종 인간 군상과 이들을 통해 드러나는 서울 시정안의 각종 풍경, 세태, 풍속 등이 생생하게 드러나면서 서울이 상업화되고, 국제적으로 열려지며, 서민 문화가 형성되는 변모가 드러난다. 조선조 전기가 주로 상층이 중심이 된 정적인 서울의 모습이라면, 조선조 후기 특히, 18세기의 서울은 서민 계층의 부상으로 역동적인 인물들이 주인공으로 자리잡고 있는 모습이 엿보인다.

18세기 서울의 도시적 양상은 이용후생을 중요시하는 연암을 위시한 실학자들의 정신과 관련하여 이미 논의된 바 있거니와, 무엇보다 상업화가 가져온 시정 세태의 변모가 관심을 끈다. 정래교가 "동네마다 푸줏간 널려있어 날마다 몽둥이로 소 돼지를 때려잡네. 애 어른 모두들 고기 맛 즐겨 종 아이까지도 푸성귀는 싫어한다네"(제5수), "어렸을 적부터 반은 거간꾼이 되어 / 어린애들까지 돈 좋은 줄만 안다네(제6수)" 같은 시구에서 그 일면이 드러난다.

이 점은 이옥이 〈유광억전〉에서 "서울(경사)은 온갖 장인과 장사아치들이 모여드는 곳인 만큼 대체로 물건을 살 수 있는 수많은 전방이 별처럼 벌여있고, 바둑처럼 깔렸다. 어떤 이는 남에게 손으로 품을 팔아먹는 자도 있으며, 혹은 어깨와 등을 파는 자도 있거니와, 뒷간을 치는 자, 칼을 갈아 소를 죽이는 자, 그의 얼굴을 화려하게 꾸며서 매음하는 자도 없지 않으니 천하의 사고괢이 이에 극도로 이르렀다"라고 한 묘사나, 신택권이 〈성시전도시〉에서 "한가로운 시정아치 잔머리도 잘도 굴려, 어리

숙은 사람 속여 팔며 거짓말도 마다 않네"라고 읊은 구절에서도 보이거
니와, 상업 도시로서의 서울은 그 외형뿐만 아니라 내면까지도 점차 변
질되고 있음을 보여준다. 그러나 이러한 세태는 아직 서울을 부정적인
모습으로 드러내기보다는 오히려 넘치는 활력을 부여하는 역동적인 요
인으로 작용하고 있다.

위항 시인 정래교는 〈한양팔영〉에서 빈부의 차가 극심하게 나타나
던 당시 서울의 실상을 주목했다.

잠깐사이 상전이 벽해되는데

인간에게 근심되고 즐거운 일이 번다하구나

가난한 백성의 집에는 거친 안개에 초목만 우거지고

잘 사는 집에는 밝은 달빛 아래 풍악소리 요란하네

(제8수)

세월은 덧없는 것이라는 고래의 진리를 받아들일 수 있다면, 가난한
서민의 집(白屋)이 보여 주는 근심이나 권력가의 집(朱門)이 나타내고 있
는 즐거움이 눈 한번 굴리는 사이 변할 수 있다는 것 역시 진리이다. 여기
서 부의 편재를 바라보는 시인의 목소리는 크지 않지만, 서민과 권력가의
빈부가 영원한 것이 아니고 앞으로 바뀔 수 있다는 중인 계층의 자신감은
서울의 변화를 이끈 동력이면서 동시에 변화된 서울의 산물이기도 하다.

박지원의 〈허생전〉에는 서울의 지역적 분화가 분명하게 드러난
다. '남산 밑' 묵적동에 사는 허생은 번화가 '운종가'에 나와 한양에서
가장 부유한 사람이 누구냐고 문의해 변부자의 존재를 알아낸다. 남산골
은 가난한 선비가 살던 곳이고, 운종가는 부유한 상인과 역관들이 모여
있는 곳으로, 특히 운종가는 부의 흐름과 재물의 소재를 아는 이들의 집

합지이다. 유만공의 〈세시풍요〉에서 "운종가 북쪽 광통교 서쪽 부잣집 밤놀이에 촛불이 가지런하네"라는 구절에서도 이 점이 드러난다. 이러한 서사의 발단에는 그 배경에 상업화가 가져온 계층 의식의 변모가 자리잡고 있음을 알 수 있고, 따라서 〈허생전〉은 서울이라는 공간이 가능하게 해 준 이야기로 볼 수 있다.

이처럼 조선조 후기 상업 중심지로서의 서울의 시정세태는 과거 상층 위주의 전통적인 문화와 윤리를 조금씩 변질시키고 있었거니와, 19세기에 들어오면 그 변모의 양상이 확연하게 드러난다. 《절화기담》과 《포의지교》란 두 한문 소설이 《19세기 서울의 사랑》으로 표제되어 번역된 것이 그 한 예가 되거니와, 이것은 이들 작품에서 몰락한 유부남 양반과 천민인 미모의 유부녀간의 애정 행각을 가능하게 한 것이 19세기 서울의 세태 풍속이라는 시각에 근거한 것이다.7 이들의 사랑은 불륜이지만 이에 대한 윤리적 질타나 권선

7 김경미, 조혜란 역주, 《19세기 서울의 사랑, 절화기담 · 포의교집》, 여이연, 2003, 7쪽.

1900년 경 광화문 앞 6조 거리와 시가지

경복궁의 입구인 광화문 앞은 관청가와 시전들로 구성되어 있으며 좌측으로는 예조, 병조, 형조, 공조의 건물과 우측에는 의정부, 이조, 호조 등의 건물들이 있어 관청가(6조 거리)를 이루었다고 한다. 멀리 광화문과 그 앞에 길게 늘어선 6조 거리의 관청가 행랑이 보이며, 행랑 좌우에는 민가가 빽빽히 들어차 있다. 6조 거리는 오늘날 세종로에 해당하며 정부 제1종합청사와 세종문화회관 등이 입지해 있다. 출처_Geophoto, 김동명

징악적 교훈을 내세우지 않는 것도 특성이다. 두 쌍의 남녀가 헤어진 이유는 동일하지 않으나 이유는 남자 측에 있는 것이 아니라 애정에 대한 여주인공의 판단에 근거한다. 평면적인 캐릭터를 보여 주는 남성과 달리 여성들은 부닥치는 사건에서 자신들의 의지에 따라 행동하는 역동성을 보여 준다.

서울은 이제 이러한 작품의 무대가 될 수 있는 유흥적 공간이 되었으나, 그 중에도 여성의 변모가 두드러진다. 사랑을 즐기거나 상대에게 빠지기도 하지만 그들은 다시 자신의 진정한 의식에 귀기울이면서 스스로에게 돌아가고 있는 것이다. 그들은 이데올로기의 묵수자거나 아니면 욕망의 화신이었던 과거 여성상과는 확실히 다른 면모를 보여 준다. 애정 문제에서만이 아니라 글을 아는 여성들이 시단을 형성하여 시회를 열고 자신들끼리 유락하는 모습도 19세기의 서울에서였다. 14세의 나이로 남장하고 금강산 구경에 나섰던 김금원은 후에 서울 용산의 삼호정에 기거하면서 "세상에서는 우리나라의 산천이 오직 한강이 제일 훌륭하다고 일컫는데, 한강 아래위의 번화하고 명려함은 용호가 제일"이라고 자랑하면서 경춘, 경산, 죽서, 운초와 함께 시를 창수하면서 시단을 형성했다. 그의 〈호동서락기(湖東西洛記)〉에 따르면 "이들은 서로 도움이 되는 친구가 되어 자연을 즐기며 담론하고 시를 읊었다."고 했고, "서로 더불어 노닐며 시를 써 상을 채우니 주옥같은 작품들이 서가에 가득하여 때로 낭독하는데, 낭랑하기가 금을 던지고 옥을 부순 듯 했다"고 자찬했다. 19세기 서울은 이렇게 여류들이 한 자리에 모여 시적 교류를 가능하게 한 동력이 충분히 축적된 도시였다.

전통과 현대의 공존을 위하여

　서울의 인문 지리적 특성은 전통과 현대의 공존에서 찾아질 수 있다. 서울에서 전통적인 문화 유산을 가장 많이 보유하고 있는 곳은 지금의 종로구와 그 인접 지역이다. 경복궁과 사직단, 창덕궁과 창경궁, 그리고 성균관이 거의 연이어 있고, 경복궁, 창덕궁 중간쯤에 한국적인 전통 문화를 내세운 인사동 거리가 조성되었다. 동묘, 동대문, 종묘, 보신각은 근처 청계천과 22개의 다리들이 복원되면 또 옛 정취를 맛볼 수 있는 한 흐름을 형성할 것으로 보인다. 이와 달리 덕수궁은 앞쪽에 있는 최신식 호텔들과 옆에 있는 옛 러시아 영사관 사이에서 전통을 대표하느라 고군분투하고 있다. 경복궁은 청와대, 정부종합청사와 나란히 하고 있어 과거 정궁으로서의 후광이 여전하고, 종로에서 남대문과 동대문까지의 점포와 시장들은 배고개, 종루, 칠패와 같은 옛 상업 교역지의 맥을 잇고 있다.

　그간 서울의 문화 유산들을 살려보려는 노력들이 다각도로 이루어진 것은 사실이다. 일제때 경복궁을 가리고 세워진 총독부 건물을 제거했고, 훼손되었던 궁궐의 위엄을 복원시킨 것이 그 대표적인 예이다. 서울의 네 산 중 6·25전쟁 이후 인왕산 일대가 이전에 비해 위축되었지만, 대신 남산에 탑과 기념비 등이 세워지고, 도서관과 민속박물관, 식물원, 남산골 한옥마을 등의 조성으로 문화적 공간으로서의 위상이 제고되었다. 경운궁 터에 서울역사박물관을 지어 문화 유산의 공간을 의미 있게 재생산하려는 시도도 보였다. 과거 뛰어난 인물들의 생가를 찾는 노력도 지속되고 있다. 계동의 연암 박지원의 집터, 동촌의 우암 송시열 집터, 필운대 밑의 백사 이항복의 집터, 남대문 밖 한음 이덕형의 집터 등이 그 예이다.

　이들이 다양한 현대적 양식의 건축물과 함께 서울의 전통과 현대의 공존을 만들어 내는데 기여하고 있음은 부인할 수 없다. 그럼에도 서

도심속의 고궁
시청 부근의 빌딩들로 둘러싸여진 덕수궁   출처_Geophoto, 안종욱

울에서 전통의 깊이가 제대로 음미되지 못하는 것은 이들이 현대의 고층 건물들과 호텔, 상가, 음식점으로 포위되어 있고, 이에 따라 교통이 번잡하고 소음도 커서 전통의 품위와 분위기를 온전히 드러내지 못하기 때문일 것이다. 현재 서울시가 도보 관광 코스로 내세우는 곳은 근대 문화 중심 지역으로 덕수궁 정동 코스, 전통 문화 중심 지역으로 경복궁, 인사동 코스와 종묘 창경궁 코스이나, 이들이 지닌 문화적 가치를 충분히 발휘하지는 못하는 듯하다. 여기서 현대와 전통의 진정한 '공존'이 이루어지기 위해서는 유산 자체의 보존만큼 그 주변에 대한 배려가 필요하다는 점을 깨닫게 된다.

　　이와 함께 더 복원되거나 다른 방향에서 개발되어야 할 고전 유산들이 있다. 무엇보다 문화 공간으로서의 서울의 유산은 반드시 보존되고

발양되어야 할 것이다. 서울은 문치의 중심지였으므로 문학적 인재를 키
워주었던 사가독서 지역, 독서당, 동인 활동이나 대규모 시회가 열렸던
곳들은 후세에 남겨줄 만한 의의가 있는 공간으로 보인다. 또한 뛰어났
던 인물들의 집터를 찾아보고 그 지역적 의의를 부여해 주는 것도 중요
하지만 그들의 문학적, 학문적 성과물을 부각시키기 위한 시도도 중요할
듯 하다. 서울은 위로는 통치자로부터 상층과 위항문사들, 그리고 여성
들의 문학 창작의 산실이고 교류 장소였다.

아름다운 정원
개성

김성룡

1. 설화로부터 역사로

도시는 기억의 저 너머 알지 못하던 때로부터 서서히 역사로 걸어 들어온다. 그런 순간에 대한 기록은 항상 신성한 색채로 칠해져 있기 마련이다. 허다한 신들의 그리스 도시 국가가 그렇고 로물루스의 로마가 그렇다. 그리고 송도(松都), 송경(松京), 신경(神京), 개경(開京) 또는 상경(上京), 중경(中京) 등의 이름으로 불리는 개성(開城)이 처음 도시가 되었을 때도 그랬다.

왕건(王建)의 선조인 성골장군(聖骨將軍) 호경(虎景)은 백두산을 비롯한 명산을 유람하다가 부소산(扶蘇山)의 왼쪽 골짜기에 살던 여인과 혼인해 거기 정착했다. 호경은 동네 사람들과 함께 평나산(平那山)에 사냥을 갔다가 호랑이에게 쫓겨 굴 속에 갇히게 되었다. 한 사람만 희생되기로 하고 호랑이가 선택한 사람만 호랑이 밥이 되기로 했다. 호경이 선택되어 굴 밖으로 나가자 굴이 무너져 다른 사람은 모두 죽었다. 이 평나산은 뒤에 성거산(聖居山)으로 개칭되었다. 호경을 선택한 호랑이는 산신(여성이다)이었다. 호경은 이 산신과 혼인은 하였으나 옛 아내를 잊지 못하여 왕래했다가 그에게서 강충(康忠)을 낳았다. 강충은 오관산(五冠山) 기슭에서 살았다. 강충은 풍수사의 말을 좇아 부소산에 소나무를 심어 암석을 가리게 했다. 이로 말미암아 부소산은 송악(松嶽)으로 개칭되었고 부소군 또한 송악군(松嶽郡)으로 되었다. 이렇게 강충은 송악군의 토호가 되었지만 오관산도 가업을 영속할 땅이라 하여 왕래했다. 강충은 예성강 하구에 있는 영안촌(永安村)의 부잣집 딸과 혼인해 보육(寶育)을 낳았다. 보육은 조카딸과 혼인해 딸만 둘을 낳았다. 보육의 두 딸 가운데 동생 진의(辰義)가 고려에 유람 온 당의 숙종 황제와 관계해 아들을 낳았는데, 그가 작제건(作帝建)이다. 작제건은 서해의 용왕을 구출하고 그의 딸과 혼인해 예성강으로 들어왔는데, 여러 주현(州縣) 사람들이 그를 맞이해 영안성(永安城)을 쌓고 궁실을 지어 주었다. 작제건은 송악산 남쪽 기슭 강충의 옛 집터에 집을 짓고 살면서도 영안성을 왕래했다. 작제건은 용건(龍建)을 낳았다. 용건도 송악에 거주하면서 영안성을 왕래했는데, 꿈에서 본 몽부인(夢夫人)과 혼인하였다. 용건은 풍수 사상가인 도선(道詵)의 말을 좇아 송악산의 남쪽에 집터를 잡아 거기 거주하였다. 거기서 몽부인이 왕건(王建)을 낳았다. 왕건이 왕위에 오르자 고려 왕궁의 궁실은 이곳을 중심으로 배치되었다.

여기까지는 신화 속에서 나타나는 개성의 모습이다. 원래 고려 건국 신화는 산신 신앙과 선류몽 신화, 명궁 이야기 등에 더해서 풍수 사상까지 가세한 잡박한 형태였다. 개성도 산신 신앙과 풍수 사상이 가세한 다소 복잡한 성격의 신성성을 간직한 곳이었다. 이런 신화를 걷어내고 보면 개성은 오관산과 송악산 사이의 부소군의 토호가 서해 무역의 통로인 예성강 세력과 결합하면서 상업 도시로 발전했다고 요약될 것이다.

사실 개성이 고려의 수도가 된 것은 궁예(弓裔)에 의한 것이다. 897
년 궁예는 송악을 수도로 정하고 그 이듬해에 옮겼다. 그리고 901년에 국
호를 고려라고 정했다. 그런 이면에는 용건이 궁예에게 삼한 통일을 위
해서는 송악에 성을 쌓고 왕건을 성주로 삼아야만 한다고 집요하게 설득
했기 때문이다. 신라 왕족인 궁예가 이곳에 기반을 잡을 수 없었을 것은
물론이다. 결국 904년 궁예는 도읍을 철원으로 옮기고 국호도 마진(摩
震)으로 바꾸었지만 끝내 삼한 통일에는 실패했다. 결과적으로 궁예는
고려라는 국호도, 개성의 정통성도 고스란히 왕건에게 물려준 형국이 되
었다. 918년 왕건은 궁예를 몰아냈고 수도를 개성으로 정했으며 국호도
고려로 회복했다. 그러면서 그때까지 설화 시대에 있던 송악은 이제 역
사 시대의 개성으로 바뀌게 된 것이다.

2. 아름다운 정원, 개성 경영

군신창화(君臣唱和)란 임금과 신하가 문학을 통해 서로 교통한다
는 뜻이다. 경사(經史)와 정치의 이치[政理]를 서로 토론하는 것이 임금
과 신하의 도리라고 생각한다면 문학으로써 교통한다는 것이란 부박한
장난거리에 불과한 것처럼 보일지도 모르겠다. 그렇게 생각했던 조선의
사대부들은 군신 강론에 더 힘썼으며, 임금에게 가악(歌樂)을 진헌하는
자리에서도 심미적인 목적보다는 진계(進戒)나 성상(成象)과 같은 정치
적·철학적인 목적을 갖는다고 주장했다.

하지만 고려 전기에는 사정이 달랐다. 왕이 대귀족들과 나란히 왕
공귀인(王公貴人)이라 통칭할 정도로 구별되지 않았는지 하는 것은 여전
히 풀리지 않는 의문 중의 하나이다. 사실이 여하하든 왕이 문화의 중심
으로서 많은 대귀족들과 함께 패거리를 이루면서 폐쇄적인 문화를 이끌

었던 것은 분명하다. 군신창화란 그런 패거리 문화의 산물이었던 것이다.

군신창화가 가능하기 위해서는 경제적 수준이나 문학적 수준, 왕에 대한 존경심 등, 궁정 질서에 대한 존중 의식 등 문화적 수준이 갖춰져야 한다. 그러기 위해서는 당장 이들이 모여 군신창화가 가능한 공간이 필요했다. 그래서 이 문화를 이끄는 중심 인물로서 왕은 왕성 내에 이러한 공간을 경영하는 데 열을 올렸다. 궁궐 내에 허다한 누정이 그래서 생겨났다. 대귀족들도 왕에 대한 경쟁심이랄지 또는 일종의 허영심이랄지 하는 복잡한 원인으로 다투어 누정을 건립했다.

인종 즉위년에 고려에 왔던 송의 사신 서긍(徐兢)은 그 무렵의 고려를 다음과 같이 보고했다.

왕성에는 옛날에는 누관(樓觀)이 없었지만 사신들을 통하게 된 다음에 상국(上國)을 구경하고 그 규모를 얻어 조금 구축할 수 있었다. 나라를 다스리던 초기에는 오직 왕성궁사(王城宮寺)만이 있었는데, 지금은 관도(官道)의 양쪽에 나라와 더불어 부유한 사람들이 조금씩 사치스러워지고 있다. 선의문(宣義門)을 들어가면 수십 가구마다 하나씩 누정을 세웠다. 부근의 흥국사(興國寺)에는 두 개의 누대가 있는데, 왼쪽은 박제루(博濟樓)이고 오른쪽은 익평루(益平樓)이다. 왕부(王府)의 동쪽에는 두 개의 누정이 길에 임하고 있다. 왕부의 동쪽에는 누가 거리에 면해 두 개소가 있는데 무엇이라고 표방했는지는 보지 못했지만, 염막(簾幕)이 화려했다. 듣자하니 모두 왕족들이 유관하는 곳이라고 했다.[8]

8 서긍, 《고려도경》권 3. 〈城邑〉, 〈樓觀〉, 홍익재, 1997, 74~75쪽.

서긍은 고려의 누대정사가 공해(公廨)의 누대, 사찰의 누대, 사제(私第)의 누대의 셋이 있다고 했다. 공해라고 하지만 사적 공간과 공적 공간이 구별되지 않았던 것이 당대의 실정이었던 것 같다. 《고려사(高麗

史》에는 이미 일찍부터 궐내에 산호정(山呼亭)·상춘정(賞春亭)·상화정(賞花亭) 등 주로 심미적 목적의 누정이 있다고 했다. 그런데 예종 이후 인종, 의종에 이르면 궐내에 누정을 경영하는 일이 부쩍 많아졌다.

예종은 어원(御園)을 건립하면서 민가의 화초를 옮겨 심고 송의 상인들로부터 사서 내탕금을 탕진할 정도였다.[9] 이 어원으로부터 안화사(安和寺)까지 6, 7리 길은 매우 아름다워 왕래하는 사람은 모두 그림 병풍 속에 들어온것 같아 연하동(煙霞洞)의 선진(仙眞)이 사는 곳이라고 일컬었다고 한다.[10] 안화사는 예종의 원찰(願刹)로서 송의 휘종(徽宗)이 직접 불전 현판을 쓰고 태사(太師) 채경(蔡京)이 정문 현판을 써서 보낼 정도로 존중을 받은 곳이어서[11] 그 아름다움은 우리나라의 제일이라는 칭찬을 받은 절이다. 그렇게 보면 어원에서 안화사까지의 길은 우리나라에서 가장 아름다운 길이었던 것 같다.

한편, 고려 태조는 팔관회(八關會)와 연등회(燃燈會)를 꼭 지키라고 유훈을 남겼다. 팔관회는 대체로 법왕사(法王寺)에서, 연등회는 봉은사(奉恩寺)에서 행사가 이뤄졌다. 이 외에도 국가의 변괴나 경하할 일이 생길 때면 왕이 사찰에 행행하는 것도 보통의 일이었다. 왕실의 원찰도 있어 왕실의 안녕을 빌었다. 거기에 재력이 있는 신하들 중에 국왕을 위한 사찰을 짓고 법회를 열기도 했다. 그러다 보니 자연 국왕의 사찰 행행이 많아졌다.

예를 들면, 김부식(金富軾)의 아들 김돈중(金敦中), 김돈시(金敦時)는 김부식 일가의 원찰인 관란사(觀瀾寺)에서 의종을 위한 기도회를 연다고 하면서, 왕이 머물 누각을 짓고, 화단을 조성하며, 기화이초(奇花異草)를 심고, 접대를 굉장히 했다.[12] 국왕을 사찰로 모신 주된 동기는 법회가 아니라 임정을 관람하고 누관을 구경하며, 접

9 《고려사》권13, 〈世家〉13, 예종 8년.
10 이인로, 《파한집》중 19; 앞의 책, 146~147쪽.
11 《고려사》권14, 〈世家〉14, 예종 13년.
12 《고려사》권98, 〈列傳〉11, 〈김부식〉

대를 받으며, 연락을 즐기게 하는 데 있는 것이다. 이제 사찰은 종교적 성
소라기보다 유흥적 명소에 더 가깝게 되었다.

서긍이 선의문 안쪽으로는 십여 가구마다 하나 꼴로 있다고 한 누정
은 왕공귀인들의 사제(私第)에 의해 만들어진 것이다. 개중에는 왕조차
"내가 감히 감당할 수 없다"고 말할 정도의 굉장한 저택도 있었으나[13] 왕
도 사사로운 저택을 소유하고 이를 굉장하게 꾸
미는 데에서 다른 문벌 귀족들의 모범이 되기도
했다. 의종이 사제를 건립하는 과정은 왕실에서
아름다운 저택을 소유하는 방법의 파노라마이다. 그는 아름다운 저택들
을 사들이거나,[14] 빼앗거나,[15] 증여를 받음[16]으로써 사저를 늘렸다. 이런
사저는 별궁이라고 불러야 옳겠지만, 그윽하며 은밀한 공간을 연출하였
으며, 왕이 공무로부터 벗어나 사적인 유흥의 분위기를 만끽할 수 있게 만
들어졌다는 점에서 사저라고 해야 할 것이다.

의종 11년 4월 수덕궁(壽德宮)이 완성되었다.[17]
별궁이지만 특히 누정에 힘을 썼다. 민가 50여 채를
헐어 내고 지은 태평정(太平亭)이 유명했다. 정자 주
위에는 유명한 화초와 진기한 과수를 심었으며 이상스럽고 화려한 물품
들을 좌우에 진열했다. 그 남쪽으로는 연못을 파고 거기에 관란정(觀瀾
亭)을 세웠으며 그 북쪽에는 양이정(養怡亭)을 신축하여 청기와를 이었
다. 그 남쪽에는 양화정(養和亭)을 지어 종려나무로 지붕을 이었으며 또
옥돌을 다듬어 환희대(歡喜臺)와 미성대(美成臺)를 쌓고 기암괴석을 모
아 신선 산을 만든 다음 먼 곳에서 물을 끌어 폭포를 만들었다.[18] 청자 기
와와 야자나무 지붕이라는 것은 상상만으로도 아름답다.

의종은 뱃놀이를 즐겨 중미정(衆美亭), 만춘정(萬春
亭), 그리고 연복정(延福亭)등이 특히 유명했다. 중미정은 시내를 막아

13 《고려사》권107, 〈列傳〉 20, 〈권단〉.
14 《고려사》권18, 〈世家〉 18, 의종 20년.
15 《고려사》권18, 〈世家〉 18, 의종 20년;
《고려사》권18, 〈世家〉 18, 의종 16년.
16 《고려사》권18, 〈世家〉 18, 의종 11년.

17 수덕궁(壽德宮)을 봉향궁(奉香
宮)으로 비정하는 이도 있다. 김창
현, 《고려 개경의 구조와 그 이념》,
신서원, 2002, 200쪽.

18 《고려사》권18, 〈世家〉
18, 의종 16년.

연못을 조성하고 갈대를 심고 오리를 놀게 해 강호(江湖)의 경치를 본받았다고 하며, 만춘정은 정자 남쪽으로 시내를 돌게 하고 송죽과 화초를 심었는데, 특히 임금의 배는 금수(錦繡)로 장식하고 비단으로 돛을 달아 사치스럽게 했다고 한다. 연복정은 성 동쪽 범바위 절벽에 세워 역시 기화이목(奇花異木)을 심었으며 물이 얕아 배를 띄울 수 없자 제방을 쌓아 호수를 조성했다고 한다.[19]

이러한 누정들은 모두 연못과 누대, 주변의 기화이초 어느 것 하나 인위적인 조경이 아닌 것이 없다. 물론 중미정과 같은 것은 강호의 경치를 본받았다고 하지만, 강호의 경치를 본뜬 것이지 그것이 곧 강호의 경관이라고 볼 수는 없다. 누정을 중심으로 자연을 관리함으로써 배경적 자연으로부터 심미적 자연으로서, 즉 관리된 자연으로서 관리하고 조작하기 시작했다는 것은 산수미 발견에 매우 중요한 진보를 이룩했다는 점에서 주목할 만하다.

공해, 사찰, 사저 할 것 없이 누정이 경영되면서 과연 개경은 도시 곳곳이 정원이었다. 중세 전기의 몇 안 되는 도시 중에서 개경은 조야한 야만의 바다에 떠 있는 아름다운 문명의 섬이었던 것이다.

3. 세 편의 문학 작품

예종대의 풍류

많은 누대정사 중에서 장원정(長源亭)은 예성강가에 세워진 정자이다. 이는 도선(道詵)의 《송악명당기(松岳明堂記)》에 따라 군자어마명당(君子御馬明堂)의 터에 궁실비보(宮室裨補)로써 건립되었으므로[20] 국왕의 행행(行幸)이 가장 많았다. 예

19 이 세 정자에 관한 기록은 모두 다 《고려사》권16, 〈世家〉18, 의종 21년 기사에서 찾을 수 있다.

20 《고려사》권53, 〈志〉7, 〈五行〉1. 《동사강목》에는 문종 10년(1056년) 11월에 건립되었다고 했다. 앞의 책 IV, 108쪽.) 《신증동국여지승람》〈경기〉, 〈풍덕군〉에는 장원정 터가 명당이라고 하고 예종과 곽여의 창화시를 실었다. (《국역신증동국여지승람》 2, 395~396쪽. 민족문화추진회, 1989.) 이하 이 책에서 인용한다.

종과 곽여의 창화, 정지상의 응제 등을 보면[21] 관상 누정으로 그 기능이 변했던 것 같다. 양화루는 장원정 옆에 있는 누정인데, 거기에도 예종과 곽여의 창화가 남아 있어 이 일대가 군신창화의 명소였음을 알게 한다. 양화루에서 예종은 이렇게 읊었다.

서쪽으로 도성 문을 나서 아름다운 한 모퉁이에	西出都門勝地隅
구중궁궐이 강호를 베고 누웠네.	萬重宮闕枕江湖
꽃다운 들에는 주렴 장막을 비낀 듯	芳菲野色斜簾幕
아득히 안개 낀 물결로 배들을 보낸다.	浩渺煙波送舳艫
어쩌는 문장으로 창화를 다퉜고	昨日文章爭唱和
오늘 아침엔 노래와 피리로 즐거워하네.	今朝歌吹作歡娛
시로는 온갖 경치를 다 할 수 없어	詩中未盡千般景
몇 폭 비단에 그림으로 그리게 한다.	數幅鮫絹命出圖

도성 서쪽 병악(餠嶽)은 도성을 벗어난 강호의 구역. 그곳에서 예종은 눈을 들어 밖을 살폈다. 양화루 앞으로는 너른 들판이 마치 주렴을 비낀 것처럼 아름답게 펼쳐져 있고, 안개 낀 서강으로 배들이 사라졌다가는 다시 나타났다. 서강은 예성강이다. 그곳을 출입하기 위한 관문은 벽란도였다. 벽란도는 명승지로도 유명하지만, 개경으로 들고나는 관문으로도 유명했다. 이곳은 개경의 연장이며 흥왕한 고려 국운이 발산되는 곳이었다.

누정의 심미적 목적은 주변 경관을 조망하는 것, 주변 경물로부터 심미적 거리를 두는 것, 그리하여 주변 경물의 미학적 중심이 되는 것이다. 나아가 주변 경물로부터 미학적 추상을 시도하는 미적 주체와 미적 주체에 의해 주변 경물로부터 뚜렷이 분리되어 아름다운 것으로 파악되는 미적 대상의 상호 작용이 바로 누정이라는 공간에서 이뤄진다.

누정에서 본 자연 경물은 누정을 둘러싼 배경의 것들로부터 추상되어 누정을 핵으로 단단히 모인 아름다운 물상으로 승화된다. 이제 자연 경물은 미적 주체를 위한 배경이라든가, 미적 주체의 심경을 표현하기 위한 비유물이라거나, 또는 사건·사실을 압축한 상징물이 아니다. 그것은 미적 주체가 주변의 자연물에 적극적이고 능동적으로 미적 추상의 작용을 가해 선발한 것으로 주변 배경으로부터 추상화된 미적 대상으로 승화한다. 이럴 때 누정은 주변의 경물을 모으고[聚景] 집약하는[挹景] 미학적 중심으로서 미적 주체와 미적 대상의 상호 작용이 이뤄지는 특이 지점이 된다.

뒤에 관직과 발령지에 따라 이리저리 옮겨 다녀야 하는 하급 관료들이 문학의 주체로 성장하면서, 또 지역에 기반을 둔 지식인들이 문학의 주체로 성장하면서, 특별히 가공하지 않은 주변의 광경이 심미적 대상으로 발전되었다. 이렇게 관리되지 않은 산수를 미적으로 파악할 수 있었던 것은 이들의 세계관이 관리된 자연 경관에서 심미 의식이 가능했던 왕공귀인들과는 다르다는 것을 나타낸다.

송도팔경의 세계

고려 전기 문벌 귀족의 아름다운 정원은 무신의 난과 원 항쟁기의 40년 남짓한 공도(空都) 시기를 거치면서 파괴되어 갔다. 대신에 개성에 대한 새로운 미학이 싹트기 시작했다. 신흥 사대부들에 의해서였다. 이제현은 〈억송도팔경(憶松都八景)〉, 〈소상팔경(瀟湘八景)〉, 〈운금루사영(雲錦樓四詠)〉, 〈소상팔경-무산일단운(瀟湘八景-巫山一段雲)〉, 〈송도팔경-무산일단운(松都八景 巫山一段雲)〉 등 모두 다섯 종의 집경제영시를 창작했다.

이 작품은 송적(宋迪)의 〈소상팔경(瀟湘八景)〉의 전통을 이어 우리 산수(山水)를 대상으로 창작했다는 점에서 큰 의의를 갖는다. 사실 송적의 〈소상팔경〉은 관습성이 아주 강한 미적 규범이어서 작가의 특유한 해석의 여지를 거의 허용하지 않는 전범이자 클리셰였던 것이다.

이제현은 〈소상팔경〉을 창작하는 데에 그치지 않고 고향 개성을 대상으로 한 집경제영시 〈송도팔경〉 두 편과 처질(妻姪) 현복군 권렴이 경영한 운금루를 대상으로 한 〈운금루사영〉을 제작했다. 두 편의 〈송도팔경〉은 각기 여덟 개의 경물을 '지명 + 지명의 의의' 라는 소상팔경시의 표제 구성 방식에 따르되 이를 개성에서 찾아냄으로써 개성의 아름다움을 정식화한 것이다.

전후(前後) 〈송도팔경〉의 대상이 되는 곳은 곡령(鵠嶺), 용산(龍山), 자동(紫洞), 교외(郊外), 웅천(熊川), 용야(龍野), 남해안(南海岸), 서강(西江), 북산(北山), 백악(白岳), 횡교(橫橋), 장단(長湍), 박연폭포(朴淵瀑布) 등 모두 개성 주변의 정경이었다. 다음은 그 중 용산에서 맞이하는 늦가을의 정취를 회고한 작품이다.

지난해 용산의 국화꽃 피었을 쩨	去年龍山由菊花時
손님과 함께 술병 들고 산에 올랐나니.	與客盡上翠微
한줄기 솔바람에 모자가 날아가고	一巡松風吹帽落
단풍잎 옷에 가득히 술 취해 돌아왔네.	滿衣紅葉醉扶歸
	이제현, 〈龍山秋晚〉

그때 이제현은 토번으로 유배된 상왕을 만나기 위해 여행 중이었다. 1323년 가을 무렵에 이제현은 경주(涇州)와 조나(朝那)의 어름에 있었다. 거기서 고향 개성에서 국화꽃 필 무렵 벗과 함께 용산에서 가을 나

들이를 즐겼던 즐거움을 추억했다. 이제현의 작품에 등장하는 어느 곳이든 그것은 자기의 추억이 깊게 연관되어 나타난다. 요컨대 〈송도팔경〉으로 가려 뽑은 각각의 경물은 지은이 이제현의 회상적 가치, 그가 경험하고 느꼈던 경물에 대한 경험적 가치로부터 선발된 것이었다.

이렇게 개성을 여덟 개의 경관으로 나눔으로써 개성은 각각의 개별적인 아름다운 경관으로 해체된다. 그래서 추상적으로 개성이 아름답다가 아니라 개성의 어떤 장소, 예컨대 자동(紫洞)이나 청교(靑郊)에서 이루어지는 어떤 장면, 즉 중을 만나고 손님을 전송하는 등의 장면이 아름다운 것이 되어 보다 구체적인 장소와 장면으로 형상화된다. 그런 한편 이런 개개의 경관이 모두 개성을 대표하는 여덟 개 경관 중의 하나라는 점도 잊어서는 안 된다. 구체화되고 개별화되었던 여덟 개의 경관은 다시 개성이라는 큰 범주로 집약되는 것이다.

〈송도팔경〉의 작시 원리는 관념적 형식과 구체적 대상, 포괄적 대상과 개별적 장면이라는 서로 이질적이고 배타적인 것을 두루 아울러 담아두려는 것을 그 원리로 삼고 있다. 즉, 〈소상팔경〉이라는 관념적 산수를 대상으로 한 시 형식을 빌어서 개성이라는 구체적 대상을 형상화해내는데, 그것을 여덟 개의 보다 생동감이 넘치는 경험적인 미적 대상으로 구체화시키면서 다시 이를 개성이라는 도시로 집약시켰던 것이다. 이렇게 우리 나라 산수의 미를 보편적인 미적 규범을 통해 형상화함으로써 우리의 산수가 다만 개별적이고 특수한 것이 아니라 보편적인 규범과 형식을 갖춘 미적 대상으로 승화할 수 있었다.

이제현의 영사시가 이규보(李奎報)·이승휴(李承休) 등의 문인을 계승해 이곡(李穀)의 영사시와 정도전(鄭道傳)의 《경제문감(經濟文鑑)》〈군도편(君道篇)〉에서 종합적으로 고찰되는 교량의 역할을 했다면, 그의 집경제영시는 이인로(李仁老)·이규보·진화(陳澕) 등을 계승해 안축(安

軸)·정포(鄭圃)·이색(李穡) 등으로 이어졌으며 뒤로는 조선초 관각문인들의《동국여지승람(東國輿地勝覽)》〈제영(題詠)〉으로써 종합적으로 망라되었다. 송의 〈소상팔경〉은 원대에 이르러서는 자기 고향을 대상으로 한 수많은 집경제영시로 발전되었다고 하는데 바로 그런 일이 우리나라에서도 일어났던 것이다. 그런 의미에서 개성은 신흥 사대부에 의해 새롭게 발견된, 별스럽지도 야단스럽지도 않은, 자랑스러운 우리 고향이었다.

개성 유람의 장면

조선 초기 사대부들에게 개성은 전 시대를 대표하는 도시였으므로 거기에 대한 흥회가 없을 수 없었다. 저 정도전이나 이색 등이 회고가(懷古歌)를 지었다는 것도 그 사실의 여부와 관계없이 충분히 그럼직하다고 받아들여졌다. 조선의 입장에서 고려는 이긴 나라[勝國]였다. 역사에 대한 감각이 설령 무딘 사람이라도 승국 고려의 잘잘못을 따져보고 역사적 교훈을 얻는 회고적 분위기가 없을 수 없었다. 아직까지 고려의 수도 개성은 그 역사적인 의의가 강했던 것이어서 김종직(金宗直)의 말대로 '은감(殷鑑)'이었다.[22]

그런 여말선초의 열기가 식자 개성은 다른 의미로 받아들여졌다. 그것은 채수(蔡壽)의 말처럼 "송경(松京)은 고려조의 수도인지라 산수가 기려하여 동방에 으뜸간다. 500년의 번화한 승적(勝迹)은 비록 씻은 듯이 없어졌지만, 그 남는 풍속이 오히려 보존된 것이 있는 곳"[23]이었다. 개성은 여전히 소인(騷人)들의 발걸음을 끌어당기는 매력적인 도시였다.

조선 후기까지 개성을 은감으로 이해하려는 분위기가 지속되는

22 김종직, 〈跋松都錄〉,《畢齋文集》, 한국문집총간 제12책; 이종묵, 〈조선 전기 문인의 송도 유람과 그 문학 세계〉(《한국한시연구》7, 1999, 227쪽)에서 주목한 것에서 도움을 받았다.

23 채수, 〈遊松都錄〉,《懶齋集》, 한국문집총간 제15책.

가운데 조선 중기에 이르면 유흥적인 분위기가 나타나는 것은 변화라고 할 수 있다. 황진이가 개성에서 볼 만한 것이 박연폭포와 서경덕(徐敬德)과 자기 자신이라고 한 말도[24] 아름다운 명승지와 이름난 명기가 어우러지는 유흥의 도시 개성에 서경덕 같은 철인(哲人)이 있다는 것이 이채라는 말로 들린다. 이렇게 개성 유람은 정치적인 아우라도 성리학자들의 잰체하는 회고적 자세도 사라지면 명승고적과 아름다운 기녀로 유명해진 유흥과 낭만의 도시로 변모한다.

<blockquote>

관음사(觀音寺) 절 앞에는 반석이 있어 앉을 만하고 흐르는 물이 돌아서 돌을 부딪치어 소리가 요란하다. 드디어 술을 가지고 그 위에서 서로 마시며 관솔을 피우고 연구(聯句)를 지어 쓰는데, 이윽고 동산에 달이 올라 빛이 골짝에 퍼지니 대낮과 같이 밝았다. 태허(太虛)는 글귀를 만들어내기에 곤하여 돌 위에 가로 누웠고, 경숙(磬叔)은 관망을 벗고 이마를 버놓고 산보하며 서성대고, 헌지(獻之)는 무릎을 안고 속으로 읊조리고 생각하는 바가 있는 것 같으며, 여회(如晦)는 잔을 들고 마시기를 인도하여 망설이지 아니하고, 세원(世源)은 취하지 아니하여 옷자락을 정제하고 앉았다. 구공(具公)은 크게 취하여 거문고를 만지는데 기발한 태도가 드러나고, 기지(耆之)도 또한 잡고 자주 놀리는데 청아하여 들을 만하고, 희인(希仁)은 흥에 겨워 저도 모르게 앞으로 기어들고, 자진(子珍)도 취해서 거문고를 빼앗아 타는데 ……[25]

</blockquote>

궁궐터는 단연 개성 유람의 백미였다. 궁궐의 유허지를 돌아보고 남은 전각들을 살펴보면서 회고의 심정과 은감의 다짐을 느끼는 것이 하나의 코스였다. 그러나 아름다운 산수에 자리한 사찰과 사저(私邸)가 많

[24] "眞娘嘗曰 松都有三絶 其一朴淵瀑布 其二花潭先生 其三卽我也"(이수광, 《芝峯類》15, 〈인물부〉, 〈인재〉)

[25] 채수, 〈遊松都錄〉, 《懶齋集》, 한국문집총간 제15책.

은 곳이 개성이었으므로 아직도 남아 있는 사찰이나 사저, 또는 누대정
사를 돌아보며 유흥의 정경을 즐기는 것이 한 즐거움이었던 것이다.

　　개성 유람은 대개 비슷비슷한 코스로 이뤄졌다. 개성에 들어서면
연복사(演福寺)와 화원(花園)을 관람하게 된다. 공민왕 23년에 만들어졌
다는 화원은 예종대의 어원을 복원한 것으로 여겨진다. 그리고 고려의 궁
궐 연경궁(延慶宮)의 구지에서 만월대(滿月臺)라 칭하는 건덕전(乾德殿)
유기(遺基), 이미 논이 된 동지(東池), 간의대(簡儀臺), 위봉루(威鳳樓), 사
간원(司諫院)과 사헌부(司憲府), 구정(毬庭)을 돌아보게 된다. 하루는 정
자사(淨慈寺), 복령사(福靈寺), 광명사(廣明寺), 귀법사(歸法寺) 옛터, 영
통사(靈通寺)의 사찰을 유람한다. 왕륜사(王輪寺) 부근이 자하동(紫霞洞)
인데, 그때까지 남아 있던 채홍철(蔡洪哲)의 구택(舊宅) 구경도 빼놓을
수 없는 유람의 명소였다. 하루는 멀리 천마(天磨)·성거(聖居) 두 산에

박연폭포
개성직할시 개풍군 천마산 기슭에 있는 높이 20m의 폭
포로 그 아래에는 지름 40m에 이르는 고모담이라는 못
이 형성되어 있고, 못의 물이 매우 맑고 투명하여 못 속
의 반석이 보일 정도이며, 여기에 비친 달빛과 가을단풍
은 더욱 절경을 이룬다.　출처_http://blog.empas.com
/roks821 /5990560

있는 박연폭포로 나들이를 가고, 하루는 벽란도(碧瀾渡) 나들이를 간다. 벽란도 나들이 때에는 해동제일의 아름다운 사찰 감로사(甘露寺)가 있었고, 비보 누정이었던 장원정(長源亭)의 터도 관람할 수 있었다.

채수의 나들이 때에도 장원정은 터만 남아 있었다. 그곳에 올라 성현(成俔)은 이렇게 읊었다.[26]

26 성현, 〈登長源亭 次大虛韻〉, 《虛白堂詩集》5, 한국문집총간 제14책

바닷 바람은 안개를 불어 저녁 안개 피어오르는데	海風吹霧暮霏霏
눈길 닿는 하늘 끝 다시 아득하구나.	日落村墟飛鳥集
해 저문 마을 빈 터에는 새들 날아들고	目極天涯望更微
밀물드는 모랫버에는 조각배 날아온다.	潮回沙浦片帆飛
구름과 버는 멀리서 감돌아 산은 텅비어 있고	雲嵐沼遞山空在
궁궐은 황무하여 세상에서는 이미 아니라 하는구나.	宮闕荒蕪世已非
그대와 술병을 들고 이 아름다운 곳에 놀면서	與子携壺遊勝地
실컷 취하여 돌아오잔 말 잊자꾸나.	厭厭不醉不言歸

궁궐이 황무한 쓸쓸한 심경이 들었어도 아름다운 명승지는 여전하다는 생각을 담았다. 그 아름다운 곳에서 술을 마시고 시를 지으면서, 또 저 앞의 채수 일행처럼 노래도 부르고 음악도 감상하고 춤도 출 수 있다고 한다면 그곳은 더 이상 회고의 소슬함을 부르는 곳은 아니다. 그곳은 돌아올 것을 잊고 싶은 아름다운 산수인 것이다.

4. 상도와 공단 너머

개성 유수(開城留守)로 있었던 이덕형(李德泂)은 17세기 개성의 모습에 대해서 이렇게 말했다.

숭정(崇禎) 기사년(인조 7년, 1629)에 내가 개성 유수로 나갔다. 세대가 멀어져서 고려조의 남은 풍속이 변하고 바뀌어 거의 없어졌는데, 오직 장사하고 이익을 좇는 습관만은 전에 비하여 더욱 성해졌다. 이 때문에 백성들의 넉넉함과 물자의 풍부함이 우리 나라에서 제일이라고 이를 만하다. 상가(商街)의 풍속은 저울눈을 가지고 다투기 때문에 사기로 소송하는 것이 많을 듯한데도, 순후한 운치가 지금까지 오히려 남아 있어서 문서 처리할 것이 얼마 되지 않았다.[27]

이덕형의 눈에 비친 개성은 상도(商都)였다. 상거래가 많고 이득을 다투는 곳이므로 당연히 상업적인 이권 다툼이 있을 것인데 그렇지 않다고 했다. 그것이 고려조의 순후한 운치가 지금까지 남아 있어서라고 생각한 것이다. 상업이 발달할수록 상거래의 윤리가 발달하는 것은 당연한 일이다. 일찍이 《고려도경》에 개성 상인들은 상업의 윤리를 적어 깃발로 내걸었다고 기록하지 않았는가.[28] 또한 개성 상인들은 이익을 분배하다가 10원이 남으면 그 돈으로 성냥을 사서 성냥개피로 나눈다고 했다. 개성이 상도로서 성장할 수 있던 것도 이런 상거래의 윤리가 하나의 도시 기풍으로 지속되었기 때문이다.

과연 개성은 상업의 도시로서 유감이 없다. 고려 시대 세계적인 무역항 벽란도가 그렇고 우리 고려에서 개발되어 아랍을 거쳐 유럽으로 전파되었을 것이라 추정되는 사개송도치부법(四介松都置簿法)이라는 독자적인 복식 부기(複式簿記)가 그렇고[29] 개성 상인(開城商人)이라는 설화적 이미지가 그렇다.[30] 조선이 경주를 보호하는 데 힘쓴 적은 있어도 개성을 보호하는 데 힘썼다는 기록을 찾기 어려운 것도 이미 잊혀진

27 이덕형, 〈송도기이(松都記異)〉, 《국역대동야승》 16, 민족문화추진회, 1989.

28 서긍, 《고려도경》 3, 〈방시(坊市)〉에 영통(永通), 통상(通商), 광덕(廣德), 여선(興善), 존신(存信), 행손(行遜)의 여섯을 적어 가게에 내걸었다고 했다. 이는 《고려사》 77, 〈백관〉 2, 〈경시서(京市署)〉조에도 있다.

29 이용달, 〈사개송도치부법의 서양으로의 전파 가능성〉, 《한글한자문화》 32, 전국한자교육추진총연합회, 2002.

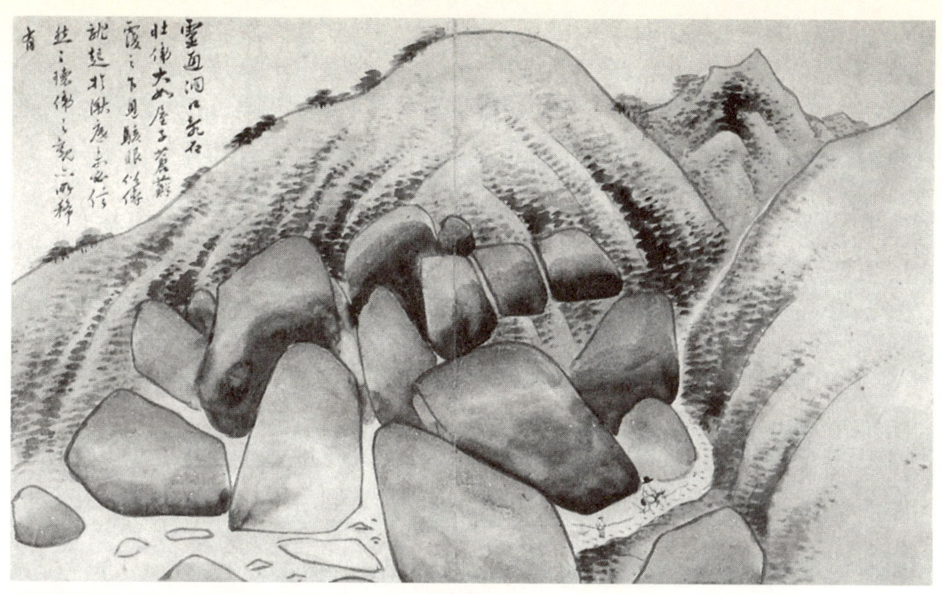

강세황(姜世晃)의《송도기행첩(松都紀行帖)》7면, 〈영통통구(靈通洞口)〉
한국회화사에서 기념비적 작품인 이 작품은 오관산(五冠山) 방면을 그린 것이다. 길의 저 안으로 대각국사비(大覺國師碑)가 있는 영통사(靈通寺), 그리고 서경덕(徐敬德)이 살던 화담(花潭)이 있다.　출처_경기도사편찬위원회,《경기도의 문화와 예술》, 경기출판사, 1997.

고도(古都) 경주와 달리 개성은 상업 도시로 착실히 발전해가고 있었기 때문이다.

지금 반세기 넘어 분단된 다음에 다시 개성이 화제의 중심에 오른다. 우여곡절을 거쳤으나 남북한이 합작한 공단이 인구 8만의 도시 개성에 건립된다는 것이다.[31] 개성이 가장 화려했던 고려로부터 상업 도시로서 변천해가면서 개성은 도시로서의 의미보다는 그저 상업을 위한 바탕 화면처럼 여겨져 왔으므로 그 도시적 의미가 사람들에게서 점차 옅어져만 갔는데, 지금 금강산(金剛山)과 함께 통일의 가능성을 시험하는 장으로서 새삼 그 도시적 가치가 부각되는 것이다.

30 예를 들면, 임상옥(林尙沃)은 의주에서 인삼 무역을 한 만상(灣商)이다. 김주영은《27인의 개성상인》(산과들, 2001)에서 임상옥을 전형적인 개성 상인으로 비정했다. 한편 우리 나라의 근대화에 기여한 한말 기업인으로서 새롭게 조명되는 이용익도 개성 상인이다. 김성수는 〈개성 상인 정신 발달사 연구 – 개성 상인 정신〉(《경영사학》, 17-2, 한국경영사학회)에서 개성 상인은 행상을 장악해 상업을 발전시켰으며 이들은 조선 건국으로 비타협적인 인사들이 상업에 투신했기 때문에 발전할 수 있었다(25~26쪽)고 추정했다.

31 남북경협과 관련해 개성의 현대 모습에 대한 자료는 많이 나와 있다. 개성은 북한 행정 구획상 직할시이며 인구 8만의 시와 인구 22만의 3개 군을 두고 있다고 한다. 면적은 1211km²란다. 개성의 현 상황에 대해서는 성도용 · 선병수, 〈개성 산업 단지 개발 계획〉(《토목》, 49-5. 2001년 5월호)에 자세하게 나타나 있다.

어느 시대든 문화재의 등급은 그 시대의 가치를 따르는 법이다. 이덕형의 말대로 철인 서경덕과 시인 황진이와 서예가 한호(韓濩)의 고향인 개성을 떠올릴 것인지, 새로운 상업 공단 개성을 만들어갈 것인지는 온전히 우리에게 떠넘겨진 중요한 역사적 선택인 것이다.

실학의 고장 광주

구중서

경기도 광주(廣州)는 '너른 고을' 이라는 뜻을 나타낸다. 지금의 서울을 가로지르는 한강의 남쪽에 이어 붙은 넓은 지역이 광주였다. 지금 서울에 편입된 강동구·강남구·송파구도 광주였다. 동쪽에서는 한강의 팔당 유역 건너에 있던 초부면 능내리 마재 마을이 다산 정약용의 고향인데, 그곳도 광주였다. 서쪽으로 안산에 경계를 이룬 성곶면(聲串面) 첨성리가 성호 이익의 마을이었는데 이곳도 광주였다.

성호의 마을과 다산의 마을 중간에 위치한 경안면 중대리 텃골이 순암 안정복의 마을인데, 이곳은 지금도 광주의 한복판이다. 이리하여 18세기 조선 실학(實學) 경세치용학파(經世治用學派)의 대표적 인물인 성호·순암·다산이 이 고장의 역사적 성격을 상징하고 있다.

역사적으로 가장 오랜 옛날로부터 보면 백제의 시조 온조 임금이 도읍으로 정한 하남위례성에서부터 생각할 수 있다. 오늘날 서울 강남에 있는 풍납동 토성·몽촌 토성·하남의 이궁산성 일대가 하남위례성의 터전으로서 광주 지역에 해당한다. 고려 시대에는 경기도 일원을 양광도라고도 불렀다. 강북의 양주와 강남의 광주를 중심축으로 삼은 것이다.

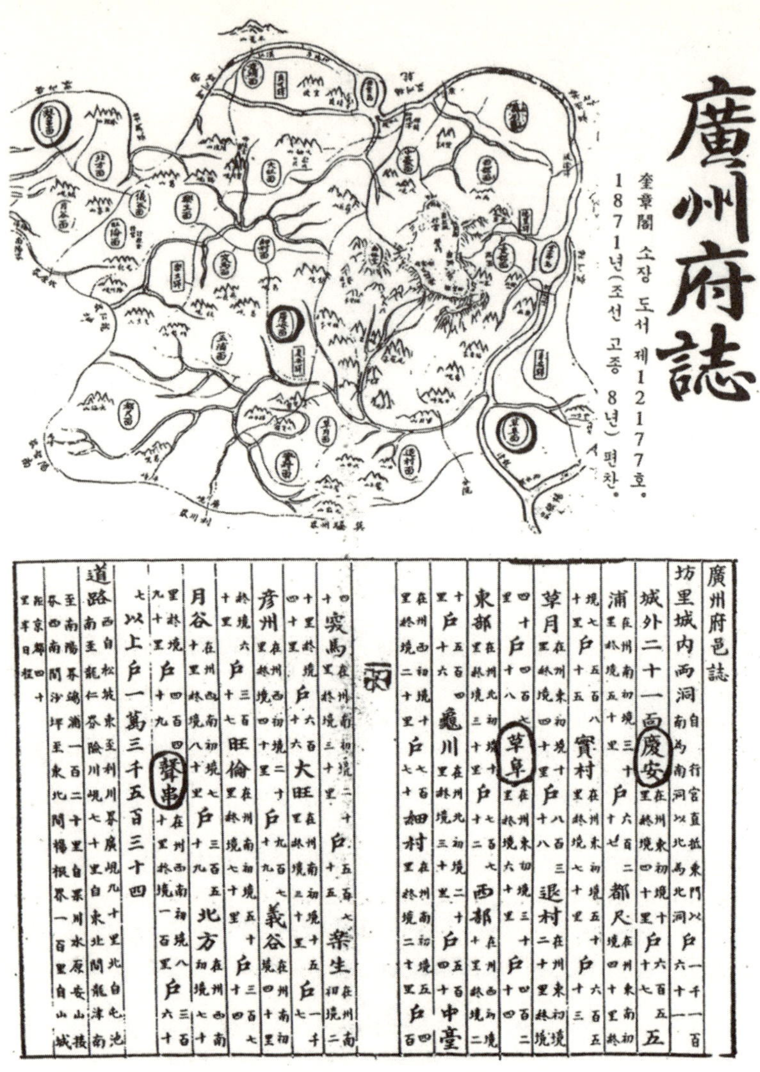

《경기읍지(1871)》에 실린 광주부의 면 상황과 지도

그러나 역사 속의 정신적 가치와 문학의 계통을 헤아리는 데에는 18세기 실학의 시대에서 단서를 잡을 수 있다. 조선조의 지식인들은 모두 문학과 철학을 함께 추구하였다. 여기에서 철학이라고 하는 것은 유가의 성리학이다. 어떤 이는 이것을 폐단이 있는 관념론이라고 하지만

그렇게 보는 것은 오히려 좁은 생각일 것이다. 성리학은 우주의 존재 근원으로부터 시작해 분별의 진리와 가변적 감각을 헤아린 학문이다. 조선조 500년이 외세에 시달렸어도 나라를 운영한 인맥은 성리학의 사림파(士林派)들이다. 그들은 청렴했고 지조를 위해 목숨도 바쳤다. 실학은 그 성리학의 낙도이민(樂道利民) 사상에서 한 단계를 더 발전한 실천적 사상이다.

그들에게 문학은 수양의 기본으로 시·산문·이론을 구비하였다. 성호·순암·다산에게도 각기 많은 시 작품이 있어 그들의 문집에 실려 있다. 실학의 선구인 성호 이익은 시와 문장에 대한 이론에서도 실학자다웠다. 그의 《성호사설》〈시문문(詩文門)〉에 다채로운 이론들이 있다. "복숭아 나무에 버드나무 가지를 그리고, 살구나무잎에 아가위 꽃을 그려 넣으면 그 실물을 알 수가 없다"(〈고금문장〉). 애매하지 않게 충실한 표현을 해야한다는 것이다. 그러나 이 충실이 외형적인 것만을 뜻하는 것도 아니다. "해박하지 않더라도 학문의 근본을 추구하는 데에 힘써야 한다"(〈겸개선〉)고 하였다. 또 근본뿐 아니라 의연한 기품의 신비한 경지까지도 존중하였다.

조선 후기 실학의 대가 성호 이익의 묘소
출처_문화재청

천 석을 담을 큰 종을 보아라.

크게 치지 않으면 소리가 나지 않네.

만고에 우뚝한 두류산 천왕봉은

하늘이 울어도 울지 않는다네.

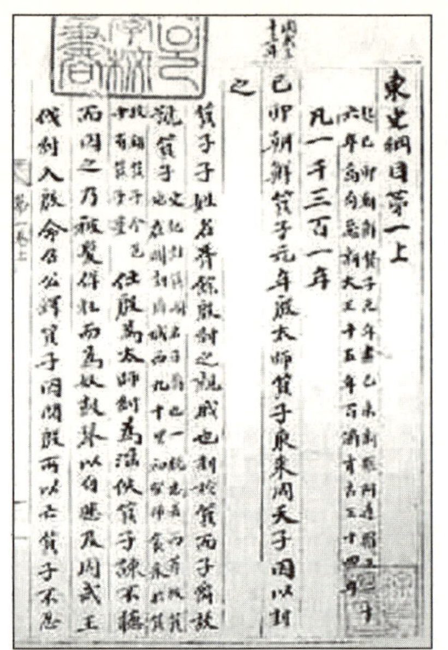

동사강목
18세기 안정복이 쓴 것으로 단군조선으로부터 고려 말까지를 다룬 통사적인 역사책이다.

남명 조식의 이 시에 대해 성호는 다음과 같이 평하였다. "얼마나 놀라운 기백인가. 읽는 사람의 마음을 장대하게 물결치게 한다"(〈남명선생 시〉). 성호의 이와 같은 시 비평이 연상케 하는 것이 있다. 현대 서양의 석학 문예 비평가 루카치가 다음과 같이 말하였다. "가시적 외형의 총체성도 중요하다. 그러나 인간의 끝없는 내면적 깊이를 보는 내포적 총체성은 더 중요하다.." 성호와 루카치가 다 리얼리즘 비평을 하고 있다고 말할 수 있다. 그러나 20세기의 루카치가 18세기의 성호로부터 더 진전한 무엇을 가지고 있을까. 함께 원숙한 경지인 것 같다.

순암 안정복은 우리나라 민족사관을 최초로 확립하였다. 그의 저서 《동사강목》이 그것이다. 단재 신채호가 그의 《조선상고사》 서문에 쓴 말이다. 그가 독립 운동을 위해 중국으로 망명할 때 그의 짐 속에 들어있는 한 권의 책이 있었다. 그것이 《동사강목》이었다.

순암은 가난 속에서도 수천 권의 책을 읽었다. 그리고 자신의 책을 썼다.

화가 나다가도 글만 읽으면 좋고

병이 났다가도 글 읽기만 하면 나아

이것이 내 운명이라 믿고

앞에 가득 가로 세로 책을 쌓아 놓았지

그때 이 책을 쓴 이들은

성인 아니면 현인들이네

책을 펴 볼 것까지도 없이

그냥 만지기만 해도 기쁘다네

몇 해를 이렇게 읽고 나니

책은 백 권 천 권도 넘고

가슴 속에 무엇이 있는 것처럼

구물구물 자꾸 나오려고 해

어디 글 한 번 써보자 하고

밤에 잠도 잊고 엮어 본다네

집안 식구나 친구들이야

미치광이로 볼는지 모르지만

제 보물은 그저 제가 좋아하는 것

〈저서농〉

순암은 성호의 제자이며 다산의 선배로서 도학의 기반을 견지하면서 실학에 정진하였다. 학문에 대한 그의 열정이 앞의 시에서 빼어나게 진솔한 표현을 이루었다. 그는 자전(自傳) 소설로《영장산객전(靈長山客傳)》을 쓰기도 하였다. 43세 때에 부친상을 당하고 광주 고향집에서 지내며 쓴 것이다.

그는 중국 소설《삼국지》도 이본들을 대조하며 정독하였다.《영장산객전》에 극적인 구성이 있는 것은 아니지만 자신의 삶 속 체험에 대해서는 역시 진솔하게 기록하였다. 제갈량이 했다는 대로 뽕나무 800그루를 심고 도연명이 했다는 대로 버드나무 다섯 그루를 심었는데, 뽕나무는 600그루가 죽고 버드나무는 한 그루가 죽었으니 역시 옛 사람 흉내를 낼 일이 아니라는 이야기도 하였다. 또 불가의 선(禪)과 노장(老莊)에도 관심을 둔 내용이 있다. 결론은 모든 것을 섭렵한 끝에 주위 사람들과 마음으로 불편하지 않게 사는 것으로 된다. 그의 생애를 바라보는 데에 참고가 된다.

다산 정약용은 광주학파(廣州學派)로서 가장 뒤 세대이니 실학의 집대성자로 불린다. '광주학파' 라는 말은 드물게 쓰이는 지칭이다. 그러나 같은 18세기에 같은 광주 땅에서 같은 실학으로 승계된 학통을 지닌 공통점으로 볼 때 '광주학파' 라는 말은 자연스러운 것이다.

18세기 조선의 광주학파는 다산의 나이 때문에 19세기에도 걸친다. 그리고 20세기 구한말의 자주적 개화인맥인 박규수·오경석·유대치·김옥균·유길준·신채호는 정신적 뿌리를 어디에 두는가. 다산 정약용이 그 뿌리이며 등걸이다. 이 점에 대해서는 구한말 시대의 체험자인 한 지사 필객의 저서 《장효근 일기(張孝根日記)》(1926)도 증언하고 있다.

다산의 투철한 민본주의와 정치 현실 개혁의 방안은 그의 방대한 저서 《목민심서》 안에 소상하게 담겨 있다. 이것이 집대성된 실학의 표징이다. 한편으로 다산은 실학 사상에 못지않게 문학사에도 위치를 가질 만큼 큰 작업을 남겼다. 그는 큰 분량의 시를 썼다. 당시에는 한글이 공식으로 통용되지 못해 한문으로 시를 지었으나 그 내용은 민족 의식과 함께 모국어 의식도 담고 있다.

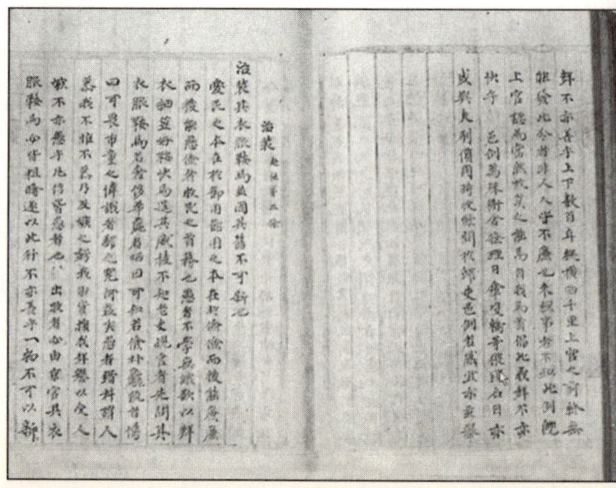

목민심서
18세기 후반부터 19세기 전반에 활약한 정약용이 목민관, 즉 수령이 지켜야 할 지침을 밝히고 관리들의 탐학을 비판한 저서이다.

나는 곧 조선 사람 　　　　　　　　　　　我是朝鮮人

조선시를 즐겨 지으리 　　　　　　　　　　甘作朝鮮詩

이처럼 '조선시' 선언도 했으며, 신라의 향가에서처럼 어휘의 훈독 방법을 쓰기도 하였다. 높새 바람을 고조풍(高鳥風)으로, 보릿고개를 맥령(麥嶺)으로 표기하였다. 그의 시 내용은 가난한 백성의 삶을 그렸고 수법은 사실적 구체성을 띠고 생동하였다.

시냇가에 선 집은 깨어진 뚝배기 같고
북풍에 이엉 뒤집혀 서까래만 앙상하네

묵은 재가 눈과 같고 아궁이는 썰렁한데
체의 망처럼 뚫린 벽으로 별빛이 비쳐드네

방안에 있는 물건 초췌하기 짝이 없어
다 팔아도 칠팔 푼이 안 되겠네.

개꼬리 같은 조이삭이 게 개에다
꼬인 닭 창자 같은 고추가 한 꿰미

항아리 깨진 금은 헝겊으로 발랐으며
버려앉은 천반은 새끼줄에 걸려 있네

슬프다 이런 집이 하늘 아래 널렸는데
먼 궁궐에서 어떻게 살펴보랴.

〈적성촌사〉

다산 정약용 〈寄二兒〉

1794년 다산이 서른셋의 나이로 암행어사가 되어 경기도 연천 고을을 둘러보고 지은 시이다. 뒤에 다산은 강진에 귀양을 가서도 주로 이러한 시를 지었다. 이른바 기민시(飢民詩)라는 것으로 헐벗고 힘없는 백성을 대변한 것이다. 그는 유배지에서 고향집에 있는 두 어린 아들에게 쓴 편지에서도 말하였다. "나라를 걱정하는 마음이 없는 것은 시가 아니다."[不憂國 非詩也] 현실 참여 문학의 선언이라 할 만한다. 거슬러 올라가면 16세기 조선조의 한 여성 시인인 허난설헌(1563~1589)을 광주에 연관해 이야기할 수 있다. 그의 묘소가 광주군 초월면 지월 2리 경수산에 있다. 이곳은 그의 시댁인 안동 김씨 가문의 선영이며, 묘소 아래 마을에 부군 김성립의 후예가 살고 있다. 그러므로 한 외지인이 우연히 묘지터를 빌어 자리잡은 경우가 아니며, 문학과 광주를 연상하는 이들이 오랜 세월 동안 이 허난설헌 묘를 찾아보고 있다. 난설헌의 묘는 경기도 기념물 제90호로 지정되어 있고, 묘 옆에는 전국 시가비건립동호회가 1958년에 세운 '난설헌 시비'도 있다.

허난설헌은 조선 시대 여성으로서는 특별한 삶을 살았다. 그 시대 여성들에게는 개인으로서의 이름이 없었다. 결혼 후에도 '허씨 부인'이라 하면 그만이었다. 그런데 '난설헌'(蘭雪軒)은 그의 아호이지만 어릴 때에 초희(楚姬)라고 하는 본명을 가지고 있었다. 양반가의 여식이라 하더라도 당시에는 글을 가르치지 않는 것이 풍속이었다. 여성이 글을 배우면 운명이 드세진다는 것이었다. 그런데 난설헌은 바로 손아래 남동생이며 소설 《홍길동전》의 저자인 허균과 함께 시인 이달에게서 글을 배웠다. 제한 없이 고전을 독파했고 시를 지으며 현란하게 고사를 인용할 수도 있었다. 스승 이달은 서자 출신으로 출세를 하지 못하고 시대와 사회에 대해 불만이 많은 이었다. 난설헌과 허균은 이 스승을 이해하고 존경하였다. 과연 난설헌이 글을 배우고 시까지 써서 운명이 드세진 것인지, 그의 가문이 정쟁의 와중에서 몰락하고 아버지와 오라비들이 모두 죽었다.

결혼을 한 난설헌은 부군과 사이가 좋지 않았다. 난설헌이 낳은 두 자녀는 어린 나이로 세상을 떠나 선영의 조그만 아기 무덤에 묻혔다. 그리고 그 자신도 27세의 젊은 나이로 생애를 마감하였다. 그의 부군은 재혼하였으나 1592년 임진왜란을 당해 역시 별세하였다. 불행한 허난설헌은 다만 재질과 시로써 세상에 남았다. 그는 자신의 시마저 없어지기를 원했으나 남동생 허균이 정성

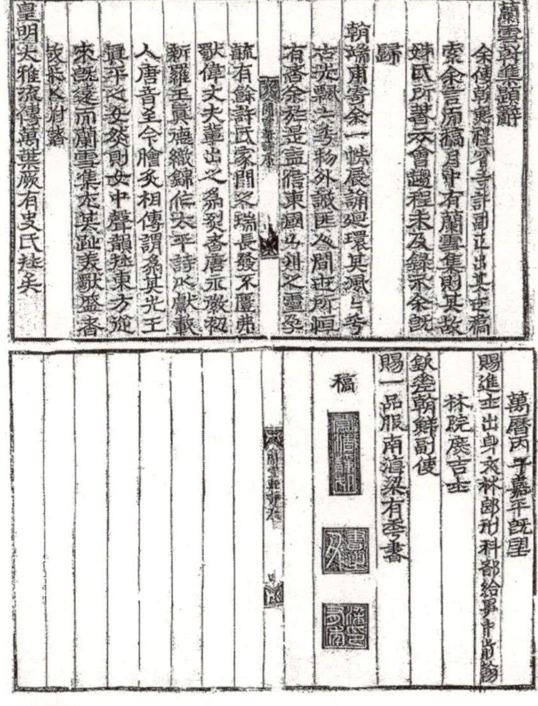

난설헌집
조선시대 시인 허난설헌의 시집. 아우 허균이 수집·간행하였다. 난설헌의 시는 당나라의 시형을 모방하기도 하였으나 당시 여성의 심회와 아름다운 선경을 노래한 것이 많아 한시문학사에 중요한 자료가 된다.

으로 모으고 정리하여 외국에까지 보냈다. 중국에서 또 더 뒷날에는 일본에서도 난설헌의 시집이 간행되었다. 국내에서는 1608년에 허균이 공주 목사로 있으면서 목판본으로 《난설헌집》을 간행하였다.

양반가의 세도가 불길처럼 일던 때

드높은 누각에서 음악이 울렸었지

인근의 가난뱅이 헐벗은 데다

주린 배 움켜쥐고 처박혀 있네.

어느덧 하루 아침 권세가는 기울고

원래 가난한 집 오히려 편해 뵈네.

흥하고 망하는 일 바뀌고 또 바뀌니

하늘의 이치를 벗어나기 어려워라.

〈감우〉

난설헌은 여성답게 님을 그리는 열정의 노래도 많이 지었다. 그러나 일찍 세상살이 이치를 터득해 허무도 알고 달관도 하였다. 그러므로 그는 감상적 한계에 갇히지 않고 너른 세상의 어엿한 시인으로 시대를 넘어 살아 있다.

해방 후에 활약한 여성 작가로 한무숙(1918~1993)이 있다. 한국여류문학인회 회장, 한국 소설가 협회 회장을 지내기도 하였다. 본래 서울의 규모 있는 반가에서 출생했고, 뒷날 그의 부군은 몇 군데 은행의 총재를 지내 귀족적 풍모로 보이기도 하였다. 그러나 한무숙이 소설을 쓰기 시작하던 때는 시골의 한 금융 조합 사택에서 새댁으로 살림살이에 묶여 있던 소박한 신분이었다. 그의 부군이 이 금융 조합의 이사였다. 그 시골 사택은 경기도 광주의 곤지암 금융 조합 구내에 있었다. 이 사택에서 한무숙은 1940년부터 1944년까지 살았다. 그는 원래 화가가 되기를 꿈꾸었으나 몸이 허약해 감당하지 못하였다. 그의 예술적 열정은 조용히 연필로라도 소설을 쓰는 데로 발전하였다. 낮에는 살림을 하고 밤에 잠든 부군 옆에서 그는 벽을 향해 누워서 글을 썼다. 벽에다 종이를 대고 연필로 소설을 썼다. 진한 연필로 글씨를 쓰면 누워서 써도 되었다. 철필로 잉크를 찍어 쓰는 방법은 누워서 할 수 있는 일이 아니었다. 한무숙이 연필로 쓴 장편 소설 《등불 드는 여인》이 1942년 《신시대》 잡지 현상 소설 모집에 당선되었다. 1943년에는 희곡 〈마음〉이, 1944년에는 희곡 〈서리꽃〉이 조선연극회 현상 희곡 모집에 당선되었다. 1941년부터 1944년에 이르는 동안 한무숙은 장녀와 장남·차녀 3남매를 출산하기도 하였다. 시기적으로 곤지암에 사는 동안의 일이다. 사택에서 100미터쯤 떨어진 가까운 데에 곤지암 냇물이 크게 흐른다. 부군이 서울에 출장을 간 밤에는 그 냇물 소리가 크게 들리어 젊은 새댁 한무숙은 무서워하였다. 그러나 곤지암 마을은 아름답고 살기 좋은 곳이었다고 한무숙은 노년에 이르도록 회상하곤 하였다. 1948년에 한무숙은 장편 소설 《역사는 흐른다》로 〈국제신보〉 현상 모집에 다시 당선되었다.

애석한 일은 6·25 전쟁이 일어나 부산으로 피난하는 와중에서 한무숙은 처녀 장편 소설 《등불드는 여인》과 두 편의 희곡 작품 게재물을 잃어버렸고 찾을 수도 없었다. 그리하여 1948년작 《역사는 흐른다》가 그의 첫 작품처럼 되었다. 그러나 《역사는 흐른다》가 있기까지에는 한무숙이 곤지암에 살며 써서 당선한 장편 소설 《등불 드는 여인》과 두 편의 희곡이 실질적으로 토대가 된 것이다.

한무숙은 그 뒤로 단편 〈감정이 있는 심연〉과 장편 《만남》을 비롯해 수많은 역작을 발표하였다. 《만남》은 광주 초부면 마재에 살던 다산 정약용을 주인공으로 한 작품이다. 광주 실촌면 곤지암에서 작가로 탄생한 한무숙이 광주 초부면 마재에 산 실학자 다산의 생애에 대해 쓴 것이 이 작가 만년의 대작이라는 것도 범상하지가 않다.

한무숙 소설은 그 문체가 서울의 전통있는 가문에서 사용해 온 독특한 어휘를 많이 담고 있어 국어학자의 연구 자료가 되는 예도 있다. 묘사의 구체성은 장인 의식에 가까울 정도이다. 등장인물의 운명은 대개 고난 속에 있어 인간 구원의 주제의식을 동반한다. 지난날의 곤지암 금융 조합이 원래의 그 자리에서 지금 농협으로 승계되어 있다. 건물 앞 길가에든가 소설가 한무숙이 1940년대에 처음으로 이 건물 안 사택에서 소설을 썼다는 연고 내용을 담은 안내판이 세워질 만하다.

문학 평론가 구중서(1936~)가 곤지암에서 2킬로미터를 양평 가는 쪽으로 더 가서 있는 실촌면 하열미리에서 출생하였다. 1963년에 발표한 구중서의 첫 평론 〈역사를 사는 작가의 책임〉은 현실 참여적 문학론의 성격을 띤다. 춘원과 육당의 친일 훼절을 거론한 끝에, 국외의 톨스토이와 루쉰(魯迅)이 당대 사회 상류층이나 민중의 양심을 일깨운 점을 상기시켰다. 이와 같은 비평적 성향이 계속되다가 1970년《사상계》잡지 4월호 좌담 특집에서 하나의 문단적 사건에 간여한다. 4·19 민주 혁명을 겪고 10년이 지난 시점의 한 토론 자리였다. 역사의 어떤 계기는 우연처럼 발생하는데 그 내면에서는 필연성이 작용한다고 볼 수도 있을 것이다. 〈4·19와 한국 문학〉이라는 주제를 가지고 마련된 이 좌담에 임중빈(사회)·김윤식·김현·구중서 네 명의 문예 비평가가 참석하였다. 이 자리에서 구중서는 4·19 혁명으로 한국에서도 시민층이 형성된 것을 토대로 하여 '리얼리즘 문학'을 추진할 수 있게 되었다고 말하였다. 이에 대해 김현은 회의적이고 리얼리즘에 동의하지 않는 입장이었다. 이것이 이른바 '1970년대 리얼리즘 문학 논쟁'의 발단이 된다. 구중서는 좌담회에서 발언한 내용을 더 정리하고 보완하여 1970년 여름호《창작과 비평》에 〈한국 리얼리즘 문학의 형성〉이라는 제목으로 발표하였다. 1960년대 한국 문학에 제기된 참여 문학이 리얼리즘을 원리로 하여 계속 발전해야 한다는 것이었다. 김현은 역시 좌담회에서의 발언을 더 정리하고 보완하여 1970년 가을호《문학과 지성》에 〈리얼리즘론 별견〉이라는 제목으로 발표하였다. 리얼리즘은 19세기 유럽에서 모사 일변도의 진부한 것이 되고 끝난 것이라고 하였다.

리얼리즘을 찬성하거나 반대하는 두 갈래로 평론가들이 갈리어 연쇄적으로 여러 차례의 논쟁을 벌였다. 찬성하는 쪽은 임헌영 · 김병걸 · 염무웅 · 백낙청이고, 반대하는 쪽은 김양수 · 원형갑이었다.

염무웅이 1970년 12월호《월간중앙》에 〈리얼리즘의 심화시대〉를 발표하였다.

> 리얼리즘을 특정한 시대의 예술 이데올로기로 묶어 둔다면 그것은 개념의 부당한 축소가 될 뿐더러 인간과 예술을 위해서 그 개념이 열어주는 지평을 고의적으로 폐쇄하는 일이 될 것이다.…리얼리즘에 얽혀 있는 오해 중의 또 하나는, 그것이 때때로 사물을 있는 그대로 묘사하라는 것처럼 보일 경우이다. 지금 우리의 입장으로 보면 리얼리즘이 단순한 재생으로만 설명되어서는 안 되고 비전과 심화를 뜻하는 것이 분명하다. … '리얼리즘'이란 예술의 세부적 규칙들에 이리저리 구애받는 소심한 완벽성의 추구나 심미주의적 실험이 아니라 인간의 참된 삶이 있어야 할 구체적 방식을 밝히려는 끝없는 뜨거운 정열과 용기가 순간순간 변모하는 상황에 대처하여 예술 속에 자신의 불가피한 모습을 드러낼 때 그때 우리가 부르는 이름인 것이다.

염무웅의 이러한 리얼리즘 옹호론은 한 마디를 빼고 더할 필요가 없이 완벽한 판정처럼 되었다. 구중서는 염무웅의 이 평론을 포함해 〈70년대 비평문학의 현황〉이라는 제목으로 문단의 논쟁과 논의들을 종합해 정리하였다. 이 평론을 1976년 가을호《창작과 비평》에 발표하였다. 이

평론을 옹호하는 견지에서 이번에는 백낙청이 1977년 여름호 《창작과
비평》에 〈역사적 인간과 시적 인간〉이란 제목의 평론을 발표하였다.

《민족문학과 세계 문학 I 》이라는 평론집에도 실린 백낙청의 위 평
론대로라면 현대 한국 문단에서 피곤하게 갈등을 빚을 문제들은 그야말
로 '일단' 해소가 된 셈이다. 이제 할 수 있고 해야할 일은 염무웅의 말
대로 '비전'과 '심화'이다. 이것은 영원히 해야할 일이다. 그리고 이미
오래 전부터 진행되어 온 일이다. 성호 이익이 남명 조식의 시에서 의연
한 기품과 끝없는 의미를 본 것이 이미 고전적 리얼리즘의 심화이며 비
전이었다.

지금 경기도 광주에 '너른고을문학회'가 있다. 한국 민예총 광주
지부의 또 다름이다. 연간 작품집을 아홉 번 간행하였다. 민예총과 작가
회의는 지금 한국 문화계에서 실학의 계통이며 리얼리즘의 계통이다. 실
학의 현대적 이름이 리얼리즘이다. 광주, 너른 고을에서는 이렇게 고을
과 현대의 정신이 같은 맥락으로 이어져 흐르고 있다. 너른고을문학회에
서 최언진 · 허정분 · 이종남 · 이서경 등이 각기 시집을 내고 작품 활동
에 정진한다. 최언진은 허난설헌 문학상을 받았다. 허정분 · 이종남은 민

족문학작가회의 회원으로 활동한다. 다 함께 심화와 비전을 계속 추구하
는 복된 짐을 나누어지고 있다.

여강의 뉘누리[34]와 부악의 정기
여주, 이천

이진호

1. 여강 품고 살아온 강마을

여주는 잠시나마 강원도, 충청도에 속한 적도 있었을 정도로 경기도 최동남쪽 땅이며 산세(山勢)보다 수세(水勢)가 우세한 곳이다. 흔암리는 선사 시대 주거지가 발굴되어 역사의 깊이를 대변하고, 멱곡리에서는 민토기, 그물추, 마제화살촉, 뗀돌도끼, 숫돌 등이 발견되어 당시의 생활 터전을 엿볼 수 있다. 마한의 땅, 백제의 땅을 거쳐 고구려의 남하 정책으로 고구려의 땅이 된 후부터 지명이 나오는 바, 여주의 옛 이름은 골내근현, 술천, 기천, 황려, 영의, 여흥 등이다.

여주의 한복판을 동서로 가로질러 흐르는 남한강을 여강(驪江)이라 한다. 인류는 강과 함께, 강을 젖줄로, 강을 끼고 문명을 일구어 왔듯이 여강도 여주의 풍광과 인물, 작품, 삶과 역사를 품은 채 오늘도 말없이 도도한 자태를 머금고 흐른다. 이중환은 《택리지》에서 우리나라 전체 강마을에서 살기 좋은 세 곳(평양외성, 춘천, 여주) 중 하나로 여기를 꼽았다. 송강 정철이 강원도 관찰사를 제수 받아 임지로 부임할 때 "平평丘구

《광여도》의 여주목　출처_한국역사정보시스템

(양평)驛역 물을 ♂라 黑흑水슈(여주)로 도라드니, 蟾섬江강이 어듸메오 雉티岳악이 여긔로다"(관동별곡)라고 노래하며 지나가던 곳이다.

　　그러하기에 여주를 대표하는 여주팔경(驪州八景)은 시대를 따라 약간씩 변하기는 했지만 강을 따라 이어진다. 즉, '저물어가는 강변의 신륵사에서 은은히 들리는 종소리[신륵모종(神勒暮鐘)], 한밤에 등불을 달고 강 위에 떠 꽃밭을 이룬 고깃배[마암어등(馬巖漁燈)], 학동(현암리, 오학리) 민가에서 저녁 짓는 연기가 모락모락 서로 얽혀 강변에 깔리는 풍경[학동모연(鶴洞暮煙), 전에는 입암조하(笠巖朝霞)—왕대리 강변 삿갓바위에 아침 일출 무렵 피어오르는 물안개)], 제비여울(연자탄)에 한양과 강원도를 왕래하는 찬란한 돛배들의 풍요로움[연탄귀범(燕灘歸帆)], 가을바람 일면서 해마다 찾아오는 양섬의 기러기떼가 내리는 모습[양도낙안(羊島落雁)], 비를 기다리는 가뭄에 천서리 파사산에 비가 내리는 광경[파사과우(婆娑過雨)], 세종과 효종 두 능의 맑은 바람[이릉청풍(二陵淸風) 전에는 이릉두견(二陵杜鵑)—두 능에서 우는 두견새 소리], 오학리 강변의 무성한 숲이 강물에 거꾸로 보이며 마음을 시원하게 하던 울창하고 긴 숲[팔수장림(八藪長林)]'이라 하니 말이다. 사가(四佳) 서거정과 최숙정(崔淑精)도 〈팔영(八詠)〉에서 '여강(驪江), 도주(渡舟), 팔수(八藪), 벽사(壁寺), 마암(馬巖), 영릉(英陵), 청심루(淸心樓), 연촌(烟村)'을 노래하였으니 물안개 피어 있는 선경(仙境)과 그 주변, 주변에 있는 유적을 일컫는 것으로 매일반이 아닌가.

2. 여주팔경을 따라 만나는 인물과 풍류

여강 줄기를 따라가며 여행하다 보면 절로 여주의 진면목을 다 만나게 되는 것이다. 제일 먼저 만나는 것은 지금도 여강 상류 신륵사 근처의 조포나루터를 중심으로 황포돛배가 재현되어 물살을 가르는 광경이니 연탄귀범(4경)의 일부를 절로 연상할 수 있지 않은가. 4계절 흔한 안개는 영기(靈氣)와 신비로 복된 땅을 덮는다.

신륵사는 여강 상류 봉미산 기슭에 있는 전통 사찰로 강가 절벽 암반 위에 깎아지른 듯하게 벽돌로 쌓은 다층 전탑이 있어 고려 때부터 벽절이라고도 한다. 원효대사가 창건했다고 전하고 나옹화상이 이곳에서 입적하여 더욱 유명하다. 그 덕분으로 여러 차례 중수를 거듭하여 대사찰로 이름이 높았으며, 성종 때에는 보은사라 개칭하고 세종대왕의 명복을 비는 원찰로 삼기도 하였다. 《연려실기술》에는 '임진왜란 때 병화를 입었다' 는 기록이 있고, 그 후 현종 12년에 재건하고 계속 중수를 거듭하여 오늘에 이르고 있다. 야트막한 봉미산 기슭에 강을 안고 있는 특징과 속세에서 가깝고 보니 불가(佛家)가 아닌 유가(儒家)들이 절경에 탄복하며 자주 찾고 읊은 시만도 수백 수가 넘는다. 단연 여주팔경의 으뜸으로 신륵모종(1경)이 오늘도 여전하다.

보물로 지정된 문화재 7점을 비롯하여 수많은 인연이 서려 있다. 대들보가 없는 조사당 앞마당에는 이성계가 하사했다는 향나무가, 구룡루 앞에는 나옹화상의 지팡이가 자라서 된 것이라는 은행나무가 있다. 나옹의 호를 딴 정자 강월헌은 목은 이색이 수학했다는 서실이 있는 곳으로 나옹선사와 목은 선생이 강물에 비치는 달을 보며 서로 정담을 나누기도 했다고 옛 기록이 전한다. 당대의 문장가인 목은이 나옹의 사리를 봉안한 보제존자 석종부도의 바로 뒤에 세워진 보제존자 석종비문을 짓고, 서예가로 이름 높은 한수(韓修)가 썼다. 또한 목은이 나옹의 문도와 만들었다는 대장각의 이력을 써 놓은 대장각기비도 여강을 굽어보고 있다.

청산은 나를 보고 말없이 살라하고
창공은 나를 보고 티없이 살라하네
탐욕도 벗어놓고 성냄도 벗어놓고
물같이 바람같이 살다가 가라하네

나옹선사의 노래는 지금도 신륵사를 찾는 불도들은 물론 이 시를 애송하는 중생들의 가슴에 은은히 퍼진다.

나옹화상은 37년간 수행, 정진한 철저한 선객으로 왕사(王師)가 되기도 했으며, 대중 교화에 나서 700여 편의 선시와 가사 문학의 효시작으로 꼽히는 〈서왕가〉를 비롯한 여러 편의 대중적 불교 가사 작품을 남긴 그야말로 노래하는 시인인 동시에 거리의 철학자였다. 수행과 교화의 양바퀴를 굴린 선인(仙人)의 삶을 살다간 스님의 여유와 초탈의 체취가 신륵사 경내에 그득하다. 그를 기리는 나옹예술제가 관내 초 · 중 · 고 학생을 주대상으로 해마다 조촐하게 진행되고 있다.

신륵사 뒤편 저 너머에는 고달사지가 있는데, 여주에서는 최초로 세워졌던 사찰이며 창건 당시부터 거대 사찰로서 고려 시대에는 사방 30리가 모두 절 땅이었고, 수백 명의 스님들로 도량에 넘쳤다고 한다. 신라 이래의 전형적인 팔각원형당의 거대한 부도가 국보 4호요, 원종대사 혜진탑비 귀부 및 이수가 보물 제6호, 탑은 보물 제7호, 석불좌는 보물 제8호로 지정되어 있다. 오늘날에도 30여 개나 되는 많은 사찰이 이 지역에 있다는 사실과 신륵사와 고달사지 중간
쯤에는 목아불교박물관도 있으니 참으로 불심이 넉넉한 고장이다.

목은 이색은 고려말 삼은(三隱) 중한 분으로 경북 영덕에서 태어났으나 여주에서 한동안 살기도 했고, 여주에서 세상을 떠났다. 당대 이제현과 쌍벽을 이룬대문장가로 부친인 가정(稼亭) 이곡(李穀)과 함께 문명(文名)을 날렸으며, 증손이 사육신의 한 사람인 개(塏)요, 후손들

목은 이색 출처_문화재청

중에 지함(之菡), 산해(山海), 덕형(德泂), 상재(商在) 등이 대를 이어 크
게 활약하였으니 대쪽 같은 가풍이 짙게 풍긴다. 문하에도 정도전, 김종
직, 권근, 변계량 같은 걸출한 인재들이 있었다. 비운의 고려 말과 운명을
함께 하며 우국의 시조를 남겼으니

> 백설(白雪)이 조조진 골에 구루미 머흐레라
>
> 반가운 매화(梅花)는 어늬 고듸 피엿는고
>
> 셕양(夕陽)에 ㅎ올로 셔셔 갈 곳 몰나 ㅎ노라

고 탄식하였다. 역성혁명의 최대 걸림돌로 지목되어 여주로 유배를 당
하였으면서 두 아들도 잃는 아픔을 겪어야 했다. "조선조의 유화적 정
치 술책으로 인하여 지절(志節)에 손상을 입었지만 그가 고려조에 대한
절의를 지켰던 세력의 중심 인물이었음을 부인하기 어려울 것"[32]이다.
다만 그의 최후는 여주에서의 병사설(病死說) · 급서설(急
逝說) · 독살설(毒殺說) 등 분분한 것으로 미루어 석연치 않
은 시대의 희생양이었을 개연성이 짙다. 후대에 시만도 4300여 수가 실
린 《목은집》이 전한다. 그리고 목은을 기리어 신륵사 경내 은행나무 곁
에 문학비가, 신륵사 옆 여주향토사료관에 시비가 서 있고, 능서면 번도
리의 매산서원에 문익점과 함께 배향되어 있다.

　　그가 남긴 한시 〈부벽루〉는 고구려의 웅혼한 역사를 돌이키고 현재
를 반성하는 목은의 역사 의식이 진하게 배인 시심(詩心)을 헤아리게 한다.

32 여운필 · 성범중 ·
최재남, 《역주 목은시
고》, 월인, 2000, 32쪽.

어쩨 영명사를 지나가던 길에	昨過永明寺
잠시 부벽루에 올랐네	暫登浮碧樓
셩은 텅 비어 있고 달 한 조각 떠 있네	城空月一片

오래된 조천석 위에는 천년의 구름이 흘러가네   石老雲千秋

기린마(麒麟馬)는 떠나간 뒤 오지 않으니   麒馬去不返

천손은 지금 어느 곳에서 노니시는가   天孫何處遊

돌다리에 기대어 선 채 길게 휘파람을 부니   長嘯倚風燈

오늘도 산은 푸르고 강은 절로 흐르네   山青江自流

이존오는 이색과 같은 시대를 산 인물로 목은보다 13살 아래였다. 신돈을 탄핵하다가 왕의 노여움을 사서 극형을 받게 되었을 때 목은의 간곡한 변호로 극형을 면하고 좌천되자 사퇴하고 여강의 고산(孤山, 대신면 보통리 강변에 있는 섬으로 된 산)에 머물면서 자호를 고산이라 했다. 시로써 시름을 달래다가 그 후 공주의 석탄(石灘)에 은거하면서 울분을 삭이다가 병사하였다. 석탄도 그의 호가 되었으며, 3수의 시조가 〈청구영언〉에 전하며, 저서로《석탄집》이 있다.

당시 혼탁한 정치 상황을 안타까이 여기며 이 시조를 남겼다.

구름이 무심(無心)탄 말이 아마도 허랑(虛浪)ㅎ다

중천(中天)에 ᄯᅥ 이셔 임의(任意)로 ᄃᆞ니면셔

굿타여 광명(光明)한 날빗츨 덥퍼 무숨ㅎ리오

백운거사 이규보는 이색보다 160년 선배로 본관이 황려(여주)이다. 그는 여주에 살면서 여주 향교에서 공부하기도 하였다. 객지를 돌다가도 여주로 돌아와서는 이 고장에서 오래오래 살고 싶다고 했을 정도로 애착을 가졌으며, 여강을 주 배경으로 남긴 글이 많다. 풍류와 기개가 넘치고 시, 술, 거문고를 좋아한다 하여 삼혹호(三酷好) 선생이라는 별명도 얻었다. 고려조의 문호를 꼽을 때 연대순으로 이규보, 이제현을 헤아린

33 김태준, 최영성 교주,《定本
朝鮮漢文學史》, 심산문화,
2003, 162쪽.

뒤 이색을 꼽는다.[33] 아예 서거정은 《동인시화》에서 동
방의 시호(詩豪)는 이규보 한 사람 뿐이라고 하였다.

우리나라 최초의 서사시로 꼽는 〈동명왕편〉은 고려가 고구려를 역
사적으로 계승한 국가임을 환기시키고 고구려가 천손의 후예가 세운 나
라이듯이 고려가 성인(聖人)의 나라임을 일깨워 몽고 침략으로 시달리던
백성들에게 민족혼을 불어넣었다.

그의 시풍은 옛 사람의 글귀를 인용하여 시를 쓰는 이인로류(類)의
용사론(用事論)적 작풍보다는 개성적인 시를 창조하는 신의론(新意論)
에 입각하였다. 〈동명왕편〉을 비롯한 그의 가전체, 패관 문학 작품들이
문학사를 살찌웠다. 물론 당시의 무신 정권에 기댄 한계는 있으나 문인
다운 자존심과 그의 문장은 천추에 남는다.[34] 여주
향토사료관에 그의 시비가 있으며, 2005년 8월의 문
화 인물로 선정되었다.

34 김동욱, 〈變革期의 文學人-李奎
報〉,《文順公 白雲 李奎報》, 驪州李氏
文順公派大宗會, 1990, 152쪽.

영월루(迎月樓)가 강을 사이에 두고 신륵사 맞은편 마암 위에 어울
려 있지만 원래는 여주군청의 정문이었던 것을 1925년경 이곳으로 옮겨
놓았다고 한다.[35] 그러나 실은 그 옆 현재 여주초등학
교 자리에 있었던 청심루(淸心樓)가 더 여주의 명소였

35 여주문화원 편,《驪州文化
財大觀》, 아인기획, 2002, 73쪽.

영월루
여주읍에서 신륵사를 향해 접어들면 길 오른쪽으로
마암(馬巖)이라 불리는 큰 바위가 있다. 이 큰 바위
언덕에 있는 고풍스런 누각으로, 누에 오르면 푸른
강물과 신륵사의 전경이 그림처럼 펼쳐지고 시원스
레 탁 트인 전망으로 가슴까지 후련해진다. 출처_문
화재청

다. 마암어등(2경)이야 이 자리에서가 제격인 것은 물론이지만.

　　청심루는 여주 관아 객관 북쪽에 있던 건물로 고려 시대부터 존재했던 유서 깊은 정자인데, 현재는 터만 남았지만 서울의 낙천정 · 세검정, 광주의 청풍루와 파주의 화석정, 청풍 한벽루, 남원 광한루, 제주 관덕정 등과 더불어 우리나라에서 유명한 대표적 정자 가운데 하나였다. 1908년 공립 여주보통학교가 객사를 수리하여 이전하는 과정에서 학교 부지로 편입되고, 1945년 군수 관사의 화재 때 함께 불탄 것으로 보인

36 전국문화원연합회 경기도지회, 《경기누정문화》, C&N 디자인, 2003, 86~87쪽.

다.36 지금은 여주초등학교 건물 바로 뒤에 '청심루터'라는 표석만이 덩그러니 서 있는데, 그 옛날을 아는지 모르는지 사람의 눈길은 물론이려니와 앞강에서 한가로이 헤엄치는 청둥오리떼들도 무심하기는 매한가지로 매정스럽기까지 하다.

　　수많은 시인묵객이 이곳에서 여강의 아름다움과 심회를 노래했다. 영월루와 함께 8경이 한 눈에 들어오는 곳이었기에 더욱 그럴 밖에. 물안개 가물대는 저 건너 학동모연(3경)이 피어나는 듯하고, 맞은편 강둑에 펼쳐진 이십여 리의 팔수장림(6경) 터는 오늘날 둔치 공원을 조성하여 계절을 바꾸어가며 새로운 꽃들이 옷을 갈아입는다.

　　여주목사를 지낸 시인 최숙정의 〈청심루〉라는 시는 당시 노래의 대표적 범주라고 할 수 있다.

누각은 곱게 그림으로 단청하고	畵閣簾旌靚且端
풍월도 수심 낀 얼굴을 씻어주네	更將風月洗愁顔
동쪽 언덕의 절은 물에 닿았고	東崖佛屋危臨水
서쪽 기슭 민가는 고요히 산을 등졌네	西崦民家靜負山
굽어보고 쳐다보니 천지는 세속 밖이요	俯仰乾坤皆物外
누에 올라 강을 내려다보니 고달픈 이 몸은 인간이 아닌 듯	登臨身世別人間

다른 해 나는 벼슬을 버리고　　　　　　　他年我欲投簪笏

옷깃의 티끌을 털고서 죽기까지 한가로이 살리　　抖擻塵襟抵死閑

영월루와 청심루는 여강의 대표적 누각으로 풍월의 중심지였다. 여주 향토사학자 이현구의 편저[37]에 나타난 역대 한시 제 목만으로 보아도 청심루, 여강, 신륵사(벽절, 동대)가 절 대 다수로 시흥을 불러일으키는 중심지였다. 여강을 노래한 이들도 당대의 문장가들이니 작품수가 많은 순서로 열거해 보면 신광수 · 조하망 · 김구용 · 김안국 · 이색 · 이규보 · 한수 · 유성룡 · 서거정 · 이집 · 김안로 · 최숙정 등이 많게는 수십 수씩을 남겼고, 김시습 · 송시열 · 변계량 · 강희맹 · 김상헌 · 이언적 · 이항복 · 정몽주 · 이식 · 권근 · 이숭인 · 정도전 · 이황 · 이이 등이 또한 몇 수씩 전한다.

37 이현구 편, 《驪江詩軸》, 여주신문사, 1991.

이곳에서 손에 잡힐 듯이 보이는 곳에 거유(巨儒) 우암(尤庵) 송시열(宋時烈) 선생의 사당이자 서원의 역할을 한 대로사가 있다. 대로사는 정조 때 왕명으로 창건되어 사액되었는데, 1873년 (고종10)에 강한사로 개명되기도 했었다. 특히, 송시열은 생전에 봉림대군(鳳林大君, 후의 효종)의 사부(師傅)가 되기도 하였고, 효종의 북벌 계획을 돕기도 하였다. 이 꿈은 효종의 급작스러운 죽음으로 무산되었지만 효종이 누워 계시는 곁을 지금도 지키면서 유림들의 존경을 받고 있다.

강 하류를 따라 가면서 우측 강어귀에 있는 양섬을 바라보노라면 그 옛날 기러기떼가 뜨고 내리던 양도낙안(5경)의 무욕이 그림처럼 삼삼하다. 곧장 더 가면 두 영릉(英陵)이 성큼 다가선다.

영릉은 너무도 유명한 조선조 역대 왕 중 가장 찬란한 업적을 남긴 성군 세종대왕과 왕비 소헌왕후를 함께 모신 조선 최초의 합장릉이다. 본래는 세종이 부왕 곁에 누우려는 효심을 따라 대모산에 위치한 태종의

여강의 뉘누리와 부악의 정기 · 여주, 이천　89

능침인 헌릉 서쪽 언덕에 모셨던 동릉이실(同陵二室)이었으나 예종 때 천하의 명당이라는 이곳으로 천릉(遷陵)하였다.

군에서는 종합 예술제인 '세종문화큰잔치'를 매년 10월 9일 한글날에 성대히 개최하여 세종의 업적을 기리고 한글의 우수성을 널리 알리고 있다. 중앙에서 세종기념사업회를 비롯한 관련 단체들이 주관하는 추모 행사를 영릉에서 개최하여 의미를 배가하는 통합적 노력이 아쉽다. 여주문화원이 요구하는 대로 유네스코가 제정한 세계적 문맹퇴치상인 '세종대왕상'을 이곳에서 시상하면 오죽 좋을까.

같은 주소지에 영릉 뒤편으로 또 다른 영릉(寧陵)이 있으니 효종대왕과 왕비 인선왕후가 모셔진 쌍릉이다. 효종은 인조의 둘째 아들로 부왕 인조가 삼전도에 나가서 청나라 태종에게 삼배구고두(三拜九叩頭)의 치욕스러운 예를 올리는 광경을 직접 목도하였고, 볼모로 청나라에 8년간이나 잡혀 있었던 형 소현세자의 한까지 품고서, 즉위 즉시 북벌 계획을 강력히 추진하였다. 대청 강경파인 송시열 등을 중용하는 한편 이완 장군 등에게 군비 확장을 지시하였다. 재위 10년 동안 좋아하던 술도 끊고 심기일전 오로지 복수의 염을 불태웠으나 41세를 일기로 승하하니 북벌의 꿈은 속절없이 접히고 말았다. 북벌의 웅지를 품고 대륙 공략의 기세를 드높이던 중심 인물들이 죽어서도 효종을 향해 애틋한 모습으로 영릉을 지키고 있으니, 대로사의 송시열 초상이 그러하고, 영릉에서 고속도로 진입 인터체인지 채 못 가서 오른편에 누워 효종을 뵈옵듯 영릉의 정남쪽에 있는 이완 장군묘가 또한 그러하다. 송뢰(松籟)나 두견의 구슬픈 이릉청풍(이릉두견, 7경)이 귓가에 스치운다.

이완 장군묘 맞은편에는 파란만장한 비운의 주인공 명성황후가 나고 자란 생가가 있어 또 다른 역사의 아픔이 가슴을 저리게 한다. 여주군은 여주읍 능현리 명성황후 성역화 사업을 추진하고 있는데, 부지(2만

1000평) 안에 감고당도 복원하기로 하였다. 명성황후가 왕비로 책봉되기전 8년간 기거하던 옛 운현궁 앞 감고당(感古堂)이 우여곡절 끝에 여주로 옮겨 복원된다. 감고당은 여흥 민씨 종가에 있던 가옥으로 숙종 때 인현왕후가 폐비돼 6년간 머물렀고, 명성황후도 여주에서 8살 때 상경해 1866년 왕비로 책봉되기 전까지 8년간 기거했던 곳이다.

그러고 보면 여주는 여성 인물을 많이 배출한 곳이다. 고려 원종의 비인 순경왕후, 조선 태종의 비로 세종의 생모인 원경왕후,《인현왕후전》의 주인공 숙종의 계비 인현왕후 등 여덟 분의 왕후의 태생지이거나 고향이니 말이다.

소설가 유주현은 여강을 중심으로 영릉 뒤편(같은 능서면 소재) 번도 2리에서 태어나 1948년 단편 〈번요의 거리〉를《백민》지에 발표하면서 등단하여 실록 대하 역사 소설《조선총독부》로 대표되는 분단 문학기 제1세대 소설 문학계의 대가이다. 1940년대 1편, 1950년대 67편, 1960년대 이후 55편 등 총 123편의 다작이었기에 "그 연대의 작가들 가운데서 발표한 작품의 분량이 가장 많고도 일반에게 가장 많이 읽혔다. 작품의 분량, 인기, 수입에서 일급이었다"[38]는 평을 받기도 한다. 침묵의 역사를 밖으로 불러낸다 하여 묵사(默史)가 그의 아호이다.

그의 작품은 다작과 함께 "문장이 난삽하지 않고 간명하며 살아 움직이고 있다. 따라서 어느 작품을 대해도 장면 묘사나 대화가 선명한 인상을 준다"[39]는 점에서 특징지을 수 있다. 작품 경향도 왕성한 창작 활동의 폭처럼 변모했는데, 1950년대는 사회 의식, 1960년대는 역사 의식, 1970년대는 내면 의식으로 전환해 갔다.[40]

1984년부터 중앙일보사가 주관하여 김주영을 필두로 양귀자 · 하

[38] 장문평, 〈장씨일가〉, 범우문고 , 1977.

[39] 김상선,《한국현대문학전집》, 삼성출판사, 1978.
[40] 홍기삼, 〈柳周鉉 - 왕성한 創作活動 30년〉,《週刊朝鮮》, 1978. 9. 10~27쪽.

근찬 · 정연희 등에게 유주현 문학상을 제정 · 수여해 왔으나, 1991년 《태백산맥》의 조정래가 상을 거부하면서 폐지되어 안타깝게 생각한 향토의 인사들이 문학상 부활을 적극 추진하고 있다. 그의 묘소는 증조부인 의병대장 유세열을 비롯한 선조들과 함께 가남면 태평리 무등산 선영에 잠들어 있다. 생가터 번도리에는 묵사의 자제 유호창 교수(건국대 실내디자인학과)가 직접 도안 · 제작한 유허비가, 향토문화사료관에는 문학비가 각각 세워져 있다.

다시 여강 최하류로 가면 이포대교가 나오는데, 대교에서 양평 방면으로 막 접어드는 초입 오른편 산이 대신면 천서리의 파사산으로 성지(城址)가 있다. 북한산성과 축성 방식이 유사한 것으로 보아 삼국 시대에 축성된 것으로 보이며, 한강이 2킬로미터 미만 거리에 있어 수많은 변란 속에 중요한 방어진지의 역할을 하던 곳이다. 파사과우(8경)는 평화로울 때 여기에 내리는 비가 산과 강과 들이 함께 어울리는 풍광인 셈이다. 역사도 인물도 유적도 여강을 따라 이루어졌다는 것을 새삼 느끼게 한다.

쌀과 땅콩과 고구마 등 알아주는 농작물과 함께 산업 도자 단지로는 우리나라에서 제일 수가 많은 단지가 여기에 있다. 여주는 천혜의 자연, 관광 명소, 전원 생활 최적지로 각광받는 아름다운 곳이다.

현대 문단을 잇고 있는 인물로는 강천면 출신으로 《월간문학》으로 등단한 시조 시인 원용문, 점동면 출신으로 《문학사상》으로 등단한 비평가 정현기, 홍천면 출신으로 김남주 시인의 미망인인 박광숙 시인, 타지에서 이곳으로 둥지를 튼 이흔복 시인, 동아일보 신춘 문예로 등단한 민경성 시인, 소설가로는 《자유문학》으로 등단한 신세욱, 〈동아일보〉 신춘 문예로 등단한 최인, 그리고 이형덕, 유리숙 등이 있으며, 일찍이 향토 문학을 주도했던 안금식과, 정길남, 송길자 그리고 한국문인협회 여주지부를 중심으로 활동하는 이들로 강태희 · 구홍서 · 김기자 · 김동환 · 김문자 · 김정인 · 김홍렬 · 민병찬 · 박광태 · 박미영 · 박종숙 · 박찬수 · 배선규 · 서현숙 · 우희윤 · 원정숙 · 유지순 · 윤병희 · 윤지현 · 이경섭 · 이문현 · 이상국 · 이신재 · 이일섭 · 이장호 · 임춘봉 · 정기명 · 조동일 · 조헌 · 주동훈 · 최병숙 · 한웅숙 · 함은수 · 홍은숙 등 제씨가《여주문학》지를 중심으로 활동하고 있다.

3. 설봉산 품에 안긴 도시

과거보다는 현재와 미래가 승한 고장이 바로 이천이다. 옛날의 행정 구역 단위 명칭은 분명 '~천(川)'보다 '~주(州)'가 크게 마련으로 여주는 목(牧)으로서 인근에서 대처(大處)였으나, 이웃에 있는 이천이 오늘날에는 더 크다. 1980년대 이후 수도권 개발 계획에 따라 도농 복합시가 되면서 전통적으로 유명한 특산미 이천 진상미와 도자기 산지로서의 명성을 유지하면서 시세(市勢)가 확대되고 있다. '세계도자기엑스포와 비엔날레' 등 각종 도자 축제는 이천을 중심으로 여주와 광주가 도자 벨트를 이루어 해마다 개최한다.

이천은 경기 동남쪽에 위치한 지역으로 농사에 적합했으므로 임금의 수라상에 제일 먼저 올랐다고 한다. 삼국 시대부터 남천(南川), 남매(南買)라 불렸으며, 고려 건국 이후 이천으로 바뀌었다 한다. 고려 태조 왕건이 신라를 병합한 이듬해 남쪽에 웅거하는 후백제군을 정벌하고 송악으로 개선한 후 이섭대천(利涉大川, 강을 건너감이 이롭다)이라는 글귀에서 따온 이천(利川)이란 명칭을 내린 후부터 오늘에 이르고 있다.

역사적으로 보면 신둔면, 백사면 일대의 선사 유적지를 비롯하여, 설봉산[부악(負岳), 무악(舞鶴), 부학산(浮鶴山)]성의 삼국 시대 유적 등으로 오래 전부터 삶의 터전을 이루어왔다.

오늘날에는 복선이 된 중부고속도로를 따라 하행하다 보면 호법인 터체인지를 못 미처 시 중심가가 있고, 바로 곁에 이천의 역사와 문화의 중심인 설봉산(394미터)이 있다.

이천시가 설정한 이천구경(利川九景)은 다분히 현대적인 것으로 설봉산과 연관된 것이 1/3인 것만 보아도 알 수 있고, 대표적 축제도 설봉문화제이다. 이천구경(利川九景)은 1경 - 도드람산 삼봉(마장면 목리), 2경 - 설봉호(雪峰湖: 관고동), 3경 - 설봉산 삼형제 바위(관고동), 4경 - 설봉산성(관고동), 5경 - 산수유마을(백사면 도립리), 6경 - 반룡송(蟠龍松: 백사면 도립리), 7경 - 애련정(愛戀亭: 안흥동), 8경 - 노성산 말머리바위(설성면 수산리), 9경 - 이천 도예촌(사음동, 신둔면 수광리) 등이다.

삼주(三洲) 이정보가 이곳 출신으로 영조 때 예조판서를 지낸 뒤 자연 속에서 음풍농월하였고, 성품은 엄정하고 강직해 바른 말을 잘 해 여러 번 파직되기도 하였다. 시조 78수를 남겼다.

국화야 너는 어이 삼월동풍(三月東風) 다 지버고
낙목한천(落木寒天)에 네 홀로 픠엿는다
아마도 오상고절(傲霜孤節)은 너뿐인가 하노라

선비의 높은 절개와 지조를 우의적으로 의인화하여 찬양한 삼주의 시조가 시대를 초월하여 노래하는 이의 마음을 다잡는다. 율면 신추2리 후미진 곳에 묘소가 있다.

국초(菊初) 이인직은 이천 장호원 노탑리에서 태어났는데 원래 중간 계층 출신으로 정치적으로 변변치 못하였다. 신분 상승의 욕구가 강했던 그는 40의 나이로 일본에 관비 장학생으로 일본 동경정치학교를 수학하였으나 중도 포기하고, 일본 신문사에 견습하면서 일본의 정치 상황과 정치 소설을 목격하고 돌아와 통감 정치가 본격화되자 주요 관리가 된다. 〈만세보〉의 주필, 친일 신문인 〈대한신문〉의 사장, 이완용의 비서 등을 지내면서 한 친일 행적에도 불구하고 《혈의 누》, 《귀의 성》, 《치악산》, 《은세계》, 《모란봉》 등의 장편과 〈빈선랑의 일미인〉의 단편이 있는 등 신소설의 효시작을 써 근대 소설사의 새로운 지평을 열었다. 그의 작품들은 전반적으로 친일 의식과 반민족 의식을 드러내는 한계를 지녔으나 반봉건 사상과 자주 독립 의식을 고취하는 진보적 경향을 보이기도 하였다. 문체가 묘사적이고, 소재 선택이나 사건 전개에 변화를 불러일으키며 우리나라 최초로 사실적 산문 문장을 구사하였다. 특히, 대표작 《혈의 누》는 주인공 옥련이가 세상을 배우는 이야기로서 공간이 평양 → 일본 → 미국(서양)으로 확대되어 갔다. 《모란봉》은 《혈의 누》의 하편인 셈으로 그의 마지막 소설이 되었다. 또한 1908년에는 원각사를 창립하여 한국 근대 연극사의 선구적 역할도 하였다. 애석하게도 그의 묘소는 어디에서도 찾을 길이 없다. 화장한 탓일까, 친일 행위를 꺼리는 후손의 염려 탓일까.

문학 전통의 한미함을 보이던 과거와는 달리 현대에 이르러는 활발한 기지개를 켜고 있다. 1960년대에 접어들면서 김영희, 이능표 그리고 중국 만주 땅에서 출생했지만 청소년기를 신둔면 장동리에서 보내고 1963년에 평론으로 등단하여 《현대문학》지에 연재한 〈현대시 형태론〉으로 현대 자유시의 생성 원리와 본질을 규명하여 한국시 비평을 한 단계 끌어올린 문학 평론가 장문평, 고향인 백사면 상용리를 떠나지 않고 지키면서 설봉산의 정기를 누구보다 가슴에 품고 깨끗한 고향의 가난을 캐내는 성지월, 그리고 모가면 신갈리 출신으로 〈한국일보〉 신춘 문예 입상 《현대문학》의 추천으로 본격적인 시 창작 활동을 하는 이

건청이 있다.

이건청은 1985년 《현대문학》 8월호에 장시 〈눈먼 자를 위하여〉 165행의 환경 생태시를 발표함으로써 세인의 주목을 받았다. 20세기말 미국 회사의 살충제 원료 유출로 2500명 이상이 현장에서 죽고 20만 명 이상의 눈이 머는 대재앙 '보팔시의 비극' 앞에서 토해내는 절규는 산 자, 눈 뜬 자에 대한 것이었다.

눈을 잃은 자들이 가고 있다.

눈을 잃은 자들의 길에

풀들이 다시 자라리라.

눈뜬 자의 길을 버리고

눈뜬 자의 어둠을 버리고

눈먼 자들이 딛고 선 자리

아, 풀씨가 다른 풀을 부르듯

조금씩 옮겨가며 이슬에 젖으리라.

풀들이 풀들끼리 어깨를 마주 대듯

종반부의 일부인데, 이 작품으로 그 이듬해 녹원문학상을 받았고, 시집 《하이에나》로 1990년 현대문학상을, 시집 《코뿔소를 찾아서》로 1996년에는 한국시협상을 각각 수상하였다. 1978년에 마장면 양천리에 집을 짓고 채소도 가꾸면서 서울을 오르내리며 대학 강단과 문단 활동을 활발히 하고 있다.

1980년대 이후에 등단한 호법면 창전리 출신의 남매 작가인 한상윤·한상칠, 율면 신추리에서 태어나 조금은 늦게 등단하여 고향을 상실한 현대인들에게 간결하고 조용한 목소리로 고향 찾아주기를 원했던 고

이우영 등이 이천 문학의 맥을 세웠다.

문인협회 산하 이천지부를 중심으로 경규희 · 김상직 · 김옥희 · 김용 · 김일제 · 김학성 · 김혜원 · 김효진 · 박승열 · 박재호 · 박광순 · 성홍환 · 손길순 · 송병탁 · 신순경 · 신배섭 · 여남순 · 오민자 · 유도현 · 유승우 · 윤청 · 이경자 · 이관재 · 이광희 · 이병례 · 이순이 · 이영호 · 이옥진 · 이용연 · 이정화 · 이천종 · 이춘희 · 임혜봉 · 정영자 · 정종극 · 정필자 · 조인희 · 진두현 · 최정자 · 한기석 · 한해숙 · 황규선 등이 《이천문학》지를 중심으로 향토 문학을 지켜나가고 있다. 농민 시인 장상현도 독자적인 발걸음을 하고 있다.[41]

특기할 만한 일은 이문열의 거취이다. 이문열은 이천이 고향이 아니면서도 마장면 장암리에 1987년 둥지를 틀면서 그의 행보가 한국 문단과 작가 지망생들에게 큰 주목거리가 되고 있다. 이름하여 부악문원(負岳文院). 자신의 주거와 집필, 소설 지망생들에 대한 문학 수업과 창작 활동의 장으로 문을 열었다. 네 동의 건물로 된 부악문원은 창작실과 강당을 마주보면서 이문열 일가의 자택과 서재가 서 있다. 원생들에게는 기숙이 허락되며 사서삼경 강독, 희랍 철학을 원서로 학습, 창작품에 대한 합평회를 각각 하루씩 주 사흘 모임을 갖는다고 한다.

이천 문단의 활력은 물론 한국 문단의 샘터로 큰 문학적 줄기를 열어 가리라.

41 경기문화재단, 《경기문학지도 2》, 한겨레커뮤니케이션, 2000, 105~116쪽; 한국문인협회 경기도지회, 《경기도 문단사》, 서진각, 2003, 310쪽.

허병식

1. 왕의 길, 문학의 길

서력 1789년은 프랑스 혁명이 일어난 해로 잘 알려져 있지만, 또한
수원이라는 신도시가 새로이 생겨난 해이기도 하다는 점은 기억할 만할
것이다. 정조 13년이던 그 해에 정조의 명령에 의해 지금의 화성군 송산
리의 화산 자락에 있던 구수원의 읍지가 팔달산 동쪽의 신읍으로 이전해
온 것이다. 정조가 구수원의 주민들에게 철거비와 이주비까지 지급하면
서 수원을 옮겨 새로운 도시를 건설한 직접적인 이유는 분명하다. 그것
은 선왕인 영조의 둘째 왕자로 세자에 책봉되었으나 당쟁에 휘말려 왕위
에 오르지 못하고 뒤주 속에서 생을 마감한 아버지 사도세자의 능침(陵
寢)을 조선 최고의 명당 자리로 알려진 화산 자락으로 옮겨오기 위해서
였다. 비록 최고의 명당 자리를 죽은 세자에게 내어주고 삶의 터전을 옮
겨야 했지만, 팔달산 아래의 수원 신읍은 주민들이 생활하기에 여러 가
지 지리적 이점을 지니고 있는 장소였다.

조선 후기의 선구적인 실학자였던 반계 유형원은 그의 저서 《반계

수록》에서 수원의 도시 이전을 주장하는 내용을 전개하고 있다. 이는 정조가 실제로 수원을 이전하기 100여 년 전의 주장이라는 점에서 매우 흥미롭다. 반계는 상업의 발전을 위해 전통적인 풍수지리의 관점을 탈피하여 사람들의 삶과 도로의 이점 등을 두루 살펴야 한다고 주장했다. 그는 수원에 대해 언급하면서 이곳이 서울에서 삼남을 잇는 교통의 요지인 점을 강조하고, "지금의 읍치도 좋기는 하나 북쪽 들은 산이 크게 굽고 땅이 태평하여 농경지가 깊고 넓으며 규모가 크고 멀어서 성을 읍치로 하게 되면 참으로 대번진(大藩鎭)이 될 수 있는 기상이다. 그 땅 내외에 가히 만호(萬戶)는 수용할 수 있을 것이다"라고 적었다. 반계는 당시의 수원을 그 북쪽의 넓은 평지로 새롭게 옮기게 되면 하나의 대도시가 이루어질 수 있음을 강조했다. 정조가 수원의 이전을 결정하는 데에는 사도세자의 묘를 옮겨 오는 것 이외에도 여러 정치적인 이유가 있었기에 반드시 반계의 의견을 따랐던 것이라고는 할 수 없다. 하지만, 정조는 팔달산 아래의 지리적 이점을 간파하였던 반계에 대해 "100년 전에 살던 사람의 생각이 현재의 일에 마치 촛불을 밝혀 꿰뚫어 보듯이" 부합된다고 칭찬하였다고 한다.

《동국여지승람》에는 수원의 건치연혁이 다음과 같이 나와 있다. 수원은 본래 고구려의 매홀군(買忽郡)인데, 신라 경덕왕이 수성군(水城郡)으로 고쳤다. 고려 태조가 남쪽으로 정벌할 때에, 이 고을 사람 김칠(金七)·최승규(崔承珪) 등이 귀순하여 힘을 다하였으므로, 그 공로로 승격시켜 수주(水州)라 하였다. 고려 성종이 도단련사(都團鍊使)를 두었는데, 목종이 혁파하였고, 현종(顯宗) 9년에 지수주사(知水州事)로 회복하였다. 원종(元宗) 12년에 착량(窄梁)에 방수(防戍)하고 있는 몽고 군사가, 대부도(大部島)에 들어가서 주민들을 침노하고 노략질하자, 섬사람들이 원망하고 분하게 여겨 몽고 군사를 죽이고 반란을 일으켰다. 부사(副使)

안열(安悅)이 군사를 거느리고 가서 쳐 평정하자, 그 공로로 도호부로 승격시켜 지금의 이름으로 고치었다. 뒤에 또 승격시켜 수주목(水州牧)이 되었는데, 충선왕 2년에 모든 목사(牧使)를 없앰에 따라 강등시켜 수원부(水原府)를 만들었다.

그리고 《대동지지(大東地志)》에는 수원의 이주에 대한 기록이 다음과 같이 나온다. 정종16년에 진(鎭)을 남양(南陽)으로 옮겼다. 정종 13년 부(府)의 화산(華山)에 있는 현륭원(縣隆院)으로 옮겼다. 즉 옛 치소(治所)이다. 치소를 팔달산(八達山) 동쪽으로 옮겼다. 광주(廣州)의 일용(日用)·송동(松洞) 두 면(面)을 내속(來屬)시켰다. 17년 유수부(留守府)로 승격시켰다. 사도(四都) 중의 하나이다.[42]

42 《신증동국여지승람》, 민족문화추진회.

18세기 말에 새로 조성된 수원은 건설 직후부터 경기의 큰 도시로 성장하였다. 20세기 초에 이르러서는 철도가 놓이면서 경부선과 호남선이 거쳐가는 길목이 되었으며, 1960년대에는 경기도의 행정 중심지가 되었고, 1970년 이후 경제의 중심지로 부각되었다. 서울 남쪽의 산업도로가 수원을 거쳐가게 되면서 1970년대의 섬유 산업, 1990년대의 전자 산업의 핵심으로 자리잡은 수원은 우리나라 산업 성장의 중심적인 역할을 해 온 도시라고 할 수 있다. 이 모든 것이 수원을 지금의 장소로 옮긴 이후부터 가능했던 것이다.[43]

43 김동욱, 《실학정신으로 세운 조선의 신도시, 수원화성》, 돌베개, 2002.

팔달산 자락에 새로이 도시를 이전하고 난 직후, 수원 신읍에 성곽을 쌓아야 한다는 의견이 제시되었다. 이에 정조는 신진 학자에게 새로운 성제를 연구할 것을 지시하였는데, 이 일을 담당한 사람은 당시 홍문관에 근무하고 있던 젊은 실학자 정약용이었다. 정약용은 기존 조선 성제의 장단점을 널리 검토하고 중국을 통해 입수한 서양 과학 기술 서적을 탐구하면서 새로운 성곽을 고안하는 데 심혈을 기울였고, 이렇게 해서 축성한 것이 지금의 수원 화성이다. 수원 화성은 정조의 효심이 축성의 근본이 되었을 뿐만 아니라 당쟁에 의한 당파 정치 근절과 강력한 왕도 정치의 실현을 위한 원대한 정치적 포부가 담긴 정치 구상의 중심지로 지어진 것이며 수도 남쪽의 국방 요새로 활용하기 위한 것이었다.

화성은 1794년 1월에 착공에 들어가 1796년 9월에 완공되었다. 축성시에 거중기, 녹로 등 신기재를 특수하게 고안·사용하여 장대한 석재 등을 옮기며 쌓는데 이용하였다. 수원화성 축성과 함께 부속 시설물로 화성행궁, 중포사, 내포사, 사직단 등 많은 시설물을 건립하였으나 전란으로 소멸되고 현재 화성행궁의 일부인 낙남헌만 남아있다. 수원 화성은 축조 이후 일제 강점기를 지나 한국 전쟁을 겪으면서 성곽의 일부가 파손·손실되었으나 1975~1979년까지 축성 직후 발간된《화성 성역 의궤》에 의거하여 대부분 축성 당시 모습대로 보수·복원하여 현재에 이르고 있다.

수원 화성은 축성시의 성곽이 거의 원형대로 보존되어 있을 뿐 아니라, 북수문(화홍문)을 통해 흐르던 수원천이 현재에도 그대로 흐르고 있고, 팔달문과 장안문, 화성행궁과 창룡문을 잇는 가로망이 현재에도 도시 내부 가로망 구성의 주요 골격을 유지하고 있는 등 200년 전 성곽의 골격이 그대로 보존되어 있다. 애초에 군사적 목적보다는 정치·경제적 측면과 부모에 대한 효심으로 지어진 수원 화성은 '효' 사상이라는 동양의 철학을 담고 있어 문화적 가치 외에 정신적, 철학적 가치를 가지는 성으로 이와 관련된 문화재가 잘 보존되어 있다.

수원에 대한 기행문을 쓴 작가 김훈은 이러한 점을 다음과 같이 지적하고 있다.

화성 성곽은 현대 도시 수원의 도심부를 둘러싸면서 옛 왕도의 궤적을 그린다. 성벽 밑으로 도로를 뚫고 자동차들이 그 밑으로 성안과 성밖을

서노대

서포루

장안문

봉돈

방화수류정

수원화성

정조 18년(1794)에 성을 쌓기 시작하여 2년 뒤인 1796년에 완성하였다. 실학자인 유형원과 정약용이 성을 설계하고, 거중기 등의 과학기를 이용하여 실용적으로 쌓았다. 성벽은 서쪽의 팔달산 정상에서 길게 이어져 내려와 산세를 살려가며 쌓았는데 크게 타원을 그리면서 도시 중심부를 감싸는 형태를 띠고 있다. 성안의 부속시설물로는 화성행궁, 중포사, 내포사, 사직단 등이 있었으나, 현재에는 행궁의 일부인 낙남헌만 남아 있다. 특히 다른 성곽에서 찾아볼 수 없는 창룡문 · 장안문 · 화서문 · 팔달문의 4대문을 비롯한 각종 방어시설들과 돌과 벽돌을 섞어서 쌓은 점이 화성의 특징이라 하겠다. 출처_세계유산

드나든다. …… 현대 도시의 일상 공간 속에서 옛 왕도의 자취가 이처럼 확실히 살아서 작동되고 있는 도시는 수원 말고는 없다. 그래서 수원은 서울이나 경주나 부여나 안동보다도 더 오래된 마을이라는 느낌을 준다. 신라 왕관이나 백제 금동향로나 고려 청자처럼 박물관 진열장 안에 들어 있는 문화재가 아니라 대도시의 일상 공간을 이루고 있다는 점에서 수원 화성은 가장 활발하게 살아 있는 문화재이다.[44]

44 김훈, 《자전거 여행》2, 생각의나무, 2004, 247쪽.

김훈이 지적하고 있듯이, 수원으로 들어오는 사람은 어디서나 화성의 성벽을 통과하게 되고, 그래서 정말 누가 가르쳐 주지 않아도 "아, 여기가 수원이로구나!" 하고 저절로 알게 된다. 북쪽의 서울과 안양에서 오는 이들은 장안문(북문)을 지나게 될 것이고, 동쪽의 성남과 용인 땅에서 오는 사람들은 창룡문(동문)을 지나 도심으로 진입하게 되며, 남쪽 땅에서 올라오는 이들은 팔달문(남문)을 지나면서 성곽을 지나 수원으로 들어오게 되는 것이다. 이러한 사정은 과거에도 다르지 않아서, 가령 다음과 같은 소설의 어느 장면에서 100여 년 전 구한말의 여느 인물들 또한 장안문을 통과하여 수원 부중으로 드나들고 있다.

수원 북문인 장안문(長安門)이 어느새 눈앞으로 다가든다. 해 저물자 이미 땅거미가 깔려 성문으로는 별로 드나드는 사람이 없다. 성밖이 온통 툭 터진 들이라서 해가 저물면 북문 쪽으로는 길손이 일찍 끊어지는 것이다.[45]

45 홍성원, 《먼동》제1권, 문학과지성사, 1993, 193쪽.

홍성원의 장편 《먼동》에 나오는 한 장면이다. 1900년대 초반 전통 사회의 해체가 시작되고 외세가 침략하는 격동기에 남양과 수원을 무대로 양반과 중인과 노비의 세 집안의 유전을 통해서 이 시기 우리 민족이

겪어야 했던 수난의 역사를 보여 주는 작품인 《먼동》에는 수원의 옛 풍경을 복원해 주는 듯한 장면들이 여럿 등장한다.

백운산과 국사봉을 거쳐 관악산 청계산과 잇닿은 광교산은, 옛적부터 서울로 올라가는 죄지은 사람들의 은밀한 지름길이기도 하다. 특히 수원 고을과 가까운 큰 산이라, 광교산은 수원 부민에게 수원천 맑은 물과 땔나무를 제공하는 없어서는 안 될 고마운 산이기도 하다(108쪽).

눈 아래로는 수원성의 성벽이 산 아래로 길게 내달아 수원성 남문인 팔달문(八達門)과 잇대어 있고, 멀리 보이는 남문 밖 저잣거리 너머로는 수원천을 가로지른 구간수(九間水) 다리가 길다랗게 뻗어 있다(134쪽).

홍성원이 《먼동》에서 증언하고 있는 수원의 광교산과 수원천과 팔달문과 장안문의 모습들은 현재에도 수원의 지리를 이해하는 데 가장 중요한 지명이라 할 수 있다. 광교산은 수원의 동북쪽에 자리잡고 있는 진산이다. 수원을 동북에서 남으로 가로지르는 수원천(대천)은 광교산에서 발원한다. 그리고 팔달문과 장안문은 각각 남쪽과 북쪽으로 나 있는 화성의 대문이라 할 수 있다.

요절한 작가 김소진의 단편 〈용두각을 찾아서〉에도 수원의 화성이 중요한 모티브로 등장한다. 소설은 작가가 어머니의 기억 속에 남아 있는 '용두각'을 찾아 나서는 것으로 시작하고 있다.

그러나 먼발치서부터 화홍문 위쪽에 우뚝 솟은 누각이 용두각임을 대번에 알아채고 나는 가슴속을 뻐근히 휘젓고 올라오는 설렘을 서서히 아우르고 있었다.

방화수류정(訪花隨柳亭): 조선 정조 18년(1794)에 착공한 수원성 축성 때에 세워진 정교하고 아름다운 팔각의 정자이다. 동북각루(東北角樓)라고도 하는 이 정자의 이름은 중국 송대의 학자 정명도(程明道)의 유명한 시에서 딴 것이라고 하는데, 그 이름도 아름답거니와 화홍문(華虹門), 용지(龍池)와 어울려 하나의 승경(勝景)을 이루고 있으며, 또한 이 정자의 건축미와 예술적 가치는 조선 후기 건축미를 대표하는 것이다.

······

용두각은 방화수류정이었다. 누각의 지붕에는 사방팔방으로 용머리 조각이 붙어 있어 용두각으로 불리게 된 연유를 짐작게 해줬다.[46]

46 김소진, 〈용두각을 찾아서〉, 《열린 사회와 그 적들》, 솔, 1993, 191쪽.

소설 속의 화자가 찾아 나선 용두각이란, 사실은 자신의 내면에 자리잡고 있는 콤플렉스에 관련된 것이다. 수원이라는 도시에 위치한 옛 정자가 모성의 굴레에 대한 하나의 상징으로 작용하고 있는 것이다. 자신이 지닌 콤플렉스를 해명하기 위해 추억을 더듬는 과정은 데뷔작인 〈쥐잡기〉라는 소설의 주요한 주제를 이루며, 실상 마지막 작품인 〈눈사람 속의 검은 항아리〉에 이르기까지 김소진이 지속적으로 펼쳐내 보인 작업이다.

방화수류정은 장안문의 동쪽, 수원천의 북쪽 수문인 화홍문 위쪽에 있는 각루이다. 화려한 정자의 외향을 지닌 이 누각의 용도는 군사적인 경계를 위한 초소라고 할 수 있다. 초소의 명칭으로는 지나치게 시적인 "방화수류정"이란 이름은 중국 송대(宋代)의 학자 정명도(程明道)의 시에서 유래했다고 한다. 방화수류정의 아래 쪽으로는 용연이라는 작은 연못이 자리잡고 있어서, 그 호화로운 운치는 수원 화성의 풍경 중 가장 아름다운 것으로 널리 알려져 있다.

김소진의 부인이었던 소설가 함정임은 김소진과의 인연을 추억하

는 소설《행복》을 쓴 바 있다. 그녀는 수원에서 학교를 다녔다는 점에서
도 수원과는 많은 인연을 갖고 있는데, 김소진의 〈용두각을 찾아서〉에
관해 언급하면서 다음과 같이 말하고 있다.

"네 수원에 대해서는 어느 정도 안다고 생각했는데, 소설에 나온 대로
방화수류정이 용두각이라는 것은 몰랐어요."
나는 그가 내게 듣고자 하는 대답이 그것이 아니라는 것을 알면서도 부
러 슬쩍 핵심에서 빗겨갔다. 소설은 모성을 찾아 헤매는 한 사내의 이야
기를 담고 있었지만 그가 소설을 통해서 나에게 전달하고 싶었던 뜻은
모성의 거대한 탑에 짓눌려 사귀던 여자와 헤어졌다는 것이었다.[47]

47 함정임,《행복》, 중앙
M&B, 1998, 105~106쪽.

재미있는 것은 함정임 역시 소설《행복》을 통해서 모성에 대한 콤
플렉스가 자신의 연애와 결혼에 장애로 작용했음을 전하고 있으며, 그러
한 마음의 언저리에 자리잡은 주요한 배경은 역시 수원이라는 공간이다.

수원이라는 단어가 귓속에 들어오는 순간 내 머리 속에는 하나 아닌 많
은 장면이 동시다발적으로 떠오른다. 수원역 광장에서 왼쪽으로 꺾어들
어 역 주변 어디에나 있는 홍등가를 지나면 수원여고로 이르는 어둡고
인적 드문 플라타너스 길이 나오고, 오른쪽 지하도를 건너 상가를 따라
주욱 걸어 올라가면 낯선 목적지 팻말을 즐비하게 앞세우고 육중한 버
스들이 쉴새없이 들고나는 고속버스 터미널이 나온다. 그래 고속버스
터미널이다. 수원역 광장으로부터 기억할 만한 수많은 장면들이 스크린
처럼 스쳐 고속버스 터미널 앞에 이르자 화면은 일시 정지한다. 엄마는
수원에 간 것이 아니라 수원역 앞에 있는 고속버스 터미널에 간 것이라
는 것을 나는 뒤늦게 깨닫는다. 엄마의 마음에 꽃을 달아준 그분을 만나

서울의 남산이나 고궁으로 나들이 가기 위해 약속했던 장소(138쪽).

자전적인 소설 《행복》에서 함정임은 김소진과의 만남에서 결혼에
이르기까지의 과정을 담담하게 서술하고 있다. 이 작품에서도 수원과 그
인근의 머내라는 지명이 갖는 상징성은 크다. 소설의 주인공이 자신의
가족사에 대한 콤플렉스를 극복해가는 장면은 수원이라는 지명을 지속
적으로 환기하고 있다. 이 작품에서 화자의 콤플렉스를 극복하도록 도와
주었던 김소진과의 사랑의 이야기와, 젊은 김소진의 죽음의 장면은 그의
소설을 기억하는 많은 이들의 가슴을 아프게 만들고 있다.

2. 과거로 내밀려 앉은 마음의 고향

정조가 지금의 수원 땅에 신도시를 만들기 전까지 수원이라는 지
명으로 불리던 경기도 화성 땅 또한 문학의 산실로 많은 작품의 배경이
되었다. 화성군 동탄면 석우리 먹실 불당골에는 한국 근대 문학사에서
낭만주의 운동의 선구적인 역할을 했던 홍사용의 시비가 있다.

나는 왕이로소이다. 나는 왕이로소이다. 어머님의 가장 어여쁜 아들, 나는
왕이로소이다. 가장 가난한 농군의 아들로서……
그러나 시왕전(十王殿)에서도 쫓기어난 눈물의 왕이로소이다.

……

누우런 떡갈나무 우거진 산길로 허물어진 봉화(烽火)둑 앞으로 쫓긴 이
의 노래를 부르며 어슬렁거릴 때에 바위 밑에 돌부처는 모른 체하고 감
중련하고 앉았더이다.

아아 뒷동산 장군바위에서 날마다 자고 가는 뜬구름은 얼마나 많이 왕
의 눈물을 싣고 갔는지요.

나는 왕이로소이다 어머니의 외아들 나는 이렇게 왕이로소이다. 그러나
그러나 눈물의 왕! 이 세상 어느 곳에서든지 설움이 있는 땅은 모두 왕
의 나라로소이다.

노작 홍사용은 백조 동인의 운영자로서 한국 낭만주의 시운동의
기수였으며, 〈조선은 메나리나라〉라는 민요론을 주창한 민요 시인이기
도 하다. 그의 대표적인 작품인 〈나는 왕이로소이다〉는 백조 동인들이
선보인 시세계의 주조를 이루었던 퇴폐적 감상주의의 경향을 보여 주는
작품이다. 그러나 홍사용의 문학 전체는 한(恨)의 정서와 민요적 율조를
간직한 민족주의 이념과 민요시론으로 대변되는 민족주의 문학관을 담
은 것으로 새롭게 이해되고 있다.

《관촌수필》의 작가 이문구는 경기도 화성군 향남면 행정1리에 정
착하여《우리 동네》연작들을 발표하였다. 그 과정을 작가는 이렇게 소
개하고 있다. "나는 마땅히 기묘에 남향의 두어칸 초옥을 마련하기로 하
였다. 북망도 아닌 어느 방향모를 돌너덜 가시덤불에서, 비바람 눈서리
를 사초 삼아 한줌 흙보탬으로 마치 외로운 넋들에 하루 쉴터를 장만함
은 연래의 과제가 아닐 수 없었다. 마침내 화성고을 외진 구석에 다 되어
가는 토담집 하나를 얻어 잡초와 거미줄을 치우며 읍내를 물으니 향남이
라 한다. 번거로움을 꺼리고 개짖는 소리를 멀리함도 뜻한 바의 그 외일
수가 없지만, 실로 향사(享祀)를 받듦이 어떤 내용보다도 우선임을 새삼
되뇌어본다. 이것이 내가 여기를 들어와 초목과 더불어 살게된 시말의
대강이다, 운운."

《우리 동네》 연작을 통해서 이문구는 자본주의적 근대화를 촉진하는 세상의 어떤 흐름이 당대의 농촌 사회의 붕괴를 불러왔음을 증언하면서, 그 속에 사람다운 삶이 가능한 공동체의 이상이 아직도 존재하고 있음을 역설하고 있다. 소비문화에 의해 갈등과 불화가 만연한 농촌에 대한 세세한 묘사 속에는 "하늘을 쳐다보고 땅만 믿구 사는 우리끼리는 여전히 경우가 있구, 이웃두 있구, 우정두 있구, 이런 것 저런 것 다 분별이 있는디"라는, 유기적인 조화를 이룬 공동체에 대한 그리움이 자리잡고 있다. 문학 지리학의 관점에서 그것은 한 향토의 구체적인 세목에 집착하면서 그 구체적인 향토를 벗어나 우리나라의 농촌 일반의 모습이라는 보편적인 진실에 접근한 경우에 속한다.

이문구의 소개로 화성군 팔탄면 월문리에 정착하게 된 작가 송기원은 이 곳에서 창작집《다시 월문리에서》에 실린 단편들을 써내는데, 그것은 그의 소설에서의 새로운 출발을 의미하는 것이기도 했다.

소설가 송기원

가을이 깊어지면서 그 은행나무는 잎을 모두 떨구고 앙상한 가지를 드러낸다. 그리고 내가 서울에 오래 있다 내려왔을 때 그 은행나무는 보이지 않는다. 산모퉁이를 돌아드는 마을의 초입에서도, 마을에 가까워져서도 전혀 보이지 않는다. 기이하게 생각하고 어머니에게 묻자,

"베어버렸다지 뭐냐."

어머니는 뭔가 아쉬운 표정을 하며 나를 건너다본다.

"아니, 베어버리다뇨?"

"니가 없는 새에 마실에 초상이 났어야. 글씨, 죽은 사람이 은행나무에

목을 매단 모양이드라. 그렇다고 그 은행나무를…"

나는 말끝을 더 듣지 않고 고개를 끄덕인다. 목을 매단 나무는 베어버리는

풍습은 나도 어디선가 들은 적이 있다. 역시 살아가는 일이 우선이다.[48]

[48] 송기원, 〈월문리에서〉, 《다시 월문리에서》, 창작과 비평사, 1984, 77쪽.

　　〈월문리에서〉의 마지막 대목인 위의 인용은, 낭만적 미학주의자였던 송기원 문학의 전환을 알리는 표지와도 같다. 자신의 탐미주의의 근원에 자리잡고 있던 은행나무의 베어짐을 바라보는 자의 시선은, 농민들의 삶 속에서 자기 삶의 신생을 꿈꾸는 한 전환기에 작가가 서 있음을 암시하고 있다. 그 전환의 계기가 되는 공간은 경기도 화성의 한 농촌이다.

　　최원식은 《다시 월문리에서》의 해설에서 송기원의 문학에서 월문리 시절이 지니는 의미에 대해서 다음과 같이 말하고 있다. "송기원 문학의 전개과정 속에서 월문리는 획기적인 곳이었다. 그곳에서 비로소 그는 자신을 그토록 처절하게 떠돌게 했던 한(恨)의 푸른 불꽃과 운명적으로 해후하였으며 그 전면적인 투쟁 속에서 이 땅의 민중적 진실로 육박해갔음이다. 송기원 문학은 월문리의 야산을 달리는 솔바람 소리 속에서 마침내 순결한 정직성을 획득하였다."[49]

[49] 최원식, 〈개인사와 민중사 송기원 小論〉, 《다시 월문리에서》, 창작과비평사, 1984, 299쪽.

　　그러고 보면 화성이란 땅은 상처 입은 자들의 내면을 감싸주는 진정한 마음의 고향 같은 장소로 우리 문학사에 기재되어 있는 것은 아닐까. 홍사용의 일문이기도 한 시인 홍신선 또한 고향인 이 곳 화성에 와서 고향 마을의 황사바람을 바라보고 있다.

너와 나에게 젊음은 무엇이었는가

수시로 입 안 말라붙던 渴한 욕망은 무엇이었는가

아직도 눈먼 황소들로 몰려와서는 노략질하는 것, 짓대기다 무릎 꿇고

넘어지는 것, 나둥그러지기도 하는 것,

낡은 집 고향의 쓸쓸한 土防에서 버라보는 黃砂 바람이여

오늘은 너의 자갈 갈리는 목쉰 사투리들이 유난히 거칠다.

깨진 벽틈 속 실날의 쫌날개바퀴 울음은 들리지 않는다

그 소리들은 외침들은 왜 그리 미미한가

쥐오줌 얼룩든 天井 반자들이 무안한 듯 과거로 버밀려 앉아 있다.

너는 삭막한 하늘 안팎을 뉘우침처럼 갈팡질팡 들락이는데

(하략)

〈황사바람 속에서〉

위의 시 속에서 고향 마을의 토방에 내려와 과거를 반추하는 자의 내면이 잘 드러나고 있다. 황사바람처럼 몰려다니던 젊은 날의 욕망을 쓸쓸하고 담담한 시선으로 바라보는 시인의 내면은 삶의 세속성을 넘어 진정성의 어떤 지점을 만나고 있다. 그러한 만남을 가능하게 해 주는 공간이 시인에겐 고향집의 토방 위였던 것일까. 모든 고향이 다 그러하겠지만, 한국 문학의 지도 속에서 수원 혹은 화성은 자아의 진실한 모습과 접촉하는 장소로 남아 있다.

3. 다시 찾은 거리

수원의 인계동에는 수원 출신으로 근대 초기의 대표적인 문학자이며 화가였던 나혜석을 기리는 거리가 있다. 이는 정부가 나혜석을 2000년 2월 '이 달의 문화 인물'로 선정한 것을 기념하기 위해 2002년 8월에 팔달구 효원공원에서 농조예식장에 이르는 400여 미터의 길에 나혜석의 동상과 분수대 등 조형물을 세워 놓고, '나혜석거리'라고 명명한 데서

기인한다.

　　나혜석은 최초의 여성 화가, 최초의 여성 소설가이자 시인으로, 그의 소설 〈경희〉는 높은 문학적 평가를 받고 있다. 나혜석은 자신의 고향인 수원에 대한 애정이 깊었던 것 같다. 그녀가 구미 유학을 마치고 돌아와서 수원에서 '동아일보사 수원지국 주최, 중외일보사 수원지국 후원'으로 수원 남수리 불교 포교당에서 귀국 전시회를 열었으며, 병들고 지친 몸을 의탁하여 휴양하였던 곳도 수원의 서호변이었고, 수원의 풍광을 그린 그림도 여러 점 전한다.

　　그러나 나혜석 거리를 걸어보면 먼저 눈에 들어오는 것은 요란한 간판들과 숙박 시설, 술집이나 음식점들이다. 광장 한 가운데 화구를 든 채 어딘가를 응시하고 있는 모습으로 나혜석의 동상이 서 있고, 거리의 끝에 나혜석의 시 〈인형의 家〉가 새겨진 조형물이 놓여 있고, 한복을 입고 양 손을 모은 채 단정하게 앉아 있는 그녀의 좌상이 있지만, 그녀의 행적을 알려주는 기념관이나 전시시설은 거의 없다. 그러나 "나를 사람으로 만드는/ 사명의 길로 밟아서/ 사람이 되고저" 했던 근대의 여성 나혜석의 초상을 기리고 싶은 이라면, 수원시 인계동의 나혜석 거리를 한번쯤 걸어 봐도 좋을 것이다. 〈인형의 家〉의 전문은 다음과 같다.

인형의 家

내가 인형을 가지고 놀 때

기뻐하듯

아버지의 딸인 인형으로

남편의 아내 인형으로

그들을 기쁘게 하는 위안물 되도다.

남편과 자식들에게 대한

의무같이

버게는 신성한 의무 있네

나를 사람으로 만드는

사명의 길로 밟아서

사람이 되고저

나는 안다 억제할 수 없는

버 마음에서

온통을 다 헐어 맛보이는

진정 사람을 꾀하고는

버 몸이 값없는 것을

버 이쩨 깨도다

아아 사랑하는 소녀들아

나를 보아

정성으로 몸을 바쳐다오

맑은 유혹 횡행할지나

다른 날, 폭풍우 뒤에

사람은 너와 나

(후렴)

노라를 놓아라

최후로 순순하게

엄밀히 막아논

장벽에서

견고히 닫혔던 문을 열고

노라를 놓아주게

인천, 강화

김영

인천의 문화 지리적 배경

인천은 황해로 나가는 관문으로서 일찍이 사람들의 내왕이 잦은 곳이었다. 고려 시대에는 인주(仁州)라 불린 이곳에서 다섯 왕비가 배출되었고, 조선시대부터 현재까지 우리나라의 수도에 이르는 관문으로서의 역할을 담당해왔다. 백제가 동진(東晉)에 사신을 파견한 372년부터 웅진으로 천도하기까지 약 100년 동안 지금 인천시 남구 옥련동에 남아있는 능허대(凌虛臺) 밑 한나루[大

능허대
백제 근초고왕 27년(372)부터 웅진으로 도읍을 옮긴, 문주왕 1년(475)까지 사신들이 중국 동진(東晉)을 왕래할 때 출항하던 곳이다. 지금은 간척사업으로 아파트와 유원지가 개발되어, 도심 한가운데 자리잡고 있다. 현재 이곳에는 작은 정자와 연못이 있으며, 연못에는 인공폭포와 분수대가 있다. 출처_문화재청

津]을 통하여 중국과 사신을 내왕한 이래, 고려 - 조선을 거치는 동안 인천은 개성과 함께 중국과 정치, 무역, 문화 교류를 하던 곳이었다. 한말 동아시아 전통 질서가 무너지고 서양의 세력이 밀려들 때 인천은 제일 먼저 서양 세력과 맞닥뜨리며 병인양요(1866)와 신미양요(1871)를 겪고 서양 세계로 문을 연 곳이기도 하다. 인천항이 서방 세계로 열린 개항(1883) 이래 서양 근대 문물이 이곳을 통해 유입되었으며, 우리나라 최초의 철도인 경인선도 1899년 제물포에서 노량진까지 개통되었다. 최근에는 중국의 개혁 개방을 맞아 새로운 황해 시대가 도래하면서 인천국제공항과 인천항의 물동량은 폭발적으로 증가하고 있다.

이렇게 외부 세계로 열린 인천에서 배출된 문인은 많으나 고려 시대에는 우리나라 최초의 시화집인 《파한집(破閑集)》을 남긴 이인로(李仁老)가 인주 이씨이고, 우리나라 문학사에서 우뚝한 봉우리 중 하나인 《동국이상국집(東國李相國集)》을 남긴 이규보(李奎報)도 이곳 계양부와 강화도에서 벼슬살이를 하며 많은 시문을 남겼다. 조선 시대에는 한말 3대가 중의 한 사람으로 꼽히는 이건창(李建昌)이 이곳에서 우국 문학을 꽃 피었고, 일제 시대 말기에는 〈산허구리〉·〈동승〉 같은 희곡 작품을 남긴 극작가 함세덕(咸世德)과 평론가로 활동한 김동석(金東錫)이 있으며, 지금 국문학자로 활동하는 김흥규(金興圭)와 《창작과 비평》 주간으로 활동하는 최원식(崔元植)도 이곳 출신이다.

이 글에서는 인천과 부평에서 활동한 문인 중 우리 문학사에서 손꼽히는 인물인 이규보의 인천 관련 시문을 살펴보기로 한다.

계양(부평) 시절의 이규보

이규보가 이곳 부평으로 온 것은 자기가 원해서가 아니라 타율적인 것이었다. 비록 불혹의 나이에 접어들어 본격적인 벼슬을 하긴 했지만 비교적 순탄했던 그의 관직 생활이 52살이 되던 해에 풍파를 만나게 된다. 외방 수령들의 팔관하표(八關賀表) 건으로 이규보는 파직당하여, 1219년 4월에 외직인 계양도호부부사(桂陽都護府副使)가 되어 5월에 계양으로 부임하였다.50 그는 뜻밖에 좌천을 당하여 당시 고려의 서울 개경을 떠나 한강과 임진강이 만나는 나루를 건너면서, 부(賦) 한 수를 지어 자신의 신세를 슬퍼하고 마음을 달래었다(〈조강부(祖江賦)〉 권1).

50 《동국이상국집》〈연보〉 '기묘년' 참조(이하 《동국이상국집》의 작품을 인용할 때에는 작품명과 권수만 밝히기로 한다. 《동국이상국후집》의 작품을 인용할 때는 《후집》이라고 표기하고 작품명과 권수를 밝힌다).

기묘년 사월에 계양군수가 되어 강을 건널 때 걸 제사를 지내며 짓다

저문 산 어두운 연기에 물은 길기도 해	晚山煙暝水漫漫
험한 여울 미친 바람에 건너기도 어렵구나.	灘險風狂得渡難
천박한 운명 이제 또 귀양살이 가는 길이지만	**命薄如今遭謫去**
그래도 장안을 향한 마음 버리기 어렵다오.	尙難抖却望長安

〈己卯四月日得桂陽守將渡祖江有作〉(권14)

'적거(謫去)'라는 표현이 그의 심정을 잘 드러내주고 있거니와, 이규보는 이곳에 부임해서도 마치 달팽이의 깨어진 껍질 같은 다 쓰러진 태수의 집에 거처하면서(〈계양자오당기(桂陽自娛堂記)〉 권24) 적막하고 외로운 생활을 하게 된다. 공청에서 퇴근하여도 아무런 할 일도 없어 산발하고 자유로이 산책을 하거나 서울 하늘을 바라보고 있다.

공청에서 퇴근하여 아무 일도 없다

퇴근하여 아무 일 없으니	退公無一事
적막하기가 외로운 촌동네와 같구나	寂寞似孤村
(중략)	
호랑이는 오히려 대낮에 나타나고	虎來猶白日
모기는 해지기 전에 무누나	蚊嘈未黃昏
우스워라 잔성을 지키는 사람	笑矣殘城守
부질없이 궁궐만 꿈꾸네	徒勞夢掖垣
(중략)	
퇴근하여 아무 일 없으니	退公無一事
산발하고 자유로이 산책하도다	散髮自逍遙
손님에겐 나물을 삶아드리고	對客蒸蔬菜
아이 불러 약묘에 물주라 하네	呼兒灌藥苗
얼굴엔 세상 변한 것 싫어하는 빛이고	顔因猒世變
머리 돌려 서울을 바라보네	首爲望京翹
(후략)	

〈퇴공무일사(退公無一事)〉〈권15〉

이규보는 자신의 이런 신세를 울 수 있는 부리는 있지만 사방에 충
돌하여 깃 꺾이어 있는 새장 안의 새에다 비겼다(〈농중조사망강남령(籠中
鳥詞望江南令)〉권15). 그래서 그는 술로 시름을 달래려 하지만 그것도 여
의치 않았던 것 같다(〈무주(無酒)〉권15). 그러나 점차 시간이 지나면서 이
규보는 이러한 좌절감과 고립된 의식에서 벗어나고 있다. 이것은 사람은
다 환경에 적응하게 마련이라는 인간의 보편적 현실 적응력으로도 설명할

이규보의 초상화

수 있겠지만, 이규보의 경우에는 그의 독특한 처세관에 의해 설명될 필요가 있다. 그는 계양으로 좌천되어 오면서도 "출처는 마음대로 안 되는 것, 하늘이 내려준 운명을 그대로 즐기면서 선철과 같기를 희망해야지"(〈조강부(祖江賦)〉 권1)라고 해서 애써 정신적 여유와 달관된 처세 철학을 보여 주지만, 무엇보다도 그는 현실에서의 좌절감과 울분을 시작을 통해 승화시킬 수 있는 지혜를 발휘한 것으로 보인다. 이규보에게 있어서 시문은 나라를 위해 문인으로 할 수 있는 유일한 수단(〈차운하랑중견화(次韻河郞中見和)〉 권7)이었을 뿐만 아니라 이렇게 어려운 현실 상황 속에서는 자기 구원의 훌륭한 통로였다. 〈계양자오당기(桂陽自娛堂記)〉를 보면, 자기가 거처하는 집을 처자나 종들은 모두 쳐다보려 하지 않지만, 이규보 자신은 홀로 즐거워하며 먼지를 쓸고 거처하면서 당의 이름을 '자오당(自娛堂)'으로 짓고 또 기(記)를 지을 정도로 여유를 되찾았음을 확인할 수 있다. 차츰 초기에 가졌던 불편한 심기를 평정한 이규보는 계양도호부 주변을 나들이하면서 바다를 바라보기도 하고 초정을 찾기도 하면서 〈망해지(望海志)〉와 〈초정기(草亭記)〉를 짓기도 했다. 이 글들에 보이는 부평의 옛 모습은 물이 바위틈에서 나오는데 매우 차고 맑아서 얼음같으며 반송과 무성한 나무들이 그늘을 드리우고 맑은 바람이 저절로 불어와 피서하기에 좋은 곳이며(〈계양초정기(桂揚草亭記)〉 권24), 만일사(萬日寺)의 누대에 올라서 보이는 경관은,

"큰 배가 파도 가운데 떠 있는 것이 마치 오리가 헤엄치는 것과 같고, 작은 배는 사람이 물에 들어가서 머리를 조금 드러낸 것과 같으며, 돛대가 가는 것이 사람이 우뚝 솟은 모자를 쓰고 가는 것과 같고, 뭇 산과 여

러 섬은 묘연하게 마주 대하여, 우뚝한 것, 벗어진 것, 추켜든 것, 엎드
린 것, 등이 나온 것, 상투처럼 솟은 것, 구멍처럼 가운데가 뚫린 것, 일
산처럼 머리가 둥근 것 등등이 있다."

〈계양망해지(桂陽望海志)〉〈권24〉

고 느낄 정도로, 자연 풍광에 대해서도 아름답게 바라볼 수 있는 여유를
가지게 되었다. 그리고 처음에는 낯설게만 느껴지던 당시 계양의 민중들
에게도 친근감을 가지게 되고 그들을 바라보는 시선도 동정적이 된다.
그래서 이규보는 척박한 땅에서 어렵게 살아가는 쇠잔한 계양민들을 안
타까운 심정으로 바라보게 되고, 간소하게 살아가는 그들을 순박하다
[人淳]하다고 하면서(〈시통판정군이수(示通判鄭君二首)〉 권15) 시인 특
유의 애민의식을 자주 표출하기도 하였다.

태수가 부로에게 보이다

내 본시 서생으로	我是本書生
스스로 태수라 일컫지 않네	不自稱太守
이 말을 고을 사람에게 부치노니	寄語州中人
나를 늙은 농부로 여기고	視我如野叟
억울하면 곧 와서 호소하여	有蘊卽來訴
어린 아이 어미 젖 찾듯이 하라	如兒索母乳
비 버리지 않고 오래 가무는 것	久旱天不雨
이 또한 나의 죄로다	是亦予之咎
은근히 부로에게 사파하노니	殷勤謝父老
속히 사직함만 같지 못하리로다	不如束解綬

내가 떠나면 그대들 편하리니　　　　　　　　　　我去爾卽安

어찌하여 이 늙은이에 기대하는가　　　　　　　　何須此老醜

<태수시부로(太守示父老)>(전15)

농민들이 자기를 늙은 농부처럼 친근하게 여기기를 바라고, 억울한 일이 있으면 와서 호소하기를 어린아이 젖 찾듯 하라고 한 발언에서 그의 당시 부민들에 대한 관심과 사랑이 어떠하였는지를 짐작할 수 있다. 위의 시에서도 가뭄이 자신이 부덕한 탓이라고 하고 있지만, 이규보는 가뭄이 들어 시름에 쌓인 농민들을 위하여 그 내용이 참으로 간절한 기우제문을 하늘에 지어서 바친다.

"초목이 바싹 타버리고 샘물이 바닥이 났으니, 이야말로 백성들의 사느냐 죽느냐 하는 때이라, 만약 3일 안에 비가 오지 않으면 벼농사가 흉년이고 6~7일까지 안 오면 오곡이 흉년이고, 이를 지나도 오지 않으면 백곡이 다 흉년이리니, 백곡이 다 흉년이라면 신인들 무엇을 먹겠으며 백성은 장차 어떻게 살고, 원은 장차 무엇을 가지고 나라 세금을 충당하겠습니까? 더구나 대왕은 이 땅의 것을 먹은 지가 오래거늘, 그 모른 체 하고 구휼해 주지 않는다면, 어디에다 목숨을 의탁할 것입니까? 만일 하늘의 못을 잘 이용하여 조금이라도 비를 퍼부어 적셔 준다면, 이것이 바로 신의 직책이며, 따라서 원의 다행이고 백성들의 생명일 것입니다."

<우기우성황문(又祈雨城隍文)>(전37)

계양부에 가뭄이 든 것은 위로 혜택을 이어받아 화육(化育)을 편 것이 없고 아래로는 이로움을 일으키거나 해로움을 제거한 적이 없는 자기 탓이라고 하면서, 이런 잘못을 자책하고 허물을 뉘우치면서 하늘에

비를 내려달라고 간절히 빌고 있다. 이러한 이규보의 자세는 계양부사로 도임하던 초기의 자세와는 달라진 목민관으로서의 자세를 보여주는 것이다. 그리하여 재임한 13개월만에 서울의 내직으로 돌아가게 되자 계양의 부민들은 수레 앞을 가로막을 정도로 아쉬워했다(〈발주유작시전객(發州有作示餞客)〉권15).

강화 시대의 이규보

이규보가 다시 현재 인천광역시 강화군으로 오게 된 것은 나이 65세 되던 해인 1232년 6월이었다. 이 해에 고려 정부는 몽고군의 침략으로 강화도로 천도를 결행하게 되었는데, 문한직(文翰職)의 벼슬을 하던 이규보도 따라 들어와 74세로 생을 마감할 때까지 10년간을 이곳에서 지내게 된다. 전란 중 임시 수도인 강화는 인재와 문물이 몰리는 곳이었으며, 이규보에게도 이 강화 시대가 그의 문학적 활동에서나 사환의 영달에 있어서나 일생에 가장 빛나는 시절이었다. 이규보가 평생 시창작을 하여 현재 남아있는 시 2088수 중에 절반가량이 이 강화도에서 지어졌고, 이 시기에 지공거(知貢擧)와 재상을 역임하면서 인재 선발과 국정을 담당했을 뿐만 아니라 대몽고 외교 문서를 비롯한 중요한 나라의 글을 전담하다시피 하였고, 사상적으로도 원숙한 경지에 이르게 되었다.

이규보는 수전(水戰)에 약한 몽고군에 대항해서 강화도를 마지막 보루로 삼아 장기 항전을 준비하고 반외세 투쟁의 항쟁 의지를 보인 최이 정권을 적극 지지하였고, 강화 천도의 결행을 찬양하여 〈바다를 바라보면서 천도한 것을 경하하며(望海因追慶遷都)〉라는 시를 지었다. 그는 이 시에서 몽고군의 침략으로 어쩔 수 없이 강화로 천도한 것을 잘한 것이라고 칭송하면서도 내륙이 병화에 시달리고 있는 현실을 안타까워하면서,

백성들을 못살게 구는 외적들에 대한 적개심을 시를 통해 표출하고 있다.

달단이 강남으로 들어갔다는 말을 듣고

북쪽 풍속이 남쪽에 익숙치 못한데	北俗不習南
어찌하여 염주(炎洲)로 들어갔나	胡爲入炎洲
차마 만민의 밥으로	忍令萬民食
한 나라의 원수를 살지게 하랴	肥澤一邦讎
영성(嬰城)이 비록 상책이지만	嬰城雖首策
청야(淸野)도 좋은 계책이리라	淸野亦良籌
어떻게 천상의 칼을 가져다가	安得天上劍
단번에 오랑캐 머리를 자를꼬	一時墮胡頭
시퍼런 칼날로 모조리 떨어뜨려	盡隨白刃落
둥근 공 차듯 굴려 버릴꼬	跳轉如圓毬
아니면 큰 바닷물을	不然大海水
갖다 대어 떠버려 가게 하고	傾注使漂流
고기와 자라가 되게 하여	化爲魚與鼈
회 쳐서 우리 백성 먹게 하려나	作膾我民喉
이 말이 오활하기는 하지만	此言亦迂闊
하늘의 뜻이요 사람 꾀는 아닐세	天意非人謀
바라옵건대, 옥황상제는	但願皇上帝
화란을 뉘우치사 다 죽이지 마옵소서	悔禍無盡劉
아 무엇을 더 말하리요	嗚呼何更陳
흐르는 눈물 그칠 줄 모르네	流淚紛難水

〈문달단입 강남(聞達旦入江南)〉〈권18〉

　　그러나 강화가 피란을 해온 임시수도이기는 했지만 포실한 자연 환경과 풍부한 물산은 사람이 살기에 좋은 곳이었고 이규보도 매우 만족해했던 것 같다. 자기가 사는 집 둘레에 다 샘물이 솟아 오르고 꾀꼬리 소리도 간간히 들리곤 해서, 옛 서울보다 나은 것 같고 하늘 나라에 있는 기분이 들 정도였다.[51] 게다가 당시의 최고 실력자 최이의 절대적 신임을 받아 벼슬은 점점 높아져 문한직을 비롯하여 재상의 반열에 오르고 만년의 원숙한 경지에 이른 시문을 다수 창작했던 이 시기는 이규보 인생에 있어서 황금기인 동시에 책임 또한 막중했던 시기였다.

[51] 〈문조앵(聞早鶯)〉(권18), 〈천출사면유작(泉出四面有作)〉(권18).

　　그러나 이규보의 현실적 구상이나 독자적인 이상은 당시의 냉엄한 무신 정권의 정치 구조 속에서는 현실화되기는 힘들었다. 전쟁을 치르고 있는 비상 시국이라는 명분 아래 일체의 이견은 탄압되었으며, 최이 한 사람이 무제한으로 권력을 행사하고 있었다. 이러한 상황에서는 오직 아부와 찬양만이 용납될 뿐이며 건전한 비판이나 진정한 의미의 충언은 용납되기 어려웠다. 그래서 앞의 무신 정권과는 약간의 차별성을 가졌던 최씨 정권도 결국 절대 권력을 휘두르자 부패해가기 시작하며 민중들과도 점차 괴리되어 가게 되었다. 전쟁이 장기화되자 최씨 정권의 지배층들은 후방에서의 소비 생활만을 지탱하면서 민중의 항전 의욕을 무산시키고 말았다. 임시 수도인 이곳 강화에서 당시 집권층들은 호사스런 저택을 짓고 사치스런 향연을 벌일 정도로 관료들은 탐욕과 퇴영적 생활에 물들고, 이에 따라 당시 일반 백성들의 시름과 고통은 깊어 갔으며 그들의 원망 소리도 높아만 갔다. 이러한 대내외로 곤란한 입장에 처한 현실은 당시 정치에 깊숙이 참여한 이규보로 하여금 깊은 고뇌에 빠지게 했다. 양심적 지식인으로서 자기정체성을 확보하기 위한 내면적 갈등을 겪지 않을 수 없었던 것이다. 그래서 그는 비록 현실 정치를 자기의 뜻대로 개혁할 수

없는 한계를 절감하면서도 나름대로 최선을 다하기 위한 노력을 경주한
다. 고려국의 국체와 백성들의 이익을 확보하기 위하여 몽고에 보내는 외
교 문서를 작성하는 일에 진력하는[52]
한편, 당시의 부패 무능한 관리들을
신랄히 비판하고, 또 시를 통하여 민
중들에 대한 애정을 드러냈다.

이규보가 〈농부를 대신하여(代農夫吟)〉나 〈국령으로 농민들에게
청주와 쌀밥을 먹지 못하게 한다는 소식을 듣고서(聞國令禁農餉淸酒白
飯)〉 같은 시들을 통하여 농민의 생활을 핍진하게 그려내고, 세금을 닥달
하는 관리들과 호사한 생활을 하는 지배층들을 풍자한 농민시들을 지었
다는 것은 이미 주지의 사실이거니와, 이곳 강화에서 지은 시들에서도
"농부를 부처님처럼 존경한다(我敬農夫如敬佛)"(〈신곡행(新穀行)〉 권1)
라고 하여 생산 주체로서의 농민에 대한 관심과 애정을 끊임없이 보여 주
는 동시에 관리들의 부정부패와 탐학을 고발하고 있다.

군수 몇 사람이 더러운 짓을 하다 죄를 받았다는
소식을 듣고서, 두 수

(첫 수 생략)

그대는 보았는가, 강물을 마시는 두더지도	君看飮河鼴
그 배를 채우고 그만두는 것을.	不過滿其腹
묻노라, 그대는 몇 개의 입을 가졌기에	問汝將幾口
백성들의 살을 겁탈해 먹으려 하는가.	貪喫蒼生肉

〈문군수수인이장피죄(聞郡守數人以臟被罪)〉(권10)

이렇게 당시의 정치 현실과 자기 이상의 갈등 속에서 한 양심적 관료 문인은 일련의 현실주의적 시작들을 산생하게 되었으며 당대의 지배층과는 다른 생활 방식과 처세관을 견지하게 된다. 강화도로 천도한 뒤에 다른 관료들과는 달리 이규보만은 집을 짓지 않고 온 가족과 함께 하음(河陰) 객사의 서쪽 행랑을 빌려 지냈으며,[53] 남들이 다투어 땅을 사들였으나 그는 그런 대열에 합류하지 않고 나라를 먼저 걱정하고 몸소 검소와 절제를 생활화하고 있었음을 다음의 시에서도 살펴볼 수 있다.

53 《후집》권1, 〈우하음객사서랑유작(寓河陰客舍西廊有作)〉.

비 오는 것을 기뻐하며

사람마다 새로이 땅을 마련하고서	人皆新有田
(새 서울에 들어오자 다투어 땅을 구하여 경작하였으나 나만 하지 않았다.)	
비 오자 손뼉치며 몹시 반겼네	得雨抃不止
나는 한 뙈기 땅도 없지만	我無一畝地
나라 위해 참으로 기뻐하네	爲國誠自喜
나라의 곳간이 넉넉해지면	國廩如有餘
내 먹을 것이야 어느 땐들 없으랴	吾食何時匱
원컨대 하늘은 혜택을 고루하사	願天賜澤周
공전(公田)부터 시작하소서	先自公田始

〈희우(喜雨)〉(권18)

우리는 이 시에서 먼저 나라의 일을 염려하고 자기의 일은 나중에 생각하고 남들에게는 관대하고 자기에게는 엄격하고자 한 양심적 지식인으로서의 처세관을 확인하게 된다. 이렇게 본다면 이규보는 비록 최씨 정권에 몸을 담고 있었으나 그의 사상적 지향과 문학적 이상은 전대의 훈구귀족들이나 당시의 지배 관료층과는 확연히 구분된다고 할 수 있고, 당시 현실의 한계를 넘어서서 자기가 자호하였듯이 흰 구름처럼 달인(達人)[54]으로서 더 넓고 높은 세계를 지향하였다고 하겠다. 이렇게 결백할 정도로 절제된 생활과 엄격한 자기 성찰의 자세는 벼슬에 물러날 때까지 견지되어, 퇴직 후에 생계를 유지할 전장이나 재산도 마련하지 못할 정도였으며 나라에서 주선해준 퇴직 봉록으로 검박한 생활을 하였다고 한다(〈정월칠일수록(正月七日受祿)〉, 《후집》권2).

[54] 〈송찬수좌환본사서(送璨首座還本寺序)〉(권21)에서 "달인(達人)은 능히 물(物)과 어울리되 물(物)에 물들지 않고 능히 세상과 함께 살아가되 세상에 집착하지 않는다(達人…能與物推移而不染於物, 能與世舒卷而不滯於世)"라고 정의한 바 있는데, 이것은 스스로의 처세관을 말한 것이라고 하겠다.

그러나 강화에서의 임시 정부가 세월이 흐르면서 민중의 항전 의욕을 결집시키는데 실패하고 관료들은 퇴영적 생활에 젖어 들어 그 무능성을 드러내자, 이규보는 한편으로는 부정부패한 관료들을 비판하기는 하면서도 혼자의 힘으로 이러한 역사 현실을 어떻게 할 수 없는 자신의 처지를 한탄하게 되었고, 자아와 현실과의 갈등은 깊어만 갔다. 그래서 현실 정치에서 물러날 뜻을 거듭 요청하는 퇴휴표(退休表)를 올리게 된다.[55] 이 때의 자조적인 심정은 다음의 시에서 잘 드러난다.

[55] 권31에 실린 4편의 〈걸퇴표(乞退表)〉 참조.

자신을 조롱하며

하루를 보내는 데 두서너 잔쯤의 술	度日兩三盃許酒
한 해를 지나는 데 백 여수의 시	涉年一百首餘詩
쓸쓸한 백발의 늙은 거사를	蕭然白髮老居士
누가 재상직을 지냈다고 하겠는가	誰謂曾經鼎鼐司
한가하게 칠십 년 전의 일들 생각해보니	閑思七十年前事
괴목(槐木) 굴 앞에서 꿈 깬 것과 같네.	槐穴前頭夢覺時

〈자조(自嘲)〉《후집》권4)

우리는 이 시에서 벼슬에서 물러나 술로 자신을 위로하고, 번다한 관직 생활 동안 짓지 못하던 시를 마음껏 지으며 유유자적하게 지내는 노시인의 모습을 보게 된다. 이규보는 이 은퇴 시절에 노대가로서 원숙한 문학 세계를 보여 주는 많은 글들을 우리 문학사에 남겨놓았을 뿐만 아니라 노장과 불교에 두루 심취하면서 온 생명을 두루 존중하는 만물일류(萬物一類)의 생태학적 사유를 보여 준다는 점에서 매우 의미 있는 기간이었다고 할 수 있다. 이 노년기에 지은 〈쥐를 놓아주다(放鼠)〉, 〈이를 잡으며(捫蝨)〉, 〈술에 빠진 파리를 건져주며(拯墮酒蠅)〉 같은 시에서는 장자의 제물 사상(齊物思想)을 이어받아 물에 대한 지극한 애정과 생명에 대한 존중의 정신을 표출하면서, 기심(機心)을 버리고 자유방달한 정신 세계로 소요하였으며, 불교 경전에도 재미를 붙이기도 하였다.

이규보는 이곳 인천 강화도에서 만년을 보내며 어디에도 얽매이지 않고 유교·도교·불교를 두루 아우르는 독특한 정신 세계를 지녀, 인생과 우주의 심오한 이치를 깨친 달인(達人)의 세계를 이룩하였다.

충청도,《해좌승람(海左勝覽)》, 19세기 후반
출처_영남대학교 출판부,《韓國의 옛地圖》, 1998.

세 물의 근원

청주, 속리산

권희돈

1. 속리산의 자연 지리 -세 물길의 근원

백두대간이 한반도 자연 지리의 상징이며 인문적 기반을 결정하는 산줄기라면, 속리산은 충청 · 경상 두 지역의 경계(경상북도 상주군, 충청북도 보은군, 괴산군)를 이루며 두 지역의 인문적 기반을 결정짓는다. 경관이 뛰어나서 예로부터 해동팔경의 하나로 꼽혀 왔으며, 이 산 어딘가에 인간이 볼 수도 찾을 수도 없는 별천지의 세계가 있다는 속설도 전해진다.

속리산은 여덟 가지 이름을 갖고 있다. 소금강산, 광명산, 구봉산, 지명산, 미지산, 형제산, 자명산 그리고 속리산이다. 그 중 대중적으로 가장 잘 알려진 이름은 속리산이며, 이 이름을 갖게 된 시기는 신라 혜공왕 2년(서기 776)으로 거슬러 올라간다(〈관동풍악발연수석기〉, 《삼국유사》). 금산사 고승 진표율사가 속리산(당시는 주로 구봉산으로 불리어졌음)으로 가는 도중 소달구지를 탄 사람을 만났다. 소들이 율사 앞에 와서 무릎을 꿇고 울었다. 마차꾼은 그 까닭을 율사에게 물었고 율사는 소들이 불심으로 운다고 대답하였다. 이 말을 들은 그는 낫으로 자신의 머리를 깎고 세속을 버리고 속리산으로 들어갔다. '세속을 버리고 입산한 곳'이라 하여 속리산이라는 지명을 얻었다.

그로부터 100년 후 최치원이 속리산을 구경하고 남겼다는 시 한 수는 속리산의 풍모가 어떠했는가를 간접적으로 인식시켜 준다. '도는 사람을 멀리하지 않는데 / 사람이 도를 멀리하는구나 / 산은 세속을 멀리하지 않는데 / 세속이 산을 멀리하는구나(道不遠人 人遠道 山非離俗 俗離山) 인간이 멀리 하는 것이 도이고, 그 도와 같이 먼 곳이 산이요, 그 산은 속리산이 되는 셈이다. 속리산을 도에 환유한 이 시 구절은 속리산이 속세와 멀리 떨어져 있음을 배경으로 한다. 실제로 속리산과 속세 사이에는 험준한 산과 고개로 가로 막혀 있다. 충청북도 보은에서 가려면 열두 구비 말티고개를 넘어야 하고, 청천이나 미원 쪽에서 가려면 구티고개를

속리산

넘어야 하며, 경상북도 상주 쪽에서 가려면 갈목재를 넘어야 한다. 지금은 찻길이 잘 뚫려 있어 무시로 인총이 복닥거리지만, 예전에는 속세에서 쉽게 접근하기 힘든 산이었음에 틀림없다.

어떤 고개를 넘든 속리산 입구에 들어서면 처음으로 대면하게 되는 것이 구름버섯 모양의 소나무이다. 세조의 수레가 잘 지나갈 수 있도록 늘어진 가지가 스스로 번쩍 들어올렸다는 전설을 갖고 있는 소나무이다. 그 바람에 정이품의 벼슬품계를 받고 600여 년 동안 그 자리를 지키고 있다. 그러나 정이품송은 아프고 외롭다. 늙고 병들어서 아프고, 나무들과 함께 살지 못하고 인적이 붐비는 곳에 혼자 있어서 외롭다. 인간에 의해 지극 정성 보호를 받고 있기는 하지만, 역설적으로 그 보호 때문에 자연으로 돌아가지 못하고 매양 주사바늘을 꽂고 산다.

속리산의 소나무는 금강산의 소나무와 같기도 하고 다르기도 하다. 붉은 색깔을 띠는 줄기는 같다. 그러나 줄기가 뻗어 올라가는 모양새가 다르다. 금강산의 소나무가 근심없이 곧게 뻗어 올라간다면, 속리산의 소나무는 굽으면서도 비틀어져 있다. 서리서리 비틀어져 올라가는 모습이 신비스럽기도 하지만 고뇌에 찬 모습 같기도 하다. 그런 소나무를 가만히 바라보면 속리산은 예사로운 산이 아님을 직감하게 된다.

속리산은 법주사를 품고 있다. 얼마 전 법주사에 동양 최대의 청동 미륵불이 세워졌다. 그 미륵불을 배경으로 하는 봉우리가 수정봉이다. 수정봉에 오르는 길은 그야말로 한적하기 그지없다. 부처님의 후광이 경경히 쌓여있는 듯하다. 수정봉 마루턱에 올라가면 커다란 방 크기의 화강암반이 놓여져 있다. 야단법석의 집회가 열렸던 자리이다. 주변의 소나무들이 울창한데 한결같이 기형성을 지니고 있어, 속리산 소나무의 신비스런 특징을 상징적으로 드러내고 있다. 바로 옆에 일제가 잘랐다는 목 잘린 거북이가 안쓰럽게 앉아 있다. 말이 나온 김에 한 마디 덧붙여 본다. 속리산은 천왕봉(1057미터)을 정점으로 비로봉, 문장대 등 여러 개의 봉과 대가 연결되어 하늘과 지상의 경계를 이룬다. 소나무도 예사롭지 않지만 봉우리와 대들도 예사롭지 않다. 하나같이 인간에게 넉넉한 자리를 내주지 않는다. 천왕봉이란 이름은 삼천 사천 대천 세계의 왕을 일컫는 사천왕으로부터 이름지어졌다고 하는데, 일제 강점기 우리나라의 산이란 산 최고봉을 모두 천황봉으로 고쳤다고 한다. 인간의 욕심이 하늘의 뜻을 그르친 예라 하겠다.

속리산은 한반도 남쪽 지역 세 개 강물의 발원지이다. 속리산 동쪽으로 떨어지는 빗방울은 낙동강으로 흐르고, 서북쪽으로 떨어지는 빗방울은 남한강으로, 서남쪽으로 떨어지는 빗방울은 금강으로 흐른다. 물길은 산길을 넘지 아니하고 산길은 물길을 넘지 않으면서 한강 문화권, 금강 문화권, 낙동강 문화권을 만들어 놓는다. 속리산 서쪽 화양계곡의 물과 선유동 계곡의 물이 합수하여 청천 괴산을 거쳐 충주 탄금대의 물과 만나고 이 물은 다시 소백산과 월악산 계곡에서 흘러오는 물과 만나 유유히 남한강으로 흐른다. 속리산 서남쪽(보은 · 옥천 · 영동)으로 흐르는 물은 속리산 서쪽(진천 · 음성 · 괴산)으로 흐르는 물과 만나 공주 · 부여를 거쳐 금강으로 흐른다. 이 두 개의 물줄기 사이에 놓인 문화권이 충청북도의 문화권을 형성한다. 그러니까 속리산 천왕봉을 기점으로 한 남금북정맥(신경준,《산경표》)이 두 물줄기를 양분하는 셈이다. 특히 한강 수계 지역은 수원이 길고 큰 산이 많아서 강폭이 넓고 물이 깊은데 비하여, 금강 수계 지역은 수원이 짧고 큰 산이 적어서 강폭이 좁고 물이 적다. 충북 지역에 흐르는 이 두 강은 자연 환경으로써 충북 문화의 발생에 계기를 마련하였고, 역사적으로는 충북 문화의 형성에 일정한 방향을 제시하였다.

2. 속리산의 문화 지리 -- 제3차 정보 혁명의 중심

충청북도에는 국가의 보물이 13건이나 된다. 속리산 법주사 팔상전, 쌍사자석등, 석연지를 비롯하여 충청북도 전역에 분포되어 있다. 두 건의 전적비와 한 권의 공신록을 제외하면 모두 불교 문화와 관련을 맺는다. 이로 보면 이 지역 불교 문화의 뿌리가 얼마나 깊은지를 알 수 있다.

팔상전(국보55호)은 탑 내부 사면에 싯달타의 일생을 그린 팔상도로 말미암아 붙여진 이름이다. 지금까지 우리나라에 남아 있는 유일하고도 오래된 목조탑(신라 진흥왕 4년 의신 스님 지음)으로서, 또한 탑 중에서 가장 높은 건축물로서 그 가치를 인정받는다. 팔상전과 대웅전 사이의 쌍사자석등(국보 5호, 신라 성덕왕 19년에 세워진 것으로 추정)은 사자를 조각한 유물 가운데 가장 오래된 것이다. 이 석등은 두 마리의 사자가 마주서서 뒷발로 바닥 돌을 밟고 앞발로 윗돌을 받치고 있는 형상이다. 아랫돌과 윗돌 모두 연꽃 모양을 하고 있으며, 윗돌 위에 석등이 놓여 있고 석등 위에는 팔각지붕이 얹혀 있어 사자 두 마리가 떠받치기에는 무게가 과중해 보인다. 석등을 떠받치는 기둥을 두 마리의 사자로 형상화했다는 발상도 뛰어나거니와 사자 머리의 갈기와 다리와 몸의 근육까지 힘겨운 모습을 사실적으로 표현한 기법 또한 탁월하다. 그중에 암사자는 너무 힘들어 입을 벌리고 있는데, 이는 남자의 삶보다 여자의 삶이 더 힘겨운 삶이 아니겠느냐는 알레고리인 듯하다. 이에 비해서 연꽃을 띄우기 위해 돌로 만든 연못(석연지, 국보 64호)은 그야말로 고색이 창연하다. 오랜 세월을 견디지 못하고 연꽃잎 모양이 갈라져 쇠줄로 간신히 지탱하고 있다. 쇳물인지 눈물인지 알 수 없는 검은 물이 꽃잎에 배어 있어 극락 세계를 뜻하는 연꽃의 이미지는 온 데도 간 데도 없다.

말티고개를 넘으면 경상도 상주로 가는 길과 충청도 보은으로 가는 갈림길이 나온다. 여기서 방향을 보은으로 돌려 가다보면 곧바로 삼년산성(사적 제235호)을 만나게 된다. 국보나 보물은 학술적 가치가 높은 단위 문화재라면, 성곽은 역사의 현장으로 역사와 문화 전반을 아우르는 포괄적 문화유산이다. 전국에 수많은 성들이 있지만 특히 충북 지역에는 성과 고분이 많다. 이는 삼국이 충북지역에 분거하여 많은 전쟁을 치루어야 했던 역사적 배경이 있지만, 그러한 역사적 배경은 두개의 강이 흐르는 충북지역의 자연 환경에서 비롯된 것으로 볼 수 있다. 삼년산성은 해발 325미터의 야트막한 오정산 위에 신라 자비왕 13년(서기470년)에 축조된 산성이다. 《삼국사기》의 기록에 의하면 성을 쌓는데 3년이 걸렸기 때문에 삼년산성이라 부른다고 기록되어 있다. 이 지역은 대전·청주·상주·영동·옥천으로 연결되는 교통의 요지로서 신라는 이 지역 확보를 토대로 삼국통일을 이룰 수 있었다. 많은 성곽 가운데 특별히 삼년산성이 갖는 의미는 독특한 축조 기술 때문에 적군에 의해 한 번도 허물어진 적이 없다는 것이다.

삼년산성의 평면구조는 동·남·북 산봉우리가 서쪽의 계곡을 감싸고 석축 성벽을 돌린 포곡식 산성으로, 구들장처럼 납작한 자연석을 이용하여 우물정자 모양으로, 한 켜는 가로쌓기 한 켜는 세로쌓기로 축조하였기 때문에 성벽이 견고하다. 성 안에는 우물을 다섯 개나 두어 성 안에서의 생활에 불편함을 덜었을 뿐 아니라 성문 주위에는 밖에 다시 성을 쌓음으로써 외적의 침입으로부터 쉽게 함락당하지 않았던 것으로 보인다.

보은에서 회인을 거쳐 피반령을 넘고 가덕을 지나 고은 삼거리에 다다르면 무심천을 만나게 된다. 무심천은 청주를 동서로 갈라 놓으며 남에서 북으로 흐르는 보기 드문 하천이다. 이곳 청주에는 용두사지 철당간(국보41호)과 흥덕사지 고인쇄 박물관이 있다.

절에 행사가 있을 때 그 입구에 당이라는 깃발을 달아두는데, 이 깃

발를 달아두는 장대를 당간이라 하며, 이를 양쪽에서 지탱해 주는 두 돌 기둥을 당간지주라 한다. 용두사지 철당간을 두고 옛 시인은 이렇게 읊었다. "누가 구리기둥을 만계 위에 옮겨다 세웠는고 (중략) 뿌리는 깊이 박혀 지축에 이었고 (중략) 꼭대기는 구름밖에 치솟아 은하수를 꿰뚫었네"(이승소(李承召, 1422~1484). 당간이 서 있는 청주시 남문로는 용두사라는 절이 터를 잡았던 곳이다. 용두사는 고려 광종 13년(서기 962년)에 창건되었으나 고려말의 잦은 전쟁과 난으로 폐허가 되었고, 지금은 청주 시내의 가장 번화한 거리로 변하였다. 이 당간은 밑받침과 두 기둥이 온전히 남아 옛 모습을 잘 간직하고 있다. 두 기둥은 바깥면 중앙에 세로로 도드라지게 선을 새겨 단조로운 표면에 변화를 주었다. 그 사이에 원통 모양의 철통 20개를 아래 위가 맞물리도록 쌓아 당간을 이루게 하였으며, 돌기둥의 맨 위쪽에는 빗장과 같은 고정 장치를 두어 당간을 잡아매고 있다. 특히 세 번째 철통 표면에는 철당간을 세우게 된 동기와 과정 등이 기록되어 있는데, 원래는 30개의 철통으로 구성되어 있었다고 한다. 당간을 세운 시기는 절의 창건과 때를 같이 한다. 연대를 확실하게 알 수 있어 소중한 가치를 지닌다.

고인쇄 박물관에서는 세계 최초로 금속 활자본인 《불조직지심체요절》을 찍어낸 흥덕사지와 그에 관련된 일체를 관리한다. 이는 유네스코 세계의 기억(Momory of the world)에 등재(2001. 9. 14)됨으로써 세계에서 가장 오래된 금속 활자본임을 인정받았다. 《불조직지심체요절》의 간행시기는 고려 우왕 3년(1377년)이며, 독일 구텐베르크의 《42행 성서》보다는 78년, 중국의 《춘추번로》보다는 145년이나 빠른 시점이다. 저자는 백운화상(1288~1374)으로 태고국사, 나옹화상과 함께 고려 말기의 이름난 대선사였다.[56]

《불조직지심체요절》이 세상에 알려진 것은 1901년 모리스 쿠랑의

56 박문열, 《고인쇄 출판문화의 이해》, 태일문학사, 2003.

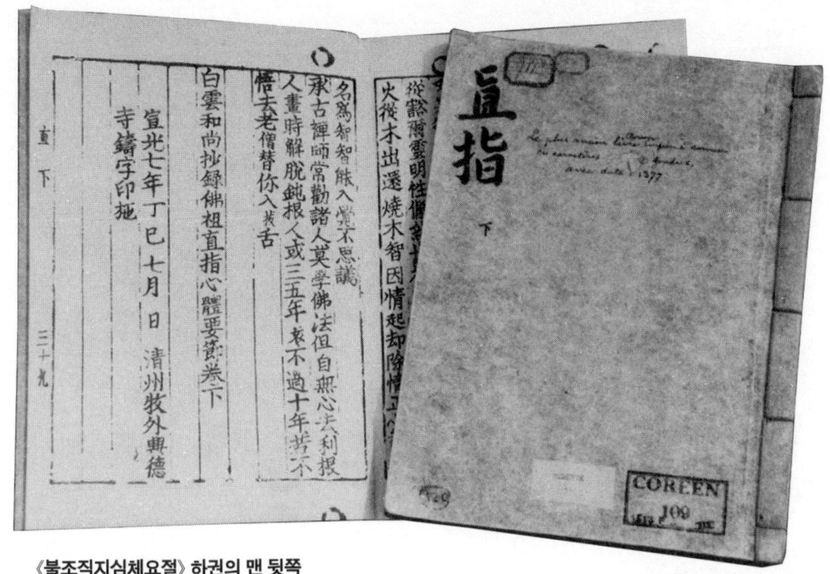

《불조직지심체요절》 하권의 맨 뒷쪽
작자 · 인쇄된 년월 · 인쇄된 곳이 선명하게 찍혀 있다.

《한국의 서지》에 부록으로 실리면서부터인데, 그 내용과 실물을 확인할 길이 없었다. 그러던 중 1972년 '세계 도서의 해'를 기념하기 위한 국제 전시회에 프랑스 국립도서관에서 출품함으로써 세계의 이목이 집중되었다. 《직지》는 《불조직지심체요절》의 판심서명이다. 서명의 중심 주제인 '직지심체(直指心體)'는 참선하여 사람의 마음을 바르게 볼 때 그 심성이 곧 부처님의 마음임을 깨닫게 된다는 '직지심인견성성불(直指心人見性成佛)'이라는 '수선오도(修禪悟道)'의 명구에서 취한 것이다.

1차 정보 혁명(언어의 발명)과 2차 정보 혁명(문자의 발명)을 거쳐 3차 정보 혁명인 금속 활자를 발명한 곳이 청주라는 사실은 이곳이 세계 문명의 중심적 위치에 놓여 있었음을 입증한다. 이는 또한 4차 정보 혁명인 컴퓨터의 발명 못지 않은 가치를 지닌다.

청주시에서는 '직지'의 세계 기록 유산 등재일인 9월 4일을 직지의 날로 정한 뒤 매년 직지 축제 행사를 갖고 있다. 뿐만 아니라 직지의 문화적 특성을 활용한 문화 상품을 개발하여 판매한다든가, 학술 회의·직지 문화 콘텐츠 개발 등 다양한 활동을 전개하고 있다. 그러나 아주 중요한 부분이 빠져 있다. 세계 최초의 금속 활자를 발명한 도시의 현재 인쇄 문화에 대한 인식이 결여되어 있다. 과거에는 이랬었다고 자랑만 하는 것은 자기 조상 자랑하는 것과 같다. 그런 과거를 상품화하는 것은 코카콜라를 세계화하는 것과 다를 바 없다. 이는 문화의 로컬리즘이 갖는 진정성을 상실하게 될 우려가 크다. 그러므로 과거에는 우리가 제일이었다는 자랑과 그것을 상품화하려는 노력에 앞서 세계최초의 금속 활자를 발명해낸 도시다운 인쇄 문화의 활성화에 지혜와 열정이 모아져야 할 것이다.

3. 속리산의 문학 지리 — 충북인의 얼

고인쇄박물관 바로 길 건너편 예술의 전당 광장에 가면 단아한 선비 한 분을 만날 수 있다. 다름 아닌 단재 신채호 선생의 동상이다. 이 동상은 1997년 8000여 충북도민의 정성으로 건립되었다. 모습은 시골 샌님같지만 올곧은 선비요, 논객이고, 학자이며, 열사이다. 선생은 구한말 충남 대덕군 산내면에서 태어났으나, 충북 청원군 낭성면 귀래리에서 성장하였다. 여기에 선생의 무덤과 선생의 얼을 기리는 사당과

단재 신채호 선생의 동상
1997년 8천여 충북도민의 정성으로 청주 '예술의 전당' 광장에 세워진 단재 신채호 선생 동상. 단아한 선비의 이미지를 살려낸 점이 이 동상의 특징이다.

선생의 업적을 기리기 위한 기념관이 건립되어 있다. 나는 가끔 이곳 청주에 와 살면서 선생의 얼이 깃든 고장에서 내가 숨을 쉬고 있다는 사실이 유복하다는 생각을 한다. 그리고 마음이 흔들릴 때마다 선생의 통렬한 글을 보면서 내가 가야 할 길과 가지 말아야 할 길이 어떤 것인지를 생각해 보기도 한다.

"역사란 무엇이뇨, 인류 사회의 '아(我)' 와 '비아(非我)' 의 투쟁이 시간부터 발전하며 공간부터 확대하는 심적 활동 상태의 기록이니, 세계사라 하면 세계 인류의 그리 되어온 상태의 기록이며, 조선사라면 조선민족의 그리 되어온 상태의 기록이니라 (중략) 그리하여 아에 대한 비아의 접촉이 번극할수록 비아에 대한 아의 분투가 더욱 맹렬하여, 인류사회의 활동이 휴식될 사이가 없으며 역사의 전도가 완결될 날이 없나니, 그러므로 역사는 아와 비아의 투쟁의 기록이니라."

신채호, 《조선상고사》

청주에서 귀래리로 가는 가장 빠른 길은 상당산성을 넘어가는 길이다. 상당산성은 속리산에서 뻗어 내린 소백산 줄기의 낮고 작은 분지에 자리 잡았다. 신라 경덕왕 때 축조한 성으로 산말랭이를 따라 쌓은 성의 둘레는 4킬로미터이며, 동서남북 사방의 문이 깨끗하게 보존되어 있고, 정비도 잘 되어 있어 청주 시민의 휴식처로서는 으뜸으로 꼽힌다. 더욱이 분지 안에는 호수가 있고, 그 주위에는 옹기종기 집들이 앉아 있다. 복숭아꽃이 피는 계절에는 무릉도원을 연상케 한다. 어느 계절이든 여유로운 마음을 갖고 성 둘레를 천천히 걸어 봄직하다.

청주시의 동쪽 경계에 위치한 상당산성의 비도 동쪽으로 떨어지느냐 서쪽으로 떨어지느냐에 따라 그 빗방울은 한강과 금강으로 갈라져 흐른다. 그러니까 단재 선생의 고향에 떨어지는 빗물은 한강으로 흐르는 셈이다. 단재 선생이 성장한 귀래리는 이곳에서 자동차로 10여 분이면 도착할 수 있는 곳에 위치해 있다. 이 짧은 거리를 선생은 26년만에 돌아왔다. 그것도 차디찬 이국땅 여순 감옥에서 8년을 살다가 한줌 재로 돌아왔다. 그때 선생의 침묵을 새까만 시인은 이렇게 노래로 대신했다. "이 땅의 삼월 고두미 마을에 눈이 내린다 / 오동나무 함에 들려 국경선을 넘어오던 / 한 줌의 유골같은 푸스스한 눈발이 / 동력골을 넘어 이곳에 내려온다"(도종한의 〈고두미 마을에서〉 1중).

고두미 마을은 귀래리의 본래 이름이다. 광해군 때 산요라는 사람이 있었다. 조정에서 쫓겨 이곳에 은거하였다. 인조반정 후 다시 조정에서 그를 불러들였으나 응하지 않았다. 그래서 생긴 말이 곧은, 고드미, 고두미로 불려 왔다.

각설하고 다시 도종환 시인의 시적 대상인 눈으로 돌아가자. 샤갈의 마을에 내리는 낭만적인 눈이 아니라 유골같고 푸스스한 눈발이다. 언어들마다 금세 뚝뚝 떨어질 것 같이 눈물을 머금고 있다. "선생은 하늘을 우러러 한 점 부끄럼 없이" 살았다. 가루가 될지언정 결코 굽히지 않는 정신은 곧 이 고장 충북인의 정신이다. 산은 물을 넘지 않고 물은 산을 넘지 않으며, 산은 산대로 물은 물대로 자기 갈 길만 가는 정직함, 이것이 충북인의 성정이고, 이러한 성정은 단재 선생에게서 상징적으로 드러난다.

선생이 지니고 있었던 사상적 변모 과정은 3단계로 구분된다. 제1기가 1910년 이전의 역사 전기 소설에서 나타난 바와 같이 민족을 독립시킬 영웅을 기다리던 시기라면, 제2기는 〈꿈하늘〉에서 구체화된 것처럼 부르주아 반일 독립 운동에 회의를 가졌던 시기이며, 제3기는 민중의 직접 혁명에 의하여 반일 독립은 물론 전 세계의 무산자 민중이 새로운 세계를 건설해야 한다고 주장하던 시기이다.[57]

57 권희돈, 《한국 현대 소설 속의 독자 체험》, 태학사, 2004.

선생의 삶을 보면서 옷깃을 여미게 되는 것은 생각과 말과 글과 행동이 한 치의 오차 없이 일치되었기 때문이다. 낭성면 고두미 마을에서 시간이 좀 지체되었다.

속리산 남동쪽의 물은 충북 괴산군 칠성면 칠성댐에 잠시 머물렀다가 괴강으로 흐른다. 이 물은 물론 남한강으로 흘러들어간다. 괴강의 물이 아름답게 굽이치고 휘도는 곳 제월대 광장에 홍명희 문학비(1998)가 세워져 있다. 제월리에서 고개 하나를 넘으면 선생의 생가(괴산군 인산리)가 나온다. 선생께서는 이 집에서 직접 작성한 독립선언서를 반포하고 만세 시위를 주도하다 체포되어 1년 6월의 징역을 선고받는다. 충북 민예총 회원들의 지속적인 관심 속에 다 허물어져가던 고가(古家)는 충청북도 민속 자료 제14호로 지정되어 대대적인 보수가 진행 중이다. 문학비를 세울 때만 해도 국정원의 동의를 얻어내야 하고, 비문이 뜯기는 아픔을 겪었던 것에 비하면 격세지감이 든다.

홍명희 선생은 해외독립운동(동제사), 동아일보사 부사장, 시대일보사 사장, 신간회 창립, 민족자주연맹 결성, 조선민주주의 인민공화국 부수상 등의 화려한 경력보다도 한편의 대하 소설 《임꺽정》의 작가로서 더 빛난다. 《임꺽정》은 1928년 11월 21일 《조선일보》에 연재하기 시작하여 10여 년 동안 중단과 연재를 거듭하였다. 이렇게 천신만고 끝에 씌어진 《임꺽정》은 우리 한국 근대 문학사에서 근대 역사 소설의 확립으로, 좌우 근대 민족 문학을 아우르는 이정표 역할을 하고 있다.

"나는 이 소설을 처음 쓰기 시작할 때에 한 가지 결심한 것이 있지요 (중략) 최근의 문학은 또 구미문학의 영향을 많이 받아 양취(洋臭)가 있는 터인데 《임꺽정》만은 사건이나 인물이나 묘사로나 정조로나 모두 남에 게서는 옷 한 벌 빌려 입지 않고 순 조선거로 만들려고 하였습니다. '조

《삼천리》 제5권 9호

　"작가의 윤리가 소설의 미학을 결정한다"는 루카치의 말은 이런 경우 잘 맞아 떨어진다. 실제로 작품을 읽어보면 뼈대는 물론 거기에 살갗을 입히고 피돌기를 시키는 소설이란 육체의 모든 요소가 '순 조선거'로 만들어졌다는 생각이 든다. 세상의 타락은 언어의 타락에서 온다. 말과 글이 병든 오늘 우리는 오염되지 않은 말과 글로 민족의 얼을 되찾겠다는 마음으로 소설을 쓴 벽초 홍명희 선생의 작가정신을 본받을 일이다.

　속리산, 피반령, 청주 상당산성, 초정, 청안으로 이어지는 한남금북정맥은 음성에서 진천으로 이어지는 새로운 줄기와 만난다. 특히, 산자락이 길게 뻗은 두타산은 괴산군과 진천군을 갈라놓는다. 진천은 청주와 견주어서 들이 적고 산이 많다. 산골이 겹쳐져 있고 또 큰 내가 많다. 그러나 모두 화창한 기운이 있고 땅이 기름지다(이중환,《택리지》). 그래서 예로부터 '살아서는 진천'이라는 말이 회자됐는지 모른다.

　진천군 벽암리 수암부락(지금은 진천읍)에는 황회색의 돌에 반듯한 글씨가 새겨진 표지비가 서 있다. 그것은 포석 조명희(1884~1938) 선생의 생가터임을, 아울러 선생이 우리 문학사에서 빼놓을 수 없는 문학가임을 알리는 문학표지비이다. 단재 신채호 선생과 벽초 홍명희 선생이 우리 근대문학사를 논하는 자리에서 늘 첫 자리에 오르지만, 포석 조명희 선생은 비껴선 자리에서 잠깐씩 논의될 뿐이다. 선생은 1920년대 프로 문학과 극예술 운동의 선봉자였으며, 시·소설·희곡·수필·평론 등 전 장르에 걸친 작품활동을 하였다. 그중에서도 소설《낙동강》과 희곡《김영일의 사》는 뚜렷한 업적이었다. 두 편의 작품에서 잘 드러나는 것처럼 선생의 작품은 현실 비판 정신이 강하다. 작품마다 가난이 개인의 문제가 아닌 계급적 모순에서 비롯된다는 이념성을 띠고 있었다. 즉, 가난의 문제를 개인의 문제로 삼는 경향파와는 달리 이들 작품은 계급적 모순에 두는 뚜렷한 목적성을 지니고 있었던 셈이다. 이러한 문학적 신념을 마음껏 누릴 수 있는 곳이 소련이라 생각하여 선택한 망명지가 블라디보스토크(해삼)이었다. 그러나 스탈린이 지배하는 소련은 아이러니하게도 선생을 체포(1937)하고 사형(1938)에 처한다. 선생이 최후에 입었던 죄수복 앞가슴에는 167이라는 번호가 선명히 찍혀 있다.

그럼에도 불구하고 분단으로 매몰되어 문학사에서조차 어정쩡하게 평가받아온 것이 사실이다. 그 까닭은 망명 작가라는 지극히 단순한 이유 때문이다. 포석 조명희 문학에의 관심이야말로 우리 민족문학의 지평을 확대시키는 일임을 잊지 말아야 한다.

충북 옥천군 옥천읍 하계리 40번지에는 정지용 시인의 생가가 있다. 옥천군에서 문화재로 지정하여 관리를 하고는 있지만, 그의 명성에 비해 '초라한 초가지붕'이다. 수많은 관광객들은 그곳을 들렀다가 마당가로 흐르는 도랑물과 작은 집에 놀란다. 얼룩백이 황소도 보이지 않고, 얼룩백이 황소가 해설피 우는 금빛 게으른 울음소리도 들리지 않는다. 주위에는 가난하여 남루하기까지 한 소읍의 야트막한 집들만 널브러져 있을 뿐이다. 그런 장면들이 지금까지 남아 있기를 바라는 마음이 터무니없는 욕심일 터이다.

단재 신채호 선생이 대나무같고 벽초 홍명희 선생은 느티나무 같으며, 포석 조명희 선생이 참나무 같은 이미지라면, 정지용 시인은 비옥한 대지처럼 기름지다. 그의 언어(2차 언어)들은 다이아몬드처럼 단단하고 꽃잎처럼 부드러우나 향기처럼 우주를 향해 퍼져나간다. "전설바다에 춤추는 밤물결같은 / 검은 귀밑머리 날리는 어린 누이"에서 보는 바와 같이 시적 허용의 범위가 넓고 크고 깊을 뿐 아니라 시적 상상력 또한 기발하다. 낯익은 것과 낯선 것의 충돌이 가져오는 경이감 때문에 신선함을 동반한다. 이처럼 정지용 시인은 시적 재능뿐 아니라 시적 재원을 보는 눈도 남달랐다. 《문장》의 편집을 맡아 조지훈, 박목월, 박두진(청록파), 박남수, 이한직, 김종한 등 뛰어난 시인들을 배출하고, 오장환을 발견하는 견자(見者)의 눈을 가졌던 것으로 보인다. 그리하여 현대시의 경이적인 존재, 새로운 시경의 개척자, 지성을 고도로 갖춘 시인, 언어에 대하여 주의한 최초의 시인 등 그에 대한 평가의 자장 또한 그 폭이 넓다.

1988년 월북 문인 해금 직후 테너 가수(박인수)와 대중 가수(이동훈)가 〈향수〉를 불러 천지를 진동시켰다. 우리 사회가 소비 자본주의 시대로 돌입하면서 경계란 경계는 모두 해체되는 시기였다. 본격 예술의 경계와 대중 예술의 경계가 해체되는 현상을 살피기에 이보다 더 알맞은 예는 없을 듯하다. 시대의 패러다임이 바뀌어도 시대에 따라 새롭게 받아들여지는 까닭은 아무래도 마성산(마을 뒷산)에서 정지용 시인의 집 앞으로 흐르는 물이 그치지 않아서인 듯싶다.

선비와 지사의 고향
홍성, 보령

신동욱

1. 지역과 기후

홍성과 보령은 충청남도에 위치하고 있으며, 북은 예산군(禮山郡)에, 동은 청양군(靑陽郡)과 부여군(扶餘郡)에, 서는 서해에, 남은 서천군(舒川郡)에 접해 있다. 태백산맥의 줄기에 있는 치악산에서 서남으로 뻗은 차령산맥이, 천원군·연기군·공주시·청양군·예산군·보령시 등 여러 고을을 이루며 서천군에 이르러 평야로 바뀌고 있다. 홍성군과 보령시 및 청양군의 접경에 있는 오서산(799미터)은 이 지역에서 가장 높은 산이고 보령시의 성주산(680미터)이 그 다음으로 높다. 그러나 홍성, 보령 양 지역은 낮은 산이 많으나 평야가 넓게 펼쳐지고 산촌이 많은 게 특성이다. 홍성의 금마천(金馬川)을 따라 평야가 형성되어 있으나 그 규모는 예산·당진으로 넓게 펼쳐진 예당평야와는 비교가 안 된다. 보령에는 대천천이 흐르지만 평야다운 게 적고 일제 때에 만든 간사지가 서해안을 따라 군데군데 보인다.

리아스식 해안을 따라 해산업에 종사하는 촌락이 형성되고 하천과

강안을 따라 도작 농업을 주로 하는 전야 취락이 형성되고 산골에 규모
가 작은 산촌 취락이 형성되어 있다. 한반도 전체가 온대와 대륙성 기후
가 교차되고 있는 바 이 지역도 사계절이 분명하게 나타나 자연풍광도
뚜렷하게 계절 마다 구분된다. 겨울에 붉은 황사가 섞인 눈이 내릴 때가
있고, 봄에 부는 황사 바람의 피해로 이 지역 사람들은 적지 않이 안질과
해소병으로 고생한다. 중국의 사막에 이는 황사풍이 몇 만 년 계속되고
있으니 한반도에 미치는 피해가 결코 적은 것이 아님을 알 수 있다.

　　삼한시대에 한강 이남에는 호서, 호남 방언을 쓰는 고조선족이 목
지국·백제국 등 54개국을 통합한 마한을 건국하였는데, 홍성·보령은
감계비리국(監奚卑離國)에 해당된다. 낙동강 유역에는 경상도 방언을
쓰는 고조선족이 동에는 사로국을 중심으로 진한을 세웠고, 김해 평야를
중심한 변한을 세웠다. 이 지역은 후에 신라로 병합되었다. 이 지역은 알
신화를 가지고 있으나, 동시에 아사달과 같이 아침 빛 즉 태양 신앙을 공
유하였다. 백제는 고구려계 통치 이념과 사상을 계승하였다. 사상과 이
념은 홍익인간의 사상으로 밝사상을 말하는데 만백성을 사랑하고 이롭
게 함을 밝은 해같이 한다는 의미이다.

　　삼국 시대 백제는 2세기에서 3세기 사이에 왕국의 세가 커졌다. 8
대 고이왕 때 관제가 확립되고 군제도 정비되어 한산성(漢山城)에 왕도
를 정했다. 이어 이후 하남 위례성(광주)으로 왕도를 옮겼고 다시 마한과
싸워 목지국(전북 익산)에서 왕도를 세웠다. 근초고왕 때에는 나라의 규
모가 커 중국의 동진과 문화 교류를 했고, 일본에게 여러 학술을 전습케
하였다. 그러나 고구려의 세력에 밀려 개로왕은 죽고, 아들 문주왕은 웅
진성(지금의 공주)에 왕도를 옮겼다. 《삼국사기》에 따르면 이 고장은 감
개현(甘蓋縣)에 속했고 고막부리라고 불렀다.

　　신라 통일기에 이 지역은 결성현(潔城縣)에 속했다. 보령은 신읍

(新邑) 또는 사촌(沙村)이라 했다. 그런데 나·당 연합군에 의해 백제가 망한 다음 당이 웅주도독부를 세우고 수탈 통치에 들어갔으므로 백제의 유민들은 충청·전라 각성에서 백제 부흥의 항전에 들어갔다. 왕권과 왕가는 무너졌으나, 나·당의 연합군에 항전하여 예산 대흥에 있던 임존성(任存城)을 거점으로, 복신(福信), 도침(道琛) 등이 중심이 되고, 200여 성을 회복시켜 당군에게 타격을 가하였다. 주류성 또한 나·당 군에 끝까지 항전한 성이었다. 흑치상지(黑齒常之) 장군의 활약은 눈부신 바 있고, 후에 당에 가 대총관의 벼슬에 올랐으나 무고로 옥사하였다. 홍성·보령은 그러한 항전에 참여한 중심부 지역이라 하겠다. 후삼국 시대에 홍성·보령은 운주로 불리었다. 고려 시대에는 홍주목(洪州牧)으로 개칭되고, 후에 결성현으로 개칭되었다.

보령 성주산에는 성주사(聖住寺) 터가 남아 있는데, 여기에 낭혜화상백월보광탑비(朗慧和尙白月寶光塔碑)가 서 있다. 최치원은 비문에 낭혜화상의 생애와 특히 당나라에서 불도를 탐구하던 화상의 특출함을 기술하였다. 화상의 깨달음은 매우 깊었는데, 당나라 여만선사는 "내가 사람을 많이 만나 보았으나 이러한 신라사람은 드물었다. 장차 중국에서

성주사지
보령 성주산 남쪽 기슭에 있는 구산선문의 하나인 성주사가 있던 자리이다. 백제 법왕 때 처음 지어졌는데 당시에는 오합사(烏合寺)라고 부르다가, 신라 문성왕 때 당나라에서 돌아온 낭혜화상이 절을 크게 중창하면서 성주사라고 하였다. 산골에 자리잡고 있는 절이지만 통일신라시대의 다른 절과는 달리 평지에 자리하는 가람의 형식을 택하였다.
성주사는 당대 최대의 사찰이었으며, 최치원이 쓴 낭혜화상백월보광탑비는 신라 석비 중 가장 큰 작품으로 매우 중요한 학술적 가치를 지닌다. 출처_문화재청

낭혜화상백월보광탑비
성주사터에 남아 있는 통일신라시대의 승려 낭혜화상 무염(無染)의 탑비
이다. 통일신라시대에 만들어진 탑비 중에서 가장 거대한 풍채를 자랑하
며, 화려하고 아름다운 조각솜씨가 작품속에서 유감없이 발휘되어 통일
신라시대 최고의 수준을 보여주고 있다. 출처_문화재청

선공부하기를 잃었을 때 동이(東夷)에게 배울 것이다" 했다. 또 최치원
은 낭혜화상의 수행을 요약하며 "위험함을 편케 여기고 괴로움을 달게
여겨서 사체는 종이 되고 마음은 군이 되고"라고 기술했다. 또한, 화상은
고통 받고 병든 이들을 헌신적으로 돌보았다고 최치원은 쓰고 있다. 비
의 마무리 사(辭)에서는 명리를 겨처럼 여기고, 몸가짐은 어짐과 옳음으
로 갑주를 삼은 화상의 인격과 신념과 행적을 적고 있다. 화상은 성주사
에서 입적했다.

　서해안은 수·당·송·명·청의 해적과 함께 왜구들의 약탈이 자
심하였으므로 이곳에 조선시대에는 홍주 진관(鎭管)을 두고 그 안에 수
군절도를 두었다. 태안에서부터 서천까지 육·해군의 배치를 견고히 했
어도 외적들은 야음을 틈타거나 도서를 점거하고 대거 침략하였으니 이
지역 전체의 백성들의 생활이 불안정하였다. 고려 가요에 "나마자기 구
조개랑 먹고 청산에 사러리랏다"(〈청산별곡〉)도 리아스식 해안의 개펄
이 펼쳐진 서해안 지역의 유랑민들의 노래였음을 충분히 짐작해 볼 수

있다. 몽고가 지배했던 시기에도 홍성·보령의 도서에서는 몽고군 및 관군에 저항했던 삼별초의 저항활동이 심하였다. 그들은 홍주 소속의 섬 고란도와 보령현 소속의 고주도에 거점을 두고 저항하였다.

이 지역 물산을 보면 쌀·보리·조·콩·감자·무·배추·고추·마늘·생강의 생산이 기본을 이루고 있다. 지금도 이 지역은 농자천하지대본의 농본 사상의 전통을 이어오고 있다. 광복 후에는 양계업, 목축업, 양어장 경영, 비닐 하우스에서 소채와 채과류가 사철 생산되고 있다. 이 지역은 어염이 예로부터 풍부하다. 《남포읍지》에는 은지어·홍합·청어·상어·숭어·석수어·복·어포·해의(김)·오징어(서해의 갑오징어)·전어·민어·농어·합·굴·강요주·세모·전죽(화살 만드는 가늘고 곧은 대)·사기·모시·오석과 벼루·대 등 이 지역에서 유명한 각종 해산물과 생산품을 기록하고 있다. 이 밖에 1980년대 경까지 성했던 석탄광과 석면광이 있었다. 약재도 넉넉히 채취되고 있고, 메톳·꿩·토끼·노루·개호지 등과 붓에 쓰이는 족제비가 많다.

2. 성지(城址), 역사적 유적

홍성과 보령은 서해안의 군사적 요지로서 군영을 두었던 곳이고, 물산의 집산지이기도 했다. 홍성 읍성은 옛 모습을 지닌 채로 남아 있는데 조양문(朝陽門)이 옛 위의를 유지하고 있다. 결성에도 결성성지가 남아 있다. 홍북면 노은리에는 노은서원(魯恩書院)을 세워 사육신을 추모했다(1676). 노은서원은 녹운서원(綠雲書院)이란 편액을 하사받아 녹운서원이라고도 불렀는데, 대원군의 서원 철폐 때 없앴다. 대교리에 홍양정난비가 1641년에 세워졌고, 남산 공원에 백야 김좌진 장군 추모비가 서 있으며, 한용운 시비와 함께 나손 김동욱 박사 기적비가 서 있다. 대교

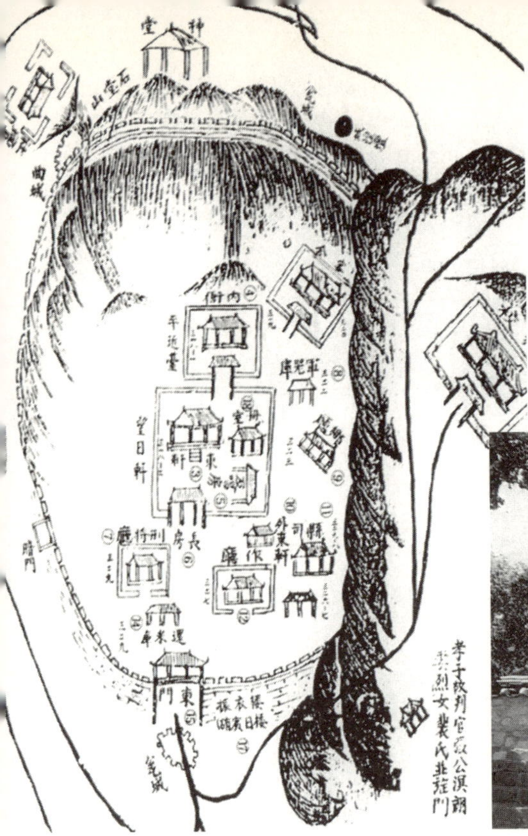

결성관아(←)와 결성아문(↓)

리에 의사총이 있고 그 옆에 창의사를 지어 홍주성에서 병오년에 왜병과 싸우다 순국한 의사들을 배향했다. 해마다 5월 30일에 군민중이 참배한다. 주포면에는 보령현 관아문이, 남포에는 남포관아문이 있다. 오천면에 남아 있는 오천성은 서부 순군 군영이 있던 곳으로, 대륙의 해적, 왜군과 왜의 해적을 방어 방비한 중요한 옛 군항이었다.

백야 김좌진 장군

　　시대에 따라 다소의 변경이 있었으나 충청도 관찰사 아래, 정3품의 공주, 홍주 목사를 두고, 홍주 진관 아래 판관 외에 14현감을 두었다. 보령수영은 오천에 두었다. 왜구가 쳐들어 올 때마다 전라북도와 충청우도 해역이 심한 침략을 당하니 이곳에 수영을 설치했다. 조선 초기에는 병사와 수군절제사를 두었다. 효종 때는 보령부로 승격시키기도 했다. 수군이 5000여 명이 넘고, 거북선이 4척, 전선이 3척, 방선과 병선 등 80여 척을 두었다. 본영에도 20여 척의 전선, 거북선, 방선을 배비했다. 왜구와의 싸움 그리고 수·당·송·명·청의 해적들과의 싸움이 2000년을 이어온 역사적 사실을 냉엄히 생각케 한다.

　　홍주와 보령은 의병이 투쟁한 역사적 지역이고, 독립 운동가로 생애를 바친 인물이 헤아릴 수 없이 많이 배출된 충절의 고장이다. 《보령현읍지》는 이 지역 사람들은 학문을 숭상하고 업무에 힘쓰고 예를 지키고 청렴하다고 적혀 있고, 《홍주읍지》에는 검박하고 농사에 힘쓴다고 기록되어 있다. 이 지역은 또한 청렴, 강직하고, 의리지심이 있는 고장이기도 하다. 선비는 많으나 사대부는 상대적으로 적고, 상업보다는 농업에 종사하는 것을 근본으로 알고 묵묵히 살아간다. 앞에 나서서 이끌지 않지만 의가 아닐 때 따르지 않으며, 순종하고 겸손하나 의분심이 강하다. 의외로 군인이 많다. 홍주 군영과 보령 수영은 이 지역 출신의 장수, 군관, 병이 많았음을 입증한다. 《여지도서(輿地圖書)》 영조조사본(英祖朝寫本)《홍주읍지》에는 이 지역 사람들이 농사에 힘쓰고 문무를 숭상한다고

백야기념관

적혀 있다. 또 《남포읍지》에도 검박하고 농업에 힘쓰고 부화하지 않다고 기록되었다. 국문학자 나손 김동욱 교수는 홍성 사람의 성격을 시비곡직을 가리고 옳고 그름을 판단하는 '경오(경우)' 따지기와 밝히기를 좋아하는 성격이 있는데, 그 정신은 선비 정신이라고 풀이했다. 경우는 경위(涇渭)에서 온 말로 경수는 흐리고 위수는 맑은 데서 그 구분이 뚜렷한 것을 뜻한다. 그래서 사리판단과 선악의 구분과 뒤얽힌 사물을 합리적이고 가치론에 부합하게 분석, 비교, 판단하는 행위를 '경오' 따지기로 말한 것이다.

3. 인물과 문풍

이중환은 이 고장이 차령산맥 남쪽에 있어 산천이 평평하고 곱고 물산은 호남이나 경남에 미치지 못하나 사대부들이 모여 사는 곳으로 으뜸가는 지역이라고 말하고 있다. 가야산과 오서산이 있고, 서해안에 여러 포구에서 해산물이 풍부히 난다. 당진·서산·안면도 등과 이어져 여러 포구와 도서를 비롯하여 남당리 포구·오천 포구·대천항 등이 속했다. 이중환은 오서산과 성주산 및 남포와 비인을 들어 땅이 기름지고 바다에 임하여 생선과 소금이 풍부하다고 말했다. 병자호란 때는 적의 발걸음이 미치지 못한 지역이라 살기 좋은 데라고 말했으나 임진란과 그 이전의 역사에 나타난 바와 같이 결코 안전한 지역이라고는 말할 수 없을 것이다. 조선 팔도가 모두 같은 정치권에 속해 있으니 그러하다. 《택리지》의 주목할 항목이 사색당쟁(四色黨爭)을 분석한 것인데, 당색의 중심에 심의겸이 서인의 으뜸이고 동인에 이산해·유성룡·해봉이 있다. 이산해는 보령 사람이다. 특정한 인물을 들어 당쟁의 책임을 물을 수는 없으나 단합하고 국정을 이끌지 못한 책임이 당시의 당색의 주동자들에게 있으니 그들을 좋게만 평가할 수는 없을 것이다. 이산해가 정철을 귀양 보내고 다시 자신이 귀양살이 하는 악순환이 임진란 당시에 일어났으니 후세 사람들이 그것을 옳다고 말할 수 있을 것인가. 선조의 무능과 용렬함도 비판받아야 하지만 정국을 움직인 인물들 역시 책임을 면치 못할 것이다.

이 지방은 저명한 학자와 문인 그리고 덕망 높은 스님이 많이 배출되기로 이름난 고장이다. 백이정(白頤正)은 고려 때 성리학자로 보령군 남포사람이다. 1298년 충선왕을 따라 연경에 가 10년간 주자학을 연구하고 돌아와 향리에서 이제현·박충좌 등 제자를 길렀다. 이제현(李齊賢, 1287~1367)의 호는 익재, 역옹이다. 백이정의 문인으로 1301년 성균시에 장원했다. 여러 직을 지낸 후 충선왕이 원나라에서 만권당을 지어 이제현을 불러들여 원나라 학자 요수염·조맹부 등과 고전 연구에 몰두했다. 1319년 충선왕을 수행하여 중국 강남을 유람했다. 충선왕이 빠이 앤 투그스[伯顔禿古思]의 모함을 받아 유배되었을 때 그 부당함을 원나라에 밝혀 풀려나게 했다. 공을 여러 번 세웠으므로 공신으로 봉해졌고 관직도 공민왕 때에는 우정승과 도첨의정승을 거쳐 1356년에는 문하시중에 올랐다. 정주학의 학통에서 배우고 사서를 편찬하였다.《익재난고》와《역옹패설》의 두 저서를 남기고 있다. 원나라가 고려왕조를 직접 다스리려는 목적으로 정동행성을 두고 고려라는 국호조차 없애려는 움직임이 1323년에 보였다. 이때에 고려는 원나라에 통합될 국가적 위기에 직면했는데, 이제현이 원정부의 재상에게 글을 올려 중지케 했다.

생각하건대, 우리 나라는 지역이 100리에 불과한데, 다 산, 내, 숲 등의 척박한 땅이 10분의 7이나 되어 토지에 대한 세금을 받더라도 조운(漕運)의 삯도 부족하고 백성에게 파세하더라도 봉록이 충당되지 못합니

다. … 언어도 같지 않고 중국과 취향이 다릅니다. 이 소문을 들으면 반
드시 의구하는 마음이 생길 터인데 집집마다 찾아다니며 설득하여 안정
시킬 수 있는 일이 아닙니다.… 집사합하께서는 역대 조정의 공로를 생
각하던 의리를 헤아려 중용의 도를 생각하시어 나라를 그들의 나라로
두시고 사람들을 그들의 백성으로 두십시오…58

58 이제현, 《역옹패설》, 민족
문화추진회, 1997.

원나라의 한 성으로 전락할 국가적 위기를 구한 문장이다. 문장으
로 충성을 다하여 나라를 구했으니 참으로 문장보국을 실천한 큰 인물이
다. 고려 시대에 외교 문서를 꾸민 여러 관료들 중 으뜸가는 외교 문서의
한 표본이 됨을 엿보게 한다. 미산면 용수리 용암영당에 배향되었다.

승려로 국사가 된 보우(普雨, 1301~1382)는 홍주 사람으로 1325년
승과에 급제했다. 명리를 버리고 고행을 거듭하고 중국 호주에 가 청공
의 법을 전수하고 임제종의 시조가 되었다. 청공은 보우의 지견(智見)을
인정했다. 그것은 보우가 〈태고암가〉를 지어 평을 청했을 때의 일이다.
보우의 깨우침이 넓고 깊음을 알고 청공은 보우의 〈태고암가〉에 발문을
써주고 가사(袈裟)를 내려 보우의 〈정각〉을 인정한 것이다. 또 광주 소
설산에 들어가 수행하면서 〈산중자락가〉를 지었다. 보우는 신돈의 시기
때문에 산중에서 수행했다. 후에 공민왕이 보우의 불법이 고려 최고에
달했음을 깨닫고 국사로 삼았다. 이색은 〈태고집〉 서문에서 다음과 같
이 말했다.

도는 하늘과 땅을 덮었고 사물의 형상과 이름을 벗어나 있는데 거기에
무슨 문자나 언어가 있겠는가. 지금 수고하여 책을 버는 것은 고인의 말
의 찌꺼기가 아닌가. 스승의 언행이 육신이 돌아가 없어질까 제자들이
걱정하고 선사가 끼친 덕이 후세에 끊어지지 않게 하려는 것뿐이다. 제

자로서 스승님께 이렇게 하지 않아서야 되겠는가.

1346년 보우선사는 연경에서 영녕선사가 개당할 때 초청되어 설법했다. 보우 선사의 불심이 연경에도 크게 떨쳤던 것을 짐작할 수 있다. 1356년 공민왕은 보우선사를 청하여 봉은선사에 주지로서 별축을 하도록 했다. 이때 문화시중상국 이제현이 부처에게 청원한 소문을 보우에게 전했다. 보우선사가 지은 〈태고암가〉를 원나라의 호주땅 하무산의 석옥노납(石屋老衲), 즉 청공에게 뵈었다. 그 노래의 한 연을 보면 다음과 같다.

...

그대 만일 나에게 산중 경계 물으면
솔바람 시원하고 달은 시내에 찼다 하리

도도 닦지 않고 참선도 하지 않고
침수향(沈水香)은 타 타 향로에 연기 없네.
그저 등등(騰騰)하게 이렇게 지나거니
무엇하러 구차스레 어떠하기를 구하겠느냐.

뼛속에 사무친 맑음이여, 뼛속 사무치게 가난함이여
살아갈 계책 부처님께 있으니
한가하니 옛날의 아름다움 소리내어 부르고
무쇠소를 타고 인천(人天)을 거닐겠네

이러한 불심의 경지는 정각을 얻은 자만의 겸허한 경지의 노래이다.

보우선사의 〈산중자락가〉는 읽기에 따라서는 원나라 왕에게 아첨하는 뜻이 있다고 생각할 수 있으나 보우선사에게 절을 주었으니 감사하는 뜻이 담겨있다. 그런데 고려와의 관계를 헤아리는 뜻이 시상 안에 담겨있음을 엿보게 된다. 고려왕들이 원의 공주와 혼인하여 원왕의 사위로 고려 왕위에 오른다는 시대의 특수성 때문에 보우선사는 원나라 왕을 칭송하거나 찬사를 보냈던 것으로 추량하게 된다.

일찍이 지눌 선사는 선과 정토 사상이 하나로 통합되어 자성이 미타임을 깨닫는 것을 말했는데, 지나의 이통현(李通玄)의 돈오 사상과 계통을 같이한다. 보우선사는 학승으로 출발하여 많은 고행과 수행을 거듭하면서 선승의 가장 높은 경지에 이르렀다. 자성미타의 문제를 스스로 수행으로 이루어 해결한 것이라 보인다. 그래서 보우는 내 마음 속에 있는 부처를 찾고 깨닫는 것을 되풀이하여 불도들에게 말한 것이다. 보우선사가 '무' 자의 화두에 힘쓴 것도 그의 구도방식의 한 가지였다. 기억, 의식, 말을 잊고 '없음' 의 경지에 도달하여 문득 깨닫는 돈오의 경지를 암시한 것이다. 그러나 말로 전하지 않고 중생들을 인도하거나 계도할 수 없으니 세속의 삶을 마음 공부로 다스리는 말과 무의 대립 속에서 불법이 있음을 말했다. 무는 공인데, 의식계를 버리고, 말의 세계를 버리고 이른 공의 경지를 다시 말로 설명해야 하는 어려움이 있다 할 것이다.

〈식목수(息牧叟)〉에 그의 불심의 경지가 보인다.

소가 늙어 소먹이는 이가 누구인가

고삐 놓아 영원을 노래하네

머리 돌리니 저녁해 먼 산에 노을지고

늦은 봄 산속 아무데나

바람에 날리네. 지는 꽃잎

인용된 시에서는 공(空)의 경에 이르는 자의 성숙 과정과 그 고행의 진심됨이 보인다. 1338년 선단원의 동안거에 참여하여 선 공부를 수행하며 지내다 깨닫고 〈오도송〉 8구를 지었다. 그 끝부분에 다음과 같은 내용이 보인다.

튼튼한 관문을 깨부신 후

맑은 바람 태고(보우선사의 호)에게 불어오네.

이 시는 세속적 욕망의 자아에서, 수행과 고행을 거듭하여 보살의 경지에 이르고 그 다음 다시 공의 경지를 향해 거듭하는 수행이 있은 뒤에 대보살의 경지에 이르는 문을 깨부수고 정각세계에 들어갈 수 있음을 노래하고 있다. 이 시를 음미해 보면 자아 속에서 부처를 찾는 탐색의 길을 걷는 선승의 참구를 이해하게 된다. 설법도, 경전도 아니고 불심에서 불심으로 이어지는 불립문자의 경지를 터득하는 길을 보우선사는 게송이나 시로서 암시하고 은유적 계시로 디딤돌을 놓아 다음 세대의 선공부의 발자취를 남겼다. 지눌 선사를 이어 보우선사가 섰고 오랜 후 다시 서산 선사에서 선학의 계통이 이어졌다.[59]

조선 시대의 인물로 성삼문(成三門, 1418~1456)은 홍북면 사람으로 1447년 문과에 장원하였다. 집현전 학사로 있다가 후에 경연관이 되었다. 세종대왕이 한글 창제에 착수하자 그는 정음청에서 연구에 진력했다. 신숙주 등과 음운 연구차 요동을 13번 왕래하였다. 세조가 조카 단종을 밀어내고 왕위에 오른 후 집현전 학사들에게 정난공신의 호를 내렸는데 모두 축연을 베풀었으나, 성삼문은 수치로 생각하고 홀로 축연을 열지 않았다. 후에 단종 복위의 주동이 되었으나 김질(金質)의 밀고로 가담자 모두가 극형을 받고 몸을 수레에 매어 찢어

59 최병헌, 〈태고보우의 불교사적 위치〉, 《태고보우국사논총》, 대륜불교문화연구원, 1997.

죽이는 처참한 사형을 받았다. 절개가 높아 오늘날까지도 사육신으로 추앙받고 있다. 그의 절명시가 남아 있다.

머리를 돌리니 이미 해는 기울었구나.

북을 쳐서 목숨을 재촉하는데

저승 가는 길에 주막이 없으리니

오늘 밤은 뉘 집에서 쉴 것인가.

그의 시조중에는 절개를 지키려는 의지를 담은 작품이 전한다.

이 몸이 죽어가서 무엇이 될고 하니

봉래산 제일봉에 낙락장송 되었다가

백설이 만건곤할 제 독야청정하리라.

그의 친족 모두가 사형을 받았다. 수양의 잔악함을 다시금 알 수 있다. 수양대군은 조선 역대 왕 중에서 가장 잔인한 인물로 남아 사육신의 고결한 절개에 깔린 야차가 되었다.

서거정(徐居正, 1420~1488)은 호를 사가정이라 했다. 1444년 식년 문과에 급제하고 집현전 박사, 부수찬 등을 역임하고 1456년 사은사로 명나라에 가 그곳 학자들과 시를 논하며 교유했다. 모두 뛰어난 학자라고 칭찬했다고 한다. 1464년에 대제학이 되었고 《경국대전》과 《동국통감》을 편찬하는데 참가하였다. 성종 때에는 《동국여지승람》 편찬에 참여했다. 그리고 《사가정집》,《태평한화골계전》 등 저서를 남겼다. 보령군 남포 사람이다. 이밖에 많은 관료와 문인이 배출되었지만 한시를 쓰고 시조를 쓰는 일이 지식인의 교양에 포함되었으므로 모두가 문인이라고 말하기는 어렵다.

　　이달(李達)은 결성 사람으로 뛰어난 시재를 발휘하였다. 선조 때 한리학관이 되었으나 곧 사퇴하고 박순(朴淳)의 동문인 최경창 · 백광훈과 함께 당시에 능통하여 삼당(三唐)으로 지칭되었다. 노비의 출생으로 신분의 제한을 평생 짐지고 산 시인이었다. 허균과 허난설헌의 스승으로서 학문과 사상을 이어받게 했다. 그의 작품에 다음과 같은 내용들이 보인다.

　　　　농가에서 보리를 베어도 저녁끼니 없고
　　　　비 오는데 보리 베다 숲길로 도라오다
　　　　생나무 비에 젖었으니 연기도 나지 않고
　　　　집 안에 들어서니 어린 딸만 옷깃 잡고 우네.

　　　　농가에서 이삭 주으며 어린애들 노래하네
　　　　따가운 햇볕 들녘 돌아도 광우리에 차지 않고
　　　　금년 농사 힘써 베농사 지어도
　　　　다 털어 관가의 창고에 거두네

　　　　동호에 노젓다 쉬고 잠시 생각하네
　　　　버들은 휘어져 호수가에 한가히 늘어지고
　　　　병든 나그네 홀로 밝은 달빛 배에 어리네
　　　　늙은 중 깊은 절간 꽃잎이 지네.

　　　　말없이 돌아가는 마음 풀냄새만 나고
　　　　고향길 멀고 멀어 푸른 물결 일고

홀로 앉아 헤아림은 구름과 바다 밖을 맴도니

해 저물고 기러기 울며 나는 소리 마음에 저려온다.

이달의 7언시에 그 특유의 현실주의 사상이 엿보인다. 시인으로서 벼슬이나 재리에 거리를 두고 세상의 물정과 그 흐름을 바라보며 시대의 모순을 비판한 시인의 정신이 아름답다.

오동꽃이 지는 밤

바닷가에 선 나무 봄구름 하늘에 떠돌고

다음 또 만나 술잔을 나누게

서울에서 만나세나

역루에 올라

한밤중 먼 수심 떠오르고

강남에 외로운 나그네 있느니

시골의 역누에 등불조차 꺼졌네.

이예장을 떠나 보내며(신동욱 초역)

이달의 생활이 곤궁했고, 평생 떠돌며 훈장으로 호구했으니 시인은 참으로 운명지어져 그런 것인가.

임진왜란으로 조선이 황폐화되고 조정은 당쟁에서 헤어나지 못하여 일시 왜와 화의가 성립된 틈에 소외된 민중이 각처에서 일어났다. 그 주된 이유는 1593년부터 삼년간 흉년이 들어 기근이 심한데 조정에서는 곡식 100석을 낸 양반에게 3품 벼슬을 주는 등 관직 매매를 했기 때문이었다. 곡식을 거둬들이는 모속관(募粟官) 한순(韓絢)의 부하 이몽학(李

夢鶴, ?~1596)이 홍산에서 발란을 일으켜 홍주성을 공략했다. 이 난은 여러 고을의 협력과 관군에 의해 진압되었다. 그러나 정치 권력과 행정이 바로 행사하지 못할 때 백성은 분기한다는 역사적 교훈을 남기고 있다.

보령 지역에서도 임진난 때 공을 세운 이정암(李廷馣, 1541~1600)이 있다. 1561년에 문과에 급제하고 동래부사, 대사간, 승지를 거쳐 연안에서 왜군 3000여 명을 격파하는 큰 공을 세웠다. 이어 1596년 이몽학의 난을 평정했다. 유정(惟政, 1544~1610)은 사명당이라 호하였는데, 재능이 뛰어난 승려였다. 임진란 때 승군을 이끌고 큰 공을 세웠다. 1604년 도일하여 도쿠가와 이에야스(德川家康)와 강화를 체결하고 조선군 피랍자 3500명을 인솔하여 귀국시켰다. 일시 웅천면 수부리에 있는 관음사에 머문 적이 있다고 하여 대천 고등학교 교정에 기적비를 세웠다. 비록 보령 출신의 인물은 아니지만, 큰 마음으로 승군을 이끌어 임진란에서 공을 세운 애국 정신을 기리고 이어 받으려는 보령인들의 의취가 엿보인다.

이지함(李之菡, 1517~1578)은 목은의 후손이다. 친형 이지번에게 글을 배우다가 철학자 서경덕에게 수학하였다. 수학 · 천문 · 지리 · 역학 · 의학 · 음양설 등에 뛰어난 재질을 발휘했다. 아호가 토정(土亭)인 것은 그가 실제로 흙집에 기거하며 역학을 깨우치는 수학의 과정에서 스스로 얻은 이름이다. 영남의 철학자 조식이 지나다가 토정의 기인 생활을 듣고 흙집을 방문하였다. 조식은 16세나 나이가 많은 철학자였으니 토정은 존장의 예를 갖추었으나, 두 사람은 검박 · 진실 · 학문에서 통하였으니 조식이 허교하였다고 전한다. 조식은 도연명의 시를 읊어 토정이 가난한 선비인 것을 찬양했다. "동쪽 나라에 한 선비 입은 옷은 남루하여라. 삼순에 아홉 번 먹는 게 고작이니, 십년에 관 하나뿐이로구나. 고통이 심하나 얼굴빛이 온화하구나. 내가 그 선비를 보고자 하니 이

른 아침 내를 건넜거니…" 토정이 업드려 "저에게는 어울리지 않습니
다"라고 했다.

후에 토정이 아산 감사를 지냈는데, 걸인청(乞人廳)을 만들어 기민
구휼에 힘썼다. 그런데 세상 사람들은 《토정비결》을 저술하여 사람들의
운세나 점 쳐준 사람으로만 이해한다. 그러나 명종, 선조 시대의 외척들
이 일으킨 여러 사화나 무능한 정치 행태에 실망한 토정이 백성들에게
미래에 대해 희망을 준 사람임을 알지 못하고 있다. 그는 예언의 시인이
었고, 고난의 시대에 평민들에게 희망을 안겨준 인도주의적 사상가였다.
정치권력과 재물에 눈이 어두운 당시 조선 양반 사회에 오직 홀로 백성
편에 서서 평민의 미래를 밝게 하려 했다.

동풍에 얼음이 녹고, 고목이 봄을 맞다.

작게 갔어도 큰 것 돌아오고, 적은 것을 아껴 크게 이룬다.

재앙이 사라지고 복이 돌아오니, 편하리라.

조선 시대의 시인 중 토정만큼 4언시를 써 평민과 농민의 고통을
위로하고 미래의 낙관적 전망을 제시한 시인이 없다.

보름에는 달이 둥그나, 다시 이지러진다.

비를 탐하지 말라, 먼저 얻지만 뒤에는 잃으리라.

성심 노력하면, 반드시 형통하리라.

운수에만 의존하고 팔자만 한하고 신분의 차별에 고통받고 만성적
좌절감에 빠진 평민들에게 근면 성실하게 살아 삶을 값지게 할 현실적
전망을 제시하고 있다.

꾀꼬리가 버들가지에 노닌다. 황금 조각이 나는 듯
재물을 얻지 않는다면 자손들에게 영화가 있으리라.
돌을 쪼아 옥을 보니, 힘쓴 다음에라야 얻을 것이다.

노력하고 실천하는 자에게 자손의 영화도 재물도 생긴다는 교훈시
이다. 임진왜란 때 토정은 강원도 삼척 땅에 머물렀다. 가토 기요마사(加
藤淸正)가 함경도까지 침략했을 때 토정 선생이 머물렀던 삼척을 비켜
지났다는 구전 설화가 전한다. 외국에까지 그의 높은 학덕이 빛났다. 보
령의 화암서원에 제향되었다.[60]

[60] 한국인물대계편찬위원회, 《인물한국사》Ⅲ, 박우사, 1972; 김혁제 주해, 《원본토정비결》, 명문당, 2003.

근대에 들어와서 이 고장에서는 일제와의 투
쟁사에 홍주는 충청 서부 지역의 중심 지역으로 많은 독립 투사들을 배
출하였다. 민종식의 휘하에 전사했거나 후에 옥에 갇혀 옥사한 의사들이
많았다. 이봉종도 22세에 옥사했고, 전태준 의병도 전사했다. 구항면 가
정리에 묘소가 있고, 묘갈문이 있다. 서기환(徐基煥, 1850~1906) 의병도
전사했다. 청화면 장산리에 안장되었다. 전경호, 채광묵과 아들 규대도
의병으로 홍주성 전투에서 왜적과 싸우다 장렬히 전사했다. 성재평, 임
한주, 정재충 의사들 모두 장렬하게 홍주성 항왜 전투에서 전사했다. 이
남규(李南珪)와 김좌진(金佐鎭)은 가장 두드러진 독립 운동가이며 애국
투사였다.

한용운(韓龍雲, 1879~1944)은 결성면 성곡리 사람으로 어려서부터
신동으로 총명하였고, 한학을 배웠는데 읽은 책은 거의 암송했다고 한
다. 16세에 집을 떠나 강원도 산사 오세암에 들어갔다는 기록이 있다. 그
후 백담사에서 연곡화상의 가르침을 받고 승려가 되었다. 또 홍성의 옛
군지에는 그의 아버지 한응준이 동학 운동 당시 정부군 중군이었다는 기

록이 있다. 서울 탑동 공원에 세운 한용운 비문에는 어째서 동학당에 가담했다고 기록되었는지 명백한 근거가 없다.

을사년(1905)에 국내 각지에서 의병이 일어나 항일 투쟁이 일 때 한용운은 만주를 돌며 독립 투사를 만났으나 승려인 만해를 상대해 주지 않았다. 31세가 되던 해에 동경에 가 유학생들과 사귀며 최린과 교분을 갖게 되고 32세 때 다시 만주로 가 이시영·김동삼 등 애국 투사들과 만나 조국 광복 문제를 논의했다. 귀국길에 간첩으로 오해되어 총상을 입었으나 다행히 구출되었다. 한국 불교계를 일본의 불교에 예속시키는 조선총독부에 반기를 들고 박한영 등과 협력하여 반대 운동을 폈다.

이 무렵에 그는 불교유신론을 제창했고 40세 때《유심》이라는 월간지를 펴기 시작했다. 그리고 십현담주해(十玄談註解)를 완성하였다. 1919년 손병희·최린 등이 중앙학교 숙직실에서 김성수·최남선 등 여러 국내파 애국지사들이 모여 독립 운동 계획을 세우고, 독립선언서 작성을 진행하는 일을 알고 스스로 찾아가 최남선이 쓴 기미독립선언서를 교열하는 중에 한용운이 공약 삼장을 첨가했다. 일경에게 체포되어 투옥되었을 때〈독립의 서〉를 써 그의 애국심이 세상에 알려지게 되었다. 이광수의〈조선청년단 독립선언〉과 함께 국내파 애국 지사들에 의한 독립선언서로, 이 세 편이 조선 정신을 세계에 알린 빛나는 문서로 남겨졌다. 1931년 조선불교청년회를 조직하고《불교》라는 잡지를 냈다. 1935년 장편 소설《흑풍》을《조선일보》에 연재했고,《후회》를《조선중앙일보》에 연재했고, 시집《님의 침묵》이 발표되었다. 홍성 남산 공원에 시비가 서 있다. 박두진·김동욱 등 국학자들의 정재로 시비가 마련되었다. 박두진은〈알 수 없어요〉를 비면에 썼다. 승 운허의 찬에 다음과 같은 구절이 보인다.

1944년 6월 29일에 심우장에서 입적했다고 기록되고 있다. 그러나 한용운 시인의 정신적 중심은 민족적 대주체와 한국민족성원 한 사람 한 사람의 소주체가 융합된 높은 자각을 통한 실천적 보편인을 지향했다고 보인다. 그 과정에서 독립 운동이라는 시대적 과제를 몸으로 실천하였고 그렇게하여 대승적 자아의 완성을 꾀하였다.

그의 시에 암시된 '님'은 송욱 교수에 따르면 민주적으로 통일된 한국이라고 했다. 그러나 동시에 우주적 보편인 또는 대각을 이룬 보살적 인간상을 암시한 시적 표언이다. 그의 〈조선독립의 서〉에 다음과 같은 문장이 요약되고 있다.

민족 자결은 세계 평화의 근본적인 해결책이다.

즉, 조선의 독립이 세계 평화에의 근본적 열쇠가 됨을 투시하고 설파했다.[61]

61 《한용운 전집》 1, 신구문화사, 1980, 351쪽.

한용운의 〈님의 침묵〉에서 다음과 같이 님이라는 대주체와 시에 나타나는 나(소주체)가 융합되고 있음을 말하고 필연적으로 만나야 함을 노래했다. 한용운 전집이 5권으로 집성되어 신구문화사에서 1973년 발간되었다.

아아, 님은 갔지만 나는 님을 보내지 아니했습니다.

현대 문학인으로 송욱(宋稶, 1925~1980)은 홍성 출생이다. 일본 교토 대학을 거쳐 서울대학교 교수로 20세기 영미시의 연구와 비평에 탁월한 천분을 발휘했다. 시인으로 창작 활동을 했다. 풍자시로 지적인 특성이 우세한 〈하여지향(何如之鄕)〉(1981)을 발표하였다. 후에 〈월정가〉(1971)를 발표하여 관념적, 이지적 사물 인식에서 관능과 생명의 생성력에 관한 시적 주제들을 드러내었다. 한편 한국 문학에도 비평적 접근을 시도하여 〈시학평전〉(1963)을 발간하여 한국시의 형상적 우수성과 감상주의의 취약점을 선명히 논증하였다. 이 책에서 한용운 시인에 관한 타고르와의 비교 연구는 당시 학계와 비평계에 지도적 구실을 했고, 큰 주목을 받았다. 그는 1974년에 《님의 침묵 한용운 시집 전편 해설》을 간행하였다.

김동욱(金東旭, 1922~1990)은 홍성 구항면 마온리 출신으로 독학으로 대학 응시 자격을 얻었다. 일본 대학에 재학 중 징용되어 함경도에서 광복을 맞았다. 중앙대학교, 연세대학교 교수를 역임했고 단국대학교 동양학연구소 소장을 지내며 고전 연구의 여러 업적을 남겼다. 저서에 《국문학개설》(1961), 《춘향전 연구》(1965), 《한국가요연구》(1961), 《이조전기복식연구》(1963), 《고전소설 판각본 전집》 등 수많은 연구 업적을 남겼다. 한국 고전 문학의 불교 사상 영향 관계에 연구가 깊었고, 자료의 발굴과 실증적 학풍은 한국 전통 사상을 밝히는 데 크게 공헌하였다.

이문구(李文求, 1944~2003)는 보령 사람으로 단편 〈백결〉(1966)이 현대문학에 당선되고, 〈지혈〉(1967), 〈이삭〉(1968), 〈몽금포 타령〉(1969), 〈이 풍진 세상을〉(1970) 등 다수를 발표했다. 연작 소설집 《관촌수필》(1977)과 장편 《장한몽》(1972)은 작가의 사실주의 흐름을 주도하는 역작으로 높이 평가되었다. 이어서 연작 《우리 동네》(1981)에 이르러 농촌 내부의 모순과 갈등을 천착하여 큰 평가를 받았다. 작품 《매월당》(1992)에서는 절개있는 선비의 한 표본을 그렸다. 충청 우도의 작가, 이기영, 방영웅 등을 위시하여 사실주의 계열의 소설을 이은 뛰어난 작가로 높이 평가된다.

임중빈(任重彬, 1939~2005)은 보령 사람으로 문학 비평가이다. 성균관대학교 국문과를 졸업(1966)했다. 인물연구소 대표로 있으며 민족 정신을 드러낸 애국지사 등의 업적을 발굴하였다. 1964년 《동아일보》에 〈김유정론〉으로 평단에 등단하였다. 비평집으로 《부정의 문학》(1972)이 있고, 《한용운일대기》(1974) 등 저작이 다수 있다.

홍성과 보령에는 주요하게 선비 전통이 살아 승계되어 있음을 여실히 알 수 있다. 순박하고 성실한 점이 이 지역 사람 일반의 공통적 민풍이기도 하다. 또 다른 하나는 정의감과 의리심이 우직할 정도로 강하여 절의의 인물 등이 많이 배출되었다. 애국 운동과 의병 활동이 격심했던 사실도 그러한 삶 의식에서 이루어진 것으로 볼 수 있을 것이다.

계룡산에 어린 문학

대전, 계룡산

사재동

1. 대전, 대덕 지방의 자연지리와 문학적 전통

대전(大田)은 충청남도의 도청 소재지로 경부선과 호남선의 분기
점으로 교통과 문화와 산업의 집산지로 발전한 근대 도시이다. 삼국 시
대 백제의 터전으로 공주와 부여를 방위하는 산성이 있었던 곳이며, 신
라와의 격전지로 보이는 산성들이 대전 주위에 흩어져 있다. 계축(1913)
년에 부군면(府郡面)을 폐합할 때, 고려 시대 이후 공주목(公州牧)에 속
해 온 회덕군(懷德郡) 일원과 진잠군(鎭岑郡) 일원 및 공주군 현내면 등
을 합하여 대전군으로 병합하였다. 뒤에 대전시로 편입된 유성(儒城) 또
한 유성현으로 공주의 속현이었다. 광복 뒤에는 대전면 일원은 대전시가
되었고, 그 나머지는 동남북으로 삼면이 대덕군(大德郡)과 이웃하고 있
다. 회덕은 백제의 우술군(雨述郡)으로 신라 때 비풍군(比豊郡)으로 고
쳤다가 고려 때 회덕으로 고쳐 공주에 예속된 곳이다. 진잠은 공주와 경
계하고 본래 백제의 진현면(鎭峴面)을 고려 때 공주에 예속시켰다. 계룡
산(鷄龍山)이 동북으로 진잠의 서쪽 15리와 공주 동쪽 40리 사이에 있어

진산이 되고, 금산(錦山)의 경계에서 흐르는 물이 유성 동쪽 25리에서 시의 중앙부를 흐르는 대전천(大田川)이 되어 갑천(甲川)과 합류하여 금강(錦江)으로 흘러든다. 《신증동국여지승람》〈공주목〉에 따르면, 유성에는 온천이 이름나서 일찍이 조선 태조가 계룡산에 대궐 터를 잡으려고 할 때와 태종이 임실에 가서 강무(講武)할 때 여기서 목욕했다고 한다.

일찍이 이 고장 사람들은 남자는 쟁(箏)과 피리[笛]를 좋아하고, 여자는 가무를 좋아한다고 하였는데, 대덕 지방의 문학적 전통 또한 유교적 한문학을 기반으로 유구하고 찬연한 것이었다. 현전하는 바 이 고장과 인연 및 연고를 가진 문인·학자들의 행적과 문집들을 통하여 유추해 보면, 구비 문학·국문학·한문학에 걸쳐 여타 지방의 그것에 조금도 손색이 없는 성황을 이루어 왔던 터이다. 그러기에 이 지방의 문학은 전형적인 문학장르, 시가·수필·소설·희곡에 따라서 현전 작품들이 질양면의 성세를 보였던 것이다. 대덕 지방 문학의 전개 과정을 시대순으로 서술하기 위해서는 현전하는 자료로서는 거의 불가능한 것으로 보이며, 따라서 그 역사적 전개 과정에 주목하면서 각 장르별로 문학의 실상을 파악해 나갈 수밖에 없다. 그러기에 상위 장르는 시가 문학·수필 문학·서사 문학·희곡 문학 등으로 설정하되, 하위 장르는 부족하나마 현존하는 작품 그대로를 열거·해설하는 데에 그칠 수밖에 없다. 그나마 이번에 시도되는 이 엉성한 작업이 보다 본격적이고 전문적인 연구에 어떤 계기가 되기를 기대할 따름이다.

2. 시가 문학

대덕 지방의 시가 문학은 한시와 국문시가 민요와 함께 형성, 전개되었지만, 한시와 민요를 논외로 할 때, 국문시가는 그 하위 장르인 단가 · 사설 · 별곡 · 가사 · 잡가 등에 비추어 영세를 면치 못하였다. 그 중에서 단가는 시조로 불리며 제작, 유전되었는데, 박팽년의 〈가마괴 눈비 맞아〉와 〈금생여수라 한들〉, 송시열의 〈임이 헤오심에〉와 〈청산도 절로〉, 조명리의 〈설악산 가는 길에〉와 〈청려장 흩어 짚어〉 및 〈성진에 밤이 깊고〉 · 〈기러기 다 나라가고〉 등이 그 명맥을 겨우 유지하고 있었다. 그리고 가사는 양반 가사 중 송주석의 〈북관곡〉만이 발굴되었고, 내방 가사로는 〈홍씨부인계녀사〉와 송씨부인의 〈금행일기〉 · 〈흉양가〉 등을 중심으로 작자 미상의 〈괴똥전〉 · 〈아녀별회〉 · 〈귀녀가〉 · 〈계녀사〉 · 〈화조가〉 등이 한 부류를 이루어 유통되었던 것이다.

이 글에서는 대덕의 시가 문학 중 주목해 볼 만한 단가, 양반 가사, 내방 가사를 소개하고자 한다.

단가는 고려 말에서 조선 초에 형성되고 전개되어 온 것으로 대덕 지방의 문원 사회에서도 많이 제작되고 유통되었을 것이나, 현전 자료에서는 박팽년(朴彭年, 1417~1456)이 지었다는 단가 2수가 최고(最古)의 것이 된다. 그는 회덕 출신으로 단종 복위 운동 때 사육신의 한 사람이다.

가마괴 눈비마자 희는 듯 검노매라

夜光明月이 밤인들 어두오랴

님 向한 一片丹心잇단 變할 줄이 이시랴.

〈해동가요 25〉

金生麗水라 한들 믈마다 金이 나며

玉出崑岡이라 한들 뫼타다 玉이 나랴

아무리 女必從夫인들 님 마다 조츨소냐.

〈노릉지(魯陵志) 초간본(初刊本)(강전섭 소장)〉

이 작품들은 작자 문제로 논란이 되고 있지만 '야광명월'·'금생여수'·'옥출곤강'이 나타내는 고상한 의취와 두 작품의 종장이 보이고 있는 불굴의 절조 등은 그의 작품이래야 어울릴 기개라 하겠다.

다음으로 송시열(宋時烈, 1607~1689)이 지었다는 단가 2수를 들 수 있다. 그는 충청도 옥천군의 외가에서 출생하여 자랐으나 26살 이후 회덕의 송촌(宋村) 등지로 옮겨 살았으므로 세칭 회덕인으로 알려졌고, 성리학과 정치뿐만 아니라 학술과 저술 방면에서도 뛰어난 재능을 발휘하였고, 시문에서도 거봉을 이루었다.

임이 헤오시매 나난 전혀 미덧더니

날 사랑하던 情을 뉘손대 옴기신고

처음에 믜시던 거시면 이대도록 셜오랴

　　〈주해(註解) 해동가요(海東歌謠) 육당본(六堂本) 청구영언(靑丘永言)〉

青山도 절로절로 綠水도 절로절로

山 절로절로 水 절로절로 山水間에 나도 절로절로

그中에 절로절로 자랄 몸이 늙기도 절로절로

　　　　　　〈주해(註解) 해동가요(海東歌謠)〉

제1수의 경우, 송시열이 역대왕의 신임과 총애를 받고 집권하다가 반대당의 책동으로 실각하여 사직하거나 유배되었으며, 그의 간절한 심경을 그대로 읊어낸 작품이라고 한다면, 그것은 참으로 실감을 자아낼 만한 시상이라고 하겠다. 제2수의 경우, 그가 파란 많던 정치 생활을 청산하고 명승지에 은거하고 자적하면서 자연을 벗 삼아 달관한 인생을 읊어낸 결실이라고 한다면 그것이야말로 그만이 지을 수 있는 명편이라고 할 만하다.

　현전하는 양반 가사로는 송주석(宋疇錫)의 〈북관곡(北關曲)〉 외에 별다른 것이 없는 실정이다. 송주석은 효종 1년(1650)에 서울에서 났으나 그 조부 송시열을 따라 대전 소제(蘇堤)에 살면서, 학문과 시문을 연찬하여 벼슬이 홍문관 부교리까지 승진하였다. 그 조부가 예론으로 남인에게 몰려 덕원으로 유배되니, 26세의 젊은 나이로 조부를 수행하여 같이 고난을 겪게 되었다. 그때의 전후 사실과 행색 및 노정을 노래한 유배 가사가 바로 〈북관곡〉이다. 이 작품은 그 말미에서 "고국에 도라가셔 겨레것 모다 안자 이 사셜(辭說) 이르려니" 하고 한 바와 같이, 송주석이 그 자신의 절실한 체험을 그냥 둘 수가 없으므로 토로해낸 실화 가사(實話歌詞)로서 주목되는 바가 있다.

　내방 가사로서 소개할 만한 것은 〈홍씨부인계녀사〉가 있다. 이 작자로 고증된 남양 홍씨(南陽洪氏, 1851~1923)는 경기도 광주군 낙생면 산운리에 생장하여 일찍이 한성판윤 이방현의 후실로 들어가 7남매를 출산했으나 겨우 딸 형제만을 길러서 시집보냈다. 큰딸은 정두경에게 출가하였고, 작은 딸은 서정의에게 출가시켰다고 한다. 이 〈홍씨부인계녀사〉는 작자 남양 홍씨의 작은 딸 이씨 부인이 서정의에게로 시집올 때, 가지고 옴으로써 이 지역에 정착, 유전되었던 것이라 하겠다. 이 가사는 다른 어느 계녀가사와 달리 교훈적인 면에만 치우치지 않고 자기 술회를 겸하여 다정하고 인자한 모성애를 담담하고 미묘한 솜씨로 표출하여 내방 가사 중의 일품이라고 할 만하다. 그리고 무엇보다 중요한 것은 이러한 작품이 작자의 딸 이씨 부인을 통하여 이 대덕 지방에 토착화되어 널리 유전되고 있다는 사실이다. 이것은 내방 가사의 습속이 일찍이 대덕·기호 지방 내지는 전국 각 지방에 있었다는 것을 입증해 주는 바라 하겠다.

3. 수필 문학

대덕 지방의 수필 문학은 한문 작품과 국문 작품이 조화롭게 성황을 이루고, 그 하위 장르인 교령·주의·논설·서발·전장·비지·애제·서간·일기·기행·담화·잡기 등에 걸쳐 풍성하게 유전되었다. 그런데 국문 작품을 기준으로 할 때, 서발에서 박팽년의 〈명황계감언해서〉와 논설에서 송시열의 〈우암선생계녀서〉, 기행에서 광산 김씨의 〈계룡산유산록〉·〈온양온수노정기라〉 등이 그나마 명맥을 유지해 왔던 것이다.

수필 문학으로 〈계룡산유산녹〉을 소개하자면, 동춘당 송준길 선생의 문중에 유전된 것으로 〈온양온수노정기〉와 함께 수록되었는데, 강전섭 교수가 소장하고 있다. 이 작품은 회덕 송촌에 사는 송국로(宋國老)의 부인 광산 김씨가 조선조 말기에 지었다. 작자는 계묘년(1903년) 3월에 진갑을 기념하여 계룡산을 유람하고 그 기행문을 지었는데, 62세 노부인의 유산기로서 여성적 감각이 농후한 섬세한 필치를 발휘하여 작품 전체에 자못 유미하고 아려한 품격을 갖춤으로써 문학성을 드러내고 있다. 이 작자는 그 유람에 있어, 열정과 적극성을 가지고 가는 곳마다 승경을 일일이 상찬하고 사암을 찾아가 그 경관을 우러르고 수도승의 생활상을 존경과 동정심으로 고아하게 묘파하고 있다. 이 작품의 서두에서,

체뉴 하오월이요 체속 삼춘이 다 가고 삼하가 도라온다. 오날이 며칠인고 외로이 안자 생각하니 명월은 두려사야 옥궁을 휘윗는 듯 시성은 청락하여 청공을 훗터시며 은하는 요요하야 격낙의 뭉겨 있고 송풍은 살살 부러 마음의 새롭고 오날밤의 경개로다. 오늘이 며칠인고. 계묘 오월 초구일 야이로다. 우연이 잠을 못 이루고 심사가 초창하야 옛일을 생각

하니 어쩨인 듯 오늘인 듯 담론할이 젼여 없다. 셰사를 생각하니 영여의 부운이라. 인간 백년을 못 살지녀 한심하고 가련하다. 불여 화초만 못한 것이로다. 버 나를 헤아리니 육십이쎄 되엿스녀 백발이 재촉이요 임인 오월 십삼일의 갑일을 지냈스니 젼연 일이 역역이도 새롭도다. 슬프다. 어느 사이 진갑이 쉬워시녀 쎄월이 덧없도다. 백발이 성성하녀 슬프다. 초로 인생 남은 날이 머지 않다.

라고 하여 더 늙기 전에 계룡산 유람을 떠나게 된다. 이후 본문의 몇 대목을 임의로 들어 보면, 그 일행이 계룡산에 오르면서 먼저 신원사를 찾아가는 감회를 "공주는 계룡산이 제일강산이라 하더니 참으로 선경이로다. 정신이 어둑 수석이 기묘하니 명산이 여기로다. 구름은 은산 봉두 어리었고 명산이 분명하다"고 감탄하고, 갑사의 입구에 이르러서는 그 경개에 더욱 감동하는 모습을 이렇게 그려주고 있다.

차차 드러가며 귀경이 더욱 좋다. 거기는 길도 너르고 반젹물이 절에서 나려오는데 물소리 귀가 먹먹하며 일기는 청랑하여도 그 숲에서는 하늘이 뵈지 아니하니 숲속에서 구경하니 그런 경치 다시 보기 어렵도다. 이런 경치 무미하게 볼 손가. 한 번 보면 두 번은 못보리라. 자게 보며 드러가니 길은 편편 대로변이 넓게 닦아 놓고 물 위의 반젹상은 바위가 더욱 좋다. 장승이 야단이라 차차 드러가 횡살문이며 등띠도 볼 만하다. 흘러 나리는 물결은 우뢰같이 낭낭나려 오는 소리 귀가 먹먹 차차 드러가며 좋은 경치 이 산 중의 쎄일 좋다. 절이 차차 닥아온다. 좁은 경치 얼른 지버리오. 자게자게 보며 쉬엄쉬엄 가게. 한번 지버면 다시 오기 어렵도다.

이러한 분위기 속에서 작자는 신원사 · 갑사 등 이 지방 절들의 광

경을 주시하여 묘사하고 있으며, 갑사에 들어가 구경하는 대목은 아래와
같이 이어진다.

> 급히 드러가너 남승당일러라. 삼대문을 바라보너 장사를 그렸는데 창검
>
> 을 빗겨들고 눈을 부릅뜬 것도 무섭도다. 그 안의 드러가너 단청이 황홀
>
> 하고 쌍창문을 열어 놓았기로 드려다 보려는데 띠뜰이 높아 기엄기엄
>
> 올라보너 부처가 크고 금불이 일곱이 한일자로 셋은 앉히고 넷은 틈틈
>
> 이 섰는데 놀랍고 위름하다. 청용황용이 여의주를 물려고 뒤틀뒤틀 올
>
> 라가는 형상이며

이렇게 하여 이 작품은 마무리되는데, 이 글은 조선 말기 여성 기행
문으로서 우수성을 보이고 있다. 이 작품은 송천당 오재정의 〈유계룡산
록〉, 옥오재 송상기의 〈유계룡산기〉 등 한문 기행문과 함께 그 시대의
기행 문학을 대표하고 수필 문학사에 엄연히 자리하게 되었다.

4. 서사 문학

대덕 지방의 서사 문학은 국문 작품과 한문 작품을 망라하여 성세
를 이루고 그 문자 해독의 계층에 따라서 국문소설과 한문 소설이 유
통 · 전개되었지만, 소설 문학이 이야기 문학이기에 그 번역 · 구비전승
의 방편에 따라 상호 교류하는 가운데 풍성한 소설 세계를 이룩하였다.
이 지방의 소설 장르는 설화 소설 · 기전 소설 · 전기 소설 · 국문 소설로
전개되어 상당한 작품들을 포괄하고 있는 터에, 기전 소설류의 국문 전
기로 김진수 작, 송씨 부인 번역의 《김경여전》의 소설 수준을 유지하였
고, 기전 소설 겸 전기 소설류로는 박지원의 한문 소설 《양반전》·《호

질》·《허생전》 등을 중심으로 10여 편이 높은 수준에다 광범한 유통 양상을 보였던 터이다. 그리고 국문소설은 이 지방에 자유롭게 유통되어 《춘향전》·《심청전》·《흥부전》·《토끼전》·《조웅전》·《유충렬전》·《구운몽》·《사씨남정기》·《홍길동전》 등 거의 모든 작품들이 많은 이본을 내면서 그 역할과 기능을 다했던 것이다.

이 글에서는 서사 문학 작품 중 《김경여전》은 여러 가지 점에서 의의가 있는 전(傳)으로 소개해 보고자 한다. 문집에 실려 있는 '전'은 한문으로 기록되었는데, 《김경여전》은 국문으로 쓰여 있다. 일찍이 필자는 그의 후손, 한학자 김의경 씨의 호의로 그 국문 전기를 수득하여 《김경여전》이란 이름으로 학계에 소개한 바가 있다. 이 작품의 사본(寫本)은 1권 1책의 한 장본, 한글 전용의 남필(男筆)로서 총56장에 달하는 단행본이다. 표지 좌단에 "증조고가장(曾祖考家狀)"이라는 내제가 있는데도, 그 객관성을 강조하기 위하여 《김경여전》이라 칭한 것이다. 이 사본의 필사자는 "증조고가장초"라는 제목으로 보아 김경여의 증손이 되는 어느 인물로 추정된다.

소장자의 증언과 경주 김씨의 족보에 의해 그 필사자가 김덕운(金德運, 1687~1767)이라는 것을 알 수 있다. 그는 진사로서 참봉·첨지를 제수 받았으나 나아가지 않고 학문에 힘쓰고 후학 교회(教誨)에 종사하였다 한다. 김덕운이 문중이나 지방인들을 위하여 그 증조의 가장(家狀)을 필사했다는 것은 있음직한 일이라 하겠다. 그렇다면 이 사본은 그의 말년의 필사라 하더라도 1760년대로서 지금으로부터 200여 년 전에 형성된 것이라 할 수가 있다. 그 점은 이 사본의 외형적 고태(古態)나 지질(紙質)·묵색(墨色)·필체(筆體) 그리고 그 어휘·어법 등으로써 뒷받침되리라고 본다.

위에서 말한 바와 같이 표제나 내제로 본다면 이 작품은 그 주인공의 증손이 되는 어떤 사람이 제작했으리라고 추측하기가 쉽다. 그러나 그 내용을 보면, 작자는 작품의 서두에,

션부군의 일홈은 경여요 자는 유션이니 별호난 송애라 하니

라고 한 것을 비롯하여 시종 그 주인공을 '션부군(先府君)' 또는 '부군' 이라고 부르는 '불초고(不肖孤)' 의 입장을 취하고 있다. 그러므로 작자는 주인공 김경여의 아들이라고 할 수밖에 없다. 마침 이 작품의 말미에 부언하기를 "이제 손자 진쉬 아비를 여희고 하 셜어워 가장을 기록하나 빠진 말이 많컨마난 니로 다 못하여시나 훗 자손 겨집 아희들이나 알게 그 대강 번역하야 미망인 팔십사세 노인 송씨 난 친히 셔하노라."고 한 것을 보면 그 아들 중에서 진수(震粹)가 이 작품의 작자라는 것을 알 수 있다. 이 사실은 《송애집(松崖集)》(地) 권5 '年譜 己未二十八年' 조에 "가장성 자진수찬 동춘증정 우암증윤(家狀成子震粹撰 同春證正 尤菴增潤)" 이라는 기록으로써 확증된다. 그 원작은 한문으로서 《송애속집(松崖續集)》(人) 권2에 〈가장략(家狀略)〉이라고 수록되어 있는데, 그 내용이 본 작품 〈증조고가장초〉(김경여전)의 그것과 번역 관계로 부합되고 있다. 요컨대 주인공의 아들 김진수(金震粹, 1622~1673)가 한문으로 제작하여 동춘(同春) 송준길(宋浚吉)의 증정(證正)과 우암 송시열의 증윤(增潤)을 받은 《가장》을 주인공의 모당(母堂) 송씨 부인(1575~1659)이 번역 윤색하여 현전하는 《김경여전》으로 완성한 것이라 하겠다.

김진수가 현감을 지낸 한학자로 망부(亡父)의 《가장》을 지었음은 가능하고도 당연한 일이며, 송준길이나 송시열이 김경여와 동문수학하여 각별한 친교를 지닌 사이로 그 《가장》을 증정하고 증윤했다는 것도 있음직한 일이다. 그런데 송씨 부인이 과연 그 《가장》을 번역하고 윤색

할 수 있었겠는가 하는 의문은 일단 제기될지도 모르겠다. 그러나 《송애집》에 따르면 송씨 부인은 회덕에 세거한 송담(松潭) 송염수(宋冉壽)의 딸로 성품이 본래 책읽기를 좋아하고 경사를 섭렵한 숙녀였다고 하니, 지중한 아들의 전상(傳狀)을 번역·윤색하여 후손 아녀자들에게 읽히고자 했던 것은 너무도 자연스러운 일이라 하겠다.

《김경여전》은 회덕 출신 김경여의 일생담이다. 역사적으로 알려진 그의 일생과 행적을 기초로 해서 증보·부연한 내용을 지니고 있는 것이다. 이 작품은 김경여의 일생을 주축으로 한 당대 역사의 구체적인 기록이며, 그것은 미숙한 대로 한편의 소설이라고 하여도 과언은 아니다. 이 작품은 혈족에 의하여 형성된 가승 문학(家乘文學)으로서 중요한 위치를 차지한다. 대개 전통 있는 가문에서는 선대 명인의 행적을 기록하여 자손이나 후인들의 귀감으로 삼는 사례가 있거니와, 그 대부분이 한문으로 사전화되어 있어 국문으로 작품화된 것은 그리 흔하지 않다. 대략 〈윤씨행장〉(서포모당), 〈충무공행장〉(이순신), 〈옥동니션성행녹〉(이숙) 등이 알려지고 있는데, 이 《김경여전》이 그 중의 한 전형적 작품으로 등장하게 되었다.

5. 희곡 문학

대덕 지방의 희곡은 그 연행으로서의 연극 장르가 가창극·가무극·강창극·대화극·잡합극으로 전개·공연되었다면, 그 극본을 하위 장르로 포괄할 수가 있었다. 그러나 이 연극 형태가 불투명한 현실에서, 겨우 가면극본이 〈덧뵈기〉의 극본으로, 인형극본이 〈덜미〉의 극본으로서 그 대표적 역할을 하고 있을 뿐이었다.

이 극본은 백제 기악(伎樂)의 전통을 계승하여 일찍이 충남지방에 유전되었으므로, 이 대덕 지방에도 그 극본이 유전되어 왔으리라는 것은 짐작하기에 어렵지 않다. 그런데 마침 대덕군 구즉면에서 남사당패놀이의 하나로 〈탈놀음〉(덧뵈기)이 유전되고 있는 것을 찾아내게 되었다. 남사당패의 인간문화재 양도일(梁道一)이 보유한 〈덧뵈기〉(탈놀음)가 바로 그것이다.

양씨는 대덕군 구즉동 문지리에서 1906년 12월 29일에 태어나 19세에 남사당패로 들어가 70세가 넘은 오늘에까지 그 기능을 전수·보유하고 만족한 여생을 보내고 있다. 지금은 무형문화재(인간문화재) 제3호로 지정되어 국가의 보호와 우대를 받고 후진 양성에 전념하면서 대전시 대흥동에 거주하고 있다. 양씨는 남사당패의 산 역사이며 그 놀이 전체의 기능을 가지고 있는 중에 여기 〈덧뵈기〉(탈놀음)와 다음에 이야기될 〈덜미〉(인형극), 그리고 〈설장고〉(농악)에 능통하다고 한다. 그는 "그동안도 고향을 잊지 못하여 드나들었지만, 앞으로도 이 고장을 떠나지 않고 전수생이나 기르다가 여기에 묻히겠다"고 말하였다(1977. 7. 20, 동년 10. 14, 2회 면담).

양씨의 〈덧뵈기〉는 남사당패 놀이의 다섯 번째에 해당되는 것인데, 이것을 심우성(沈雨晟)씨가 채록하여 연구한 바가 있다. 그 채록본을 중심으로 그 내용을 대강 살펴보기로 하겠다.

첫째 마당은 〈마당씻이〉로 그 내용을 살펴보면 아래와 같다.

꺽쇠 꽹파리를 요란히 뚜드리며 나와 놀이판을 한 바퀴 돌며

꺽쇠: 얼럴럴럴 네기닷꺼

그 뒤를 이어 장쇠가 춤추며 나오고, 먹쇠가 바보스럽게 따라 나온다.

장쇠: 야아! 꺽쇠 오래간만이구나. 얼마만이냐?

꺽쇠: 장쇠 참 오랜만이구나.

장쇠: 그래. 그간 어디서 뭘 했냐?

꺽쇠: 아이구 말두 마라. 그놈의 꽹매기 배우느라고 혼이 났다.

장쇠: 그래? 나두 말두 마라. 이놈의 장구 배우느라구… 우리 아부지가

이 개가죽만 밤낮 두드리다가 남사당패 쫓아갈거냐구 불기짝을 떡패

듯… 아이쿠! 아이쿠!(지금도 아픈 시늉)(…하략)

이런 식으로 시작하여 재담을 하고 덩덕궁이 춤을 추다가 고사를

지낸다.

둘째 마당은 〈옴탈잡이〉로, 꺽쇠가 춤을 추며 무대 한 복판으로 나

올 때에, 병마(病魔)의 〈옴탈〉(옴중)이 등장하여 꺽쇠를 쫓아가 대적한

다. 서로 재담으로 다투고 춤도 추다가 드디어 꺽쇠가 추한 〈옴탈〉을 쫓

아내고 뒤따라 퇴장한다.

셋째 마당은 〈샌님잡이〉로, 샌님 부부가 나와 늙은 것을 한탄하면

서 다투는 중에 그 집 하인 말뚝이가 등장하여 샌님을 희롱한다. 샌님이

말뚝이에게 절을 가르친다고 하다가 오히려 말뚝이에게 창피를 당한 뒤에, 샌님 내외와 말뚝이가 어울려 춤을 춘다. 이때에 피조리(처녀)들이 나와서 그 주위를 돌며 춤을 춘다.

넷째 마당은 〈먹중잡이〉로, 피조리들이 춤을 추는 동안에 먹중이 등장하여 부채로 얼굴을 가리고 피조리에게 접근하여 함께 춤을 춘다. 그때 취발이가 나와서 재담과 풍자로 먹중을 내어 쫓는다. 그리고는 취발이와 잽이와 같이 끝을 맺는다. 그리고는 굿거리장단이 울리며 세 사람이 대무(對舞)하다가 피조리들을 얼싸안고 퇴장하면 모든 잽이와 탈꾼들이 순서없이 몰려나와 어울려 춤을 춘다.

이상의 극본에서 그 특징을 간추려보면 다음과 같다. 첫째, 이 극은 남사당패의 놀이 중의 하나로 행사성을 벗어나 폭넓게 민중에 뿌리박은 사회극의 성격을 띠었다. 둘째로, 다른 연희와는 달리 당시의 지배층과 대립 관계에 있던 민중들과만 호흡을 함께 하였다. 셋째로, 이 극의 내용에 잠재한 사상이 민중의 의지와 부합되는 것이었기 때문에 여타의 모든 민중예술에 깊은 영향을 줄 수 있었던 것이다.[62]

62 심우성, 〈덧뵈기 演戲考〉,《남사당패 연구》, 동화출판공사, 1974, 153쪽.

인형극본을 소개하자면 다음과 같다. 인형극본이 가면극본과 함께 국문학의 전통희곡으로 취급될 수 있는 것은 물론이다. 그것은 꼭두각시극이니 박첨지극이니 하여 남사당패 이외에도 광대나 건립패, 산대도감패, 또는 지방민 가운데 비전문적인 인형조종자들에 의하여 전국 각처에서 연출되었다. 따라서 충남 지방에 그것이 실연되었던 것은 말할 것도 없거니와, 대덕 지방에 정착, 유전되어 온 것도 발견하게 된다. 앞서 말한 바, 양도일의 〈덜미〉(인형극)가 바로 그것이다.

양씨의 〈덜미〉는 남사당패놀이의 마지막에 해당되는 것인데, 이것 역시 심우성씨가 채록하여 연구한 바가 있다. 이 〈덜미〉는 널찍한 마당에 멍석을 펴 관중석을 마련하고, 그 앞에 인형을 조종하는 포장막을 장치하면, 그것이 무대가 된다. 거기서 연출되는 극본의 내용을 요약하면 다음과 같다.

1) 박첨지 마당

첫째, 박첨지 유람거리: 박첨지가 팔도강산을 유람하던 중 꼭두패의 놀이판에 끼어들어 구경한 이야기와 함께 〈유람가〉 등을 부른다.

둘째, 피조리 거리: 박첨지의 딸과 며느리가 뒷절 상좌중과 놀아나다가 갑자기 나타난 홍동지에게 쫓겨나간다. 홍동지도 뒤따라 퇴장한다.

셋째, 꼭두각시 거리: 박첨지와 꼭두각시가 나타나 〈영감타령〉을 주고 받으며 즐긴다. 박첨지가 그동안 혼자 살기가 어려워 작은 마누라 덜머리집을 얻었다며

덜미(인형극_박첨지놀음) 출처_문화재청

상면을 시키자 두 여자의 싸움판이 벌어진다.

넷째, 이시미 거리: 이시미가 나타나 청노새를 비롯하여 박첨지 손자·꼭두각시·동방석이·묵대사 등 나오는 쪽쪽 잡아먹고, 박첨지마저 물린다. 이때 홍동지의 등장으로 박첨지는 살아나오고, 홍동지가 퇴장한 뒤 박첨지는 자기가 살아난 것은 홍동지의 덕이 아니고 자기 명이 긴 덕분이라며 거더먹거리다 퇴장한다.

2) 평안감사 마당

첫째, 매사냥 거리: 박첨지가 나와 평안감사의 출동을 알리고, 평안감사가 나타나 박첨지를 불러 치고 잘못함을 꾸짖고, 홍동지를 불러 매사냥으로 잡은 꿩을 박첨지에게 팔아오라며 떠나면 모두 퇴장한다.

둘째, 상여 거리: 박첨지가 나와서, 매사냥에서 돌아가던 평양감사가 황주 동설령 고개에서 낮잠을 자다가 개미에게 불알 땡금줄을 물려 죽어버렸다고 알리고, 상여가 등장하자 박첨지는 상여 끝에 붙어 대성통곡을 한다. 상주(평안감사의 아들)가 박첨지에게 상도꾼을 대라 하니 산받이가 홍동지를 부르고, 벌거벗고 나온 홍동지는 상주에게 온갖 모욕을 주고 상여를 메고 나간다.

셋째, 절 짓고 허는 거리: 박첨지가 나와 이쩨는 아무 걱정 없다면서 명당에 절을 짓는다고 알리고 들어간다. 상좌 중 둘이 나와 조립식 법당을 한 채 짓고는 다시 그것을 완전히 헐어버리고 들어간다. 박첨지가 나와 끝까지 구경해줘서 고맙다며 절을 하고 퇴장한다.

이상에서 볼 때, 내용상 특징으로는 〈덜미〉란 역시 민중놀이집단 남사당패 놀이 중의 하나이어서, 그 바탕을 민중의 편에 두고 있다는 점이다. 또한 상반(常班) 중간 출신인 박첨지를 내세워 민중의 의지를 오히려 자유롭게 표현하고 있는 것이다. 그 특징은 첫째, 가부장적 봉건 제도에 대하여 박첨지 일가를 들어 비판하고 둘째, 이시미를 통하여 민중과는 대립적 대상들을 희화적으로 분쇄하고 있으며, 셋째, 봉건 지배층을 매도함에 있어 벌거벗은 홍동지를 등장시켜 소기의 목적을 달성하고, 넷째, 끝 거리에서 절을 지었다 다시 완전히 헐어냄으로써 역시 외래 종교를 부정, 극복하고 있다는 점 등이다.[63]   [63] 심우성, 앞의 책, 204~206쪽.

이 밖에도 이 지역에는 그 시대에 상응하는 연극 장르, 가창극·가무극·강창극·대화극·잡합극이 연행·공연되었을 것이지만, 그 전통이 올바로 이어지지 않음으로써, 더구나 그 극본을 찾아보기는 어려웠던 것이다.

6. 대덕의 현대 문학

대덕의 현대 문학은 요사이 지방문학에 대한 관심들이 고조되면서 지방문학을 정리하는 작업이 있어 이를 중심으로 간단히 소개하기로 한다. 그 가운데 최근에 출간된《대전 충청지역의 고향시》(송기한, 김현정 편저, 다운샘, 2004)는 대전이나 충청 지역에서 나서 주로 대전에서 활동한 시인들을 중심으로 그들의 시를 소개하고 있다. 이 지역 출신 시인 가운데 정훈(丁薰, 1911~1992)과 박용래(朴龍來, 1925~1980)을 첫손에 꼽을 수 있다. 정훈은 논산에서 나서 평생을 대전에서 활동한 시인이다. 1946년 충청 지방 최초의《향토》지를 발간하고, 1978년에는 또한 지방 시조 문학지인《차령》을 발간하는 등 지방 문학 발전에 신명을 다한 대표적 향토 작가로 평가된다. 그의 저작으로는《정훈시전집》(2002, 동남풍)이 있는데, 특히 고향의 풍경과 정서를 드러낸 향토 정신이 두드러져 있다. 그는 중등 국어 교과서에 실린 〈춘일(春日)〉, 〈밀고 끌고〉, 〈동백〉으로 이름난 시인인데, 처음으로 고향(고국)을 그린 시는 〈아리랑 民-교토의 밤〉이다.

게닷소리 푸념에

京都의 밤은 오고

거리를 나르는

꽃나비 꽃나비

나라를 잃인 幸福됨이여
야늑하기 꽃바구너다.

담벼락에 목을 쳐박고
나는 왜울음을 쳤다.

날께도 커서도
살어갈수록 서러운 쪽속이여
그래도 자그만 선술집이 있고
노래가 있고

玄海灘을 건너
조개껍질처럼 밀려든 무리들이다
그들이 즐겨 부르는 슬픈 아리랑이다.

1940년 메이지대학에 유학하며 쓴 시로, 나라를 잃은 민족적 애환과 고향(고국)에 대한 그리움이 담겨져 있다. 식민지인의 신세는 "조개껍질처럼" 유랑하는 슬픔이지만, 결코 희망을 포기하지 않는 상징성이 〈아리랑〉으로 함께 한다.[64]

한편 단재(丹齋) 신채호(申采浩, 1880~1939)는 대전시 중구 도리미 마을에서 출생한 문인 독립 운동가로, 고향에 생가가 복원되고 유허비가 서 있다. 어려서 사서삼경을 독파하고 시문에 뛰어난 재질을 보였다. 성균관에 입학하고 독립협회 운동에도 적극 가담하였으

[64] 김현정, 〈정훈과 박용래의 고향시〉,《대전 충청지역의 고향시》, 다운샘, 2004.

며, 1905년 성균관 박사로 〈매일신문〉 주필이 되었다. 1907년《이태리건국 삼걸전》을 역술하고, 다음 해에는《을지문덕》, 1916년에는 소설《꿈하늘》을 내서 애국계몽기 문학사에 크게 이바지하였다. 1927년 홍명희의 요청으로 '신간회(新幹會)' 발기에 참여하고, 이듬해에는 소설《용과 용의 대격전》을 창작하기도 했다. 일제에 쫓겨 대만 상륙 직전에 체포되어, 10년형을 선고 받고 복역 중, 1936년 2월 18일 여순 감옥에서 숨을 거두었다. 여기 고향시 한 편을 싣는다.

한 굽이 맑은 강 두 언덕엔 숲이 있고,
두어 칸 초가 한 채 강기슭에 있었네.
얼굴 아래 맑은 바람 베개에 스쳐 불고
처마 끝 맑은 달빛 거문고를 비쳤었네.
들길에는 이따금 다람쥐 지나가고
모래밭엔 예대로 흰 갈매기 떠도리니
어찌타 십년이 가도 돌아가지 못하고서
이역 땅에 머물러 망향가(望鄕歌)만 부르는고.

〈고원(故園)〉

뜻과 힘이 다투는 곳, 오룡쟁주의 땅

천안

강영순 · 윤주필

1. 천안의 자연 지리

천안은 삼남(三南)의 나들목이요 호서(湖西)의 요충지였다. 오늘날은 수도권과 행정 수도의 배후 도시, 기업 도시로 부각되고 있다. 동으로 청주 또는 충주를 거쳐 영남으로, 남으로는 공주를 거쳐 호남으로, 서로 가면 아산 온양을 거쳐 홍주(지금의 홍성)와 여러 서해안 임해 도시에 이른다. 천안은 한낱 군(郡)에 불과했지만 호서의 중요 행정 거점인 3~4목(牧)을 연결하는 출입구와 같은 곳이고 이들 지역에서 서울을 가기 위해서는 천안을 들려 가는 것이 첩경이다. 제천 의림지에서 시작된다는 호서의 기점으로부터 서해안 보령에 이르기까지, 동북쪽에서 남서쪽으로 차령산맥이 달려와 지역 중앙부에도 그만그만한 산들을 뿌려놓고 남으로는 광덕산을 세워 차령 고개를 솟구쳐 우리나라 중부 지방과 남부 지방의 경계를 그어 놓는다.

천안시는 현재 경부선과 장항선이 갈리는 시 중앙부를 제외하고도 북쪽으로 성환 · 직산 · 입장을, 서남쪽으로 풍세 · 광덕을, 동남쪽으로 성남과 수신을, 서쪽으로 목천·병천 등을 아우르고 있다. 이들은 모두 천안시로 병합되어 있지만 각 지역은 천안 못지않은 오랜 내력을 지닌 곳들이다. 특히, 직산과 목천은 조선 시대에 현감 관아가 있던 곳이고 삼한(三韓)의 마한(馬韓), 삼국의 백제(百濟), 통일 신라의 웅주(熊州)로 불렸다. 또 조선 시대에는 지방에 근거를 두고 중앙 관계에 다시 진출하려는 사대부들이 여러 지역에 세거하여 이른바 '충청도 양반'이라는 특이한 존재를 탄생시켰다.

조선 후기 단가 형태의 〈호서가〉에서는 다음과 같이 노래했다.

木川 나무비를 무어/ 沔川물의 씌여버어/ 唐津으로 흘이쳐어/湖西를 도라보너/ … /어화 聖恩이야/ 雨順風調 天安ᄒ샤/ 沃野千里 沃川 사히/ 히히마다 連豊ᄒ니/ 文義도 ᄒ려이와/ 稼穡을 심쓰리라 / 못슬 메여 밧츨 가이/ 이 아이 平澤인가/ 山田에 피을 가너 稷山이 되거고나/ … / 泰安聖世 일이 업서/ 山水 귀경 당기노라/ 한가ᄒ 이버 몸이/ 淸風明月로 萬歲保寧ᄒ리라/[65]

[65] 박미영, 〈《노리책》소재 〈호서가〉의 구성 원리와 의미〉, 《한민족어문학》45집, 한민족어문학회, 2004, 230~233쪽.

한자로 된 땅이름을 풀어 일반적 뜻으로 활용하고 가사를 꾸민 것이 흥미롭고 기발하다. 그 중에서도 목천은 호서 땅을 둘러보는 '나무배' 노릇을 한다 했다. 아닌 게 아니라 삽교천이 막히기 전까지는 바닷길이 온양 밑 선장까지 닿았고 충청 서해의 물산이 내륙 물길을 따라 적어도 목천까지는 연결되었을 것이다. 또한 천안은 산이 더 많은 지역이지만 중간에 소규모 뜰이 펼쳐져 농사를 지었다. '가색을 힘을 쓰는' 곳으로서 직산도 그만큼 중요하게 다루어졌다. 천안은 홍수가 없는 곳이고 다만 못물을 많이 개발해 놓아 '하늘 편한 고장'이 되었다. 그러나 정작 '천안'이라는 지명은 이본에 따라 누락되는 경우도 있다.

직산은 백제의 첫 도읍지라 전해지거니와 안성과 더불어 신라와 백제의 격전지이기도 했다. 《삼국사기》 열전에서는 심나(沈那 혹은 煌川)와 소나(素那 혹은 金川) 부자가 신라의 용맹한 장수로서 전장에서 헌신했던 내용을 입전(立傳)하였으니, 이들이야말로 이 지역 사람으로서 최초로 역사서에 오른 인물이었다.

또 고려의 한반도 통일과 관련하여 천안은 매우 중요한 쟁패 지역으로 손꼽혔던 듯하다. 고려 말의 문장가 이곡(李穀)은 〈영주회고정기(寧州懷古亭記)〉에서 증언하기를, 태조 왕건이 후백제를 정벌할 때 이곳의 풍수를 보고 성을 지어 십만 군대의 군영을 조성해서 뜻을 이루었다고 했다. 그 때 어느 술사가 이르기를 '왕자(王字)의 성과 삼룡쟁주(三龍爭珠)의 땅'에 축성하여 병사를 기르면 곧바로 삼국을 통일하여 왕이 될 수 있다고 했다는 것이다. 천안의 진산은 지금도 '태조산'으로 불리며 그 형국이 '왕' 글자로 되어 있어 '왕자산'이라는 고지명을 지닌 곳이다. 또 천안의 동명으로 '오룡동'이니 '구룡동'이니 '룡' 자를 많이 띄고 있고 지역 민속으로 '오룡쟁주놀이'를 만들어 즐긴 내력도 있다.

그러나 이 지역에서 한반도의 정치 군사적 힘이 충돌했던 역사는 더 거슬러 올라가기도 하고 고려의 통일 이후에도 지속되었다. 그 역사지리적 의미를 서거정은 〈직산제원루 병서(稷山濟源樓幷序)〉에서 소상히 적고 또한 감회를 읊었다. 차령 산맥이 동북쪽에서 달려오면서 직산의 북쪽 경계를 형성하는 가운데 위례산(慰禮山)을 세워놓았으니 이 산에 쌓은 산성을 일러 직산 위례성이라 한다. 이곳이 과연 온조왕이 처음으로 도읍한 백제 위례성인가를 두고 서거정 또한 엎치락뒤치락 상량하였다. 그는 백제가 여러 곳을 전전하면서 도읍을 정했으며 오늘날 국사학계에서 비정하는 광주(廣州) 위례성은 직산 다음의 것으로 이해했다. 따라서 직산은 본격적인 삼국 시대를 열기 이전의 고대 국가 백제의 근원지라는 의미에서 '제원(濟源)'의 땅이고 이 같은 무궁한 의미를 간직한 곳이 바로 이 일대를 조망하는 자리에 놓인 '제원루(濟源樓)'라는 결론에 도달한다.

　　직산 주위에는 온조왕을 도와 백제를 건국한 열 명의 신하를 십제공신(十濟功臣)로 일컫고 있는데, 이 지역을 본관으로 하고 있는 천안 전씨(天安全氏), 직산 조씨(稷山趙氏), 목천 마씨(木川馬氏) 등이 오늘에 이르고 있다. 뿐만 아니라 《동국여지승람》에는 '목천 성씨'로서 우·마·돈·상·장(牛馬豚象場)의 유래 전설을 밝히고 있다. 고려가 개국한 이후에도 이 지역을 근거로 누차 반란을 일으키자 태조가 이를 미워하여 동물 성을 내렸다는 것이다. 말하자면 왕화(王化)를 거역하는 '소 돼지 말코끼리 터' 같은 금수의 지역이라는 뜻이다. 그러나 이들 반란의 동기는 역시 이 지역이 백제의 뿌리였다는 점과 깊은 관련이 있을 것이다. 후삼국의 혼란기를 틈타 백제 회복의 기치를 들었을지도 모르는 일이다. 이들이 웅거한 근거지는 오늘날 독립기념관의 진산이 된 흑성산(黑城山)이었다는 설도 있다. 이 산의 옛 이름이 상왕산(象王山)이기 때문이다. 세월이 흐르자 고려조 벼슬길에 나아가고 고려 조정의 미움도 옅어지자 십제공신 마려(馬黎)의 후손인 마 씨(馬氏)를 제외하고는 우(于), 돈(頓), 상(尙), 장(張) 씨 등으로 개칭했다고 한다.[66]

　　고려 현종은 재위 12년(1021)에 지금의 성환에 홍경사(弘慶寺)를 건설했다. 현재는 1번 국도변에 비갈과 보호비각, 그리고 잔탑만이 간이 놀이터 넓이 정도를 차지하고 있다. 그러나 이 비갈은 고려 전기 대학자 최충(崔冲)의 글, 서예가 백문례(白文禮)의 글씨를 새겨놓은 것이다. 이 비신뿐만 아니라 거북 형상의 귀부가 생생히 살아 움직이듯 밑을 받치고 있고 "봉선홍경사기갈"이라는 전각(篆刻)에 연결되는 이수(螭首)가 맨 위에 고스란히 얹혀져 있다. 과연 대한민국 국보 제7호로 지

66 민병달, 《천안의 인물사》, 천안문화원, 1990, 21~24쪽 참조.

정될 만한 고적임에 틀림없다. 하지만 홍경사는 6년에 걸친 대역사 끝에 완성된 200칸의 대사찰이었고 절 서쪽에는 행인의 숙식을 제공하는 객관 80칸을 마련하여 훗날 홍경원이라는 별도의 공간을 건설했던 곳이다. 적어도 고려말까지 이곳은 어느 정도 사찰과 객관의 기능을 발휘했지만 조선조에는 옛터 위에 비갈과 잔탑만이 전해졌다. 시인묵객들의 발길이 머물며 무상감을 자아내는 명소가 된 셈이다. 하지만 지금은 일부러 차를 멈추고 찾아들지 않으면 무심코 지나치기 십상인 그런 곳이 되어버리고 말았다.

그 또한 세월의 무상함으로 치부하고 말기에는 못내 아쉬움이 남는다. 현종은 이곳에 무엇 때문에 그 큰 역사를 일으켰는가? 적어도 그 점을 이해시킬 그 무엇을 유적지에서 느낄 수 있게 하는 배려는 전혀 없다. 하나는 현종이 고려 왕조에서 지니는 의미에 대한 이해이고, 또 하나는 이 사적지의 역사 지리적 이해이다. 현종은 왕건의 손자이지만 고려 8대 임금으로 파란곡절 끝에 왕위에 올랐다. 복잡하게 얽힌 왕실 혼인과 정권의 쟁탈전 속에서 그 부모는 억울하게 삶을 마감해야 했다. 호족 세력을 외척으로 끌어들이면서 불완전한 통일에 만족해야 했던 왕건의 혈통을 바로 잇고 자기 후손으로 연속해서 왕위를 계승하게 하는 기틀을 마련했다는 점에서 현종은 왕실의 정통성을 확립한 제2의 창업주라 할 수 있다. 이를 위해서라도 부모를 왕통에 편입시키고 종교적으로 선양하는 일이 필요했다.

또한 성환역은 갈림길의 요충지이지만 도적들이 많아 치세에 어울리지 않는다고 했다. 전쟁을 그치게 한 성군으로서 이곳을 대도량으로 만들고 행인들의 편의를 제공해 주어야 한다는 임금의 의도를 비문은 적고 있다. 치자의 입장에서는 이 정도 말로 그 설립 동기를 어느 정도 나타냈다 할 만하다. 그런데 명종 7년(1177)에는 망이·망소 등이 이 사찰을

홍경사지에서 필자들

불태우고 승려 10인을 살해하고 주지를 협박했다. 그 경위는 이렇다. 공주의 천민 집단인 명학소(鳴鶴所)에서 난을 일으키자 조정에서는 강화를 맺어 그 지역을 현으로 승격시키고 지방관을 파견하여 위무하겠다고 약속하고는 반민의 가족들을 인질로 잡아 가두었다. 명학소민들은 정부의 기만적이고 미봉적 대책에 분노하고 평소 불만 대상이었던 홍경원을 습격했던 것이다. 홍경사(원)는 왕실과 지방 토호의 대지주적 성격을 띠고 있었음을 짐작할 수 있다. 수백 칸의 건물이 피지배층의 강제 노역에 의해 보수 유지되고 그에 상응하는 엄청난 전장(田庄)이 또한 그들에 의해 운영되었기에 불만 표출의 목표물이 되었던 것 같다.[67]

천안은 이처럼 한반도 중부 지방의 허리 구실을 했다. 힘이 충돌하는 전란기에는 요충지의 의미가, 뜻이 모아지고 평화롭게 소통되는 안정기에는 길목의 의미가 두드러졌을 것이다. 이색은 원(元)과 고려 조정에서 한림학사를 역임하면서 천하를 돌아다닌 국제인이다. 그렇지만 자기 고향 한산으로 돌아갈 때면 천안을 거치고 하룻밤을 묵었다. 홍경원을 지나며 흥겨움을 표하기도 했다. "구름 일어 갑작이 가랑비 듣더니만 평택(平澤)에선 한 점 지는 해 노을진다. 내 말 이제 막 왕자성(王字城) 달리노라니 맑은 바람 펄럭펄럭 나그네 옷자락을 날리누나. 흥겨워서 아무렇게 시 한 수 읊조리니 후일에 비평가들 조롱한들 어떠랴."[68] 천안은 뭇 시인묵객의 한시에 퍽 많이 거론

67 백종오 등 4인,《봉선홍경사지 학술보고서》, 성환문화원, 2001, 34~37쪽 참조.

68 李穡,〈弘慶院〉,《牧隱詩藁》 권3.

되었지만 거개가 천안도중(天安途中)의 의미를 지니고 있다. '천안 객관' 은 그래서 유명했고 조선에 들어서서는 임금이 온양 행차를 가기 위한 임시 거처인 행궁(行宮)의 의미까지 보태졌다. '화축관(華祝館)' 은 천안 관아에서 추가로 건축한 건물인데, 중국 화(華)땅의 은자처럼 임금의 천수를 송축한다는 뜻이 들어 있다. 오늘날 천안관아와 객관 자리는 일제에 의해 중앙초등학교 터로 변하였고 그 앞은 천안 중앙 시장 거리가 되어 있다. 화축관의 누각이었던 영남루(永南樓)만이 천안삼거리 공원으로 옮겨져 역사 지리적 의미는 퇴색하였다. 하지만 관아거리가 저잣거리로 변하고 관아 건축물은 공원 볼거리로 변모되어 천안의 문화 지리적 의미를 반성하게 한다.

2. 천안의 문학 지리

천안에는 여러 성씨와 가문이 있다. 천안이 본관인 이른바 토성도 있지만 이 고장으로 이주하여 세거하다 특정 인물을 기점으로 가문을 크게 일으켜 세운 집안도 있다. 여기서는 상진(尙震)과 김득신(金得臣)의 집안을 대표로 살펴보자.

상진은 목천 상씨의 중시조이다. 목천 상씨는 고려 태조가 삼국을 통합한 뒤 백제 사람들이 소동을 일으키므로 그들에게 동물 글자로 성을 주어 욕을 보이니 선대에 상(象)씨였다가 뒤에 상(尙)으로 고쳤다고 한다. 증조 이후로 지금의 부여군에 세거했는데, 상진은 성종 24년(1493) 임천면 합하동에서 태어났다. 그가 명종 연간에 삼정승을 무려 15년간 역임했으므로 출생지의 이름도 '합하동(閤下洞)' 으로 바뀌었을 것이다. 마치 상정승이 살던 서울집의 주변이 상정승골, 상동(尙洞)으로 불리고 남창동에서 충무로 1가에 이르는 도로 이름을 오늘날에도 '상정승길' 로 호칭한 것과 마찬가지이다. 그런데 천안시 목천면에서도 상정승골, 상정 승봉 등의 이름이 구전되어 오고 있다.

목천은 목천 상씨의 원고향이기는 하지만 목천에서는 어느 시점에 상씨가 고향을 떠났다가 상진의 출세로 인해 상정승골이 다시 생겨난 것 은 아닌가 추측된다.

상진의 증조 영부(英孚)는 부여 임천에 살 때 재물이 많았는데 만년 에는 남에게 꾸어준 문권을 모두 불사르면서 "내 집안에 후손이 있을 것 이니 이것들이 무슨 필요가 있겠느냐"고 적덕하였다 한다. 또한 상진도 평생 남의 단점보다는 장점을 말하기 좋아하고 남의 실수를 감싸는 행위 를 많이 했다고 전해진다. 여러 야승류에는 그 일화가 퍽 많이 수록되어 있다. 다리 저는 사람을 두고 '한 다리가 짧다' 고 하기보다는 '한 다리가 길다' 고 말한다는 식이다. 또 자기 서명과 수결을 허위로 작성하여 무과 급제하는 이들이 많은 것을 조정에서 문제 삼자 이리저리 둘러대며 무마 시켰는데, 이런 음덕으로 영상에 오르고 장수했다고 한다. 당시의 명복술 가 홍계관(洪啓寬)도 상진의 추수(推數)를 잘못할 정도였다는 것이다. 상 진의 자작곡으로 알려진 〈감군은〉은 《금합자보(琴合字譜)》(1572), 《양금 신보(梁琴新譜)》(1610)에 악보와 가사가 전해져 내려온다.

김득신은 조선 후기 걸출한 시인이다. 문치를 표방했던 조선조에 서 시인 또는 문장가로 이름을 얻는다는 것은 가문의 명예를 드높이는 데 더 없는 조건이었다. 그러한 가문 창달의 시작은 증조 김충갑(金忠 甲)에서 비롯된다. 그는 조광조의 제자로 스승의 죽음을 목전에 두고 유 생의 선두가 되어 탄원하다 옥에 갇히고 과거 시험의 자격을 박탈당했 다. 옥에서 풀려 나와 고향집 괴산으로 가는 도중 처가가 있는 병천 가전 리(잣밭)에 머물렀다가 그곳에 눌러 살았다. 그러나 그 이후 진주성대첩 의 주인공인 김시민 장군을 이곳에서 낳아 기르고, 손자로 역학자 김치

(金緻), 증손자 김득신이 대를 이었다. 유행(儒行) · 충무(忠武) · 역학(易學) · 문장(文章)의 4대가 나라 안을 울렸으니 목천 세거 이후에 중흥시켰다 할 만하다.

김충갑은 중종 · 명종조 시절 20여 년을 거의 유생으로 귀양살이를 해야 했다. 명종 즉위 초에 겨우 과거 응시의 특전을 입어 발신하고 승문원 정자(正字)로 초입사했지만 곧 을사사화에 연루되어 다시금 귀양길에 올랐다. 그는 당대 조정이나 재야가 불의한 힘을 모으기 위해 야합하고 뜻 있는 선비를 흩어버리는 세태를 풍자하면서 여덟 폭 병풍에 우언 제화시를 남기기도 했다. 〈제화병(題畵屏)〉 8수가 그것이다. 이 중 다섯 번째 시를 보기로 한다.

"가람도 가을인데 물총새 한 쌍 물고기 겨냥하며 소슬바람에 서 있다.

한 마리는 늙은 나무등걸에 또 한 마리는 얕은 물 속에 있다.

나무 꼭대기와 물속에서 서로 눈짓하니 두 정이 통하는도다

높고 낮음 서로 다를지언정 피차 마음만은 같구나

같은 소리 진실로 상응하고 느끼는 기운엔 뜻이 절로 융합하누나

하찮은 날짐승만 홀로 그러하랴 크게 탄식하며 사념 끝이 없다."[69]

69 金忠甲,《龜巖集》乾(국립중앙도서관 소장) 49쪽.

명종조라는 정치 공간에서 상하가 뜻을 합한다고 하지만 그 때의 뜻은 진정한 뜻이 아니다. 이익을 위해 힘을 모으고 힘 아래에서 뜻을 부려쓰는 것뿐이다. 진정 뜻을 가진 자는 그 힘을 제대로 활용하지 못함을 안타까워한다. 나무 꼭대기에 앉아 있는 고고한 새는 누구를 연상시키는가? 왕실을 위한다는 명목으로 수렴청정하던 문정왕후를 연상하기가 어렵지 않다. 물 속에 발을 담구고 있는 새는 누구인가? 동기간으로 세도 정치를 부리던 윤원형도 될 수 있고, 새로운 불교 중흥의 기회를 잡았던

보우도 될 수 있다.

임진왜란 때 민족의 위기를 바다에서 구한 분이 충무공 이순신이라면, 뭍에서 그 구실을 한 분이 또 다른 충무공 김시민이다. 그는 김충갑의 제3자로 목천 잣밭골에서 태어나 성장했다. 어려서부터 기골이 장대하고 총명하여 일찍부터 장군감으로 자라났다. 늘 병정놀이를 지휘하면서 한 번은 고을원의 행차를 돌아가게끔 한 적도 있다 한다. 마치 동자 항탁이 성쌓기 놀이를 하면서 공자의 천하주유 수레를 돌아가게 했다는 이야기를 연상시키는 소년의 기개이다. 또한 물 속 바위굴 속에 이무기가 살면서 수시로 출몰하여 동네의 화근도 되고 위하는 대상이 되기까지 하였는데, 김시민은 의협심을 발휘해 이를 활로 쏘아 잡았다는 전설이 전해져 내려온다. 오늘날에도 가전리에는 마을 도로변 노괴목 옆에 사사처(射蛇處) 기념석이 세워져 있다. 나라의 우환을 건지고자 한 무인의 기개를 상징하고 있는 것이다.

김치(金緻)는 임진년 진주대첩을 성취하고 진중에서 전사한 김시민의 아들이다. 어려운 여건 속에서도 학업을 닦아 문과급제를 하고 청직을 두루 거치고 이조정랑과 참의를 역임했다. 광해조에서는 사직했다가 인조반정 후 재출사하여 동래부사와 경상감사를 지냈다. 동래는 일본과의 교역이 많은 곳이라 청탁과 부정 거래가 적지 않아 청백리가 되기란 여간 어렵지 않은 곳이다.

그 아들 김득신은 어려서 노둔하기 짝이 없었다 한다. 아버지가 직접 글을 가르쳐도 도통 성취가 없었다. 외숙이 아이가 안 될 성싶으니 그만둘 것을 매형에게 권했지만 아버지는 "아이가 문요성(文曜星) 정기를 타고 났다"고 하며 글을 더 열심히 가르쳤다 한다. 아들 김득신은 자신의 대성을 믿어 의심치 않는 아버지의 뜻을 이어받아 훗날 조선의 대문장이 되었다.

　　그는 노력형의 문장가이다. 자신의 시화집《종남총지(終南叢志)》
에서 남보다 독서의 공력을 배나 더하였다고 밝히면서 〈백이전(伯夷
傳)〉은 특히 좋아하여 1억 1만 3000회를 읽어 자기집을 '억만재(億萬
齋)'라 명하였다 했다. 홍만종은 조선조의 대표적인 시품평서《소화시
평》에서 백곡 김득신을 두고 "다독으로 기초를 쌓아 심히 노둔한 재품이
예리하게 되었다"고 전제하고 〈목천도중(木川途中)〉을 득의작으로 평
했다. 이 시는 향저를 드나들 때 옛 고을이 자아내는 봄날 저녁의 정취를
읊은 것이다. 그는 시 자체의 고저를 알아보는 것이 중요하다고 여겼다.
소시적에 이름이 나기 전에는 비록 가작을 내어도 사람들이 귀치 않게
여기더니 시성을 얻은 뒤로는 놀랄 만한 구절이 아니어도 번번이 칭송하
니 가소롭다 하였다. 시를 알지 못하는 자의 훼예는 기뻐하거나 노할 게
못 됨을 말했다. 자신의 시화집《종남총지》에 그렇게 쓰면서 시에 대한
은근한 자부심을 나타냈다.

3. 천안의 문화 지리

　　천안은 철도 장항선과 경부선이 지나가면서 시를 동서로 나눈다.
서쪽은 장항선이 계속 연결되지만 신도시가 형성되어 왔으며 상대적으
로 동쪽은 전통 시대 도시 혹은 마을의 모습을 간직하고 있다. 최근에는
수도권 전철과 고속철까지 서쪽으로 연결되고 아산 신도시 개발과 맞물
리면서 신흥의 기운이 서쪽으로 확산되고 있다. 물론 남쪽으로는 1번 국
도와는 별도로 공주 정안 방면의 산업도로와 천안-논산간 고속도로가 뚫
려있고 동쪽으로는 청주로 연결되는 고속화도로가 부분 개통되어 있다.
경부고속도로가 포화 상태에 이르자 천안을 경유하는 국도의 분산 기능
을 높이기 위한 각종 도로의 개설인 셈이다. 대한민국 시대에도 삼남의

나들목으로서 천안이 여전히 중요한 거점 도시가 됨을 증명한 것이다.

그러나 천안의 전통과 문화적 지리를 구성하는 데 있어서는 동쪽 지역이 상대적으로 중요한 구실을 한다. 독립기념관이 웅변적으로 말해 주듯이 목천·병천·수신 등이 포함되는 이 지역은 천안에서도 전통 문화가 가장 잘 남아 있는 곳이다.

목천의 옛 이름은 목주였는데, 수신과 더불어 조선 시대에는 청주목(清州牧) 관할이었다. 《고려사》〈악지(樂志)〉에는 〈목주가(木州歌)〉의 배경 설화가 전한다. 전실 딸이 부모에게 쫓겨났다가 후일 부자가 되어 부모를 찾아 봉양했지만 기뻐하지 않아 효녀가 스스로 원망하며 지었다 한다. 〈악장가사〉 등에 전하는 〈엇노래〉(어머니 노래) 일명 〈사모곡〉이 그 가사로 추정되기도 한다. 이 지역에서 효를 강조하는 하나의 역사적 근거가 될 수 있다. 뒷날 호남의 대학자 황윤석(黃胤錫)은 정조 3년(1779) 10월 51세 나이에 목천현감에 취임했다. 실직에 처음 나아가면서도 어머니를 모실 수 있는 직책이라서 매우 기대했던 자리인데, 그해 겨울 〈목주잡가〉 28수를 지어 내아(內衙) 벽 위에 써 붙였다. 현대 표기로 발췌하여 보기로 한다.

군은이 망극하와 백발에 목천 오너
그리던 가속들을 대강 만나리다
아마도 사백 리 풍설에 자친 사념(慈親思念) 어려워라

제4장

홀로 된 어머니를 모시고자 하는 사모의 정이 시조의 핵심임을 짐작할 수 있다. 뒤늦게 벼슬살이를 하지만 충효를 겸전하는 자리여서 임금의 은혜를 더욱 송축하고 이를 확충하여 윤리적 기강을 고을에 널리 펴고자 했다.

한편 그는 자신의 학문적 도반이자 옛 친구인 홍대용(洪大容)을 떠올렸다. 먼저 타계했지만 그의 고향은 바로 수신현 장명역 부근이었기 때문이다. 이 곳은 그의 사설 천문대인 농수각(籠水閣)이 있었고 황현감이 재직 당시에도 그 집에는 해시계는 물론 각종 희귀가 도서 보존되어 있었지만 북경에서 선물 받은 기계식 시계는 톱니가 빠지고 망가진 채 방치되었다. 인문(人文)과 물리(物理)의 행복한 결합을 학문적 체계로 구축하고자 했던 과학 철학자 홍대용이 그에게는 몹시도 그리운 존재였으리라. 더구나 공교롭게도 그 고을원이 되어 있는 상황에서랴.

오늘날 '홍대용 선생 생가터'는 문화재 자료로 지정되어 있지만 충청도관찰사를 지냈던 조부 용조(龍祚) 이래의 본가터가 되기에는 턱없이 협소하다. 담헌팔경(湛軒八景)의 묘사로 보거나 현지 촌로들의 증언으로 짐작하거나 그 본가는 현재 지정된 곳보다 훨씬 산자락 안쪽에 큰 규모로 자리하고 있었다고 여겨진다. 어쨌거나 쑥대화살을 날리며 말을 달리던 가장 바깥 별채를 고려한다면 그 문화재 자료도 전혀 무관하지 않을 법도 하지만, 주춧돌 몇 개의 유구(遺構)만 남아 있는 이 곳이 오늘날 우리에게 무슨 의미가 있겠느냐가 문제의 핵심이다. 정확히 알 수도 없는 형체를 복원하고 기념관으로 세워놓은들 천안의 문화 지리에 어떤 중요성을 끼칠 것인가? 차라리 그 야산 맞은편에 새로 조성된 상록리조트가 현대 문화에는 더 큰 기여를 하는 것이 사실이다.

우리는 그 뜻을 이해하고 되살려야 한다. 황윤석이 그리워했고 또 홍대용 자신이 중국 강남 선비들을 천하의 벗으로 그리워했던 그 밑바탕에 깔린 뜻을 계승 발전시켜야 한다. 상록리조트에 쉬러 왔으면 이곳으로 산책길을 내어서 더 심오한 재충전을 유도해야 한다. 가치의 학문인 인문학과 사물의 학문인 과학과 아름다움을 추구하는 예술이 어우러지

박문수어사묘에서
아우내장터쪽을 내려다 본 광경

는 문화재 자료를 제시해 주어야 한다. 홍대용의 생가터를 포함한 수신면 장신리에 한국과학사박물관을 핵심으로 하는 문화 지리적 개념의 리조트를 건설하면 더할 나위 없이 좋다.

이 같은 쉼과 재충전을 마련해 주기 위해서는 주변의 몇 가지 유적지를 문화 지리의 개념으로 포괄하는 안목도 필요하다. 박문수는 암행어사 인물 설화의 주인공으로 유명하지만 실은 영조조에 병조판서를 지낸 문신이다. 그러나 오늘날 국방장관에 해당되는 그의 묘소이기에 문신석 대신 무신석 한 쌍이 세워져 있다. 병천면과 북면의 경계를 이루는 은석산(銀石山) 거의 정상에 위치한 까닭에 무신상은 철릭 비닐 문양 하나하나까지도 그대로 실물인 듯 선명하게 보존되어 있다. 뿐 아니라 이 곳은 장군대좌형(將軍對坐形)의 명당 자리여서 조그만 산들로 둘러싸인 채 그 너머로는 병천읍내와 수신을 비롯하여 청주 가는 길이 그대로 눈에 들어온다. 다만 안산에 해당되는 앞의 자잔한 봉우리들이 두셋 연결되어 있지만 중간에 이가 빠져 장군을 받드는 병졸의 세가 약하다. 군졸 없는 장군이란 있으나마나이다. 이를 위해 박씨 문중에서는 병천장터를 조성했다고 전해진다. 저잣거리를 드나드는 수많은 남정네들이 그 허약한 세를 보충해 주는 병졸 구실을 해줄 것이라 믿었기 때문이다.

그러나 시대가 어려울 때 천안은 가문 번성의 터전이기보다는 격렬한 역사의 현장이 되었다. 앞 장에서 말한 요충지의 구실뿐만이 아니라 뜻과 힘이 갈등하며 때론 비장하게 때론 장엄 숭고하게 역사의 과제를 풀어 보였다. 예컨대 독립기념관에서 병천을 향해 가면 오른쪽 벌판에 동학 운동사의 중요 사적지인 세성산(細城山)이 불쑥 솟아있다. 동학의 2차 봉기가 결정적으로 실패한 공주 우금치에 앞서 이곳 세성산 전투는 하나의 분수령이었다. 서남쪽에서 오르면 완만한 야산 같지만 반대쪽은 깎아지른 절벽이어서 이전 시기부터 조성된 성터가 안성맞춤의 전선 구실을 할 수 있다. 그러나 외세에 맞설 뜻은 있으나 신식 무기를 갖춘 일인과 그를 끌어들인 조정의 야합된 힘을 물리치기란 그야말로 역부족이요 불가항력이었으리라. 민족의 위기 앞에서 진주대첩을 이끈 김시민과 같은 대장군은 다시 나타나지 않았다.

그렇지만 병천에 들어서면 유관순 열사로 대표되는 아우내장터 만세 운동의 현장이 연결된다. 그 당시 수많은 희생자를 냈지만 민족 독립의 뜻은 꺾이지 않았다. 장터가 광장이 될 수 있게끔 백성의 뜻을 가꾸고 키워낸 사람들이 있었기 때문이다. 유관순은 본관이 고흥이나 선조 유활(柳活)이 목천 은석사(銀石寺)에서 공부하여 대과급제를 한 인연으로 자손들이 이곳을 세거지로 삼아 흔히 목천 류씨(木川柳氏)로 일컬어진다. 유활은 광해조의 대문장가 유몽인의 조카로서 초입사 시절 공론에 좌우되지 않는 문장의 도리에 대해 편지를 주고받기도 했음이 유몽인의 문집 《어우집》에 전해지고 있다. 그는 호가 태우(泰宇)로서 이조정랑까지 지냈으나 인조 정권에서는 유배를 당하고 결국 낙향하여 목천 성씨의 중시조가 되었다. 그 후손들은 대대로 문장의 전통을 이어 왔고 특히 유진한(柳振漢)은 18세기 인근 7개 군의 숙유로서 이름이 났다. 그런데 전라도

에서 판소리 춘향가를 듣고는 이른바 〈만화본 춘향가(晚華本春香歌)〉를
장편 한시로 지어내어 오늘날 우리에게 가장 이른 시기의 《춘향전》 이본
을 전해 주었다.

　　이후 근대에 들어서 유관순의 아버지 유중권(柳重權)은 기독교 신
앙을 통해 개화 사상에 접했으며 신식 교육을 통해 나라를 구하고자 했
다. 유석 조병옥의 선친인 조인원(趙仁元)과 함께 신앙의 전도자였던 친
척 유빈기(柳斌基)를 도와 감리교 계통의 매봉교회를 세우고, 지령리 마
을 동지들과 함께 흥호(興湖) 학교를 운영했다. 땅을 팔고 빚을 내어 학
교를 운영했지만 자금난에 허덕이자 일본인 고리대금업자의 돈을 꾸었
다가 린치를 당하기까지 했다. 유관순은 어린 시절 이런 수모를 직접 목
격하고 컸지만 오히려 부모의 개명된 사상을 잇고 민족의 독립에 대한
큰 뜻을 굳게 다지는 밑거름이 되었을 것이다.[70]

70 이하 유관순과 아우내 만세 운동에
관한 자료는 사종민, 〈유관순 열사의 생
애와 독립 운동〉, 《전통문화》 창간호, 천
안전통문화연구회, 1999, 19~29쪽 참조.

　　유관순은 활달한 성격에 총명함까지 갖추
었으니 시골 교회에서 성장하였어도 감리교 선교
사의 눈에 띄었고 그것은 공주, 서울 등의 도회지 큰 학교로 유학하는 계
기가 되었다. 이화학당은 유관순에게 시대적 대세를 감지하게 하는 창구
역할을 했을 것이다. 그는 3·1 운동으로 서울에 휴교령이 내려지자 고
향으로 내려왔다. 부친과 조인원 등 동네 어른들은 서울 소식을 전해 듣
자 곧바로 거사 계획을 토의하고 아우내장터에서 음력 3월 1일(4월 1일)
장날을 기해 행동에 옮기도록 결의했다. 이를 준비하는 과정에서 유관순
은 장명리 일대의 여러 고을과 청주, 연기, 진천 등의 수백 리 길을 넘나
들며 거사 계획을 알리고 동참의 약조를 받아냈다. 그믐날 밤 매봉에서
의 횃불 점화를 시작으로 동서남북 24개의 봉홧불이 호응해 왔다. 새벽
이 밝아온 이후 아우내 장거리에는 3000명의 군중이 모여들었다 한다.
그러나 발포가 시작되었고 부친과 모친이 모두 사망하는 등 피해가 속출

하였다. 유관순은 헌병에게 검거되어 옥사할 때까지 1년 7개월의 수많은 고문과 재판 과정을 이겨내며 초인적인 의지를 보였다.

고문과 악행으로 인해 육신의 장막은 허물어져 갔으나 뜻은 더욱 강매워졌다 할 수 있다. 은석산 장군대좌혈의 허한 구석을 메우기 위해 조성했다는 병천장터의 백성들은 병졸이 되어 천안 지역 3·1운동의 선발대가 되었다. 또한 유관순은 그들을 앞에서 이끈 선봉장 노릇을 했고 죽어서 한민족의 후손을 마주 대하며 좌정한 독립 열사의 표상이 되었다. 그리고 목천에는 독립기념관이 건립되어 근대 이후 한민족의 독립운동에 관련된 기념 및 연구 사업의 총본산 노릇을 하고 있다. 뜻과 힘은 대립하면서 때론 갈등하고 때론 화합한다. 힘이 뜻을 눌러쓰는 시절을 지나 이제는 뜻이 힘을 부려써야 하는 민족사의 시기를 맞고 있다. 천안의 문화 지리적 의미는 어디에 있는가? 우리는 서해안 시대의 번영과 목천 동부 지역의 문화적 유산을 아우르는 지혜를 발휘해야 마땅하다.

3부
경상도

부산의 서정
부산

이연숙

1. 부산의 지리적 공간과 문학 작품

부산은 한반도의 동남단에 위치하고 동쪽으로 대한해협을 사이에 두고 일본과 마주하면서 한반도의 문호적 역할을 담당한다. 서쪽은 낙동강을 경계로 옛 가락국이었던 김해와 접하고 있으며 남쪽은 다대만, 부산만, 수영만을 끼고 남해에 면하고 있다. 북쪽은 양산군과 접하고 있으며 울산과 마산을 잇는 동남해안 공업지의 중심지이다.

부산은 원래 산 이름으로 기록상으로 《태종실록》을 보면 태종 2년 (1402) 1월 28일조에 '부산(富山)' 이라는 명칭이 처음 보이며,《경상도지리지》 등에는 '부산포(富山浦)' 라 하였다.

《성종실록》의 성종 1년(1470) 12월 15일조에 '釜山' 이라는 명칭이 처음 나타나 '富山' 과 '釜山' 이 혼용하여 쓰여지다가 《동국여지승람》이 완성된 성종 12년(1481) 무렵부터는 '釜山' 이라는 지명이 일반화되었다. 《동국여지승람》〈산천〉조에 보면, '부산(釜山)은 동평현에 있으며71 산이 가마솥 모양과

71 '부산' 이란 산 이름으로부터 살펴보면, 부산이란 산은 지금 동구 좌천동을 형성하고 있는 산인 증산(甑山)을 말한 것이다. 이 증산을 시루같이 생겼다 하여 시루(甑) 대(臺)라고도 한다. 1834년에 완성된 김정호의 청구도(青邱圖)는 지금의 증산 자리에 '釜山' 이라 적고 있는 것으로도 알 수 있다.

같아서 이렇게 이름지었다. 그 아래가 바로 부산포이니 늘 살고 있는 왜호(倭戶)가 있으며 북쪽으로 현까지의 거리는 21리이다' 고 하였다. 그후 기록들은 이를 그대로 인용하여 '釜山' 이라고 기록하고 있다. 그러므로 부산은, 1547년에 동래현과 동평현이 합쳐져 동래도호부로 승격되기 이전은, 《동국여지승람》이 기록한 그대로 산이었으며 부산포라는 포구와 함께 동평현 지역에 속해 있었던 것이다. 그 후 부산이라는 산 아래의 포구라 하여 부산포라 하고, 부산이라는 산 아래에 있는 수군 진영이라 하여 부산진이라 하다보니 부산이 지역이자 땅의 이름이 되어갔다.

그러나 부산의 동래는 일찍부터 기록에 보이고 있다. 동래는 삼한 시기의 변진독로국의 유지로 추정되고 있다. 《동국여지승람》〈산천〉조에는 동래현을 다음과 같이 설명하고 있다.

옛날의 장산국. 신라가 점유하고는 거칠산군을 두었는데 경덕왕(16년 57)이 지금 이름으로 고쳤으며 고려 현종이(9년 1018) 울주에 예속시켰다. (중략) 세종조에는 첨절제사로 개칭하였으며, 뒤에 속현인 동평현으로 진을 옮겼으나 머지않아 옛 읍내로 돌아갔고, 뒤에 현령으로 고쳤다.

지금은 부산시 안에 동래구이지만 조선시대까지는 동래도호부 속의 부산으로 동래가 더 큰 구역이었던 것이다. 그런데 1910년 10월 1일 일본이 부산이사청을 폐지하고, 부산부를 설치하여 동래부 사무를 인계하고 관할하게 함으로써 부산이 더 큰 행정 구역이 되었다. 1914년에는 옛 동래부의 일부와 기장군을 합해 동래군으로 재편하여 경상남도에 속하면서 부산부와 구별하는 행정구역이 되었다.

부산의 형승, 산천 등 지리적인 환경은 동남쪽으로는 바다에 임하였고, 북서쪽에 태백산맥의 여맥으로 금정산, 백양산, 고원견산이, 서남쪽에는 천마산, 장군산 등이 구릉성 산지로 이어졌다. 다대반도, 암남반도를 이루며 바다에 돌출하여 부산항의 서남단을 감싸고 있으며 북동쪽에는 황령산, 금령산이 부산의 동쪽을 감싸고 있고 이밖에도 계명산, 구월산, 증산 등이 있다. 낙동강이 흐르는 김해지역은 넓은 평야를 이루고 있고, 수영강은 장산과 황령산 사이를 흘러 수영만에 이르기까지 침식분지를 이루고 백양산에서 발원한 동천은 부산항에 유입하면서 서면 평지를 이루며 범어사 쪽으로는 범어천이 흐른다.[72]

부산의 토산물은 수산물, 유자, 사기그릇, 질그릇, 표고, 소금 등이었다. 지금도 부산은 자갈치 시장의 자갈치 축제, 기장의 멸치 축제가 자리잡아 성황을 이룰 정도로 수산물이 풍부하며, 제철사업, 조선업과 무역업을 중심으로 한 우리나라 제일의 항구도시이다.

부산에는 해운대, 태종대, 몰운대, 이기대, 학소대, 강성대, 자성대, 오륜대 등 빼어난 경관을 자랑하는 곳이 많으며 가야시대의 유물이 대량으로 발굴된 복천동 고분, 우리나라 최대의 규모라고 하는 금정산성이 있다. 그리고 동래읍성, 기장 죽성리 등의 왜성, 안락서원이 있었던 곳에 세워진 충렬사, 범어사, 온천 등의 많은 유적이 있다. 또 명륜초등학교는 향교가 있었던 자리이며 대청동은 대청연향이 지명이 된 곳이다.

부산지역과 관련한 고전시가 작품을 보면 먼저 《삼국유사》에 수록되어 있는 고대가요인 〈구지가〉, 신라 향가 〈처용가〉의 배경설화, 《악학궤범》에 실려 있는 고려속가 〈정과정〉, 가사 작품으로는 박인로의 〈태평사〉, 〈선상탄〉을 들 수 있다.

그 다음 한시, 한문 등 한문학 분야에서는 부산지역과 관련된 작품이 무척이나 많다. 부산과 관련된 한시문 자료들은 《신증동국여지승람》, 1740년에 발간된 《동래부지》[73], 개인 문집[74]에 수록되어 있다.

72 한국민족문화 대백과사전 10, 한국정신문화연구원, 1996, 215~216쪽.

73 《國譯 東萊府誌-題詠雜著篇-》, 동래문화원, 2000.

74 동악(東岳) 이안눌(李安訥, 1571~1637)은 선조 41년(1608)에 동래부사로 부임하여 2년 동안 재임하였는데 동래 재임 시절의 시를 모은 《내산록(萊山錄)》이 있다. 이 시집에는 정미년(1607) 12월 11일 동래부사로 임명되어 서울을 출발할 때부터 시작하여 그 이듬해 6월 21일 금정산 범어사를 출발하여 양산 통도사를 거쳐 서울에 도착할 때까지 지은 시 276수가 실려 있다. 그 가운데 오고 간 노정에서 지은 59수를 제외한 217수는 모두 부산지방에서 지은 시이다. 이안눌의 작품만 하여도 부산과 관계된 시가 200수가 넘는다.

그리고 해운대 구청이 해운대 지역의 역사와 관련자료를 정리한 《해운대구지》[75]와 《해운대 천년의 서정》[76]에서는 해운대 관련 자료를 위주로 실어 놓았다.

75 《海雲臺區誌》, 해운대구청, 1994.
76 정경주 편역, 《해운대 천년의 서정》, 해운대구 문화공보실, 1994.

《동래부지》에는 《신증동국여지승람》의 자료를 포함하여 시와 기(記), 상량문 등 총 297작품이 수록되어 있고 《해운대구지》에는 《동래부지》에 없는 자료가 일부 들어 있다. 이들 작품만 합쳐도 부산과 관련된 한시문은 300편이 넘는다.

작자들은 이규보(1168~1241)·이제현(1287~1367)·정포(1309~1346)·권반(1419~1472)·유호인(1445~1494) 등과 같은 고려시대 문인들도 있다. 하지만 대부분은 이춘원(1571~1634)·성진선(1557~?)·이안눌(1571~1637) 등 조선시대의 사람들로 동래부사나 경상관찰사, 접위관, 순찰어무사, 인근의 수령, 현령들이다. 《해운대구지》에 있는 한시 중 《동래부지》에 없는 것으로 시가 27수 그 외 서(序) 등이 있고, 작가들을 보면 성현(1439~1504)·조위(1454~1503)·김극성(1474~1540)·주세붕(1495~1554)·이황(1501~1570) 등이 있다.

작품을 보면 경승지로는 해운대에 관한 시가 가장 많고 그 다음은 몰운대에 관한 시가 많다. 그리고 일본의 사절들을 맞이하던 영가대·객사 인빈헌과 관련된 작품들이 압도적으로 많다. 관료들의 작품이 주된 것인 만큼 그들의 업무와 관련된 곳에서의 작품이 많은 것은 당연하다고도 할 수 있겠다.

근대문학에서 부산과 관련된 대표적인 작가와 작품을 보면 춘원 이광수(1892~1950)가 〈해운대에서〉를 썼으며, 노산 이은상(1903~1982)은 현대시조 〈오륙도〉를 썼다. 그리고 시조시인 이호우 (1912~1970)의 연시조 〈달밤〉은 낙동강을 노래하고 있다. 부산이 낳은 소설가 김정한(1908~1996)은 1932년의 단편 〈그물〉, 1936년의 〈사하촌〉, 59세이던

1966년에 쓴 〈모래톱 이야기〉 등에서 부산의 환경과 독특한 정서를 잘 그려내고 있다.

그 외에 향파 이주홍(1906~1987)이 있으며, 통영출신의 작가이지만 부산에서 활동한 문인으로는, 경남여고에서 교편생활을 한 청마 유치환(1908~1967), 부산에서 잠시 교편생활을 하기도 하며 머물렀던 초정 김상옥(1920~2004), 그리고 시조시인 황산 고두동(1903-1994)이 있다. 이들 대부분은 부산의 지리적 특성을 직접 드러낸 작품을 거의 남기지 않았는데 고두동은 〈숲-금정산에서-〉를 썼다.

2. 부산 문학의 심상공간 - 아름다움과 비애

문학작품은 그 지방의 지리적 풍토적 환경과 밀접한 관련을 가지고 있다. 부산, 그리고 부산과 가까운 지역과 관계된 문학작품이 많은데 이 작품들을 통해서 부산의 지리적 특성이 작품 속에 어떻게 담겨 있는지 살펴 보기로 한다.

고려 말엽 부산 출신의 고중지는 시 〈직랑 최함일이 경상도 안찰사로 나가는 것을 전송하며(送崔咸一直郎出按慶尙)〉[77]에서 '금정산 · 동래성 · 탕천 · 적취 · 귤과 유자 · 해운대' 등을 부산의 자랑거리로 소개하고 있다. 부산에는 그 외에도 몰운대 · 의상대 · 다대포 · 범어천 등을 읊은 작품들이 많으나 지면 관계상 많은 작가들이 소재로 하여 작품을 남긴 해운대와 그 외 몇 곳을 중심으로 살펴보고자 한다.

해운대는 삼한시대에는 장산국, 통일신라시대에는 동래군으로 개칭된 이래 고려와 조선시대를 거치면서 동래현, 동래도호부 등에 속하였다. 조선 후기 이후 동래부 동하면에 속하였는데 신라말기의 한학자인 고운

[77] 조선 성종 9년(서기 1478)에 간행된 《동문선》 권4에 실려 있다.

최치원이 해운대에 들렀다가 아름다운 정경에 심취되어 자신의 호를 따서 해운대라고 함으로써 이곳의 지명이 되었다고 전해온다.

《동국여지승람》의 〈동래현〉 '고적' 조에는 해운대를 '육지가 멈춘 곳, 동백과 두충, 소나무, 삼나무가 우거져 있는 곳, 남쪽으로 대마도가 보이는 곳, 최치원과 관계되는 곳'으로 설명하고 있는데 최치원으로 인해 해운대는 많은 시인묵객들이 들러 작품을 남기는 곳이 되었다.

성현(1439~1504)도 40세를 전후하여 유구(琉球) 사신 선위사의 직책으로 부산포에 다녀간 적이 있는데 〈해운대〉를 지었고, 주세붕(1495~1554)도 〈해운대에 올라〉를 지었다. 동래부사나 경상관찰사로 부임한 자들은 해운대에서 배를 띄우고 시읊기 등의 풍류를 즐겼다. 이러한 풍류는 1667년에 동래부사로 부임하였던 이지익(1625~1694)의 해운대 시에 '시읊기를 마치니 흥이 막히고 해는 장차 저녁인데 돛을 높이 단 배는 떠나자고 북소리가 우뢰같도다'에서 잘 볼 수 있다. 그리고 그러한 놀이의 화려한 모습은 남효온(1454~1492)의 〈해운대에 놀면서〉에 '북소리 피리소리 어우러져 울리면 인어들이 깜짝 놀라고, 어린진이 열리면 왜인의 범선이 신하로서 들어온다. 화사한 자리는 질서 있고, 오르내리는 거동에 절도가 있으며, 술자리를 베풀어서 빈객과 주인이 함께 즐거워하고, 곱게 단장한 여인들이 아름다움을 다투면 고구의 회포가 의연하며, 노래와 악기 소리 번갈아 연주되면 균천의 음악이 흡사하다.(…후략…)'에 아주 구체적으로 보인다.

개인적으로 유람을 하면서 작품을 썼거나, 거창한 연회자리를 베풀고 뱃놀이도 하면서 시작을 하였거나 간에 해운대 시에는 대체로 대마도·모랫가에 나는 갈매기·백로·조각배·동백·어선·흰 구름·바람' 등을 인상적인 풍경으로 묘사하고 있다. 그러면서 '진주 궁전, 조개 대궐'과 같이 바닷속의 용궁을 상상하거나 최치원을 신선·선인·유선

등으로 회고하고 해운대를 봉래산과 같은 신선의 경지로 인식하고 있음
을 알 수 있다.

　조선 영조 때 문신 조엄이 1763년 8월부터 1764년 7월까지 통신정
사로 일본에 다녀오면서 기록한 《해사일기》를 보면 해운대의 몰운대에
관한 재미있는 비유가 나오는데, 1763년 9월 2일 기록에 다음과 같은 내
용이 있다.

> 몰운대는 마치 아름다운 여자가 화초밭 속에 화장하고 앉아 있는 것 같
>
> 고, 해운대는 광활하여 마치 헌출한 장부가 흉금을 드러내 놓고 천만 가
>
> 지 형상을 보여주는 것 같다.

　이광수도 〈해운대에서〉 달맞이 고개에서 보는 명월을 그려내었
다. 시조시인 이호우(1912~1970)의 연시조 〈달밤〉은 1940년 《문장》지에
실렸는데 1연을 보면,

> 낙동강 빈 나루에 달빛이 푸릅니다
>
> 무엔지 그리운 밤 지향없이 가고파서
>
> 흐르는 금빛 노을에 배를 맡겨 봅니다.

　라 하여 낙동강 푸른 달빛에 떠 있는 배를 통하여 평화의 세계를 꿈
꾸는 것을 볼 수 있다.

　부산 태생의 소설가 김정한이 59세이던 1966년에 발표한 대표작인
〈모래톱 이야기〉의 '모래톱'과, 작품 속의 '이 고장 사람들이 젖줄 같이
믿어 오는 낙동강 물이 만들어 준 우리 조마이섬[78]은 철새
도래지로 유명한 '을숙도'를 일컫는 것이었다.

78 〈모래톱 이야기〉, 《김
정한 소설 선집》, 창작과비
평사, 1974, 146~147쪽.

수영구 망미동에는 과정이 있다. 《악학궤범》에 실려 있는 고려속가 〈정과정〉은 부산 출생인 고려시대 문인 정서에 의해 부산에서 지어진 작품이다. 정서는 호가 과정이며 본관은 동래인데 인종비 공예태후의 동생 남편으로 왕의 총애를 받았으며 음보로 내시낭중을 지냈으나 1151년(의종 5)에 정함·김존중의 참소로 동래에 유배되었다가 1170년(의종 24)에 풀려났는데 〈정과정〉은 자신의 참담함 심경과 연군의 정을 담은 작품이다. 작품 내용에는 부산과 관련된 것은 없고 임금을 항상 그리워하는 마음을 두견새에 비유하고 있다. 자신의 결백을 잔월효성(殘月曉星)이 알 것이라고 말하고 자신을 다시 사랑해 줄 것을 호소했다. 부산이 유배지로도 인식되었던 점에서 유배 문학 전통의 출발이라고 할 수 있다.

고려시대 이제현 등도 '과정'을 한시로 지었는데 대부분 〈정과정〉에 나오는 두견새와 충군을 말하거나 비파와 거문고로 〈정과정〉 한 곡조를 타는 것을 내용으로 했다.

고산 윤선도(1587~1671)는 32세인 1618년(광해군 10년) 겨울에 부산의 기장군에 유배되어 4년 7개월간 유배생활을 하였다. 35세인 1621년 8월 삼성대에서 동생과 작별하는 애틋한 마음을 담은 시 〈증별소제(贈別少弟)〉 2수와 〈제김장군전후3수(題金將軍傳後三首)〉 등 8수를 지었다. 그 외에 해운대·몰운대 등을 소재로 한 작품에서도 부산을 우리나라의 끝으로 인식하고 이곳으로의 부임을 좌천 내지 유배로 생각하며 타관살이의 적적함을 그린 작품도 많이 있다.

수영구의 민락동에는 박인로(1561~1642)의 가사 〈태평사〉 문학비가 있다. 조선시대에 왜구와의 접촉이 심하였던 전라도와 경상도에 한하여 수군절도사가 상주하는 주진을 각각 두 곳에 설치하였는데 경상도 좌수영은 효종 이후 동래에 두었다[79]. 수영은 바로 그러한 역사를 담은 곳이다.

79 《한국민족문화대백과사전》20, 정신문화연구원, 1996, 787쪽.

박인로(1561~1642)는 임진왜란 때 별사위가 되어 좌수영에서 왜병을 무찔러 큰 공을 세웠는데 〈태평사〉는 그가 38세 때인 1598년(선조31년) 12월에 지은 작품으로 《노계집》에 실려 있다. 창작 동기는 박인로가 경상도 좌병사 성윤문의 막하에서 왜적을 막고 있을 때 12월에 부산에 머물렀던 왜적이 도망하자 성윤문이 말을 달려 부산에 도착하여 10여일 머문 후에 본영에 돌아와 다음날에 이 노래를 짓게 하였다[81]고 한다. 이 작품을 지은 곳을 부산으로 보는 설과 본영이 있었던 울산으로 보는 설이 있다. 창작지가 어느 곳이든, 작품 속의 내용과 관련된 곳은 바로 좌수영, 부산이다. 이 작품은 '왜적들이 쳐들어오자 사람들이 많이 죽어 그 뼈가 들판에 산처럼 쌓였고 큰 도시와 고을들이 승냥이와 여우가 사는 굴' 같이 된 전쟁의 참상을 말하고 명나라 군사의 도움으로 왜병을 물리친 것, 전란이 끝난 뒤 즐겁게 노는 모습, 평화를 맞아 오륜을 밝히고 살자는 내용이다. 박인로는 1605년에 수군 통주사의 명을 받고 좌수영에 부임하였는데 전쟁이 끝났는데도 왜병이 여전히 남아 있어 생민과 수병들의 고생이 심하자, 더운 여름에 지친 수병들을 위로하고자 〈선상탄〉을 지었다. 내용은 중국의 헌원이 배를 만들지 않았더라면 오랑캐들이 어찌 이곳을 엿볼 것인가 하고 원망하고 탄식한다. 그는 비록 병든 몸이지만 나라와 임금을 위해 일편단심으로 쥐, 개 같은 도적을 두려워하지 않고 적선에 달려들어 군대를 무찌르겠다는 의지를 불태운다. 섬나라 오랑캐들이 빨리 항복하면 살려줄 것이며, 전쟁이 끝나서 전선이 아닌 어선을 타고 바다 변방이 평안함을 보고자 하는 것을 내용으로 하였다. 박인로의 작품들은 부산이 조선시대에 요새지로, 일본의 침략을 항상 경계하고 실제로 많은 전란에 시달리기도 했던 부산의 지리적 환경을 반영하면서 전쟁의 참상과 아픔을 그리고 있다. 전쟁을 소재로 한 문학이면서 실제로 참전한 무인에 의해 현장에서 지어진 시가라는 점에서 중요한 전쟁문학 작품이라고 할 수

81 박인로, 〈太平詞〉, 《蘆溪先生文集》권3.

김해의 구지봉

있겠다.

그 외에도 부사, 관찰사, 어무사 등의 작품에도 부산이 일본과의 전쟁으로 인해 피해가 컸던 것, 일본에 대한 분노, 일본을 우리 영토로 만들고 싶다는 생각 등을 담은 작품들이 많이 있다.

《삼국유사》에 수록되어 있는, 김해 구지봉에서 수로왕의 탄강을 맞기 위해 불렀다는 고대가요 〈구지가〉의 내용은 김해 지역의 문화적 · 지리적 특성과 관련이 있음을 잘 알 수 있다. 기원전 2세기부터 3세기까지의 삼한시대 가야는 낙동강과 경남해안을 중심으로 한 변한에 속하였다. 이 시기 가야는 일본 등과의 대외교류를 통하여 여러 지역의 문화를 흡수하여 고대국가로서의 모습을 갖추기 시작한 때이다.[82] 그리고 가야는 거북신앙이 강하였음을 일본측의 자료를 통해서도 확인할 수 있다.[83] 이 시기에 가야는 김해 양동 유적, 대성동 유적 등에서 많은 양의 철기가 나오고 김해 양동 · 봉황대 유적에서는 일본계 · 중국계 문물들이 출토되어 당시 부산 경남지역을 중심으로 활발한 대외 교역 활동이 있었음을[84] 알 수 있다. 김해 앞바다를 통하여 철을 일본, 중국으로 수출하면서 항해의 안전 등을 기원하며 거북 신앙을 발전시켜갔을 것이다. 구지봉은 그리 높지 않은 산이지만 김해 평야에서 보면 높은 산으로, 가야인들이 신봉하던 거북 모양 때문에 신령한 산으로 신봉되었을 것이다.

82 《부산의 역사와 복천동 고분군》(부산광역시 시립박물관 복천분관, 1996), 149쪽.
83 최성규, 《日本王家의 뿌리는 伽倻王族》, 을지서적, 1993.
84 국립김해박물관, 《고고학이 찾은 선사와 가야》, 2000, 세한, 60쪽.

따라서 집회와 제사를 지내는 중요한 장소가 되었을 것이다. 고대국가 틀을 갖춘 가야가 나라를 통치할 훌륭한 왕의 출현을 기원하거나 왕을 세우는 의식을 이러한 신령한 구지봉에서 행하였던 것은 너무나 자연스러운 일이라 하겠다. 〈구지가〉가 삽입가요이든 아니든 이 노래는 고대국가 모습을 갖추기 시작한 가야의 역사적 변화와 구지봉이라는 풍토적 특징을 그대로 반영하고 있는 고대가요인 것이다. 그리고 이 시기의 부산은 동래지역이 변한 12국 가운데 독로국으로 추정되고 있는데 동래는 낙동강 하류의 김해와 가까운 지역에 위치하여 작은 나라를 형성할 만한 유리한 조건을 갖추고 있어 동래를 중심으로 김해 중심의 가야권 문화에 속하였던 것이다.

통일 신라 말기로 내려오면 신라 향가 〈처용가〉의 배경설화와 관련이 있는 울산의 개운포를 들 수 있다. 그런데 울산의 개운포 만호영을 임진왜란 후, 부산의 해방(海防)을 공고히 하느라 부산포로 옮겨 부산진과 함께 일본의 침략을 방어하는 중요한 요새로 하였음을 생각하면, 개운포는 원래 울산의 왜구를 방어하기 위한 요새였던 것이다. 군사적으로 중요한 위치에 있었으므로 당연히 호국신의 존재를 생각하게 되었고 이곳이 바다와 연접한 곳인 만큼 자연스럽게 호국용신과 결부되었을 것이다. 그리고 용을 위하여 망해사를 창건한 것은 결국 호국을 위해 사찰을 창건한 것임을 알 수 있다. 울산의 세죽리에 처용암이 있는데 인근에 용연, 용잠 등의 지명이 있어 이 지역이 용신 신앙이 강하였던 것을 확인할 수 있다. 용신의 아들 처용은 이러한 지리적 환경에서 탄생된 것이다.

부산과 인근 지역의 문학작품들에는 이 지역의 독특한 자연풍토적 지리환경이 그대로 반영되어 나타나고 있음을 확인할 수 있다.

3. 부산의 서정 숨결을 찾아

〈구지가〉의 배경설화에 나오는 김해의 구지봉은 몇 년 전에 가야 문화 유적지를 보고 싶다는 일본인 교수의 부탁으로 고대사 전공교수와 가야사 전공자의 안내를 받아 창녕까지 돌아볼 때 잠시 들렀던 적이 있다. 김해시 구산동에 있는 구지봉은 일제시대에 일본이 신령한 산의 맥을 자를 목적으로 산 가운데 도로를 내었는데 해방 후에 도로를 메꾸어 다시 산을 만들 수는 없었다. 궁여지책으로 도로 위에다가 양쪽 산을 잇는 다리를 놓고 그 위를 흙으로 덮어놓았다. 그때 구지봉에 올랐을 때는 지석묘, 1908년에 참봉 허선이 세운 '대가락국태조왕탄강지지' 비석과 1970년대에 만들어졌다는 '천강육난석조상' 등이 있었다. 이번에 다시 가고 싶었지만 방문할 시간은 없고 기억이 어렴풋한 것이 있어서 김해시 문화재관리부에 전화로 문의를 하였더니 지석묘는 그대로 두고 '대가락국태조왕탄강지지' 비석은 그 자리를 파고 땅에 묻었으며 '천강육난석조상' 은 2003년 9월에 수로왕릉 공원 안에 있는 연못가로 옮겼다고 한다. 이유는 구지봉이 집회와 제사를 드리던 곳인데 고증의 과정을 거침이 없이 많은 조형물이 설치되어 원래의 취지와 맞지 않으므로 도문화재인 구지봉을 국가지정 문화 사적으로 승격시켜준다는 조건으로 모두 철거한 것이라고 한다.

최치원과 관련이 깊은 해운대는, 수영만 쪽은 바다를 매립하여 수영 요트경기장, 아파트 단지, 그 외 많은 건물들이 세워졌다. 해운대 요트경기장을 지나 조선 비치호텔 쪽으로 가면 호텔 정문 바로 옆 막다른 곳에 동백섬이 있다. 동백섬은 이름 그대로 동백꽃으로 유명하다. 그런데 철이 이미 여름으로 접어드는 시기라서 꽃은 이미 많이 지고 몇 송이씩 드문드문 남아 최치원 유적을 찾아온 발걸음을 섭섭하지 않게 해주었다.

해운대

산책로를 따라 섬을 돌아가다 보면 정상으로 오르는 길이 나오는데 돌계
단을 따라 정상에 올라가면 최치원 동상이 남쪽 바다를 향하여 서 있다.
그리고 동상 바로 오른쪽 뒤에는 1965년 11월에 건립이 된 최치원 선생
유적비가 있는데 이은상 선생의 비문이 새겨져 있다. 최치원 선생 동상
은 최치원 유적보존회에서 1971년 4월 17일에 세웠으며, 동상의 좌우로
담처럼 연결된 넓은 벽 가운데 부분에 좌우 5개씩 총10개의 검은 돌판이
마치 병풍처럼 일정한 간격으로 늘어서 있다. 동상을 바라보면 오른쪽
돌판에는 '최치원선생 약전'이 새겨져 있고 왼쪽에는 이은상의 머리말
과 최치원의 시 9수, 〈봄새벽〉·〈비오는 가을밤에〉·〈생각에 부쳐〉·
〈나그네집 밤비〉·〈접시꽃〉·〈가야산 홍유동〉·〈양산 임경대〉·〈혼
자 사는 중에게〉·〈어떤 스님에게〉가 이은상이 국역하여 원문과 함께
각 돌판에 2수씩 새겨져 있다. 동상의 왼쪽, 동쪽 바다쪽에는 1984년 10
월에 세워진 2층 팔각정이 있는데 이 팔각정의 2층 8개의 기둥에는 검은

바탕에 흰 글씨로 주세붕이 지은 〈등해운대시〉가 쓰여 있다.

동백섬은 비교적 자연이 훼손되지 않고 잘 보존되어 있는 데다, 산책로를 따라 돌다가 정상에 올라 소나무 사이로 푸른 바다를 바라본다. 세상을 버리고 신선이 되고자 한 최고운의 1000년의 고독을 해풍으로 느끼고 내려와 다시 섬을 돌면서, 파도와 바람에 일상적인 삶의 피로를 씻어보내기에 좋은 곳이다. 그래서 꽤나 자주 찾는 곳이지만 이번에 글을 쓰기 위해서 다시 찾으니 왜 이곳을 모두 봉래산, 신선의 경지라 했는지가 새삼 잘 느껴진다. 바다 냄새, 철썩거리는 파도소리, 끊임없이 밀려왔다가 부서지는 하얀 물보라, 눈을 들면 망망한 푸른 바다가 하늘과 맞닿아 있다. 그 끝에서 불어오는 바람, 이 모든 것들 속에 세상적 오감은 온통 광활한 바다로 채워져, 구태여 최치원이 아니더라도 저절로 신선의 경지에 들어가는 것이 아닌가 하고 생각된다.

정서의 〈정과정〉 유적지는 부산시 지정 기념물 제54호인데 수영구 망미동에 있다. 수비 삼거리 쪽에서 수영천을 따라 만들어진 강변도로를 북쪽으로 조금만 달려가면 아파트가 나오는데 그 아파트 정문 쪽 바로 길 건너 언덕에 있다. 그곳에 1985년 2월에 세워진 〈정과정〉 문학비가 있는데, 폭이 1.2미터, 높이가 1.75미터로 앞에는 〈정과정〉 가사가, 뒷면에는 정서와 이 작품의 창작 경위에 관한 것이 기록되어 있다. 현재 문학비 바로 옆에 도로 공사와 아울러 팔각정 시설이 한창 진행중이다. 그다지 높지 않은 언덕인데도 그곳에 오르니 바람이 무척이나 시원하였다. 바다를 매립하여 아파트들과 건물들이 많이 세워졌으므로 지금은 바다는 가리워져 그곳에서 볼 수 없었지만, 당시는 멀리 수영 앞 바다가 보이고 바로 앞에는 수영천이 흐르는 전망이 좋은 곳이었음을 잘 알 수 있었다. 시비 바로 옆에 이식한 듯 보이는, 잎 크기가 작은 아기 중자나무가 연초록 새 잎을 피워 눈이 부신데 밑둥 쪽은 아름드리로 연수가 꽤나 오래된 것임을 알 수 있다. 굵은 밑둥과 나무 끝의 작고 연한 새잎들은 마치 1000년만에 제대로의 위치에 새로 태어난 〈정과정〉의 역사를 말하는 듯하다.

그리고 수영구 민락동에는 바로 바닷가에 수변공원이 조성되었는데 공원에서 바다를 등지고 서서 북쪽을 바라보면 바로 길 건너에 동산이 보인다. 무궁화 동산이라는 이름이 붙은 그 동산에 2002년 4월 6일에 토향회에서 세운 박인로의 〈태평사〉 문학비가 있다. 폭이 1.5미터, 높이 2.5미터로 앞면에는 〈태평사〉 일부가, 뒷면에는 박인로의 가사비 건립 취지가 쓰여 있다. 좌수영의 피비린내 나는 역사를 품은 바다는 말이 없고 수변 공원에서 휴일을 즐기는 사람들은 옛 무관과 수병들의 고초를 아는지 모르는지 한가롭기만 하다. 수영 앞 바다에는 광안대교가 2003년 1월에 개통되어 부산의 새로운 명물이 되었다.

해운대에서 송정으로 넘어가는 옛 도로를 따라가면서 보는 바다와 주변 풍경은 아름답기 그지없는데, 이곳은 해운대에서 바다에 임한 가장 높은 곳이다. 달이 떠오르는 것을 보기에 좋은 위치이기 때문에 달맞이 고개라는 이름이 붙여져 있고 드라이브 코스로 유명하다. 1998년 8월에 제1회 해운대 달맞이 언덕 문화 페스티벌이 개최되었고 1997년 2월에 달맞이 고개에 해월정이 건축되었는데 그곳에서 송정쪽으로 1~2 분만 걸으면 해월정 매점이 있고 매점 바로 앞에 춘원 이광수의 〈해운대에서〉 문학비가 있다.

비신은 높이가 2미터, 폭 1.5미터로 앞면에는 달맞이 동산이란 글씨가 음각되어 있고, 뒷면에는 춘원 이광수 선생이 노송 우거진 푸른 숲에서 불어오는 맑은 바람과 함께 아름다운 달을 보고 노래한 〈해운대에서〉가 국전 초대 작가 고동주 씨의 글씨로 새겨졌다.

그처럼 아름답던 달맞이 고개는 잘못 개발되어 지금은 음식점들로, 빌라로 꽉 들어찬 까닭에 이곳을 사랑하는 이들은 안타까움에 탄식을 금할 수 없다. 옛날에는 이 천혜의 자연경관이 왜병의 침략, 일제의 탄압으로 늘 시달리고 아픔을 겪었는데 전쟁의 아픔이 사라진 지금은 또 상업혼들의 다툼에 몸살을 앓고 있다. 일제시대에 이광수가 이곳을 찾아 그래도 '홍진(紅塵)에 막혔던 흉금(胸襟)이 활짝 열리더라' 고 하였는데, 지금은 '청산에 명월이라' 한 청산은 찾기 어렵게 되었다. 이광수의 문학비를 쳐다보는 이도 없고 왠지 쓸쓸하기만 한 달맞이 길이 되어버렸다.

해운대에서 도시고속도로를 달려 범어사로 가서 초록이 눈부신 도로를 따라 절 앞으로 조금만 내려오면 요산 김정한 선생의 문학비가 있다. 1969년에 발표한 〈수라도〉의 한 부분이 새겨져 있다. 선생의 생가는 바로 청룡동 그 근처이다. 그곳에서 도로를 따라 조금만 내려오면 향파 이주홍 선생의 문학비가 있다. 1995년 12월에 세워졌는데 동시 〈감꽃〉이 새겨져 있다. 그리고 그곳에서 바로 몇 미터 정도만 내려오면 황산 고두동 선생의 문학비가 있다. 1996년 12월에 세워졌는데 〈숲-금정산에서-〉가 새겨져 있다.

그리고 부산시 기장군 기장읍에 이 원고를 마무리하는 오늘(2005. 4. 27 오전 10시 30분), 윤선도 문학비 제막식이 있었다는 소식이다. 기장군 일광면 삼성리에 있는 일광 해수욕장 안에 있는 삼성대에 세워졌는데 좌대는 가로 3.3미터 세로 2미터이며 비는 가로 2.1미터 세로 3.3미터라고 한다. 비에는 윤선도의 한시 〈증별소제(贈別小弟)〉 2수와 〈병중견회(病中遣懷)〉 1수의 원문과 번역문이 앞면에 새겨졌다고 한다. 언제 시간을 내어 찾아가 볼 생각이다.

뿌리 깊은 천년의 문화 유산

경주

오출세

1. 경주, 신라 천년의 요람

신라는 경주를 중심으로 거서간(居西干) 혁거세(赫居世)를 시조로 사로국(斯盧國)에서 출발했고 1세기부터 10세기까지 약 천년의 역사를 누렸다. 신라왕국이 천년을 존속하는 동안 변함없이 유지되어온 세 가지 불가사의가 있다. 첫째, 수도를 경주 이외의 지역으로 옮기지 않은 점, 둘째는 신분제로서 골품제를 유지한 점, 셋째는 골품제를 보완하면서 화랑제도를 두어 신라의 인물과 정신을 배양한 점이다.

이 가운데 특히 수도를 경주 밖의 지역으로 옮기지 않았다는 것은 경주가 신라 천년의 터전으로 신라 역사의 중심에 있었다는 뜻이기도 하다. 이렇게 신라의 역사와 문화의 핵심에 경주라는 땅이 있었다. 《신증동국여지승람》에 따르면 경주는 산이 험한 데가 많고, 거진(巨鎭)이며 웅번(雄藩)이며, 땅이 비옥하여 물에 심는 곡식과 마른 땅에 심는 곡식이 다 잘된다고 했다. 이렇게 경주는 산에 둘러싸인 분지로, 신라 천년의 옛 서울이다. 시의 중앙에 신라의 진산(鎭山)인 낭산(狼山)이 누에고치처럼

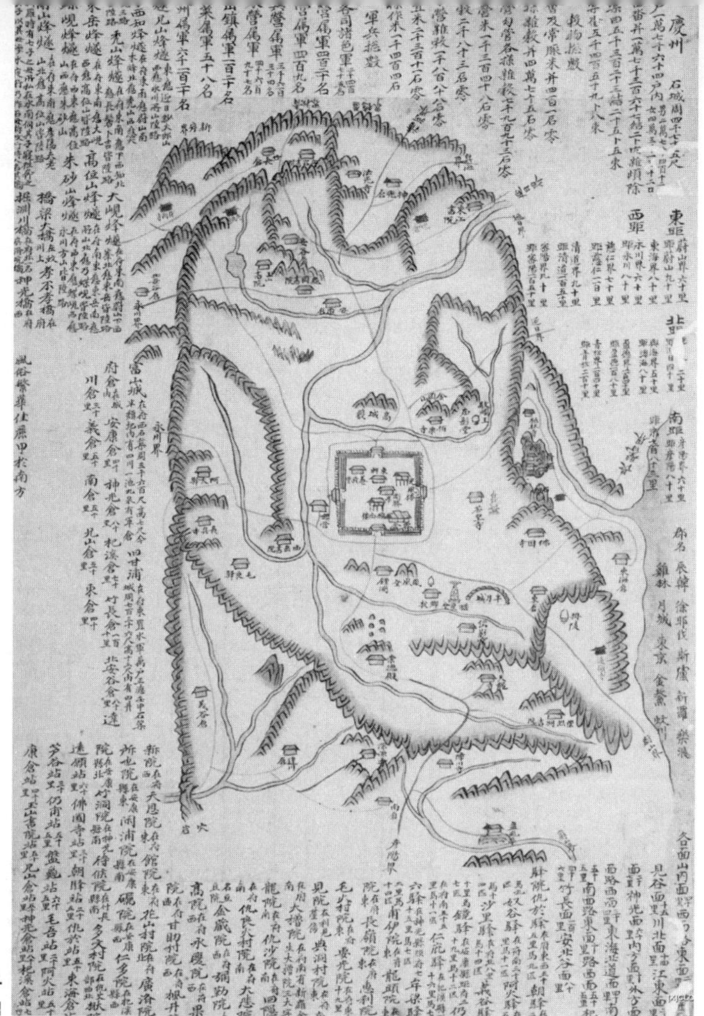

《해동지도》의 경주부
출처_한국역사정보시스템

동서로 뻗어 있고, 동에 명활산(明活山), 서에 선도산(仙桃山), 남에 금오산(金鰲山)과 북에 금강산(金剛山)이 감싸고 있다.[85] 그 사이에 형제산(兄弟山), 망성산(望星山), 송화산(松華山), 단석산(斷石山) 들이 솟아 경주의 골격을 이루며, 때로는 불교 수도의 성장이 되고, 때로는 화랑의 수련 도장이면서 당연히 외적을 막는 보루가 되었다. 이와 같은 지리적 조건으로 경주 문화권은 크게 네 지역으로 구분해 볼 수 있다. 즉, 분지로 둘러싸인 신라 천년의 서울, 경주를 비롯하여

85 신라의 경주에는 네 곳의 신령한 땅(靈地)이 있어 그곳에 모여 나라의 큰 일을 의론하면 그 일이 반드시 이루어진다고 했는데, 첫째는 동쪽의 청송산(靑松山)이고, 둘째는 남쪽의 오지산(亏知山)이며, 셋째는 서쪽의 피전(皮田), 넷째는 북쪽의 금강산이라 했다(《삼국유사》 권 1, 〈진덕왕조〉).

들판을 가로지른 북변진출로 포항 · 영천 지역, 태백산맥을 타고 내린 서부의 육상 관문 경산 · 청도 지역과, 동해로 나간 동부의 해상 관문인 울주 · 울산지역 등으로 구분할 수 있다.

신라는 불교 나라였다. 신라에 불교가 공인되면서 경주 지역에는 현세에 불국토를 구현하려는 의지로 많은 사찰이 건립되었다. 경주에만도 홍륜사 · 영홍사 · 애공사 · 기원사 · 실제사 · 황룡사 · 영묘사 · 금곡사 · 원녕사 · 분황사 · 생의사 · 삼랑사 · 금광사 · 안홍사 · 영경사 · 고선사 · 천주사 · 황복사 · 천왕사 및 신원사 등이 있다. 경주 문화권 전역에도 포항의 법광사, 영천의 은해사, 울산의 동축사, 청도의 가슬갑사 등 여러 사찰들이 건립되었다. 경주 문화권의 석탑과 불상은 신라 문화의 독창성과 다양성을 반영하고 있다. 일찍이 서거정(徐居正, 1420~1488)은 〈동헌기(東軒記)〉에서 경주를 이렇게 말했다.

"조령(鳥嶺) 남쪽은 본래부터 이름난 곳과 경치 좋은 땅이 많다고 일컫는다. 거정은 젊을 때에 사마자장(司馬子長)의 뜻이 있어 영(嶺)을 넘어 상주(尙州)에 이르고, 상주를 거쳐 선산(善山)에 갔으며, 화산(花山)을 경유하여 성주(星州)에 이르고, 김해 진주를 지나 함안과 밀양을 찾은 뒤에 경주에 도착하였다. 경주는 곧 예전의 계림(鷄林)이었던 곳으로 신라의 수도였던 곳이다.

이런 기문을 통하여 경주가 신라 멸망 이후에도 문인소객들의 관광의 명소로 널리 사랑받는 역사와 명승의 땅이었음을 알 수 있다.

2. 경주의 문학지리

불교는 신라를 다스리는 이념이자 통치 철학이었다. 그리고 이 거대한 임무를 담당하고 수행하였던 주체적 사상가, 철학자 및 행동 주체는 말할 것도 없이 승려였다. 신라시대의 승려는 실로 사회 각 분야에서 지도적 역할을 수행하였다. 그 가운데 한국 불교사상 가장 위대한 고승의 한 사람인 원효(元曉, 617~686)는 성은 설(薛)씨이며 아명은 서당(誓幢)으로, 압량(押梁, 지금의 경산시 불지촌) 출신이다. 소년 시절에는 화랑의 무리에 속했으나, 648년(진덕여왕) 황룡사에서 중이 되어 각종 불전을 섭렵하여 수도에 정진했다. 집을 불문에 희사하고 초개사(初開寺)를 세우고 자기가 태어난 자리에 사라사(沙羅寺)를 세웠다. 650년(진덕여왕 4)에 의상(義湘)과 함께 당나라로 유학을 떠났으나 고구려 순찰대에 잡혀 실패했고 661년(문무왕 1)에 다시 의상과 길을 떠나 당항성(黨項城, 지금 南陽)의 한 고총(古塚)에서 밤중에 해골에 괸 물을 먹고 모든 것은 마음에 달렸다고 대오(大悟)하고 돌아온 일은 유명하다. 이후 분황사에 있으면서 독자적으로 통불교(通佛敎는 元曉宗 · 芬皇宗 · 海東宗이라고도 함)를 세워 자기를 칭찬하고 남을 헐뜯는 것[自讚毁他戒]을 금했다.

그의 나이 39살에서 44살 사이에 일어난 일로 요석공주(瑤石公主)와 잠자리를 같이 하고 여기에서 설총이 태어났다. 이렇게 파계를 한 원효는 승복을 벗어버리고 스스로 소성거사(小性居士)라고 자칭하며, 〈무애(無碍)〉라는 노래를 부르면서 세속에서 초연했다.

사복모(蛇福母)의 죽음에 대한 조시(弔詩)에서는 그의 현실적 고뇌와 중생을 접화(接化)하고자 하는 그의 신심이 엿보인다.

태어나지 말라, 죽음 또한 고통이고   莫生兮其死也苦

죽지 말라, 태어남 또한 고통이네.　　　　　　　　莫死兮其生也苦

그의 무애행(無碍行)을 보여 주는 이
게귀(揭句)는 번거로운 세사(世事)를 모두
끊어버리고 단적으로 요해(了悟)하고자
하는 선적 기미가 엿보인다. 원효는 지성
(知性)에 의해서는 전일(全一)의 세계에
참입(參入)할 수 없으며, 오직 부단한 수양
을 통해서만 해탈에의 안심입명을 얻을 수
있다고 믿었다. 만행수도(萬行修道)의 한
방편으로 글을 지었으니, 이와 같이 확고
한 인식 아래 논소로 제법의 실상을 논파
하고 게송으로 그의 간절한 염원을 형상화
하였다.

고운 최치원　출처_문화재청

　　당나라로부터 《금강삼매경(金剛三昧經)》이 수입되자 당시의 왕과
고승들 앞에서 이를 풀이하여 존경을 받았다. 그 후 절에 파묻혀 참선과
저술로 만년을 보냈다. 불교 사상의 종합과 실천에 노력한 정토교(淨土
敎)의 선구자로 대승 불교의 교리를 실천했다.

　　신라 말 최대의 학자이며 문장가로서 '동국유종(東國儒宗)'이며,
'동국문학지조(東國文學之祖)'로 일컬어지는 최치원(崔致遠, 857~?)은
경주 최씨의 시조로, 자는 고운(孤雲)이며 후세인들이 그를 높이어 유선
(儒仙)이라고도 불렀다. 고운은 경주 출신으로 12세에 당에 유학하여 18
세에 빈공과에 급제하고, 벼슬을 하면서 황소(黃巢)의 난에 격문을 지어
이름을 떨쳤다. 29세(885)에 귀국하여 진성여왕에게 시무 10여 조의 개
혁상소를 올리고 아찬(阿湌)이 되었으나, 신분의 한계에 실망하고 전국

을 유랑하다가 해인사에서 여생을 마쳤다고 한다. 최치원은 원효와 마찬가지로 6두품 출신이었다. 왕족을 대상으로 한 성골(聖骨)·진골(眞骨)의 골제(骨制)에 대하여, 왕경(王京)에 거주하는 귀족 및 평인(平人, 백성)을 대상으로 하는 두품제(頭品制)는 위로는 6두품부터 아래로 1두품까지 6등급이 있었고, 출사(出仕)할 수 있는 신분이 4두품 이상으로 제한되어 있었기 때문에 처음부터 3두품 이하의 신분은 백성과 다름이 없었다. 이런 신분사회 속에서 최치원은 문학으로 신라와 경주를 중국에 빛낸 신라 최고의 문인이었다.

신라는 국초부터 고유한 민족 신앙으로 선풍(仙風)이 발달하여 이와 관련된 신선 설화가 후대에 많이 전해지고 있으며,[86] 화랑도도 이러한 선풍에 바탕을 두고 유교·불교 윤리를 접합시킨 종교 단체·무사 단체였다. 이러한 신라의 신선 사상은 최치원을 거쳐 후세에 계승되었으며, 〈난랑비서〉에서 이미 "나라에 도가 있으니 풍류라 한다"라고 한 바와 같이 그에게서 체계화된 것으로 평가된다. 이것은 특히 유불도 삼교합일 사상(三敎合一思想)이면서, 이들 외래 사상이 수입되기 전부터 있었던 민족

[86] 시조 박혁거세는 선도성모의 소생이라는 설화, 술랑·남랑·영랑·안상 등 사선(四仙)에 관한 설화, 호공, 암시선인, 물계자, 대세, 구칠, 옥보고, 우륵 등에 얽힌 신선 이야기들이 모두 이와 관련이 있다.

고운영정 사당 전경 출처_문화재청

의 고유사상이라고 해석한 것에 그의 사상사적 이바지가 크다. 그의 이 풍류 사상은 삼국 시대 이후 중국의 그것과는 다른 금욕주의를 존중하고 산천의 기를 흡수하는 수련 도교의 성격이 강하다는 점과, 하늘[=조상]에 대한 숭배관념을 통해 민족 의식을 고양했다는데 특색이 있다.

고운의 사상과 업적은 문학·종교·역사 등 여러 분야에서 한국의 문화에 기여한 바가 크다. 그중 한국의 전통 사상을 풍류 사상으로 체계화하며 사상사적으로 이바지하였으며, 문학 분야에서 《계원필경》과 〈사산비명〉은 실용문이지만, 예술적 가치는 후대의 모범으로 높이 평가되고 있다. 그리고 명리를 버리고 자연에 합일코자 한 사상이 그의 시문 전반에 나타나고 있어 주목된다. 그의 문학에는 실용적인 글들이 많지만 그의 한시 문학은 한국 한문학의 시작이라 할 만하다. 중국 당나라에 널리 알려진 시문 가운데 여기 〈비오는 가을 밤에(秋夜雨中)〉 한 수를 보인다.

<table>
<tr><td>쓸쓸한 가을 바람 애닳은 노래</td><td>秋風唯苦陰</td></tr>
<tr><td>세상엔 날 알아주는 이 없고</td><td>擧世少知音</td></tr>
<tr><td>깊은 밤 창밖에는 비 듣는 소리</td><td>窓外三更雨</td></tr>
<tr><td>등불 아래 만리 먼길 외로운 마음</td><td>燈前萬里心</td></tr>
</table>

지금도 경주 낭산(狼山)에는 후세인들이 지은 독서당이 유허비와 함께 서쪽 기슭에 있어 우리 문학의 '개산시조(開山始祖)'임을 증명하고 있다. 과거의 훌륭한 문학이 전통으로 확립되어 현재나 미래의 문학에 부단한 영향을 미치게 됨을 최치원을 통해 느끼게 된다.

3. 신라 이후의 문학지리

신라가 망하고 고려조에 들어와서 계림(鷄林)은 경주(慶州)로 되었
다. 조선조에 들어와서는 많은 시인묵객들이 경주를 여행하며 시와 글을
남겼는데, 서거정은 경주에 머물며 〈동헌기〉에서 이렇게 썼다.

> 경주부는 경상 전도에서 제일 크다. 토지는 비옥하고 평평하고, 백성은
> 부유하며 많다. 인심은 순박하여 옛날 신라 때의 남긴 풍속이 있다. 여
> 기저기 기이한 승지와 현인들이 끼친 자취가 있어, 전대 인물들의 풍류
> 를 또한 넉넉히 상상할 수 있다. 거정이 젊었을 때에 영남(嶺南)에 노닐
> 어 여러 이름난 곳을 거쳐 경주에 이르니, 번화하고 곱고 아름다움이 실
> 로 동남(東南) 여러 고을 중에 으뜸이었다.

이런 역사의 땅에서 이름난 문인이 많이 배출된 가운데, 조선조 3
대 시가 작가로 평가받고 있는 노계(蘆溪) 박인로(朴仁老, 1561~1642)는
박혁거세 52대손으로 영천군 북안면 도천리에서 태어난 시인이었다. 그
의 82세의 생애를 크게 두 부분으로 나누어보면, 전반생(前半生)이 임진
왜란에 종군한 무인으로서의 면모가 두드러졌고 후반생(後半生)은 독서
와 수행으로 초연했던 선비요 문인 가객으로서의 면모가 지배적이다. 32
세(1592)가 되던 해에 임진왜란이 일어나자 그는 영천의 의병장 정세아
(鄭世雅)의 별시위(別侍衛)가 되어 활약하였다. 38세 때에는 경상도 좌
병사 성윤문(成允文)의 막하에 들어가 많은 공을 세웠으며, 이때 성윤문
의 명에 따라 〈태평사(太平詞)〉를 지었다. 그는 무인의 몸이면서도 언제
나 수중에는 붓과 먹이 있었고 사선을 넘나들면서도 시정(詩情)을 잃지
않았다.

그는 의병 활동과 미관말직을 마치고 고향에 돌아와 '남아의 대사업은 문장임'을 깨닫고 공맹(孔孟)의 제서(諸書)와 주자의 부주(附注)에 잠심하며 문인으로서 본격적으로 활약한 것은 은거 생활에 들어간 40세 이후의 일이었다. 한밤에도 분향축천(焚香祝天)하여 성현의 기상을 묵상하기 일쑤여서, 꿈 속에서 성·경·충·효의 네 글자를 얻어 평생의 좌우명으로 삼아 자성(自省)을 게을리하지 않았다.

만년에는 여러 도학자들과 교유하였으니, 특히 이덕형(李德馨)과는 의기가 상합하여 수시로 종유하였다. 1601년(선조34) 이덕형이 도체찰사가 되어 영천에 이르렀을 때 집을 찾아갔다가 홍시 대접을 받고 돌아가신 어버이를 생각하며 지은 〈조홍시가(早紅柿歌)〉는 널리 알려진 시조이다.

그 중 한 수는 다음과 같다.

반중(盤中) 조홍(早紅)감이 고와도 보이는다.
유자(柚子) 안이라도 품엄즉도 흐다마는
품어 가 반기리 업슬시 글노 셜워 흐느이다.

1605년(광해군 3) 이덕형이 용진강(龍津江) 사제(莎堤)에 은거하였을 때 그의 빈객이 되어 〈사제곡(莎堤曲)〉·〈누항사(陋巷詞)〉를 지었다. 1612년 도산서원에 참례하여 이황(李滉)의 유풍을 흠모하였고, 그밖에도 조지산(曹芝山)·장여헌(張旅軒)·정한강(鄭寒岡)·정임하(鄭林下)·정연길(鄭延吉)·최기남(崔起南) 등과 교유하였다.

1630년(인조 8)에는 노인직으로 용양위부호군이라는 은전(恩典)을 받았으며, 1635년 가사 〈영남가(嶺南歌)〉를 지었고 이듬해 〈노계가〉를 지었다. 그밖에 가사 〈입암별곡(立嚴別曲)〉과 〈소유정가(小有亭歌)〉가

전하는데, 가사가 모두 9편이고 시조는 68수에 이른다.

말년에는 천석(泉石)을 벗하여 안빈낙도하는 삶을 살다가 1642년 82세를 일기로 생을 마쳤다. 영양군 남쪽 대랑산(大朗山)에 안장되었으며, 죽은 뒤에 향리의 선비들이 그를 흠모하여 1707년(숙종 33) 생장지인 도천리에 도계서원(道溪書院)을 세워 춘추 제향하고 있다.

그의 시조는 〈오륜가〉와 같이 교훈적인 내용을 주로 관념적으로 표현하고 있다. 가사는 고사성어와 한문 어구를 많이 사용하여 참신성이 다소 떨어지는 감이 없지 않으나, 구체적인 경험을 일상어를 사용하여 묘사함으로써 사실성을 띤다. 작품 전체의 구상이 웅장하면서 문체가 질박하고 유려하기 때문에 정철, 윤선도와 함께 3대 시가 작자로 높이 평가받고 있다.

4. 근대 경주의 문학지리

동학의 창시자 수운(水雲) 최제우(崔濟愚, 1824~1864)는 경주 출생으로 몰락한 양반의 서자였다. 7대조인 최진립(崔震立)은 임진왜란과 병자호란 때 혁혁한 공을 세워 병조판서의 벼슬과 정무공(貞武公)의 시호가 내려진 무관이었으나, 6대조부터는 벼슬길에 오르지 못한 몰락 양반 출신이었다. 그러나 수운 자신은 신라 말기의 석학인 최치원을 28대 선조로 하고 있음을 자부하며 살았다. 수운이 태어난 순조 24년(1824)은 19세기 순조·헌종·철종 3대에 걸친 세도 정치로 조야의 질서가 파탄 상태로 이어지는 때였다. 관료들의 끝없는 횡포가 지속되면서 정치적 혼란은 계속되었으며 백성들은 시국에 대한 불안과 정치에 대한 불신이 깊어만 갔다. 설상가상으로 세계의 중심이라고 믿었던 중국의 몰락과 서학의 이입(移入), 그리고 외세의 영향에 따라 봉건적인 질서가 무너져가는 사상의 공백기였다.

　이러한 즈음에 수운은 봉건 사회의 제도적 한계 속에서 심적 고통을 겪으며 방황의 나날을 보내다가 스스로 명상과 지적 탐구, 그리고 자기 황홀 중에 대각을 이루었다. 1860년 4월 5일 그는 결정적인 종교 체험을 통하여 민족종교 동학(東學)을 창도하기에 이르렀다.

　1861년 포교를 시작하였고, 곧 놀라울 정도의 많은 사람들이 동학의 가르침에 따르게 되었다. 동학이 세력을 얻게 되자 유림층에서는 비난의 소리가 높아졌다. 최제우는 서학, 즉 천주교를 신봉한다는 지목을 받게 되어 그해 11월 호남으로 피신한다. 이듬해인 1862년 3월 경주로 되돌아갈 때까지 남원의 은적암(隱寂庵) 피신 생활 중 동학 사상을 체계적으로 이론화하였고 〈논학문(論學文)〉·〈안심가(安心歌)〉·〈교훈가〉·〈도수사(道修詞)〉 등을 지었다.

　1863년 교인 3000여 명, 접소 13개소를 확보하였다. 이해 7월 제자 최시형(崔時亨)을 북접주인으로 정하고 해월(海月)이라는 도호를 내린다. 이는 관헌의 지목을 받고 있음을 알고 미리 후계자를 마련하여 놓은 것이다. 이때 조정에서는 이미 동학의 교세 확장에 두려움을 느끼고 그의 체포 계책을 세우고 있었는데, 11월 20일 선전관 정운구에 의하여 제자 20여 명과 함께 경주에서 체포되었다. 서울로 압송되는 도중 철종이 죽자 1864년 1월 대구 감영으로 이송되었다. 이곳에서 심문을 받다가 3월 10일 사도난정(邪道亂正)이란 죄목으로 대구장대(大邱將臺)에서 41세의 나이로 교수형에 처하였다.

　수운은 자신의 사상을 한문체·가사체 등으로 표현하였다. 한문체로 엮어 놓은 것이 《동경대전(東經大典)》이고 가사체로 모아 놓은 것이 《용담유사(龍潭遺詞)》이다. 동학은 여타 종교와 달리 몇 가지 점에서 변별성을 가진다. 그것은 대중에 그 뿌리를 두고 있다는 점, 다분히 민족적이라는 점, 죽음 이후, 즉 영혼의 편안함을 추구하기 보다는 살아있는 현재에 지극한 복록[至福]을 누리자는 점에서 그러하다. 이러한 동학의 특이성은 신화에서의 현실 부정, 인간 부정의 관점과 여타 종교에서의 내세 지향, 극락 염원 등의 사상과 비교해 보았을 때 동학의 현실 긍정과 현세 지향의 사상은 주목할 만하다.

《용담유사》에는 8편의 가사가 실려 전하는데,《용담유사》의 '유사(遺詞)' 란 명칭은 가사가 구비전승물(口碑傳承物)로서 뒷날 기록화되었음을 일러주는 것으로 이 가사들은 수운 사후 15년간 암송되어 오다가 문자로 정착된 것이다.

《동경대전》과《용담유사》에는 두 가지 신앙 대상에 대한 명칭이 나타나는데, 천주(天主)와 하느님(ᄒᆞᄂᆞᆯ님)이 그것이다. 천주 또는 하느님에 대하여 명확하게 규정을 내리지 않았기 때문에 그의 입장을 알아보려면 간접적으로 파악하여 보는 수밖에 없는데, '시천주(侍天主)' 에 대한 두 가지의 해석이 하나의 단서를 제공하여 준다. 하나는 하느님은 초월자이나 부모님같이 섬길 수 있는 인격적 존재라는 것을 강조하며, 다른 하나는 사람은 누구나 나면서부터 하느님을 모시고 있다는 것을 강조하는 입장이다. 따라서 그의 하느님은 인간의 내면에 존재함과 동시에 인간 밖에 존재하는 초월자의 성격을 지니고 있다. 이러한 그의 신관(神觀)은 매우 독특한 것으로 그의 종교 체험이 무속적인 원천에 뿌리박고 있다는 주장과 접맥될 수 있다고 보인다. 거슬러 올라가면 최치원의 〈난랑비서〉에서 말한 유ㆍ불ㆍ선 3교의 '풍류도(風流道)' 와 무속(巫俗)과의 관련성에서 근원을 찾을 수 있겠다.

현대 작가 가운데 경주가 배출한 문인으로 김동리와 박목월을 꼽는다. 경주 출신 대표적 문인으로 먼저 김동리를 말한다면, 그는 1913년 경주시 성건동에서 출생했다. 본명은 시종(始鍾)이며, 1935년 단편 〈화

김동리의 〈무녀도〉의 배경이 되었던 예기소

랑의 후예〉가 조선 중앙일보 신춘문예 현상작품으로 당선되었다. 이어 다음 해 동아일보에 〈산화(山火)〉가 당선됨으로써 화려하게 문단에 데뷔했다. 그의 작품에는 일반적으로 토속적인 세계가 다루어져 있으며 운명론적인 인생관을 깔고 있는 작품이 많다. 그리고 이것은 그가 출발 당시부터 끈질기게 관심을 가지고 추적해 온 인간의 근본적인 것에 대한 탐구의 자세와 관계가 있는 것이다. 그 대표적인 작품이 〈무녀도(巫女圖)〉이다. 〈무녀도〉의 지리적 배경인 '예기소(藝妓沼)' 혹은 '예기청소(藝妓靑沼)'는 경주에서 북쪽 포항으로 흘러가는 형산강(兄山江) 지류가 시작되는 곳이다. 김동리는 "어릴 때 개천가에서 그 수렁과 수렁 위의 흐린 물을 바라보면, 모든 과거와 모든 죽음이 그 속에 다 들어있을 것만 같아 가슴이 복받쳐오르곤 했다"고 회상한다.

〈무녀도〉가 발표된 것은 그의 문단 데뷔 다음 해인 1936년, 그의 나이 23세 때였다. 70여 년이 지난 지금 예기소의 모습은 여전히 그대로 남아 그 위로 유구하면서도 슬프고 안타까운 샤머니즘의 물결을 흘러보내고 있다.

"뒤에 물러 누운 어둑어둑한 산, 앞으로 질펀히 흘러버리는 검은 강물, 산마루로 들판으로 검은 강물위로 모두 쏟아져 버릴듯한 파아란 별들, 바야흐로 숨이 고비에 찬 이슥한 밤중이다. 강가 모래벌엔 차일을 치고, 차일 속엔 마을 여인들이 자욱이 앉아 무당의 시나위가락에 취해 있다……"

무당 딸인 귀머거리 소녀 낭이가 그린 이곳 예기소 주변의 굿풍경
은 이렇게 묘사되면서 〈무녀도〉는 시작된다. 이 늪의 깊이는 명주실구리
하나는 들어갈 정도이며 해마다 사람이 하나씩 빠져 죽게 마련이라는 어
둡고 불길한 전설이 전해져 오고 있다. 지금도 그 전설은 경주 사람들의
잠재의식 속에서 합리적인 설명을 거부한 채 면면히 흐르고 있다. 그는 〈
무녀도〉에서 생성과 소멸, 또는 이승과 저승의 세계가 아주 단절된 것이
아니고, 순수하고 지극한 염원에 의해서 그 통로가 열릴 수 있다는 한국
적 샤머니즘으로 외래 종교에 맞서고 있다. 그 당시 우리가 처한 상황을
대변해 주는 작품이다.

예기소에서 500여 미터 떨어진 석장동 707번지에 동국대학교 경주
캠퍼스가 1979년 들어섰고 경대교가 놓여져 그 어둡고 칙칙한 이미지에
서 점차 벗어나고 있다. 예기소 물웅덩이를 안고 있는 최씨 문중 소유의
야산 바위에 금장대 암각화가 최근에 동국대 박물관에 의해 발굴되어,
인근의 반구대 암각화와 울주군 천전리 서석에 보이는 신라의 원시 신앙
을 살피는 데 귀중한 자료를 제공해 주고 있다.

경주 출신의 시인으로 박목월(朴木月, 1916~1978)은 시사적(詩史
的)인 면에서 김소월과 김영랑을 잇는 향토적
서정성을 심화시켰으면서도, 애국적인 사상을
기저에 깔고 있으며, 민요조를 개성있게 수용
하며 재창조한 경주가 배출한 대시인으로 평
가받고 있다. 본명은 영종(泳鐘)이며 생가는
경주시 건천읍 모량2리에 있다. 지금은 마을
앞에 고속도로가 가로놓여 있지만 얼마 전까
지만 해도 이곳은 무척 한가로운 마을이었다.
봄에는 진달래가 지천으로 피고, 소쩍새 뻐꾸

시인 박목월

기가 밤낮으로 울고, 여름이면 무성한 녹음이 시원한 그늘을 드리우고, 가을녘의 타는 저녁 노을은 지나는 나그네의 객수를 불러일으키는 전형적인 우리네 농촌 마을인 것이다.

본격적인 시인으로서의 활동은 1939년 9월 《문장》지에서 정지용에 의해 〈길처럼〉, 〈그것은 연륜年輪이다〉 등이 추천을 받으면서 시작되었고, 이어서 〈산그늘〉, 〈가을 으스름〉, 〈연륜〉 등을 발표함으로써 문단에 데뷔하게 되었다. 1946년 조지훈·박두진 등과 3인 시집 《청록집(靑鹿集)》을 발행하여 해방 시단에 큰 수확을 안겨주었다.

1930년대 말에 출발하는 그의 초기 시들은 향토적 서정에 민요적 율조가 가미된 짤막한 서정시들로 독특한 전통적 시풍을 이루고 있다. 그의 향토적 시정은 시인과 자연과의 교감에서 얻어진 특유의 것이면서도 보편적인 향수의 미감을 아울러 담고 있다. 이러한 경향은 《청록집》·《산도화》 등에서 잘 나타난다. 6·25 사변을 겪으면서 이러한 시적 경향도 변하기 시작하여 1959년에 간행된 《난蘭·기타》와 1964년의 《청담》에 이르면 현실에 대한 관심들이 시 속에서 표출되고 있다. 인간의 운명이나 사물의 본성에 깊은 통찰을 보이고 있으며, 주로 시의 소재를 가족이나 생활 주변에서 택하여 담담하고 소박하게 생활 사상을 읊고 있다. 언젠가 어느 글에서 목월은 자신의 고향을 다음과 같이 소개하고 있다.

우리 고향 — 경주 지방에서도 납정네(남자의 지방사투리)가 출입을 하려면 옥양목 두루마기를 걸쳤다. 한가위나 정초는 일년에도 한두 번 모든 사람들이 나들이옷을 단정하게 떨쳐 입는 명절이다. 특히 한가위는 옥양목과 관련이 깊은 명절이기도 하였다. 선잠을 깬 한밤중에 제사를 드릴 때 할아버지나 아버지의 옥양목 두루마기 자락의 그윽한 소리는 서글프면서도 엄숙한 그것이며, 일쩨 치하의 전지를 하여 버린 포플라 가로수가 늘어선 삼등국도(三等國道)를 도조(賭租)나 공출미(供出米)를 실은 소를 몰고, 옥양목 두루마기 자락을 펄럭거리며 가을바람 속을 걸어가는 모습은 울고 싶도록 서러운 모습이기도 하였다. 하지만 남정네들의 이와 같은 싸늘한 옷에 비하면, 여인들의 옷차림은 한결 정서적인 것이었다.

모란꽃 이우는 하얀 해으름
강을 건너는 청모시 옷고름
선도산(仙桃山)
수정그늘
어려보라빛
모란꽃 해으름 청모시 옷고름

이것은 〈모란여정(牧丹餘情)〉이라는 작품이다. 산그늘이 길게 뻗친 유월 해으름(日暮)에 좔좔좔 흐르는 강여울목을 청모시 옷고름을 아슴아슴 날리며 건너가는 여인들의 정경은 세속적인 비유이기는 하지만 선녀 같은 환상적인 것을 느끼게 한다. 모란꽃을 이우는 유월이라면 '깨끼저고리'를 입을 무렵이다. 은조사, 숙고사, 갑사 등의 깨끼저고리가 있지만 그중에서도 모시에 옥색 물감을 들인 청모시 깨끼저고리가 가장 흔했다. 젊은 아낙네들이 깨끼저고리를 입고, 앞고름을 조여 맨, 터질 듯한 앞가슴의 은은한 관능미는 한국적인 그것이기도 하였다.

길게 인용한 것은 목월이 경상도 남정네나 여인의 입성 묘사를 여실히 하고 있기 때문이다. 그는 소박하고, 의리를 지키는 경주인을 자못 자랑스럽게 여기고 있다.

1968년 《경상도의 가랑잎》부터는 현실 인식이 더욱 심화되어 소재가 생활 주변에서 역사적·사회적 현실로 확대되었으며 사물의 본질을 추구하려는 사념적 관념성을 보이기 시작한다. 1973년의 《사력질(砂礫質)》에서는 사물의 본질이 해명되면서도 냉철한 통찰에 의하여 사물의 본질의 해명에 내재해 있는 근원적인 한계성과 비극성이 천명되고 있다. 《사력질》은 각기 다른 대상을 다루면서도 주제가 죽음에 귀결됨으로써 맥을 잇고 있다. 가령 죽은 마릴린 먼로를 두고 "한국의 담벼락에 나붙은 / 인쇄된 얼굴 / 웃는 채로 / 찢어져 있었다 " 〈얼굴〉라고 표현하는가 하면 "죽음조차 틀에 끼워진다 / 검은 리본에 감긴 채" 〈額〉 "사라질 때까지의 / 허락받은 시간을 / 어린 것들의 부르짖음 같은 눈 / 오늘을 더럽히지 말라" 〈時間〉고 조용한 허탈을 보이고도 있다. 달관의 자세가 드러나기 시작한 작품으로 주목된다.

목월은 수필 분야에서도 일가의 경지를 이루어, 《구름의 서정》(1956), 《토요일의 밤하늘》(1958), 《행복의 얼굴》(1964) 등이 있으며, 《보랏빛 소묘》(1959)는 자작시 해설로서 그의 시작 방법과 시의 내면 세계를 알 수 있는 좋은 수필집으로 평가되고 있다.

고유섭(1905~1944)은 인천 용리(龍里)에서 출생한 미술 사학가로서 호는 우현(又玄)이며, 개성 부립박물관장을 지냈다. 국내의 고대 유적을 답사하여 미술 문화 연구에 진력했으며 우리나라 미술사에 많은 업적을 남겼다. 대표적인 저서로 《송도의 고적》, 《한국탑파의 연구》, 《고려청자》, 《한국미술사 及 미술논고》, 《신라공예미술》등을 비롯한 100여 편이 넘는 연구 논문과 수필이 전한다. 감포읍 대본리 이견대 우측에는 고유섭 시비가 대왕암을 응시하며 서 있다. 경주 출신은 아니지만 청마 유치환은 경주고·경주여중고 교장을 지내면서 경주에 깊은 애정을 갖고, 후배 문인들에게 많은 영향을 주었다. 불국사 정문 옆 석굴암을 향해 산책로를 따라 150미터 가다보면 호젓한 산길에 청마시비가 있다. '석굴암대불' 제1연이 새겨져 있다.

　　신라 천년의 고도인 경주는 졸속한 도시 행정과 관광 정책으로 그 본래의 모습이 점차 훼손되고 있다. 그러나 도심을 벗어나 15-20여 분 변두리로 나가면 아직도 경주는 우리 민족의 진면목이 잘 보존되어 있는 문화의 집적장임을 확인할 수 있다. 그 이면에는 역사를 관통하여 맥을 잇는 인물들이 있었기에 가능한 것이다. 원효를 비롯하여 최고운 그리고 박인로, 근대의 사람답게 사는 법을 갈파한 최제우, 현대문학을 대표하는 김동리와 박목월이 바로 그러한 인물인 것이다. 동리와 목월을 기리기 위한 문학관 건립이 고향 후배와 독지가들에 의해 불국사 인근에 세워질 예정이다. 이러한 역사와 사회와 인적 배경 아래 천년고도 경주가 한국 문학의 버팀목이 되고 있는 것이다.

사림과 누정의 고향

안동

오용원

1. 안동의 역사와 문화

안동은 태백산맥과 소백산맥을 사이에 두고, 남쪽으로 흐르는 낙동강(洛東江)과 일월산(日月山)에서 흐르는 반변천(半邊川)이 합류하는 곳에 자리하고 있다. 낙동강과 반변천이 흐르는 강가는 경관이 뛰어나 아름다운 곳이 매우 많다. 하지만 안동을 끼고 있는 두 준령은 고대부터 다른 지역과의 문화적 교류에 있어서는 제약 요인이 되기도 하였다. 그래서 고구려나 백제 문화와의 교류에 장애가 되었고, 신라의 경주와도 서로 영향을 미치지 못하였다.

안동은 조선조에 이르러 경상도의 4개 계수관(界首官)의 하나로서 강력한 사족(士族)과 이족(吏族)을 확보한 영남의 지방 행정과 문화의 중심지가 되었다. 유교적 이상과 도덕적 순수성으로 철저하게 무장한 안동의 재지사족들은 중앙 정계의 귀족화 되어버린 관료들의 의식을 견제하면서 수차례의 고배 과정에서도 유교적 이상의 실현을 강력하게 주장하였다.

나아가 조선 중기부터는 기호 지방에 대칭되는 영남학파의 본산으

광여도의 안동부 출처_한국역사정보시스템

로서 영남의 유림을 영도하고 서인 내지는 노론과 대항하는 남인의 입장
을 고수하면서 활발하게 정치와 사회적 활동을 수행해 왔다.[87]
이러한 과정에서 중요한 매개 역할을 한 것이 바로 초기 사림
파의 의리 정신에 이론적 단초를 제공한 퇴계의 사상과 사설 교육 기관
인 서원의 울흥이라 할 수 있다.

　물론 지나친 서원의 난립이 당쟁의 원인이 되었다는 부정적 견해
도 있지만, 서원의 교육을 통해 인재의 양성과 학파나 학맥의 전승, 그리

87 이수건, 《嶺南學
派의 形成과 展開》,
일조각, 1997, 556쪽.

고 학문과 문화적 환경을 진일보시켰다는 긍정적인 면이 없지는 않다. 안동의 토착 재지사족들은 농암과 퇴계 등의 성리학적 사상을 바탕으로 이들이 건립한 교육 기관인 서원을 통하여 학문을 심화하고, 학연과 지연의 공동 의식을 다졌다. 훗날 사림파가 정계에 입문하면서 안동의 문인들이 본격적으로 진출하였고, 출사와 낙향을 거듭하면서 재지사족으로서 자신들의 입지를 굳건히 하였다.

조선 후기에 이르러 정계는 당쟁의 내분에 휩싸였고, 안동의 사림 중에는 정계에서 물러난 선비들이 절경에 양택을 점하여 귀거래한 유자의 안빈낙도를 실천하며 탈속한 자연에서 여생을 보내는 이가 많았다. 이들은 나름대로 자신의 학문적 입지를 굳히고, 선조의 선양을 위하여 서원이나 누정(樓亭)을 건립하여 후학을 양성하거나 심성을 수양하였다. 또한 이들은 안동에서 강호의 경물과 삶의 정서를 다양한 양식의 문학 작품으로 남겼다.

일제 강점기에는 다른 지역이 시대의 변화에 여세추이한 것과는 달리, 안동은 일본의 침략과 온갖 만행에 민감하게 반응하며 지역의 안위보다는 구국의 급선무에 열과 성을 다하였다. 이러한 정서는 갑오왜란(甲午倭亂, 1894), 을미사변(乙未事變, 1895) 등의 급변 속에서 의병 항쟁으로 드러났다. 의병항쟁은 삼계서원(三溪書院)에서 발단하여 호계서원(虎溪書院), 청성서원(青城書院), 경광서원(鏡光書院) 등을 중심으로 각 문중의 원로가 대표가 되어 안동의 토착 사족이 대거 창의하는데 이르렀다. 안동에서 봉기한 일련의 의병 항쟁은 유교의 이념을 바탕으로 한 철저한 국가관의 노정이라 할 수 있다.

안동의 역사와 문화에서 두드러진 토착민 의식은 바로 면면히 이어진 유교 문화에서 연유한 것이고, 이것의 기저에는 조선 개국 이념의 토양에 자양한 퇴계 학맥이 있었다. 안동은 영남학파와 퇴계학의 중심지라고 해도 과언이 아닐 정도로 많은 문인이 배출되었고, 당대의 많은 문인과 소인묵객(騷人墨客)들이 이곳을 출입하였다. 그리고 이들은 안동의 다양한 공간에서 많은 작품을 창작하였다. 특히, 누정은 이들에게 창작할 수 있는 공간으로 제고되었다. 특정 지역의 누정 문학과 문학의 산물은 그 지역의 역사와 문화, 그리고 지리적 환경을 이해할 수 있는 훌륭한 텍스트가 될 수 있다.

2. 안동의 사림과 퇴계

조선조에 이르러 길재(吉再, 1353~1419)가 파문(派門)을 열기 시작한 영남사림파(嶺南士林派)는 김숙자(金叔滋, 1389~1456), 김종직(金宗直, 1431~1492), 정여창(鄭汝昌, 1450~1504), 김굉필(金宏弼, 1454~1504), 조광조(趙光祖, 1482~1519) 등으로 이어오면서 숱한 사화의 정쟁을 겪었고, 특히 점필재의 문인이었던 용재(慵齋) 이종준(李宗準, ?~1499)과 망헌(忘軒) 이주(李冑, ?~1504) 등은 무오사화(戊午士禍, 1498)와 갑자사화(甲子士禍, 1504) 때 유배된 문인이다. 용재는 1498년에, 망헌은 1504년에 고문으로 희생된 사림파 문인들인데, 망헌은 명호서원(明湖書院)에 배향되었고, 지금도 안동시 서후면 금계마을에는 용재의 유허비가 있다.

한편, 당시 사화의 정란 속에 문과에 급제하여 정계에 입문한 이현보(李賢輔, 1467~1555)가 지은 〈어부가(漁父歌)〉는 한국 문학사에서 기록하지 않을 수 없는 강호 문학과 시조 문학의 대표작이다. 〈어부가〉는 농암의 〈농부가서(漁父歌序)〉와 퇴계의 〈서어부가후(書漁父歌後)〉가 있다. 농암이 〈어부가〉 서문에서 밝힌 바처럼, 〈어부가〉는 12장 가운데 3장을 버리고 9장으로 장가를 만들어 영(詠)할 수 있게 하고, 10장 가운데 단가 5장을 지어 창(唱)하도록 하였다. 이 가운데 단가 한 장를 보면,

蘆荻花叢애 바불 ᄡ고 綠柳에 고기게여

蘆花花叢애 ᄇᆡ ᄆᆡ야두고

一般清意味를 어늬부너 아ᄅ 실고

라고 하면서 탈속하여 자연을 벗하며 어부다운 삶을 살아가는 한 풍류
객의 진락(眞樂)을 작품에서 그리고 있다. 기존의 시조 연구에서 〈어부
가〉의 문학적 위상을 보면, 과다한 한자어의 사용으로 부르기에 적합치
않다는 평가가 있다. 하지만 훗날 퇴계의 〈서어부가후(書漁父歌後)〉와
고산의 〈어부사시사발(漁父四時詞跋)〉에서 지적했듯이, 〈도산십이곡
(陶山十二曲)〉과 〈어부사시사(漁父四時詞)〉를 배태하는 데 큰 역할을
하였다.

　〈도산십이곡〉은 퇴계가 벼슬을 사직하고 고향으로 돌아와 도산서
원에서 후학을 양성하면서 1565년에 지은 12곡의 연시조이다. 작품에서
상자연(賞自然)과 학문수덕(學問修德)의 정치(情致)를 〈도산육곡지일
(陶山六曲之一)〉의 전6곡과 〈도산육곡지이〉의 후6곡으로 나누어 노래
하고 있다. 〈도산육곡지이〉의 〈기오(其五)〉를 보면,

靑山ᄂ 엇뎨ᄒᆞ야 萬古애 프르르며

流水ᄂ 엇뎨ᄒᆞ야 晝夜애 긋디 아니ᄂ고

우리도 그치디 마라 萬古常靑ᄒ오리라

라고 하면서 학문에 임하여 끝없이 정진하는 자신의 학문적 태도를
노래하고 있다. 이렇듯 탈속한 선비들의 삶을 그린 영남의 강호문학은 농
암과 퇴계가 큰 역할을 하였다. 이후 안동에 거주하는 여러 사인들은 이
들에게 영향을 받고 많은 문학 작품을 남겼다. 현재 안동시 가송면 올미

재에 절경을 갖추어 새롭게 조성된 농암 종택에는 퇴계가 직접 한글로 쓴 농암의 〈어부가〉와 〈도산십이곡〉의 원문이 목판으로 남아 보관되어 있는데, 이는 현재 남아 있는 퇴계의 유일한 국문 글씨체이다.

퇴계의 학문적 입지는 정계 은퇴 이후에 도산서원에서 본격적으로 후학을 양성하면서 이루어진다. 오늘날 '퇴계학' 이라 정립된 학문이 허상이 아니라는 것은 《도산급문제현록(陶山及門諸賢錄)》과 일제 강점기까지 면면히 이어온 학맥의 전승과 독립 운동에 배여 있는 민족 정신에서 찾을 수 있다. 《도산급문제현록》에 기재된 309명의 제자 가운데 102명이 안동과 예안에 지연이 있다. 이들 중에 퇴계의 큰 가르침과 기대를 받은 초기 제자로는 조목(趙穆, 1524~1606), 김성일(金誠一, 1538~1593), 정구(鄭逑, 1543~1620) 등이 있다.

조목의 유적으로 도산면 동부리 다래 마을에 월천서당(月川書堂)과 퇴계의 간찰(簡札)을 편집한 것으로 도산서원의 유물각에 소장되어 있는 《사문수간(師門手簡)》이 있다. 그는 자신의 학문적 역량에 비해 많은 후학을 양성하지 못했지만 도산서원의 창건에 일조하였고, 《퇴계문집(退溪文集)》의 초간본을 간행한 공로로 현재 도산서원의 상덕사(尙德祠)에 퇴계의 문인 가운데 유일하게 배향되어 있다. 김성일은 퇴계 사후에 《퇴계선생사전》, 《퇴계선생실기》 등을 지었고, 나주목사 재임시에는 《성학십도(聖學十圖)》, 《계산잡영(溪山雜詠)》, 《주자서절요(朱子書節要)》, 《퇴계선생자성록(退溪先生自省錄)》 등을 간행하였다. 그는 많은 후학을 양성하지는 못했지만, 문하에는 장흥효(張興孝, 1564~1604), 이휘일(李徽逸, 1619~1672), 이현일(李玄逸, 1627~1704) 등이 있다. 특히, 이현일로 이어진 퇴계학맥은 이재(李栽, 1657~1730), 이상정(李象靖, 1711~1781), 유치명(柳致明, 1777~1861), 김흥락(金興洛, 1827~1899) 등으로 이어지면서 학맥이 한말까지 면면히 계승되었다. 유성룡은 여러 관직을 역임하였고 임진왜란 초기에는 영의정을 지내며 난국을 지휘하였다. 그의 저서 가운데 임진왜란과 정유재란을 겪으면서 체험한 사실들을 기록한 《징비록(懲毖錄)》은 오늘날에 왜란을 전후한 당시의 상황을 연구할 수 있는 중요한 사료가 된다. 그의 학문은 정경세(鄭經世, 1563~1633), 이준(李埈, 1560~1635), 유진(柳袗, 1582~1635), 유원지(柳元之, 1598~1674), 정종로(鄭宗魯, 1738~1816), 유심춘(柳尋春, ?~?), 유주목(柳疇睦, 1813~1872) 등으로 안동의 풍천과 예천, 상주 등을 중심으로 퇴계 학맥이 이어졌다.

안동을 중심으로 형성된 퇴계학파는 유학이나 성리학뿐만이 아니라, 민족 문화나 의식적 측면에서도 중요한 의미를 제공하였다. 일제 강점기에, 유치명의 학문을 계승한 권세연(權世淵, 1836~1899), 김도화(金道和, 1825~1912), 이만도(李晚燾, 1842~1910), 이중언(李中彦, 1850~1910) 등이 중심이 되어 주도한 항쟁은 이들의 순국이 단초가 되어 의병과 민족 계몽 운동의 형태로 일어났다. 특히, 항일 시인으로 독립 운동에 공헌한 이육사(李陸史, 1904~1944)는 안동 도산 출생으로, 퇴계의 14대손이었다. 그는 일제의 강점기가 끝날 무렵에 조국의 독립을 염원하다 감옥에서 광복을 보지 못하고 짧은 생애를 마감하였다. 그는 평생 동안 17차례 옥고와 빈궁의 연철로 인하여 많지 않은 작품을 남겼데, 그 가운데 수작이라 할 수 있는 〈황혼〉, 〈청포도〉, 〈절정〉, 〈광야〉, 〈꽃〉 등에 배인 의식적 정서는 쫓김의 강박감과 망국의 비애, 그리고 조국의 광복에 대한 염원이었다. 이육사의 생가는 도산면 원촌 마을이었으나, 지금은 태화동으로 옮겼다. 생가를 옮긴 후에 원촌에 청포도 시비가 세워졌고, 현재 원촌의 뒷산에 그의 묘가 있다.

3. 자연 친화적인 삶과 안동의 누정

나는 누정 문학에 관심을 가지고 지난 2년 동안 안동에 소재하는 198개의 누정을 현지 답사하며 누정의 다양한 경관과 각종 양식의 현판, 그리고 판상시문(板上詩文)을 영상으로 채록하고, 이를 분석한 바가 있다. 안동에 소재한 누정을 전체적으로 볼 때, 누정을 건립하거나 이를 향유한 계층은 대부분 토착한 재지사족(在地士族)이다. 이들은 선조들로부터 분재받은 경제적 부와 학문적 소양을 갖추고 출사하거나 혹은 낙향하여 은둔하며 누정을 경영하였다. 이들에게 누정은 주거 공간이기보다는 주생활 공간에 부가된 하나의 문화 공간이었으며, 건립자의 건립취지와 경영 의도에 따라 다양한 의미를 그 공간에 부여하였다. 그리고 누정의 건립과 그것을 경영하는 과정에서 많은 사람들이 이곳에 출입하였다.

안동은 일찍이 강력한 사족(士族)과 이족(吏族)을 확보한 영남 지방의 지방 행정과 문화의 중심지였으며, 이러한 정치, 사회적 분위기는 조선 후기까지 이어졌다. 그리고 지리적으로는 낙동강과 반변천이 흐르는 강가에 수려한 경관의 절경이 매우 많다. 그래서 강을 앞에 두고 절벽, 언덕 위, 산기슭, 산정상 등 경관이 좋은 곳에 다양한 형태의 누정을 건립했다. 물론 지금은 안동댐과 임하댐의 건설로 절경과 본래의 모습이 많이 사라졌지만, 이건(移建)한 곳에 새롭게 조성된 각종 유지는 지난날의 흔적을 상기하기에 아직도 충분하다. 안동에 소재하는 누정은 지역적 환경, 시대적 추이, 건립자의 신분적 계층 등에 따라 다양한 목적을 가지고 건립되었다. 종중(宗中)의 부조로 건립되거나 사찰의 문루를 제외하고는 대부분 사적으로 건립한 것인데, 건립자의 경영 취지에 따라 다양한 공간적 기능을 가지고 있는데, 세 가지로 나누어 볼 수 있다.

첫째 누정은 퇴휴(退休)와 유식(遊息)의 공간이다. 안동의 누정 건

귀래정
귀래정은 앞면 2칸·뒷면 4칸 규모의 T자형 건물로, 지붕은 옆에서 볼 때 여덟 팔(八)자 모양인 팔작지붕이다. 마루 주위를 제외한 다른 곳의 기둥은 각이 있고 창문에 쐐기 기둥이 남아 있는 것이 특징이다. 이곳에는 이현보·이우·이식·윤훤 등 30여 명의 시를 보존하고 있다.　출처_문화재청

립은 16세기에서 17세기 초에 가장 활발하게 이루어지는데, 이 당시 건립된 누정은 암울한 국내의 정세와 밀접한 관련이 있다. 일반적으로 사대부들은 처사지향적인 출처관을 가지고 있었지만, 당시 국내 정세는 앞을 예측할 수 없었다. 그래서 정계에 진출한 많은 재지사족들이 불우하면 언제나 낙향하여 물러날 수 있는 기회와 명분을 얻기 위해 애썼다. 특히, 퇴문의 제자들 가운데 출처에 있어서 환로의 진출보다는 처사지향적인 정서를 가진 제자들이 많았다. 이러한 국내의 정세와 사대부들의 처사지향적인 정서는 안동의 누정 건립에 촉매 역할을 하였고, 이로 인해 많은 누정이 건립되었다.

이들은 정치적으로 불우하여 파직되거나 혹은 자의로 관직에서 물러나기도 하고, 나이가 많아 낙향하여 수려한 경관을 갖춘 곳에 누정을 지어 퇴휴와 유식의 공간을 마련하였다. 대표적인 누정은 만휴정(晩休亭)·귀래정(歸來亭)·고산정(孤山亭)·유유헌(悠悠軒)·함벽당(涵碧堂)·석문정(石門亭) 등이다. 이 가운데 특히 내 눈길을 끈 곳은 바로 이굉(李宏, 1440~1516)이 지은 귀래정이다. 이굉은 1480년에 문과에 급제하였고, 갑자사화(1504)에 김굉필(金宏弼, 1454~1504)의 일당으로 몰려

관직이 삭탈되었다가, 중종반정(1506)후에 다시 개성유수로 기용되었
다. 1513년에 나이가 많아 사직하고, 그 해에 안동으로 낙향해서 부성 건
너편 낙동강 남쪽 언덕에 귀래정을 짓고 강호에 소요하며 풍류로 만년을
보냈다. 이 정자는 도연명의 〈귀거래사(歸去來辭)〉의 글 뜻과 자신의 삶
이 너무나 흡사하다 하여 그것으로 당호를 삼았다. 지금도 당내에는 많
은 판상시문(板上詩文)이 게판(揭板)되어 있는데, 그 가운데 이우(李堣,
1469~1517)의 제영시를 보면 귀래정의 공간적 기능을 엿볼 수 있다.

인끈을 풀어 놓고 일찍 돌아와서는,	解綬歸來早
두 물이 나뉘는 곳에 정자를 지었네.	亭開兩水分
시내와 산에 주인이 있음을 알겠고,	溪山知有主
갈매기와 해오라기 무리를 짓는구나.	鷗鷺得爲羣
차조가 익으니 먼저 술을 빚고,	秫熟先充釀
마음이 한가하니 구름에 화합하구나.	心閒欲和雲
토구에 은공처럼 늙음을 마칠 땅이기에,	菟裘終老地
임금님의 부름 기다리는 것 아니라네.	非是作徵君
넓은 백리의 땅 모두 관리하노라니,	百里都軡轄
강과 산도 또한 절하며 고마워하네.	江山亦所拜
공께서 이미 빼어난 경치 다스리는데,	公先收勝境
나는 다만 부질없는 이름만 안았네.	我但擁虛名
선경의 나그네 아직 되지 못했건만,	未作壺中客
귀밑머리 희어짐만 먼저 재촉했구나.	先催鬢上華

다른 해에 고향땅에 돌아오게 된다면,　　　　　他年來故國

지팡이 짚고 이웃에 집짓고 살리라.　　　　　陪杖占隣家

　　　　　　　　　　　〈제귀래정(題歸來亭)〉

　　위의 시는 이우가 1515년에 안동부사로 부임하여 귀래정을 방문하고 지은 8수의 제영시 가운데 네 수인데, 현재 행초(行草)의 서체로 음각(陰刻)되어 당내 게판되어 있다. 송재(松齋)는 1514년에 입직승지로서 신절(臣節)에 어긋나는 행동을 했다고 비난을 받아 중종반정(1506)때 받은 공훈(功勳)이 삭훈(削勳)되었다가, 1515년에 안동부사로 서용되었다. 인용한 네 수의 시를 전반부와 후반부로 나누어 살펴보면 먼저 전반부에서, 이우는 안동부사로 부임하여 이굉이 은거하고 있던 귀래정에 방문하고, 이굉이 퇴휴하여 계산(溪山)과 구노(鷗鷺)를 벗삼아 강호에 유유자적하는 삶을 보게 된다. 그는 이곳이 마치 노나라 은공(隱公)이 은거하며 평생을 보낸 토구(菟裘)와 같다고 여기고, 이굉을 임금의 중용에도 응하지 않을 진정한 은자의 삶이라고 높이 평가하였다.

　　후반부에서, 이굉은 좋은 경치를 점거(占居)하여 귀래정을 경영하며 퇴휴의 진락을 영위하고 있지만, 이미 늙어버린 자신은 아직도 부질없는 명성만을 쫓아 관직에 머물면서 선경을 누비는 신선의 나그네가 되지 못한 부질없는 삶을 후회하고 있다. 그러나 자신도 관직에서 물러나게 된다면, 고향에 돌아와 귀래정이 자리잡은 곳과 같은 지경(至境)에 점거하리라 다짐하고 있다. 귀래정의 이러한 공간적 기능은 현재 게판되어 있는 다른 많은 판상시(板上詩)와 《영가지(永嘉誌)》에 수록된 귀재정의 제영시(題詠詩)에서도 엿볼 수 있다.

　　둘째 누정은 효친(孝親)과 제공(悌恭)의 공간이다. 이러한 목적으로 건립된 정자는 다른 지역에서는 찾아보기 어렵다. 안동 지역의 인적 구성에서 그 요인을 찾아볼 수 있는데, 이는 주자학의 보급이나 진작과 무관하지 않을 것이다. 주자학이 여말선초에 수용된 이후에 이를 보급하고 진작시킨 주체는 바로 신흥 사대부 계층이다. 이들 중에 영남 지역 출신이 많은 수를 차지하였는데, 이들은 주자학의 근간이 되는 효제를 몸소 실천하였고, 유교적인 윤리 강령의 하나인 효제를 준수하며 실천 궁행하였다. 특히, 안동은 영남학파의 학맥을 잇는 퇴문제자(退門弟子)와 이후 사숙제자(私淑弟子)들이 절대 다수를 차지하고 있다. 이러한 인적 구성은 부모 봉양과 형제간의 우애를 위한 누정을 건립하는데 중요한 역할을 하였다. 효제의 기능을 가진 대표적인 누정은 바로 삼구정(三龜亭), 애일당(愛日堂), 체화정(棣華亭), 쌍수당(雙修堂) 등이다. 이 가운데 대표적인 곳이 바로 삼구정이다. 삼구정은 1496년에 김영수(金永銖, 1446~1502)가 뚜렷한 목적을 가지고 건립한 정자이다. 그래서 삼구정에는 다른 누정에 비해 특히 많은 판상시(板上詩)와 판상기(板上記)가 게판되어 있다. 몇 차례에 걸쳐 보수하였는데, 현재 건물은 1947년에 중건한 건물로 풍산읍(豊山邑) 소산리(素山里) 들녘의 나지막한 동산에 소재하고 있다. 현재 경내에 게판되어 있는 김세경(金世卿)의 청탁에 의해 지은 성현(成俔, 1439~1504)의 〈삼구정기(三龜亭記)〉를 살펴보면, 이 누정이 갖는 공간적 기능을 구체적으로 엿볼 수 있다. 김영전(金永銓, 1439 ~1522) · 김영추(金永錘, 1443~?) · 김영수(金永銖, 1446~1502) 등 3형제는 이미 나이가 여든 여덟 살이 된 노모 권 씨(權氏)가 있었다. 3형제는 노모를 지극히 봉양하였고, 삼구정을 지어 새벽부터 저녁까지 노모를 즐겁게 하였다. 그들은 늙은 나이에도 형형색색의 저고리를 입고 노모를 기쁘게 했던 노래자(老萊子)처럼 자신들도 이미 늙은 나이인데, 길일(吉日)이 되면 노모를 가마에 모시고 와서 정자에 올라 채색된 옷을 입고 노모를 기쁘게 했다. '삼구(三龜)' 라는 당호도 정자의 경내에 거북 모양을

하고 있는 세 바위의 형상을 보고 이름을 취하였다. 일반적으로 거북이
는 장수의 상징물이므로 역시 노모의 장수를 기원하는 삼 형제의 효심과
무관하지 않을 것이다.

현재 삼구정에는 김이수(金履鏽), 김극검(金克儉), 장유(張維), 김
창흡(金昌翕), 김면행(金勉行), 김영(金瑛), 김성후(金聖後), 신용개(申用
漑), 김달순(金達淳) 등 당대의 많은 시인들이 출입하여 지은 제영시가
게판되어 있다.

영화롭게 어머니를 모시던 넉넉한 때가 있었기에,　　萱闈榮奉艶富時
고을에 이르러 길일에는 언제나 잔치를 하였다네.　　比邑聯符日讌嬉
아름다운 정자에 고운 빛깔 물총새 날아 오르고,　　華構一亭飛彩翠
드러난 형세에는 거북 모양 세 바위가 남아있네.　　物形三石峙靈龜

십세가 지난 운손에게도 아름다운 발자취 남아있고,　　雲孫十世拚徽蠋
천년 세월의 기수에도 옛 물결 일렁거리네.　　淇水千年漾舊漪
가문에 전한 청백리의 뜻이 시어에 남아 있지만,　　清白傳家詩語在
남긴 가풍은 예나 지금에 다 읊조리지 못하구나.　　遺風不盡古今吹

<근차삼구정판상운〈謹次三龜亭板上韻〉>

위의 시는 삼구정의 건립자였던 김영수(金永銖)의 9대손이며 대사
간을 지낸 김면행(金勉行)이 판상시의 원운(原韻)에 차운(次韻)한 작품
이며, 현재 경내에 게판되어 있다. 시의 전반부에서는 선조(先祖)인 김영
수(金永銖)를 색동 저고리를 입고 춤추며 부모를 봉양했던 노래자에 비
유하고, 그가 지난날 노모인 권 씨를 정성으로 봉양했던 효심을 회상하
면서 경내에 거북 모양의 세 바위가 있는 삼귀정의 주변 경관을 묘사하

고 있다. 후반부에서는 삼구정의 오랜 역사를 천년 세월의 기수(淇水)와 십세(十世)를 지난 운손(雲孫)에 비견하고, 당내에 게판되어 있는 판상시에는 선조들의 훌륭한 정신이 시어로 남아 있지만 유풍(遺風)을 다 읊조리지 못하는 자신의 아쉬움을 토로하고 있다.

셋째 누정은 문중의 친목과 선조(先祖)의 선양(宣揚)의 공간이다. 조선 시대에 각 지방에 산재해 있는 재지사족(在地士族)들은 대부분 동족의 씨족을 형성하여 타성(他姓)들과의 관계에서 각 문중의 입지를 견고히 하였다. 그들은 동족간의 결속을 통하여 타성들로부터 자신들의 권위를 굳건히 하고 인정받기 위하여 다양한 형태의 위선(爲先) 및 문중 사업을 수행하였다. 사업으로는 서원을 건립하여 후진을 양성하거나 봉제사(奉祭祀)를 목적으로 재실(齋室)이나 사당을 세우기도 하였고, 족보를 간행하여 종족간의 단결을 도모하기도 하였다. 문중 사업 가운데 특히 주목할 만한 것은 바로 동족간의 결속과 선조의 선양을 목적으로 한 누정의 건립이다. 이들은 위선 사업의 일환으로 누정을 건립하여 동족끼리 계를 조성하였고, 선조의 선양과 추앙을 통하여 자신들의 입지를 제고(提高)하기도 하였다. 이러한 공간적 기능을 가진 누정은 대부분 18세기 이후에 많이 건립되었는데, 대표적인 정자로는 일원정(一源亭)이 있다.

일원정은 안동시 태화동에 소재하는 정자로 1935년 권 씨 문중의 부조(扶助)로 건립했다. 안동 권 씨는 조선 시대부터 안동부의 2대 이족(吏族)인 권 씨와 김 씨의 한 성씨로서, 대대로 호장직(戶長職)을 세습하면서 경상도의 영리세계(營吏世界)까지 앞장서서 이끌어나가는 위치에 있었다.[88] 안동에서 양문(兩門)은 재지사족으로서 확고한 지위를 유지하면서 많은 위선 사업을 하였지만, 특히 권문에서 는 일원정을 건립하여 계를 조성하기도 하였고, 동족끼리 친목의 도리를 강론하면서 동족 구성원들 사이에 화합을 도모하기도 하였다. 다음 자료

[88] 이수건, 《嶺南學派의 形成과 展開》, 一潮閣, 1997, 557쪽.

일원정
일원정에서는 정몽주·길재·김숙자·김종직·김
굉필·정여창·조광조 등 성리학의 뿌리를 같이하
는 7현을 모시고 제사를 지내고 있다. 출처_문화재청

는 일원정의 이러한 공간적 기능을 언급한 기문(記文)이다.

> ··· 을해년 봄에 일가 태연이 종중에 의논하여 말하기를, "친척들과
> 화목하게 하는 것은 계만한 것이 없다. 그러나 계는 정자만 같지 않고
> 정자의 완성도 오직 계에 있다."라고 하였다. 계가 이루어지지 않자 드
> 디어 힘을 모아서 목재를 구입하여 그 위에 나가 한 채의 집을 세웠다.
> 무릇 여섯 칸이나 되는 집이 동과 서로 삼분의 일을 점유하니, '일원' 이
> 라고 편액하였다. 대개 흐르는 물이 나누어져 천만 갈래나 되지만 근원
> 을 따져보면 하나라는 원리에서 취한 것이다. ···

인용한 자료는 권중호(權重鎬)가 지은 〈일원정기(一源亭記)〉로써
현재 일원정에 게판되어 있다. 권중호는, '친척들과 친목을 돈독하게 하
는 데는 계만한 것이 없고 계를 형성하는 매개체는 정자가 될 수 있다' 는
권태연(權台淵)의 말을 인용하면서 일원정의 공간적 기능을 언급하고 있
다. 이에 문중 구성원들의 부조로 정자를 건립하여 당호(堂號)를 '일원
(一源)' 이라 하고 편액을 게판하였다. 여기서 당호를 '일원' 이라고 지은
것도 문중의 원리와 동족간의 결속을 다지는 것에 의미가 있다. 한 원천
에서 파생된 수만 갈래의 물길처럼 지금은 많은 자손들이 번창하였지만
한 조상에서 갈라져 나왔음을 강조하면서 동족간의 결속을 다짐한 것이

다. 일원정의 이러한 공간적 기능은 게판되어 있는 정만조(鄭萬朝)의 차운시(次韻詩)에서도 엿볼 수 있다. 정만조는 〈일원정차원운(一源亭次原韻)〉에서 세상에는 동성(同姓)만큼 좋은 것이 없고, 꽃핀 봄날 새로 지은 정자에는 화수회(花樹會)에 많은 일가들이 모여 조상을 공경하고 일가들과 화목하게 지내는 것에 감동하고 있다.

일원정의 이러한 공간적 기능은 종족 의식의 발로에서 비롯된 것인데, 종족의 구성원 간에 계를 형성하여 종족간에 친목을 도모하는 것과는 다르게 누정을 매개로 추원보본(追遠報本)과 선조(先祖)의 학덕을 선양하기 위해 건립한 누정도 있다. 이러한 누정은 18, 19세기에 건립되기 시작하여 주로 20세기 이후에 건립했다.

이상에서 안동에 소재하는 누정의 여러 가지 공간적 기능을 현재 게판되어 있는 다양한 상판 시문을 중심으로 살펴보았다. 누정은 건립과 그것을 경영하는 과정에서 다양한 신분 계층의 소인묵객들이 출입하였고, 이들에 의해 누정 문학이 창작되었다. 이들은 국문과 한자를 표기 수단으로 누정과 그 주위의 환경을 매개로 하여 여러 장르의 작품을 남겼다. 그래서 누정 문학의 창작자는 누정을 경영하는 주인과 이곳을 출입한 소인묵객들이 대부분이며, 창작물로는 〈상량문(上樑文)〉, 〈기문(記文)〉, 〈제영시(題詠詩)〉 등이 있다. 창작물을 좀더 구체적으로 살펴보면, 시와 산문으로 대별할 수 있고, 시는 한시로 지어진 누정제영시(樓亭題詠詩)와 국문 시가의 누정시(樓亭詩)[89]로 나누어 볼 수 있다. 산문은 〈상량문〉, 〈기문〉, 〈향약문(鄕約文)〉, 〈계약문(契約文)〉 등이 있다.

일반적으로 상량문이나 누정기는 누정의 건립자나 주위 사람들이 명망있는 문인들에게 청탁해서 창작된다. 누정기의 내용은 건립자, 건립 취지, 주위 경관, 당호

[89] 국문 시가의 누정시는 시조나 가사 등의 국문 시가를 일컫는 것으로 안동의 누정에서는 찾아볼 수 없다. 〈韓國의 樓亭攷〉의 23쪽을 보면 송순(宋純)이 면앙정(俛仰亭)에서 지은 〈면앙정단가(俛仰亭短歌)〉, 단종(端宗)이 영월의 자규루(子規樓)에서 지은 〈자규시(規詩)〉 등이 소개되어 있다.

의 내력 등이 상세하게 기록되어 있다. 누정 제영시는 해당되는 누정에 출입한 소인묵객이 창작했다. 누정의 풍경과 누정의 자연을 묘사한 작품도 있고, 누정 생활을 배경으로 하여 전원의 자연미를 묘사하기도 하고, 강호에 은거한 은인의 탈세속적인 삶의 정서를 작품에 토로했다. 그리고 누정의 자연을 묘사하는 가운데에도 인간사를 그려 넣기도 하고 인간사에 대한 묘사의 배경으로써 누정의 자연을 표현하기도 하였다.

20세기에 서구 문화의 무분별한 수용과 물질 문명의 급격한 변화, 그리고 공업화에도 불구하고 안동은 다른 지역에 비해 크게 오염되지 않은 천혜의 자연 환경을 갖추고 있다. 물론 안동댐과 임하댐의 건설로 기존의 아름다운 환경과 많은 문화재가 본래의 모습을 잃어버리고, 다른 곳으로 이전하거나 유실되었지만, 지금도 면면히 이어져온 토착민들의 의식적 정서와 유교의 전통 문화를 바탕으로 한 서원·종택·정자 등의 문화재는 다양한 형태로 우리나라에서 가장 잘 간직한 곳이라 할 수 있다.

팔공산의 기상 가득한 도시
대구

오석윤

1. 대구의 지리와 역사적 현재성

　우리나라 사람들의 가슴 속에 그려진 대구(大邱)에 대한 이미지로는 한국의 3대 도시, 사과와 미인의 산지, 팔공산, 낙동강, 여름날 저 유난스러운 혹서의 도시, 밀라노 프로젝트로 세계로 도약하는 섬유 도시, 1950년 한국전 당시 낙동강 보루 최후의 방어선 등등을 떠올릴 수 있다. 그러나 대구에 대한 기억에서, 근현대사의 온갖 생채기를 감싸 안으며 이룩한 문학적 성취를 간과해서는 곤란하다. 일제 강점기에 쓰인 이상화(1901~1943)의 〈빼앗긴 들에도 봄은 오는가〉, 〈나의 침실로〉, 시인 백기만(1901~1967)의 〈산촌모경〉은 대구라는 지리를 만들어내는 문화적 원천임에 분명하다.

"팔공산 줄기마다 힘이 맺히고

낙동강 굽이돌아 보듬아 주는

질펀한 백리벌은 이름난 복지

1956년 시인 백기만이 작사한 〈대구 시민의 노래〉이다. 이 노래는 대구가 분지와 팔공산과 낙동강을 두고 형성되었다는 역사성을 알려주고 있다. 강과 산을 중심 이미지로 불러낸 대구의 형세는 팔공산의 강인함과 낙동강의 넉넉한 온화함이 조화를 이룬 곳이라는 서술로 나타난다. 또한 대구 시민은 강온을 겸비한 희망의 불꽃으로 묘사되면서 지역민의 자긍심을 느끼도록 해준다.

대구 분지는 북부와 남부가 큰 산지로 둘러싸여 있고, 동서로는 완만한 구릉지에 시가지가 형성되어 그 중앙부는 넓고 평탄한 침식 분지이다. 동쪽은 경산과 영천, 서쪽은 달성과 성주, 남쪽은 고령과 청도, 북쪽은 칠곡과 군위에 접해 있다. 한반도 동남부 영남 내륙에 입지(동경 128°28′~128°46′, 북위 35°46′~36°01′, 해발 40.69미터)하고, 북쪽으로는 유명한 팔공산괴(八公山塊)를 주축으로 환상산맥(環狀山脈)을 이루고 있다. 팔공산괴는 남동의 초례봉(醮禮峰, 636미터)에서 시작하여 북쪽의 환성산(環城山, 809미터)을 거쳐 인봉(印峰, 891미터)에 이르고 여기에서 다시 북서로 돌아서 주봉인 팔공산(八公山, 1192미터)에 이른다. 팔공산은 그 오랜 역사성과 함께 대구 시민의 정서에 자리잡았다.

동화사 전경

분암(坋巖)으로 이루어진 남쪽에는 신천(新川)의 지류가 가로지르고 있어서 서쪽 비슬산괴(琵瑟山塊)와 동쪽 용제산괴(龍祭山塊)로 구분되는데, 각각 비슬산(琵瑟山, 1,084미터)과 용제봉(龍祭峰, 634미터)이 주봉을 형성하고 있다.

신천은 대구 도심을 가로질러 금호강(琴湖江)과 합류하여 부산, 경남 지역으로 흐르는 낙동강에 유입되고 있다. 강의 주류는 12.5킬로미터로 남부산지인 비슬산과 최정산(最頂山, 915미터)에서 시작하여 용계동에 이르고, 팔조령(八助嶺, 373미터) 부근에서 시작된 대천과 다시 합류한 다음 대구 시가지를 관통하여 침산동에서 금호강으로 흘러든다. '대구는 금호강과 신천의 선물이다' 라는 말이 있을 정도로, 금호강과 신천은 대구의 젖줄을 이루는 곳이다.

또한 금호강의 본류인 낙동강(洛東江)은 강원도 태백시 함백산에서 발원하여 영남의 중앙을 관통하며 부산 다대포를 거쳐 남해로 흘러가는데, 총 길이 525.15킬로미터로 남한에서 가장 긴 강이며, 우리나라에서는 압록강 다음으로 긴 강이다. 대구에서 보면 낙동강은 도심 서쪽을 감싸며 흐른다.

겨울은 춥고 여름은 무덥다는 대구의 날씨에 대한 부정적인 인식은 분지형 도시라는 자연 조건에 기인한다. 지금까지 가장 더웠던 날은 1942년 8월 1일로, 무려 40도를 기록하였고, 가장 추웠던 때는 1923년 1월 19일로 영하 20.2도를 기록했다. 우리나라에서 가장 더운 곳이라는 일반 사람들의 고정 관념은 다른 지역에 비해 비가 적게 내리는 지역적 특성(연 강수량 979밀리미터로 남한에서는 비가 적은 편이다)과 '사과의 산지' 로는 최적의 조건을 가지고 있다는 사실과 맞물려 있다. 연교차와 일교차가 크고, 성숙기에 건조하며 풍부한 일조량 등은 사과의 맛과 색깔을 좋게 하여 '대구 능금' 이라는 고유 명사를 낳았다. 지금도 대구의

대구부 출처_한국역사정보시스템

사과는 국내에서 재배 역사가 가장 오래 되었으며 그런 만큼 품질도 으뜸이다. 우리나라는 물론이고, 해외에서도 대구를 '사과의 고장'이라고 인식하는 것은 무리가 아니다. 대구에 미인이 많다는 속설도 대구의 사과 때문이라고 하는데 이런 통념도 크게 어색하지 않다. 최근 대대적인 나무 심기와 도심 공원 조성, 수경 시설 설치, 신천의 유지수 개발 등으로 대구의 여름 기온은 현저하게 떨어져서 '한반도의 혹서 지역'이라는 오명에서 벗어났다.

대구 경제의 기반을 이루는 산업으로는 섬유 산업을 꼽을 수 있다. 1985년을 기준으로 대구의 섬유 산업은 전국 공장수의 15%, 전국 부가 가치의 14.1%를 장악할 만큼 우리나라 산업에서 매우 중요한 위치를 차지하고 있었다. 이들 섬유 공업과 관련한 공장의 분포도 대구 지역을 감싸고 흐르는 금호강과 신천과 인접한 곳이라는 이유 때문이다. 대구 섬유 공업지의 약 반이 하천 연안에 자리잡은 것도 이를 잘 말해준다. 그러나 1980년대 이후 섬유 공업의 쇠퇴와 함께 섬유 도시라는 이미지는 점차 퇴색하고 있다.

대구는 금호강과 그 지류인 신천으로 둘러싸인 기름진 들판을 중심으로 펼쳐져 있어서, 그만큼 대구는 거주하기에 적합한 자연 조건을 구비하고 있는 셈이다. 때문에 대구와 인근 지역에서는 청동기 시대의 유물인 민무늬토기(無文土器)를 비롯하여 간돌검(磨製石劍), 붉은간토기(紅陶) 등이 많이 출토되었다. 대구지역에 인간이 거주하기 시작하였던 시기는 기원전 7세기 무렵으로 추정된다. 또한 청동기 시대 무덤인 고인돌은 해방 전까지는 대구역 부근, 달성공원 부근을 비롯하여 봉산동, 대봉동, 수성들판에 이르기까지 널리 분포되어 있었으나, 지금은 대부분 유실되고 말았다. 고인돌의 잔재는 이를 조성한 세력 집단들의 존재와 생활상이 선사 시대로 거슬러 올라간다는 사실을 말해준다. 261년에 달벌성(達伐城)을 쌓고 나마(奈麻) 극종(克宗)을 성주로 삼았다는 《삼국사기》의 기록으로 보아, 대구는 신라에 속한 읍이었던 것으로 보인다. 689년(신문왕 9), 신라의 도읍을 달구벌로 옮기려 한 점, 신라의 오악(五岳) 가운데 부악(父岳, 팔공산)이 포함되었던 점 등을 통해서 대구는 이미 신라 시대에도 정치적 요충지였던 것으로 판단된다.

이후 대구는 후삼국의 쟁패기에도 신라에 대한 주도권을 장악할 수 있는 요충지로 인식되어 후백제와 고려의 각축장이 되었다. 역사상 유명한 동수대전(桐藪大戰)의 무대가 바로 대구 지역이었다. 고려를 세운 왕건과 후백제 견훤과의 싸움으로 알려진 동수대전과 관련하여 많은 설화가 남아 있다. 927년 후백제 견훤이 신라를 침범해 오자 이 소식을 들은 왕건이 신라를 도우러 경주로 가던 중 동수(동화사 인근 지역)에서 견훤의 군사와 일대 격전을 벌였다. 그러나 왕건은 크게 패하여 생명조차 위태로운 지경에 이르렀는데, 이때 심복 장수인 김락의 호위를 받은 신숭겸이 왕건의 투구와 갑옷으로 위장하고 달아나자, 견훤군이 신숭겸을 쫓는 바람에 군졸로 변장한 왕건은 위기를 모면하였다. 훗날 왕건은 자신을 대신하여 전사한 신숭겸과 김락을 위해 지묘사(智妙寺)를 지어 위로하였다고 하나, 절은 없어지고, 지금은 표충단(表忠壇)만 남아 있을 뿐이다.

동수대전 이후 대구에는 왕건과 관련된 지명이 많이 남아 있다. 왕건의 군사가 크게 패하였다는 파군재, 왕건의 탈출로를 비추어 주던 새벽달이 빛났다는 반야월(半夜月), 왕건이 혼자 앉아 쉬었다는 독좌암(獨坐巖) 등을 비롯해서, 앞산의 은적암(隱蹟庵), 왕정(王井) 그리고 안심읍, 살내, 실왕, 해안 등이 모두 동수대전에서 유래한 지명들이다. 대구는 고려시대의 몽고 침입기에 팔공산 부인사가 대장경판과 더불어 소실되는 피해를 입기도 했다.

조선 시대에 접어들면서 대구는 성리학의 수용과 함께 교육 활동이 활발한 지방 도시로 자리매김된다. 1448년(세종30)에는 복지 제도인 사창(社倉)이 전국에서 가장 먼저 시범 실시되고, 이 제도가 성공하자 전국적으로 확대되기에 이른다. 1466년(세조 12)에는 도호부로 승격되어 영남 내륙 교통의 요지로 발돋움한다. 1601년(선조 34)에는 경상도 감영이 대구부에 이전 설치되면서 경산현·하양현·화원현을 포괄하는 거대한 도시가 된다. 이때부터 대구는 영남 지방의 행정·사법·군무를 통할하는 명실상부한 중심지가 되었다.

근대에 접어들면서 대구는 갑오개혁(1894) 때까지 경상도 감영 소재지로서 영남 지방의 중추 기능을 관장하는 중심지였다. 1895년 도(道) 제도가 폐지되고 나서도, 중앙에서 전국 23부(경상도: 대구부, 안동부, 진주부, 동래부)를 바로 관할하게 되어 대구부 관할의 대구군으로 개칭되었으나, 부청 소재지로서 그 관할구역과 지위에는 크게 변화가 없었다. 1914년에는 다시 부제를 실시했으나 시가지 일대만 대구부로 독립하였고 나머지 지역은 달성군으로 편입되었다.

일제 강점기 하에서 대구는 항일 저항 운동의 근거지, 근대적 교육을 통한 실력 양성 운동을 감행하는 민족적 성향이 강한 지역성을 띤 도시로 떠오른다. 1907년 대구의 서상일·김광제 등이 중심이 되어 기울어가는 국권을 금연·금주·절미로 되찾으려는 국채 보상 운동은 전국적으로 큰 호응을 얻었다. 또한 1915년 서상일 등은 영남 지역의 독립 투사들과 함께 '조선국권회복단 중앙총부'라는 비밀 결사를 조직하였다. 이 단체는 대구지역의 3·1 만세 운동을 주도했다. 1927년에는 신간회 대구지회가 조직되었고, 1930년대 이후에는 학생들의 비밀 결사 운동도 활발하게 전개된다.

1945년 광복 이후 대구는 해외 귀환 동포의 정착, 월남 피난민들의 유입으로 급격한 인구 증가를 이루면서 대도시로 성장하는 계기를 마련한다. 대구시로 개칭된 것은 1949년이었다. 그러나 1950년 6·25 전쟁의 발발과 함께 대구는 낙동강 방어전의 최후 보루로 각인된다. 다부동(多富洞)은 나라의 운명을 건 일대 격전이 벌어진 곳이다. 이때 대구의 서쪽과 북쪽에서 견고한 방어 태세를 유지하여 풍전등화의 국운을 되살리는 불씨를 키웠던 것이다. 1981년에 세워진 다부동 전적비는 이곳에서 인민군과 사투를 벌인 국군 제1사단의 전공을 증언하는 기억의 일부이다.

1960년 이승만 정권의 독재가 심화되고 있을 때, 대구 지역의 고등학생들은 2·28 학생 의거를 일으켜 반독재 투쟁을 전개했다. 2·28 대구 학생 의거는 훗날 4·19의거로 연결되어 우리나라 민주주의 정착에 커다란 분수령을 이루기도 했다.

2. 대구의 문학과 전통

대구 문학이란 대구에서 태어난 사람으로서 대구를 중심 거점으로, 혹은 서울을 중심 무대로 활동한 문인의 일군과, 대구에서 태어나지는 않았지만 대구를 학연, 인연으로 삼아 문학적 관련성을 맺고 있는 일군의 문인들과 문학적 전통을 모두 지칭한다. 그들의 문학성에 대한 구체적인 의미부여와 문학사적인 위치는 엄밀한 고증이나 자료를 요하는 방대한 작업이다. 따라서 이 글에서는 대구의 지리 속에서 근대, 현대 문학과 관련만을 거론하기로 한다.

대구에 현존하는 문학 관련 기념비와 동상은 대구 두류공원과 앞산공원, 그리고 달성공원에 주로 몰려 있다. 시인 이상화 시비가 달성공원에, 이상화 동상과 백기만 문학비가 두류공원에, 시조 시인으로 유명한 이호우(1912~1970) 시비가 앞산공원에 각각 세워져 있다. 이상화의 거주지는 중구 계산동에 있고 시인 백기만은 신암동 대구 선열 공원에 안장되어 있다. 시인 이장희(1900~1929)의 생가는 중구 서성로에 있다고는 하나, 일부 원형만 유지되고 있을 뿐이다. 대구의 근대, 현대 문학과는 관련성이 없지만, 대구의 망우공원에는 곽재우 장군 동상이 자리하고 있다. 곽재우는 임진왜란 당시에 왜군과 맞서 싸운 의병장이라는 이미지가 강하나 훌륭한 문장가이기도 했다. 그런 까닭에 곽재우는 근현대사의 곤경을 헤쳐 나온 대구의 문학적 전통을 상징적으로 보여 주는 인물이라고 해도 무방할 것 같다.

다음에 소개하는 민요는 대구 문학과 관련하여 의미 있는 노래로 들려온다.

(전략) 육자나 한자나 들꼬오마/ 육이오사변에 집 태오고/ 거지생활로

들어간다/ 칠자나 한자 들고오마/ 칠십리밖에 대포소리/ 인천시버 둘러

뺀다 (후략)

인용한 민요는 그 내용으로 보아 1950년 이후 이 땅에 몰아닥친 전란의 충격을 잘 보여준다. 전쟁이 일어난 시기를 '육(6)'으로 풀어가면서 그 안에 집과 모든 생계를 박탈당한 민초들의 절망은 상상을 넘어서는 곤경으로 다가온다. 그러나 민중들의 생명력은 거지생활을 슬쩍 끼워 넣으며 7이라는 숫자로 옮겨가며 대포소리와 인천으로 떠넘긴다. 전쟁의 이러한 양상과 민초들의 고난상처럼, 대구 문학의 양상도 혹독한 근현대사의 시련 속에 초석이 놓이기 시작한다.

일제 강점기, 그리고 해방, 뒤따른 6·25 전쟁은 대구의 문학에도 적지 않은 영향을 미쳤다. 윤복진(1907~1991), 이원조(1909~1955), 북에서 내려와 대구에 정착하여 활동을 한 박귀송이 그러한 사례에 해당한다. 동요 작가 윤복진은 1931년 〈조선일보〉 신춘 문예에 동요 〈스무하룻밤〉이 당선되면서 나왔는데, 〈누나 생각〉, 〈엄마가 부르는 노래〉 등 수많은 동요를 발표하였다. 그는 《꽃초롱 별초롱》을 발간한 작가로 알려져 있으나, 한국 전쟁 때 월북하여 1991년 평양에서 사망하였다고 전해진다. 1997년에는 창작과 비평사에서 해방 전 작품을 정리하여 동요집 《꽃초롱 별초롱》이 발간되었다. 이원조는 저항 시인 이육사의 동생으로 1930년대 카프가 퇴조한 문학 공백기에 유물 변증법을 기조로 삼은 불문학자이자 비평가, 언론인이었다. 그는 임화·이태준·김남천 등과 함께 남로당계에 속해서 월북의 길을 택했다. 그러나 그는 전쟁이 끝난 뒤 1955년 간첩 혐의에 몰려 12년 징역과 전 재산 몰수형을 받고 평양교화소에서 복역 중에 옥사하고 말았다.

한국의 근대 문학이 1920년대에 와서야 본격적으로 전개되었듯이

대구의 문학도 이 시기와 때를 같이 했다. 대구 문학의 중심 인물인 현진
건(1900~1943), 이상화가 《백조》 동인으로 활동했고, 백기만, 이장희가
《금성》 동인으로 활동했다. 1930년대에는 대구에서 이윤기 · 문삼수가
발행한 《문원》이 있었고, 해방 후에 이윤기가 우리나라 최초의 동인지
《죽순》을 발간한 것은 문학사적으로도 적지 않은 의미가 있다. 근대 문
학에 크게 기여한 이상화와 백기만의 시를 살펴보기로 한다.

'마돈나' 지금은 밤도, 모든 목거지에, 다니노라 피곤하여 돌아가련다

아, 너도, 먼동이 트기 전으로, 수밀도(水蜜桃)의 네 가슴에, 이슬이 맺

도록 달려 오너라.

마돈나, 오려무나, 네 집에서 눈으로 유전(遺傳)하던 진주(眞珠)는, 다

두고 몸만 오너라

빨리 가자, 우리는 밝음이 오면, 어덴지 모르게 숨는 두 별이어라.

이상화, 〈나의 침실로〉 11연

차차 이집 저집 원시적(原始的) 초롱이 버어 걸린다

그리고 울도 없는 집 마당에는

늙은이들이 끝없는 담소(談笑)에 즐거워한다

아아 평화롭다 오직 태고정(太古靜)이 흐를 뿐이다

욕심도 없고 미움도 없고 어쩨도 없고 버일도 없는

산촌은 산과 함께 어둠에 잠기려 하도다

백기만, 〈산촌모경〉 중에서

앞의 시는 전체 12연으로 구성된 이상화의 〈나의 침실로〉의 일부
(11연)로, 대구 달성공원의 이상화 시비에 새겨져 있다. 뒤의 시는 백기

**대구 두류 공원에 있는
이상화 시인의 동상**

만의 〈산촌모경〉의 일부로, 1991년 대구 두류공원에 새겨진 그의 시비의
내용이다.

대구 시인을 대표하는 이상화의 이미지는 〈빼앗긴 들에도 봄은 오
는가〉에서 찾을 수 있다. 비록 시집 한 권조차 남기지 못했지만, 그는 민
족혼을 불러일으키는 시풍으로 강한 인상을 남겼다. 그의 항일 정신은
대구 문학뿐만 아니라 대표적인 민족 시인으로 자주 거론된다. 1998년 3
월을 '상화의 달'로 제정한 것은 이상화가 차지하는 민족 시인의 위상을
잘 말해준다. 그는 1918년 대구에서 백기만, 이상백 등과 《거화》를 만들
었고, 1922년 《백조》 창간호에 〈말세의 희탄〉을 발표하였다. 〈나의 침실
로〉는 1923년 《백조》에 발표된 작품이다. 〈빼앗긴 들에도 봄은 오는가〉
는 1926년 《개벽》 70호에 발표한 작품으로, 민족의 저항정신을 절곡하게
보여주는 문학사적 사례의 하나이다. 상화 시비는 김소운의 발의에 의해
서 1948년에 세워졌다.

대구 시문학에서 빼놓을 수 없는 지역시인 한 사람은 백기만이다.
그는 이상화 시 15편과 이장희 시 11편을 정리하여 《상화와 고월》을 출
간했고, 경북 출신의 작고 예술가 평전인 《씨 뿌린 사람들》을 간행했다.

그는 치열한 항일 운동과 함께 이상화와 이장희를 문단으로 이끌어준 지역문인이었다. 그는 양주동·손진태·유엽 등과 함께 동인지 《금성》을 창간하였고(1923), 이장희와 이상백을 동인으로 추천하면서 초기 대구 시단의 토대를 마련했다.

이장희는 만 29세에 극약을 먹고 자살한 비련의 시인이다. 그는 짧은 생애 동안 시에 대한 열정을 바친 〈봄은 고양이로다〉의 시인이었다. 그의 시세계는 감각적 시어와 통찰력으로 섬세한 시적 직관으로 천부적이고 감각적 이미지를 구사하는 특징을 보여 주었다.

이호우는 경북 청도 출신이지만 대구에서 주로 활동했던 지역 시인이었다. 그는 〈개화〉의 시인으로 생명 의지를 담아내었다. 시조 시인 이영도는 그의 누이 동생이다. 대구 앞산 공원에 세워진 이호우 시비에는 대표작 〈개화〉가 새겨져 있는데, 절제된 언어의 미학으로 한국 현대 시조의 새로운 장을 개척했다는 평가를 받는다.

소설 쪽으로 눈을 돌려보면, 대구 문학의 성취는 알뜰하기까지 하다. 근대 소설의 대표작으로 자주 거론되는 〈빈처〉의 작가 현진건, 장혁주, 백신애, 장덕조 등이 있기 때문이다. 현진건은 〈동아일보〉의 학예부장으로 베를린 올림픽에서 마라톤에 우승한 손기정을 보도하면서 일장기 말살 사건을 주도했던 언론인이기도 했다. 그는 〈운수 좋은 날〉, 〈B 사감과 러브레터〉, 장편 〈무영탑〉과 〈적도〉 등으로 식민지 조선의 구조적 모순을 고발하며 일제에 저항한 뛰어난 작가였다. 그는 시인 이상화와 《백조》 동인으로 활약하며 근대 문학사에서 안톤 체홉에 비견될 만큼 단편 소설의 초석을 놓은 작가였다.

이 밖에도 어린 시절 대구에서 교육을 받았으나 일본으로 귀화한 작가 장혁주가 있다. 그는 일본어판 작품인 〈아아 조선〉, 〈조선〉, 〈암병동〉, 〈폭풍의 시〉, 〈한과 왜〉 등을 발표하며 일본 문단에서 활약했다. 일제 말기 일본어로 작품을 쓰는 것이 세계 문학으로 나가는 것이라고 믿었던 그는 친일 문학인으로 폄하되기도 하지만, 이중의 언어, 이중국민으로서 고뇌하는 내면을 소유했던 지식인이다.

이밖에도 대구 출신 문인으로는 1930년대에 등단한 여성 작가 백신애와 장덕조가 있다. 당시 소설의 불모지라고 할 수 있던 대구에서 여성 작가로서 신선한 바람을 일으켰다. 장덕조는 1930년대 말부터 약 7년간 30여 편의 작품을 발표했다. 〈낙화암〉, 〈광풍〉, 〈대원군〉, 〈이조의 여인들〉, 〈여인열전〉, 〈여인 잔혹사〉 등이 모두 장덕조의 작품이다. 장덕조와 함께, 백신애는 대구의 여류 문학을 대표하는데, 1929년 〈조선일보〉 신춘 문예에 〈나의 어머니〉가 당선되어 등단했다. 이후 〈꺼래이〉, 〈복선이〉, 〈정조원〉, 〈악부자〉, 〈어느 조선〉 등을 통해서, 인습에 대한 비판적 인식을 담아 낙후한 현실을 기조로 삼고 이상적인 사랑을 갈구하는 작품 세계를 보여 준다.

3. 미래를 준비하는 도시 대구

도시의 역사를 일별해 보면 대구는 새삼스럽게도 전통을 지키며 식민지 일본에서 저항하는 민족적 기품을 내장한 도시의 면모를 느낄 수 있게 해준다. 후백제 견훤과의 힘겨운 싸움에서 살아남은 왕건의 고투가 지명으로 남아 있고, 근대사 속에서 국채 보상 운동과 저항의 전통이 살아 숨쉬는 도시의 면모는 6·25 전쟁 이후 인민군의 남침을 방어한 최후의 보루라는 기억을 덧붙이도록 해준다.

팔공산, 낙동강을 중심으로 하는 분지에 아담하게 자리잡은 도시의 근대화된 풍모와 고난어린 역사의 경험이 투영된 지명이 한데 어울려, 대구는 민족의 애환과 함께하는 심상지리를 형성하고 있다. 국채 보상 운동, 신간회의 좌우 합작 운동으로 상징되는 항일 민족 운동의 거점 도시로서의 대구 이미지는 이상화의 대표작 〈빼앗긴 들에도 봄은 오는 가〉에 바탕을 두고 있다. 들녘을 거닐며 가슴 속에 빼앗긴 봄을 되찾으려는 시적 개인의 모습 안에 담긴, 좌절하지 않는 의지를 내장한 민족혼은 영남 내륙의 정서로 개화되어 오늘의 대구 이미지 안에 담긴 셈이다. 오늘의 대구 문학을 주도하는 지역 작가들로는 김원일, 김원우 형제 · 김주영 · 이문열 · 정소성 · 이창동 등을 꼽을 수 있고, 지역 시인으로는 안도현 · 서정윤 등을 거론할 수 있다. 이들이 보여 주는 문학적 역량은 대구의 문학 전통을 새롭게 써나가는 주역이자 한국 문학의 대표 주자들로 그다지 손색이 없다.

지금의 대구가 준비하고 있는 것은 미래의 역동적인 도시상이다. 친환경 섬유 도시, 문화 도시, 대학 도시로 발돋움하려는 영남 지역의 거점으로서의 새로운 이미지는 그간의 역사 경험과 문학 전통을 바탕으로 21세기를 준비하고 있는 형국인 것이다.

유배와 포로의 땅에서
생명과 사랑의 땅으로

거제

김수연

1. 거제의 역사

해금강과 한려해상국립공원으로 유명한 거제도는 관광의 명소로 자리잡고 있다. 제주도에 이어 두 번째로 큰 섬으로, 통영과 거제를 잇는 거제대교가 1971년 개통되면서 거제도는 섬이라고 부르기에 무색할 만큼 육지화가 되었다. 거제도는 관광의 중심지로서, 또 우리나라 최대 조선 공업의 중심지로 성장하였다. 거제시의 발전은 1970년대를 전후해서 이루어진 것으로 이전까지만 해도 거제도는 한반도의 극단에 위치한 섬에 불과했다. 현재의 성장 뒤에 그늘진 거제의 역사는 매우 어둡고 우울하게 보인다. 삼국 시대 이래 고려 시대, 조선 시대를 거치면서 거제는 권력으로부터 소외된 유배자들의 땅이었다. 유배자들에게 거제의 바다와 산천은 아름다운 풍광이 아니라 눈물짓고, 그리워하고 사모하는 임금의 다른 이름이었다. 임진왜란 때는 충무공 이순신이 거제 옥포에서 첫 승리를 거둔 유서 깊은 지역이기도 하지만 그보다 거제는 언제나 역사의 조명에서 비껴난 쓸쓸한 섬이었다. 유배형이 형벌로서의 의미를 상실한

거제도 포로수용소

근대 이후, 거제도는 자연 조건을 바탕으로 어업의 중요한 근거지가 되었다. 그러나 식민지 시대 어업권은 일본인들이 가졌기 때문에 거제도에 사는 조선 어민들은 어장을 빼앗기고 섬을 떠나야만 했다.

거제도의 역사에서 빼놓을 수 없는 것은 1950년 전쟁 중 포로 수용소에서 발생한 포로 소요 사건이다. 이 사건은 좌우 대립으로 얼룩진 한국 현대사의 비극 가운데 하나로, 당시 수용소에서 벌어졌던 참혹한 일들은 이미 우리에게 잘 알려져 있다. 당시의 포로 수용소 자리에는 포로기념관이 세워져 있어, 전쟁 당시 수용소의 모습, 포로들의 생활상 등을 볼 수 있다. 그러나 그곳에서 과거의 상처, 지금까지 지속되는 분단의 문제를 더 이상 찾아볼 수 없다. 화려한 성장 뒤에 가려진 거제의 역사에는 민족의 상처와 아픈 과거의 기억들을 찾아볼 수 있다. 지금은 상처도, 기억도 다 잊혀진 듯하지만, 분단은 종식되지 않았으며, 아직도 우리 사회 곳곳에서 이념의 대립과 갈등이 전개되고 있다는 점에서 현재 진행중인 문제이다.

2. 유배자의 섬

거제도는 우리나라에서 두 번째 큰 섬으로 60여 개의 섬으로 이루어졌다. 풍부한 수산 자원이 있으며, 특히 동쪽의 장승포 양지 바위 끝은 한류와 난류가 교차되는 해역으로 720여 종의 수종 동식물이 서식하고 있으며, 기후가 온화하여 동백·팔손이·소철·종려수 등이 자생한다. 거제는 기암절벽의 크고 작은 섬들이 많고 계절에 따라 해당화와 동백꽃이 만발한다. 섬의 남단에 있는 해금강은 기암괴석으로 장관을 이룬다. 일찍이 거제 출신의 문인 옥문수는 해금강을 바라보며, '금강이 쌓이고 쌓여 흐르지 않아/천만 봉우리 주먹인 듯 떠 있다./ 은은한 골수는 잔도가 되고/억센 정신은 하주에 부쳤나니/하늘가 봉래는 논 앞에 나는가/구름속 저 보살은 전두를 나타내네/들으니 저 속에 영약이 많다는데/한 뿌리 얻어 몇 백세나 살고 싶네[海上金剛積不流 千萬峰影一擧浮 依希骨髓成殘島 磅磚精神寄遐洲 天外蓬萊生遠眺 雪中菩薩露全頭 曾聞這裸多靈藥 願使吾生壽百秋] 라고 읊었다. 또 이곳에는 진시황과 관련된 전설도 전한다. 거제 해금강을 남역(南域)의 삼신산이라 하여 중국 진시황이 불로초를 캐러 서불(徐市)과 더불어 남녀 3000여 명을 보냈다고 하는데, '서불과차(徐市過此)' 라는 글씨가 남아 있다. 거제의 아름다움은 옥문수와 같이 그곳에서 태어나 자라난 사람만이 느낄 수 있는 것이었지 현재와 같은 전국적인 관광 명소는 아니었다. 더군다나 역사 속에서 거제는 불로초가 자라나는 신비한 땅도 아니었다.

《신증동국여지승람》〈거제현〉조에는 거제를 다음과 같이 설명하고 있다. "고려 현종이 현령을 두었고, 원종 12년에 왜구 때문에 땅을 버

해금강
해금강이란 이름은 그 모습이 각각 다르고 아름다워서 마치 금강산의 해금강을 연상하게 한다는 데에서 유래하였다. 해금강은 두 개의 큰 바위섬이 서로 맞닿고 있으며 원래 이름은 '갈도' 이다. 이곳에서 충무에 이르는 해역은 모두 한려해상국립공원에 속하며, 이 섬의 동쪽으로는 임진왜란 때 이충무공 해전으로 유명한 옥포만이 있고 서쪽으로는 한산도와 접해 있어 더욱 역사 속의 감회를 느끼게 한다. 출처_문화재청

리고 거창현 속현이었던 가조현에 우거하였다." 이 기록을 통해 알 수 있
듯, 거제도는 삼국 시대 이래 왜와 접해 있어 왜구의 침입을 자주 받았다.
그런 탓인지 거제에 대한 기록에는 빠지지 않고 매우 살기 어려운 땅이
라는 기록을 찾아볼 수 있다. 이중환의 《택리지》에는 다음과 같은 기록
이 보인다. "영강(濚江) 남쪽 열세 읍은 옛날부터 출세한 자가 적고 바닷
가와 가깝다. 왜와 이웃하고, 물과 샘이 다 좋지 못한 기운을 가지고 있어
살 만한 곳이 못 된다"(《팔도총론》 경상도편). 영강은 지금의 남강(낙동
강의 지류)이요, 남쪽 열세 읍은 거제·고성·남해·진해·사천·곤양
등이다. 이중환은 경상도 해안 지방을 통틀어 살 만한 곳이 못 된다고 판
단했던 것이다. 이러한 기록들은 왜구의 잦은 침입과 섬이라는 지형적
조건 때문이었다. '살 만한 곳이 못' 되는 거제는 옛 사람들에게 유배자
의 땅이었다.

　　이규보는 거제로 떠나는 지인(知人)인 이사관(李史館)에게 전송하
는 서를 보낸다. "내 일찍이 들으니, 이른바 거제현이란 데는 남방의 극
변으로 물 가운데 집이 있고, 사면에는 넘실거리는 바닷물이 둘러 있으
며, 독한 안개가 찌는 듯이 무덥고 태풍이 끊임없이 일어나며, 여름에는
벌보다 큰 모기떼가 모여들어 사람을 문다고 하니 참으로 두렵다." 이규
보는 거제의 인상을 위와 같이 말하고, 떠나는 친구에게 위안의 말을 다
음과 같이 한다. "그대가 죄가 없으면서 그곳으로 귀양 가게 되니 반드시
천복이 장차 이를 조짐이라, 이것이 하나의 축하할 만한 일이다."[90] 이규
보는 거제도로 부임하는 친구를 애써 위안의 말을 하고 있
다. 이규보의 위와 같은 언급에서 거제에 대한 일반적인 인
상을 알 수 있다.

　　거제에 유배온 기록으로 처음 보이는 것은 1112년(고려 예종 7)에
'부여공(扶餘公) 수의 유형지를 거제현으로 옮겼는데 그가 가는 도중에

90 이규보, 〈송이사관부
관거제서(送李史館赴官巨
濟序)〉, 《동국이상국집》.

폐왕성지

경상남도 거제시 둔덕면 우두봉에 정상에 쌓은 둘레는 약 550m, 높이 5m의 산성이다. 고려 의종 24년(1170) 정중부를 비롯한 무신들이 반란을 일으켜, 의종을 폐하고 아우인 명종을 왕위에 올리는 무신정변이 있었다. 폐위된 의종은 거제도로 추방되어 3년간 이 산성에서 지냈다고 한다. 이 성은 벽을 만든 방법이 고려 후기의 양식을 보여 주어, 우리나라 축성기법의 변천을 알아보는데 중요한 자료가 되고 있다. 출처_문화재청

현풍현에서 죽었다'는 기사이다. 이 이후 조선 시대까지 줄곧 거제는 유배자의 땅이었다. 유배자의 숫자는 매우 많지만, 거제의 유배객으로 유명한 이는 고려 의종과 송시열 등을 꼽을 수 있다. 《고려사》에 따르면, 1170년 무신란으로 고려의 18대 임금 의종이 거제로 유배를 당했다. 그곳은 무신의 난으로 폐위된 왕이 잠시 살았다 해서 '폐왕성(廢王城)'이란 이름이 붙여졌다. 이 성은 우두봉(牛頭峰) 줄기의 작은 봉우리 산정에 큰 자연석으로 끝을 가지런히 맞대어 겹겹이 돌을 쌓아 올린 것으로 전형적인 고려성이라고 한다. 쫓겨난 왕이 이 성에 서서 무엇을 생각했을지는 알 수 없다. 폐왕성에 서면 거제의 바다가 눈 앞에 펼쳐진다. 그는 바다를 바라보며, 궁중의 화려한 생활을 생각하면서 권력의 무상함을 느꼈을 것이고 한편으로 무신들이 휘두르는 무자비한 칼날을 생각하며 두려움에 떨었을지도 모른다. 명종 3년(1173), 의종이 폐위된 지 3년 만에 동북면 병마사 김보당은 녹사 장순석과 의종 왕위 복위를 도모하기 위해

경주까지 내려온다. 그러나 이 사실이 발각되어 이들 복위 도모자들은 처형당했고, 의종 역시 당시 무신 정권의 권력자였던 이의민에 의해 경주에서 살해당했다. 이의민은 왕의 시체를 경주 북쪽에 있는 곤원사 연못 위에 던져 버렸다.

고려 시대는 의종 외에도, 정이오(鄭以吾), 〈정과정곡〉으로 유명한 정서(鄭敍), 김문귀(金文貴) 등이 있다. 조선 시대에는 송시열이 유배자로 유명하지만, 송시열 이외에도 유배객들의 수는 다 헤아리기 어려운 정도이다. 조선 중기 몇 차례의 사화가 일어나면서, 유배는 매우 빈번한 형벌이었기 때문이다. 유배형은 "중죄를 범한 자에게 차마 사형까지는 부과하지 못하고 먼 지방으로 귀양 보내어 죽을 때까지 고향에 돌아오지 못하게 하는 것"이라고 정의되어 있다. 그러나 이들 유배자들이 국왕, 중앙 정계와의 관계가 단절되고 정치 · 사회적인 활동에 제약이 있었다는 점을 제외하면, 유배는 절박한 것만은 아니었다. 이 유배객들은 외따로이 떨어진 섬에서 불러주지 않는 임금만을 그리워하거나 신세한탄만 읊다가 유배형을 마친 것은 아니다. 유배들이 상상하지 못했던 천혜의 자연을 마주 하고, 놀라움과 경탄을 금치 못한다. 이런 점에서 이행(李荇, 1478~1534)은 거제도 유배 생활을 통해 다른 유배객들과는 달리 거제의 아름다움을 발견하였다. 이행은 27세인 연산군 10년(1504)에 홍문관응교로 있으면서 폐비 윤 씨의 존호를 추숭하려는 연산군의 뜻을 반대했다가 창의자로 지목되어 유배형을 당한다. 처음에는 충주로 유배되었다 이듬해(병인년)에는 거제도의 고절령 아래 위리안치되어 양치는 일을 하며 살았다. 그의 가계는 8대조로부터 줄곧 높은 벼슬을 역임한 당대의 이름난 집안이었으며, 이행 역시 18세에 문과에 급제한 이래로 청환의 요직을 두루 거쳤다. 그는 젊은 시절부터 중요 관직을 역임했으나 그가 벼슬길에 들어선 지 10여 년 만에 연산군대에 사건에 연루되어 급기야는 관노의 신분까지 내려가기에 이르렀다. 유배 생활 3년 동안 그는 신분상 관노로서 생활해야만 했다. 유배지에서 그가 느꼈을 심산이야 이쯤이면 짐작할 만하다. 그러나 그는 거제의 아름다운 자연을 만나면서 절망감과 고독감에서 벗어나기 시작한다. 그는 자신을 둘러싼 자연에 이름을 짓기 시작한다. 이름짓기는 바로 자신과 관계 없는 사물에 형상을 일정하게 부여하는 것으로써 인간과 자연이 만나는 최초의 행위이다. 사물에 이름을 지어줌으로써 비로소 거제의 자연은 그에게 의미 있는 언어가 되었다.

내가 산수에 뜻을 둔 지가 거의 10여 년인데도 아직 제대로 실행에 옮기지 못한 채 결국 곤궁한 신세가 되고 말았으니 이곳이 내가 바라던 그러한 곳이란 말인가. 예전에는 호칭이 없었기에 내가 이 골짜기를 이름하여 소요동(逍遙洞)이라 하고 이 시내를 이름하여 백운계(白雲溪)라 하였다. 늙은 솔이 북쪽 기슭에 기대서서 기우뚱 남쪽으로 시내를 가로질러 그늘을 드리운 것이 마치 일부러 그렇게 만든 듯하기에 여기다 정자를 짓고 이름하여 세한정(歲寒亭)이라 하였다. 그리고 바위틈으로 솟는 물을 트니 도도히 흐르기에 이름하여 성심천(醒心泉)이라 하고, 그 물을 이끌어 작은 못을 만들었다.

이행, 〈소요동기〉

이 골짜기는 옛날에는 이름이 없었고, 고을 사람들도 아직 그 경치가 빼어남을 알지 못한다. 이 고을은 바다 가운데 놓인 섬이다. 하늘이 순수한 기운을 오로지 산수에만 모아두고 사람에게는 주지 않아 의관을 갖춘 선비가 이 고을에 발을 들여놓고 산 적이 없었으니 그 빼어난 경치가 알려지지 않아 이름이 붙여지지 못한 것도 당연하다 하겠다.

이행, 〈명산수설〉

　　그는 이름 없는 섬에 형상에 알맞은 이름을 붙여주고 새롭게 거제를 바라보기 시작한다. 이행에게 거제는 소외되고 버려진 땅이 아니라 인간의 땅으로 변화한다. 그는 그곳에서 조물주의 비의를 깨닫고, 산수의 지극한 즐거움을 누린다. 그는 관노의 신분이 되었으면서도 비참한 삶을 버텨낼 수 있었던 것은 바로 아름다운 자연과의 만남에서 비롯된다.

　　앞서 이야기했듯 거제의 유배객들 가운데 유명한 인물 중 송시열은 빼놓을 수 없는 인물이다. 송시열 만큼 조선 시대 정치사에서 극적인 삶을 산 사람을 찾아보기는 매우 힘들다. 그는 17세기 초반(1607)에 태어나 17세기 말(1690)에 죽는다. 17세기 조선 사회는 사화·반정·환국 등 거듭되는 정치 소용돌이가 펼쳐지는 때였다. 그는 이 시기에 서인의 영수로서 남인과 대결하면서 정국을 주도해 나갔으나 끝내 그의 나이 83세에 사사를 당한다. 사후에도 그를 둘러싼 논쟁은 계속되었다. 그는 죽은 후에 성균관 문묘에 공자와 함께 배향되었으며, 공자·맹자·주자처럼 송자로 불리면서 성현으로 반열에 오르게 되며, 문집 또한 정조의 명에 의해서《송자문집》이 간행되었다.

　　송시열이 유배 생활을 한 내력은 다음과 같다. 1674년 효종비인 인선왕후(仁宣王后)가 별세하자 자의대비의 복상 문제가 제기되었다. 송시열은 대공설(大功說)을 주장하였으나 남인 쪽이 내세운 기년설이 채택됨으로써 실각하게 된다. 남인이 집권하고 현종이 즉위하자, 그는 파직(罷職)·삭출(削黜)되고 다음 해(1675) 정월 유배되어 현종 6년(1680)까지 6년여간 함경도 덕원에서 경상남도 장기, 거제에 이르기까지 노구의 몸으로 유배지를 전전한다. 유배 기간 중 그를 처단하기 위한 고묘론(告廟論)이 집요하게 제기되었고, 늘 배소에서 생명의 위협을 느껴야만 했다. 그는 1680년 경신대출척(庚申大黜陟)으로 남인이 실각되자 유배에서 풀려나 중추부영사(中樞府領事)로 기용된다.

그는 당대 최고의 정객이었던 만큼 유배 기간 동안에도 지역 양반 들로부터 예우를 받았다. 그가 장기에 유배당한 후에도 여러 도의 장관들이 사람을 보내어 정황을 파악했고, 원근의 사류들도 다투어 방문했다. 유배 기간 동안 수많은 사람들이 그를 찾았다. 그가 장기에서의 유배 생활을 마치고 거제도로 이배될 때에도 그의 제자들은 우암의 가재도구를 챙겨서 짊어지고 거제도까지 수행했다. 우암은 거제도에서 다음과 같은 시를 읊으면서 심사를 달랬다.

성덕이 너그러워 이 신하를 섬으로 보내시네	聖德寬臣海島因
파도 위에 두 줄기 눈물은 나라를 위한 것이요	鯨波重淚雙流國
오직 옛날 같지는 않으니	惟玆舊要要同利
천리산천을 다시 보기 부끄럽다.	千里山川惣帶羞

그 시기를 전후해서 부인은 회덕 본가에서 죽는다. 남편에 대한 일로 부인은 병을 얻었고 그 병에서 결국 일어나지 못하였다. 그는 부인과 사별하는 슬픔을 겪었지만, 거제의 배소에서 그는 《주자어류소분(朱子語類小分)》을 완성했다. 그는 경신환국으로 다시 정계로 진출하지만, 서인은 노론과 서론으로 분열되어 송시열은 정계에서 물러난다. 서인이 노론과 소론으로 분열되어 숙종 15년에는 원자정호로 분규가 일어나자 이를 계기로 남인이 다시 정권을 잡게 되었다. 남인의 재집권과 함께 서인에 대한 정치적 추궁으로 송시열은 유배를 당하게 되고, 제주에서 정읍으로 이배하는 도중 사약을 받게 된다. 그가 죽은 이후 1694년 갑술옥사(甲戌獄事)로 노론이 집권하자 이후 우암의 학문적 권위와 정통성도 인정받게 된다. 정권을 잡게 된 노론은 권위의 정당성을 세우기 위해 문묘종사를 한다. 선현(先賢)들의 문묘종사는 집권층의 도통의 정통성 공인,

반곡서원
거제면 동상리에 있는 반곡서원은 조선 숙종때 우암 송시열이 유배와서 처한 곳으로 지역유림에 의해 창건되었다. 출처_문화재청

집권의 명분 등을 합리화하는데 크게 작용하였다. 거제에 있는 반곡서원 역시 송시열 사후 이루어진 문묘 종사 중에 설립된 것이다. 거제도의 반곡서원은 숙종 30년에 창건되었다. 반곡서원에는 우암 송시열, 죽천 김진규, 몽와 김창집이 배향되었고, 철종 계해년에 이르러 단암 민지원, 삼호 이중협, 계산 김수근이 추배되었다.

동국에 있는 기성고을은 우암과 죽천 몽와 선생이 귀양을 온 곳이다. 멀리 떨어진 섬사람이 처음으로 군자의 도학풍을 보자 가르침과 훈학을 받은 끝에 느껴 공경함이 또한 깊었다. 이리하여 고을의 선비들이 선생이 거닐고 놀던 곳에 나아가 조그마한 재실을 쌓아 지으니 이는 오로지 선생이 은거 생활을 하던 곳을 우러르고자 함이다. 그러나 그 규모가 너무도 좁은 것이 마음에 걸려 다시 고요한 곳을 택하여 증축하였다.

왼쪽에 들보와 오른쪽에 머리하니 예로운 모습이 옛날에 있고, 위로는 우주고, 아래로 기둥하니 새로운 지음으로 지금을 닮도다. 여기 이께 좋은 날마다 량여에 올리게 되었도다. 생각하건대 기성은 부라 하지만 실은 바다섬의 한 명구로다. 선사에게 현송하기 사모하니 어노를 모르는 풍습이 변하고 후학에게 교화를 널리 입히니 금패의 돌아감을 사람이 알도다. 량목에 벌레든지 얼마나 되며 장보의 두려움은 쳐 신이로다. 논의만 그러하고 하는 일없이 걸가 집 보듯 앉아 있으면 앞사람, 뒷사람

서로 물려 가택문의 노래가 일어나리라. 이에 문옹의 다스림이 탁군에
베여 들고, 한자의 교화를 조주가 느꼈도다.

이 서원의 창설자로 임와 윤도원, 계보 옥삼헌, 김일채, 평명한, 허
유일, 청담 신수오 등 모든 유생들이 창건의 거사를 맡아 심혈을 기울였
고, 옥대준은 노강서원 선비들과 더불어 이 반곡서원의 사액을 청하기도
했다. 서원의 건립자들은 주로 거제에 거주하거나 유배당한 이로 송시열
을 추모함으로써 거제는 대유(大儒)의 교화를 입은 땅으로 거듭나게 한
다. 송시열의 평가는 현재 학계에서도 논란이 되고 있기에 쉽게 말할 수
없다. 그의 사후에 노론들에 의해 이루어진 화려한 부활은 당대 권력을
정당화하는데 '송시열' 이라는 인물을 이용하기 위해 만들어진 것이다.
그가 공자 · 맹자의 대열에 끼일 오를 만한 성현이었는지, 아니면 권력에
눈 먼 정치가였는지는 이 글에서 논할 수 없다. 다만, 일흔이 넘은 나이에
유배지에서 부인과 딸, 사위의 부음 소식을 듣고 이 쓸쓸한 섬에 오기까
지 느꼈을 삶의 신산스러움과 고통은 짐작해 볼 수 있다.

3. 유배지에서 포로 수용소로

조선이 근대적인 국가로 개편되는 상황에서 '유배형' 은 의미를 상
실하게 되고, 거제 역시 더 이상 유배의 땅이 아니었다. 20세기 초엽 1905
년 노일전쟁을 전후하여 군수 어류 공급을 특혜조건으로 하여 거제도 장
승포에는 일본인 이주 어촌인 이리사무라[入佐村]가 형성되고,[91] 관공서,
교육 시설 등이 설치되기 시작한다. 《朝鮮の聚落》에 따르면 "장승포는
거제도의 동단에 위치하고 있으며 천연의 양항으로 만구
는 약간 협소하나 만내는 넓고 수심도 깊다. 근해는 굴지

[91] 여박동, 〈일제 시대 거제
도 이리사무라(入佐村)의 형
성〉,《일본학지》제15집.

의 양어장으로 특히 고등어 어장으로 알려져 '이리사무라' 는 고등어 어업의 일대 근거지로 발전하고 있다"고 기록하고 있다.[92] 거제도는 대련, 천도와 더불어 동양 3대 어장 가운데 하나였기에 식민지 시대 일본 어업 정책으로 이 섬은 전에 없던 호황을 누리게 된다. 그러나 어업권은 일본인에게 있었기 때문에 조선 어민들은 살 길을 찾기 위해서 섬을 떠나거나 품팔이꾼이 되어야만 했다.

거제도의 역사에서 빼놓을 수 없는 사건은 바로 거제도 포로 소요 사태이다. 해방 이후 6·25 사변으로 함안·의창·고성·충무·통영의 피난민 10만명이 거제도로 왔고, 이어 그해 11월에는 고현에 포로 수용소를 설치하여 최대 17만 명이 수용되기도 하였다. 당시 섬 전체 주민이 10만 명보다 훨씬 넘는 숫자로 섬 전체가 거대한 수용소라고 할 수 있었다. 이 수용소는 1950년 국제 협약인 제네바 협약에 따라 세워졌다. 한반도에서 벌어지는 처절한 전쟁은 이곳 수용소에서도 그대로 재현되었다. 친공 포로들은 폭동을 빈번히 일으켰으며 잔혹한 행위 또한 서슴치 않았다. 그들은 반공포로를 살해하고 그 피로 인공기를 만들어 올리는 등 포로 수용소는 또다른 전투의 장이었다. 이런 소요 사태는 연일 계속되었고, 급기에는 1951년 5월 포로 수용소 내 제76 포로 수용소에서 수용소 사령관 도드(F. T. Dodd) 준장이 포로들에게 납치되는 사건이 일어났다. 인민군 대좌 이학구(李學九)가 주동이 된 이 사건에서 그들은 포로의 대우를 개선해 줄 것과 자유의사에 따른 포로송환 방침을 중지할 것, 포로 대표위원단을 인정할 것 등을 요구하면서 유엔군과 대치하는 한편으로 반공 포로를 인민 재판에 붙여 처벌하였다. 그때 죽은 반공 포로가 105명에 이른다. 유엔군 쪽의 강력한 저지로 도드 준장이 구출되면서 사건은 매듭이 지어졌으나, 반공 포로와 공산포로 간의 싸움은 더욱 극렬해져서 마침내 따로 떼어놓게 되었다.[93]

[92] 조선총독부, 《朝鮮の聚落》(여박동, 앞의 논문에서 재인용).

[93] 신정일, 《다시쓰는 택리지》, 휴머니스트, 2004.

장용학의 《요한시집》에서 당시 거제의 포로 수용소를 다음과 같이 묘사하고 있다. "그 바위처럼 누르는 돌틈에 끼어서 찢어지고 으스러져 흘러 떨어지는 인간의 분말, 인류사의 오산이 피에 묻혀 맴도는 카오스!" 《요한시집》의 주인공 동호와 누혜는 모두 허무에 빠진 인물들이다. 그들에게는 전쟁의 목적도 무의미할 뿐만 아니라 인생의 모든 가치도 무의미한 것이며 모든 것이 허무일 뿐이다. 거제의 포로 수용소는 그들에게 전쟁의 잔혹함과 그로 인해 촉발되는 삶의 무의미를 상징한다.

1953년 7월 27일 북한과 유엔 사이에 체결된 휴전 협정에 따라 전쟁은 무기한 휴전에 들어갔다. 한국 전쟁이 끝난 뒤 남북 양쪽은 전쟁 포로를 교환하게 되는데 남과 북 그 어느 쪽도 선택하지 않고 거부한 사람들이 있었다. 어디로 갈 것인지를 물었을 때, '중립국' 을 선택한 그들은 남과 북 어디에도 안주하지 못한 채 제3의 선택으로 중립국을 택했다. 《광장》의 주인공 이명준은 중립국행을 선택하나 남지나해에서 푸른 바다와 하나가 된다. 작가 최인훈은 1973년판 서문(〈이명준의 진혼을 위하여〉)에서 다음과 같이 말한다.

'이명준' 이란 잠수부를 상상의 공방에서 제작해서, 삶의 바닷속에 버려 보냈다. 그는 '이데올로기' 와 '사랑' 이라는 심해의 숨은 바위에 걸려 다시는 떠오르지 않았다. 그러나 숨은 바위에 대해 알고 있다면 누가 잠수부를 버려보낼 것인가. 우리가 인생을 모르면서 인생을 시작해야 하는 것처럼, 소설가는 인생을 모르면서도 주인공을 삶의 깊이로 버려보내야 한다. 그렇게 해서 그가 살아오는 경우 그의 입에서 바다 밑의 무섭고 슬픈 이야기를 듣게 되는 것이요—돌아오지 못하는 경우는, 그의 연락이 끊어진 데서 비롯하는, 그 밑의 깊이의 무서움을 알게 된다. 이 명준은 그 암초를 피하지는 못했지만, 거기까지 이르는 사이의 바다 밑

지리며, 심도에 대해서는 송신해 주었다.'

분단이 현재까지 지속되고 있다는 점에서 6·25는 끝난 전쟁이 아니다. 아직도 우리 사회에서는 분단과 통일, 좌우의 대립과 갈등은 해결되지 않은 채 지속되고 있다. 《광장》의 주인공 이명준은 심해의 숨은 바위에서 걸려 다시 떠오르지 않았다. 최인훈의 말처럼, 이명준은 살아 돌아오지 못했지만, 우리는 바다의 깊이와 무서움을 알게 되었다.

4. 생명과 사랑의 노래

전쟁이 끝난 이후 전후 복구 사업이 이루어지고 1960년대 이후 경제개발계획으로 남한 땅 전체가 변화와 발전으로 들끓게 되는데 거제도 역시 그러한 지역 중 하나였다. 1965년 기공을 시작해서 1971년에 완공된 거제대교 때문에 거제도는 육지화가 된다. 또한 1973년에는 대우와 삼성 조선소가 기공을 시작하여 1979년에는 본격적으로 조선소가 가동되었다. 거제대교 개통으로 육지 사람들이 섬을 보다 쉽게 찾아갈 수 있고, 조선소 설립으로 외지인들이 섬에서 살게 되면서 발전하게 된다. 1970년대를 전후해 거제도는 전에 찾아볼 수 없는 비약적인 발전을 거듭하면서 조선 공업의 중심지로서, 관광지로서 자리잡아 나아가게 된다. 현재에 거제도는 더 이상 유배자들의 땅도, 포로의 땅도 아닌 수려한 풍광을 자랑하는, 도심의 찌든 삶에서 벗어나 언제라도 달려가고 싶은 휴양지가 되었다. 이제 거제는 사랑과 그리움을 노래한 청마 유치환의 고향으로 기억된다. 거제시 둔덕면에는 청마의 생가가 복원되어 있다. 그의 출생지가 통영이냐 거제이냐로 시비거리가 되고 있지만, 그가 통영에 살기 시작한 것은 두 살 때부터라고 하고, 태어난 곳은 '거제도 둔덕면' 이라고 한다. 그

의 고향 둔덕면에는 '청마고향시비'가 서 있는데, 〈거제도 둔덕골〉이라
는 시가 새겨져 있어 청마의 고향임을 강조하고 있다.

거제도 둔덕골은

팔대로 내려 나의 조부 살으신 곳

젖은 골안 다가 솟은 산방산 비탈 알로

몇 백 두락 주약돌 박토를 지켜

마을은 언제나 생겨난 그 외로운 앉음새로 할아버지 살던 집에 손주가 살고

아버지 갈던 밭을 아들네 갈고

베 짜서 옷 입고

조약 써서 병 고치고

그리하여 세상은

허구한 세월과 세대가 바뀌고 흘러갔건만

사시장천 벗고 섰는 뒷산 산비탈 모양

두고두고 행복한 바람이 한번이나 불어왔던가

〈거제도 둔덕골〉에서

청마는 거제에서 출생했지만, 거제에서 산 것은 태어나서 이태뿐
이고, 어린 시절과 젊은 시절의 대부분을 통영에서 보낸다. 그의 고향은
거제가 될 수도 있고, 통영이 될 수도 있다. 특별히 고향을 따지는 문제가
시인으로서 그의 위치를 평가하는 데 중요한 일은 아니다. 그럼에도 불
구하고 통영시과 거제시에서 시인의 출생지를 두고 옥신각신하는 데에
는 아마도 '청마'라는 시인이 지닌 낭만적인 분위기, 그로 인해 유발되
는 관광 효과 때문이 아닌가 싶다. 청마의 시는 〈깃발〉, 〈생명의 서〉 등
은 국어 교과서에 실리면서 우리에게 친숙한 시가 되었다. 그의 시는 생

명, 사랑, 동경, 그리움 등 인간의 원초적인 정감을 노래하고 있다는 점에서 많은 사랑을 받았고, 지금도 여전히 한국인 애송시 가운데 빠지지 않는다. 뿐만 아니라 청마와 시조시인 이영도와의 이룰 수 없는 사랑 이야기는 더 아름답게 느껴진다. 특히, 그의 시 〈사랑하였으므로 행복하였네라〉의 "사랑하는 것은 / 사랑을 받느니보다 행복하나니라 / 오늘도 나는 / 에메랄드빛 하늘이 환히 내다뵈는 / 우체국 창문 앞에 와서 너에게 편지를 쓴다"라는 시구는 우리에게 잘 알려져 있다.

사람들이 관광지나 휴양지를 찾는 목적은 아마도 일상의 피곤함에서 벗어나 자유로움을 만끽하고 싶어서일 게다. 도심에서 벗어나 만나는 자연 앞에서 그동안 때 묻은 자신을 정화시키고 싶어 한다. 청마와 그의 삶, 시는 사람들이 관광지에서, 휴양지에서 만나고 싶어 하는 자연과 많이 닮아 있다. 이런 점에서 통영시든 거제시든 청마라는 시인에게서 유발되는 효과를 놓치기 어려울 것이다. 특히, 거제도 같은 경우, 전쟁과 포로, 좌우 이념의 대립 등 무겁고 암울한 이미지에서 벗어나기 위해서는 청마라는 시인의 이미지를 통영시에 쉽게 양보해 줄 수 없을 것이다. 사람들은 이제 거제도를 떠올리며 '푸른 해원을 향하여 흔드는 영원한 노스탤지어의 손수건'를 생각하고, 사랑과 동경의 세계를 꿈꿀런지도 모른다. 50년 전 이명준은 심해(深海)의 숨은 바위에 걸려 돌아오지 못했다. 이제는 사람들은 바다의 깊이의 무서움에 더 이상 관심이 없는 듯하다. 바다의 깊이와 무서움을 알 때만이 푸른 바다의 아름다움을 제대로 알 수 있다. 그런 점에서 이명준의 고뇌는 우리에게 소중하며 값진 것이었다.

현재 거제는 해금강, 거제도 연안의 아비도래지, 동백림, 팔색조, 몽돌해수욕장, 외도 해상공원 등 거제의 명소를 헤아리기 어려울 만큼 유명한 관광지가 되었다. 거제도의 역사를 일변하다 보면, 이 지역만큼 역사적으로 큰 변화를 보여 주는 곳은 없는 것 같다. 섬 지방은 대부분 근대 이전에는 유배지로 인식되었지만, 근대 이후에는 특별히 주목받지 못하다 최근에는 사람들이 찾는 관광지로 부각되었다. 거제 역시 그런 면에서 다른 섬들과 다르지는 않지만, 근대 이후에 이 섬에서 벌어졌던 일들은 지역사에 국한될 수 없는 우리 민족의 치유되지 못한 아픈 역사이며, 현재에도 아직 진행중인 문제이다.

꿈엔들 잊으리오 그 잔잔한 고향 바다

마산

김현룡

1. 마산의 지리

마산시는 경상남도에 속하고 도의 중부 남해안에서 내륙으로 깊숙한 마산만에 위치하며, 동남쪽으로 창원시와 인접해 있다. 그리고 진해시 및 진주시, 함안군, 고성군 등의 중부 경남 지역을 배후지로 하는 남해에 접해 있는 도시이다. 또한 경상북도의 포항에서 전라남도의 여수에 이르는 한국의 남동임해 중화학 공업 지역 중에서 중요한 위치를 점하는 상공업 도시의 하나이다. 한편 마산시에는 광대한 수출 자유 지역이 형성되어 있고 인접한 창원 기계 공업 기지와 함께 해외 수출형 산업집중 지역으로 국가 산업 발전에 큰 몫을 차지하는, 우리나라 상품의 생산과 해외 시장 확대에 있어서 핵심적인 역할을 담당하고 있는 지역이기도 하다.

지역 교류적인 면에 보자면 마산은, 경상남도의 중부 남해안에 위치하여 창원시 및 진해시와 인접하여 철도와 함께 도로 교통망이 형성되어 있다. 그리고 동쪽으로는 부산광역시와 서쪽으로는 중서부 경남 및 호남 지방으로 연결되는 경전선 철도 및 남해 고속도로가 연결되어 있고, 북쪽으로는 구마고속도로를 통하여 대구광역시를 거쳐 경부고속도로와 연결되고 있다.

한편 마산의 그 해양적 위치는 내륙 깊숙이 들어온 마산만에 위치해 있는데, 거제도와 가덕도 등의 도서가 앞에 놓여 천연의 방파제 구실을 해주는 천혜의 좋은 조건을 갖추고 있다. 창원의 공업 단지와 마산 수출 자유 지역이라는 상공업적 배경으로 인해 일본 및 세계 각지로 연결하는 해운 관문적 역할을 수행하고 있고, 아울러 수산업의 발달도 괄목할 만한 항구 도시이다.

마산시는 본래 현재 구마산이라고 일컬어지는 곳을 중심으로 취락이 형성되었다. 그런데 조선 말기 고종 때 개항으로 인하여 일본 사람들이 많이 들어오게 되었고, 이어 한일합병과 더불어 일본 사람들이 본격적으로 자리잡으면서, 구마산의 동남쪽에 위치한 경치 좋은 무학산 자락 해안지대를 개발하여 집을 짓고 살게 되었고, 그래서 이 지역을 신마산이라 부르게 되었다.

한편 철로가 놓이면서 열차가 경부선 삼랑진에서 분기하여 창원을 거쳐 들어와 구마산역에 이르는 철길이 깔리었는데, 다시 철로는 구마산역에서 신마산으로 내려가게 되어 신마산역이 생겼고, 기관차는 이 신마산역에서 회전대에 의해 머리를 돌려 역방향으로 열차를 끌고 올라와서 진주로 향하면서, 또 한 개의 역을 만들어 북마산역이라 했다. 이리하여 마산에는 이른바 구마산 신마산 북마산이라 부르는 세 지역이 형성되었으며, 이 세 곳에 모두 기차역이 자리하고 있었다. 그런데 1960년대 이후 마산에 수출 자유 지역이 형성되면서 도시를 크게 새롭게 개편했고 이 과정에서 새로 개발된 곳에 마산역이 생기면서 기존의 세 역은 모두 없어졌다. 한편 마산은 기후가 온화하여 사철의 기온 변화가 심하지 않고, 또한 공기가 맑은 곳으로 이름나 있다.

마산은 옛날 삼국이 정립될 무렵 포상팔국(浦上八國)의 중심지였던 곳으로 추정된다. 《삼국사기》에 따르면 지금의 마산·창원·진동 등 해안 포구를 중심으로 포상팔국이 있었는데, 그 중에서 마산과 창원을 중심으로 하여는 골포국(骨浦國)이 형성되었던 것으로 나타나 있다. 기록에 따르면 포상팔국은 그 세력이 매우 강성하여 가야국과 신라에 맞서 싸운 것으로 되어 있다. 《삼국사기》 신라본기 내해왕 14년(209) 7월의 기록을 보면,

14년 가을 7월에 포상팔국이 연합하여 가야((伽倻, 함안으로 추정)를 공격하니 가야는 왕자를 신라에 보내 원병을 요청하였다. 이때 신라 임금은 태자 우로(于老)와 이벌찬 이음으로 하여금 6부의 병사를 거느리고 가서 이를 구원하게 명령하니, 그들은 출격하여 8국의 장군을 쳐 죽이고 그들에게 사로잡혔던 6000명을 빼앗아 돌려보냈다.

라고 기술하고 있다. 그리고 《삼국사기》 열전의 〈물계자(勿稽子)〉전에도 다음과 같이 동일한 내용이 기록되어 있는데, 여기에서는 물계자가 당시 장수로 군사를 거느리고 출전한 것으로 나타나 있다.

물계자는 내해이사금 때의 사람으로 이때 포상팔국이 함께 힘을 합쳐 가라국을 정벌하매, 가라국 사자가 와서 구원을 요청했다. 이에 임금은 왕손 이음으로 하여금 가까운 군과 6부의 병사를 거느리고 가서 구원하게 하니, 포상팔국병을 패퇴시켰다. 이 전투에서 물계자는 큰 공을 세움이 있었다.

이들 기록에서 주목하는 것은 이 전투에서 포상팔국이 포로 6000명

을 잡아갔다는 사실이다. 그리고 신라에서 왕자와 장수를 파견해 맞서 싸운 것을 보면 당시 마산 지역을 중심으로 한 포상팔국의 해상 세력이 대단했음을 짐작할 수가 있다. 이를 증명하는 것으로, 같은 책 열전에 "3년 후 골포, 칠포, 고사포 등 3국이 신라의 갈화성을 공격하였는데, 왕이 직접 병사를 거느리고 나아가서 물리쳤으며, 물계자가 수십여 명의 적을 쳐 죽였다"라는 기록이 나타나 있고, 이어 "전일 포상팔국과의 전투와 갈화성 싸움이 가장 위험했고 어려웠다"고 술회한 내용이 기록되어 있다.

그런데 《삼국사기》에 따르면 "합포현은 본래 골포현인데, 경덕왕이 이름을 바꾸었다"라는 기록이 있다. 따라서 마산 지역은 신라 경덕왕 때 지방의 명칭을 모두 한자식으로 바꾸는 과정에서 합포라는 이름으로 바뀌었고, 고려 후기 원나라 세조(世祖)가 일본 정벌의 발진지로 삼은 이후 회원현(會原縣)으로 되었는데, 그러나 조선조 초기까지 계속 합포로 불리어 왔다.

조선 초기 지방 행정 구역을 정비하는 과정에서 태종 8년(1408) 의창현(義昌縣)과 회원현(會原縣)을 합병하여 창원부(昌原府)로 삼고 판관(判官)을 파견하였으며 또한 경상우병영(慶尙右兵營)을 설치하였다. 그후 태종 15년(1415)에는 창원부를 창원도호부(昌原都護府)로 개칭하여 이 지역을 군사상 중요한 요충 지역으로 삼았다. 그리고 임진왜란이 끝난 선조 34년(1601)에 창원은 다시 대도호부(大都護府)로 승격되었다. 이는 임진왜란 당시 일본군이 수년 동안 창원도호부 인근에 주둔하고 있었지만 병사겸도호부사(兵使兼都護府使) 김응서(金應瑞)를 중심으로 이곳의 군민이 일치단결하여 성을 지키고 적에게 항복하지 않았기 때문에, 체찰사 이원익(李元翼)이 높이 치하하는 장계를 올려 대도호부로 승격되었던 것이다. 이렇게 내려오는 동안 합포는 계속 창원도호부에 속해 있었다.

그런데 오늘날 수출 자유지역 후문에 조선조 때 선박의 정착장인

굴강(屈江)이 있었고 여기에 세공미를 수송하는 조창(租倉)이 있었으며 이 지역을 마산창이라고 불러왔다. 그리고 뒷날 조창이 지금의 어시장 쪽으로 이동하면서 마산이란 지명이 합포를 대신하게 되어 이 지역 이름으로 사용되기에 이르렀다.

2. 마산의 문화와 문학

마산 시내에는 역사적으로 유래 깊은 고적으로는 몽고정(蒙古井) 우물과 월영대(月影臺)가 있고, 그 밖에 정자와 고분 및 옛 성곽 등이 있다. 마산 시내 구마산과 신마산의 경계는 옛날 신마산역에서 구마산역과 북마산역으로 향하는 두 가닥 철로가 그 밑을 관통하는 도로와의 교차 지점이다. 이 지점에는 3·15 의거 기념탑이 서 있고 길 건너편 산자락 끝에 몽고정 우물이 위치하고 있는데, 마산시 자산동 118번지에 해당하고 이에 관한 유래는 매우 깊다.

옛날 고려가 원 나라와 강화를 맺은 이후에 당한 첫 시련은 일본 원정이었다. 고려 원종 15년(1274), 이 해는 원종이 사망하고 충렬왕이 즉위한 해이기도 한데, 원나라 임금 세조는 일본 정벌을 위하여 첫 단계로서 봉주(鳳州)·금주(金州) 등에 둔전(屯田)을 설치하고 병참기지를 만들기 시작하는 한편, 전함 건조와

몽고정 출처_문화재청

군량 확보를 서둘렀다.

　　그리하여 이 해 10월 여원연합군은 이곳 합포에 주둔하였다가 1차 원정길에 올랐다. 이때의 병력 규모를 보면 원의 군사 2만 명과 고려군 8000명에 전함이 900척이었다고 한다. 합포를 떠난 원정군은 대마도 공약에 이어 일기도(壹岐島)를 점령한 다음, 북구주의 박다만(博多灣)에 이르러 병력을 분산하여 공략하였는데, 일본군의 저항도 만만치 않았고 전쟁의 장기화로 원정군 내부에서도 회군의 의견이 일게 되었다. 때마침 밤에 폭풍우가 일어 전함이 암초에 부딪쳐 부서지고 물살에 휩쓸려 익사하는 군졸이 속출하자 더 이상 견디지 못하고 마침내 원정군은 남은 병선을 이끌고 합포로 되돌아오게 되었다. 《고려사》 관계 기록을 보면 이때 돌아오지 못한 군사가 무려 1만 3500여 명이었다고 기술하고 있다.

　　이렇게 1차 일본 정벌이 실패로 끝났지만 원나라 세조는 동정의 야망을 버리지 못하고 다시 동정 준비를 서둘러 충렬왕 3년(1276)에는 탐라(耽羅)에 목마장을 개설하고, 충렬왕 6년(1279)에는 동정의 전담 기구인 정동행중서성(征東行中書省)을 합포에 설치해 준비를 서두르게 했다. 그리하여 충렬왕 7년(1281) 5월, 마침내 연합군은 합포를 떠나 2차 동정의 길에 올랐다. 이때도 역시 대마도와 일기도를 거쳐 북구주 해안에 도착하여 공격을 개시하였는데, 또다시 뜻하지 않은 태풍을 만나 동정군은 막대한 손실을 입고 다시 합포로 되돌아오고 말았다.

　　이상에서 보는 바와 같이 여원연합군의 두 차례에 걸친 동정에 있어서 합포는 발진 기지로서의 중요한 역할을 담당하였는데, 그러나 어떤 이유로 합포가 일본 정벌의 발진기지가 되었는지는 자세히 알 길이 없다. 다만 포구(浦口)가 길고 거제도가 앞을 가로막고 있어 태풍의 영향을 덜 받는 천연의 좋은 조건을 갖추고 있어서 이곳을 발진 기지로 삼았을 것으로 추측된다.

이렇게 2차에 걸친 일본 정벌이 실패한 후에 원나라 세조는 이 합포의 환주산(環珠山, 현 무학초등학교 뒤편 산)에 둔진(屯鎭)을 설치하여 연해 방비를 맡게 했는데, 이곳의 둔진군(屯鎭軍)이 용수(用水)로 쓰기 위해 산자락에 이 우물을 마련한 것으로 추정하고 있다.

우물의 뒤편에는 '몽고정 맷돌' 이라고 불리는 직경 1.4미터 가량의 원방형(圓方形)으로 다듬어진, 가운데 구멍이 뚫린 돌이 세워져 있다. 이 돌은 몽고정 근처에 있던 것을 여기에 가져다 세워놓은 것이다. 차륜(車輪)으로 사용된 것이라는 설도 있으나 맷돌이나 곡식을 찧기 위한 도구로 쓰였던 것이라 보는 견해가 우세하다.

우물 곁에 세워진 석비에는 '몽고정(蒙古井)' 이라 씌어 있는데, 이것은 1932년 마산고적보존회(일본인 고적 단체)가 지은 이름이며 이전에는 고려정이라 불려왔다고 전한다. 이 몽고정 우물은 도지정 문화재 자료 제82호로 지정되어 있다.

현재 마산시 해운동에는 돌에 '월영대' 라고 새겨진 비석이 있는데 신라시대 최치원(崔致遠)이 해변의 달빛을 감상하며 시를 짓고 놀던 곳이다. 《삼국사기》 최치원 열전에는 다음과 같은 내용이 나타나 있다.

> 최치원이 서쪽 당나라에 가서 황제를 섬김에서부터 고국으로 돌아와서까지 모두 난세를 만나 평온한 생활을 할 수가 없었고 하는 일마다 허물이 따르니 스스로 불우한 세상에 처했음을 상심하였다. 그래서 다시는 벼슬할 뜻이 없어 아름다운 산속과 강과 바닷가로 떠돌면서 정자와 대를 짓고 소나무와 대나무를 심으며 책을 베고 잠들고 풍월을 읊으면서 세월을 보냈다. 그가 놀았던 곳은 경주 남산, 합포현 별장 등이 모두 놀았던 곳이었다.

월영대 출처_문화재청

위 글에 나타나 있는 바와 같이 신라 시대 말기 최치원은 말년에 여러 산수가 맑은 곳을 두루 돌면서 서책과 풍월로 세월을 보냈으며, 곧 마산의 해변에서도 별장을 짓고 살았음을 알 수가 있는데, 위의 내용을 뒷받침하는 유적지가 여기 남아 전해지고 있는 것이다.

곧 여기에는 옛날의 건물 같은 것은 그 흔적도 없고 오직 높이 5척 가량의 자연석에 '월영대(月影臺)' 란 3자가 새겨진 것이 있다. 글자의 크기는 7치 5푼 정도이고 해서로 새겨졌는데, 전하는 말에 의하면 최치원의 친필이라고 하나 고증할 길은 없다. 이 비석의 후면과 '월영대' 라는 큰 글자 옆에 작은 글자가 새겨진 것 같으나 마멸이 심하여 무슨 글자인지를 판독하기는 불가능한 상태이다.

《신증동국여지승람》에 "월영대는 회원현 서쪽 해변에 있으며 최치원이 노닐던 곳으로 돌에 새겨진 글이 있었으나 탈락되었다"라고 기록하고 있는 것으로 보아, 월영대라는 이름은 옛날 최치원 때부터 있었음이 분명하다. 어쩌면 이 글씨도 최치원 친필일 가능성이 있으며, 다만 뒷면과 옆면의 글씨는 조선 초기에 이미 판독이 불가능한 상태였다는 사실을 짐작하게 한다.

현재 우리가 보는 이곳은 최 씨 문중에서 최치원 선생 유허비를 세우고 비각을 지어 보존했는데, 그 비각 앞에는 "옛날의 터를 영원히 보호하기 위해 대와 단을 증수하니 백세 천세에 더럽히거나 훼손함이 없어야 한다."고 기록해 놓고 있다. 그리고 숭정(崇禎) 후 신미년(숙종 17년, 1691) 7월에 최씨 성을 가진 부사가 중수했다고 기록했으니, 창원부사로 부임한 후손이 월영대를 중수한 것으로 보인다.

월영대는 신마산 해운동의 속칭 '댓거리'에 있는데, 이곳 동명인 해운동이라든가 '대(臺)의 거리'라는 지명들이 모두 최치원의 호와 월영대에서 기인되었음을 알 수 있다. 그리고 지금은 집들이 주위를 메우는 주거지역이지만 일본 사람들이 들어오기 전까지는 소나무가 울창하고 달빛이 앞바다를 비추이면서 동쪽 낮은 산에서 떠오른다는 월영대라는 말처럼 수려한 경치였을 것이다. 그리고 월영대에서 내려다보면 바다 가운데에는 작은 섬이 하나 동그마니 떠 있으니 이 섬이 저도(猪島), 곧 '돝섬'으로 떠오르는 달빛에 아련히 바라보이는 경치가 또한 더없이 아름다웠을 것이다.

《신증동국여지승람》에 따르면 이곳을 찾아와서 경치를 둘러보고 시를 남겨놓은 문인묵객들이 많이 그 시와 함께 등재되어 있으니 다음과 같다.

정지상(鄭知常)

푸른 물결 호묘하고 바위는 우뚝한데,	碧波浩渺石崔嵬
그 안에 봉래학사 노닐던 옛 대 있도다.	中有蓬萊學士臺
노송그늘 단 가엔 잡초만 우거졌고,	松老壇邊荒草合
구름 낀 하늘 끝엔 조각배만 오락가락.	雲低天末片帆來
백년토록 전한 풍류 시구는 새로운데,	百年風雅新詩句
일만리 이은 강산 한잔 술로 즐겁도다.	萬里江山一酒杯
달빛만 허공에서 해문 비쳐 도는구나.	月華空照海門廻

김극기(金克己)

기암은 바다 속에 우뚝우뚝 솟았는데,	奇巖沈海聳嵬嵬
모두들 옛 신선이 읊조리던 곳이라네.	共說儒仙舊詠臺
달그림자 기울었다 다시 차기 몇 번인가,	月影幾虧還復滿
구름 자취 사라지고 아직 오지 않는구나.	雲蹤長往未曾來
시인은 읊조리고 묵객은 휘두르고,	騷人賦處頻揮翰
주객은 만날 때마다 술잔만 거듭했으리.	酒客邀時屢擧盃
임 그리운 정 못 잊어 갈 곳을 잊는데,	戀勝都忘前去路
바다와 산등성이만 사방을 둘렀어라.	重湖亂嶺四縈廻

박원형(朴元亨)

먼 곳 나그네 유유히 옛 자취 찾아드니,	遠客悠悠訪古來
봄 깊은 바닷가에 들꽃이 만발했네.	春深海岸野花開
빈 월영대에 달그림자 천년을 변함없고,	臺空月影餘千載
떠난 분 생각에 하루 종일 시름이라.	人去愁腸日九廻
만산의 단풍은 비단보다 더 붉은데,	萬壑楓林紅勝錦
한 못 가을 물은 이끼보다 푸르구나.	一泓秋水碧於苔
가신 고운 아니 오고 산색만 의구해,	孤雲不返山依舊
아득한 깊은 회포 술잔에 붙이노라.	落落幽懷付酒盃

　이상의 두 문화재 외에 마산시에는 도지정 문화재 자료 제2호인 관해정(觀海亭)이 마산시 교방동 237번지에 있다. 이 건물은 서원 건물로서 조선 중기 학자 정구(鄭逑) 선생이 함안군수로 와 있으면서 풍치가 뛰어난 이곳을 자주 들러 놀았는데, 그 제자 장문재(張文哉)가 선생의 뜻을 기리어 스승이 논 곳에 서원을 지은 것으로 되어 있다.

3. 근대 마산의 문학

마산시는 이은상(李殷相, 1903~1982), 이원수(李元壽, 1911~1981), 김용호(金容浩, 1912~1973), 김수돈(金洙敦, 1916~?) 등 저명한 현대 시인들을 많이 배출했다. 이들 중에서 이은상은 우리나라 시조 시인으로서 불멸의 명성을 지니고 있으며, 이원수는 동요 시인으로서 그가 작사한 〈고향의 봄〉은 많은 사람의 가슴에 아로새겨져 있다.

마산이 낳은 민족 시인 노산(鷺山) 이은상이 지은 〈가고파〉는 고향인 마산을 읊은 시로서 작곡가 김동진(金東振)이 곡을 붙여 많은 사람들이 노래로 부르는 국민 가곡으로 되어 있다. 그리고 우리 민족 누구나가 즐겨 부르고 있는 가곡 〈고향의 봄〉은 이원수 시인의 시로서 작곡가 홍난파(洪蘭坡)가 곡을 붙여 우리 겨레의 가슴마다 영원한 마음의 고향을 간직하게 하는 국민 정서의 표상으로 되어 있다.

그래서 마산시 용마산에 있는 산호공원(山湖公園)에 이 두 노래비를 세웠는데, 고향의 봄 노래비는 경남매일신문사(현 경남신문사)와 예총 마산시지부가 공동으로 건립위원회를 구성하여 1968년 9월 28일에 건립하였으며, 가고파 노래비는 1970년 10월 24일 역시 경남매일신문사(현 경남신문사)와 가고파 노래비 건립위원회가 건립했다.

마산시는 전국에서 처음으로 지난 1990년 마산문인협회와 마산시가 공동으로 시의 거리를 조성하였다. 시의 거리 추진위원회(위원장 이광석)에서는 1990년 5월, 시로부터 지원을 받아 김용호의 〈오월이 오면〉과 정진업의 〈갈대〉, 박재호의 〈간이역〉 등의 시비를 제작하였다. 이어 1991년 5월에는 김태홍의 〈관해정에서〉, 이일래의 〈산토끼〉 시비를 건립하였다. 그래서 산호공원 산책로를 따라 시비가 세워진 시의 거리는 낭만과 정감이 흐르는 거리로 오가는 시민들의 정서를 순화하고 애향심

고향의 봄

나의 살던 고향은 꽃피는 산골

복숭아꽃 살구꽃 아기 진달래

울긋불긋 꽃대궐 차린 동네

그 속에서 놀던 때가 그립습니다.

꽃동네 새동네 나의 옛고향

파란들 남쪽에서 바람이 불면

냇가의 수양버들 춤추는 동네

그 속에서 놀던 때가 그립습니다.

가고파

내 고향 남쪽 바다 그 파란 물 눈에 보이네

꿈엔들 잊으리오 그 잔잔한 고향 바다

지금도 그 물새들 날으리 가고파라 가고파

어릴 제 같이 놀던 그 동무들 그리워라

어디 간들 잊으리오 그 뛰놀던 고향 동무

오늘은 다 무얼 하는고 보고파라 보고파

그 물새 그 동무들 고향에 다 있는데

나는 왜 어이타가 떠나 살게 되었는고

온갖 것 다 뿌리치고 돌아갈까 돌아가

가서 한 데 얼려 옛날같이 살고지고

내 마음 색동옷 입혀 웃고웃고 지내고저

그날 그 눈물 없던 때를 찾아가자 찾아가

(중략)

을 북돋워 주고도 남음이 있는 곳이 되었다.

1960년 3월 15일 이승만 자유당 독재 정권이 장기 집권 유지를 위해 부정선거를 획책하자 마산 시민과 학생들이 이에 항거하여 시위를 일으켰다. 3월 15일 1차 의거에 이어, 4월 11일 그 동안 행방 불명되었던 김주열 군이 머리에 최루탄이 박힌 처참한 모습의 시체로 마산 중앙 부두에서 떠오르자 격분한 시민들이 다시 2차 의거를 일으켜 싸웠다. 이 의거에서 12명이 사망하고 250여 명이 경찰이 쏜 총에 맞거나 체포 구금되어 모진 고문을 당했다. 이러한 마산 시민과 학생들의 의로운 투쟁은 전 국민들의 분노와 함께 4·19 혁명의 도화선이 되어, 드디어 4월 26일 이승만 독재 정권을 무너뜨리게 되었다.

이를 기념하기 위하여 구마산과 신마산의 경계지역에 3·15 의거탑을 세웠고, 뒤에 당시 의거 때 희생당한 사람들의 합동묘역이 조성되면서 또한 3·15 합동 묘역비도 세워졌다.

3·15의거
4월 12일밤 "살인경관 잡아내어라" "민주정치 바로 잡자"는 구호를 외치며 시위에 참여한 학생들. 출처_http://old.masan.go.kr/special/315/memory/photo1.html

전라도, 《해좌승람(海左勝覽)》, 19세기 후반
출처_영남대학교 출판부, 《韓國의 옛地圖》, 1998.

기억으로 읽는 광주,
　　　시로 만나는 빛고을

조은

1.

내 안에는 세 개의 광주가 있다. 내 기억 속의 광주, 시로 만나는 광주, 그리고 현실 속의 광주다. 이 세 개의 광주는 시기적으로 다른 광주이면서 내 머리 속에서는 동시의 공간이기도 하다. 그래서 불쑥불쑥 서로 만난다.

내 기억 속의 광주는 1953년부터 1965년 속에 정지되어 있다. 휴전협정이 체결된 해에 초등학교에 입학했고 경제 개발이 시작된 해에 고등학교를 졸업하고 광주를 떠났다. 그 12년이 내 유년의 광주다. 유년의 기억에 잠겨 있는 광주는 가끔씩 어느 순간 튕겨져 나오고는 한다. 시로 만나는 광주는 내가 광주에 부재했던 시기의 광주이다. 그 광주를 고정희 시를 통해 만난다. 그가 《광주의 눈물비》의 서문 어딘가에 집어넣은 "가슴 쓰라린 일이지만 독일의 철학자요 비평가인 아도르노가 이십세기 지성을 향하여 내질렀던 말, 즉 '아우슈비츠 이후에도 서정시는 가능한가?' 란 물음은 내게 '광주 항쟁 이후에도 행복주의는 가능한가' 란 물음으로 변용되어 가시처럼 살 속에 와 박혔다"는 글의 서늘함으로 나는 내게 부재했던 시기의 광주를 만난다.

　　떠난 지 40년이 다 된 현실 속의 광주는 낯이 설다. 1년에 한 번 정도 갈까 말까한 광주는 내 기억 속의 광주보다 점점 작아지고 있다. 거리도 넓어지고 새로운 동네도 생겨나고 광주 변두리를 점점 편입해서 확장된 게 분명한 데도 광주가 작아지고 있다는 생각이 든다. 작아질 뿐 아니라 초라해지고 있다는 생각마저 든다. 지난 번 광주 방문 때 택시 기사 아저씨가 도청까지 옮겨가고 나면 광주는 텅 빈 도시가 될 것이라고 연신 한숨을 내뿜었기 때문인지도 모르겠다. 5·18 때 광주 도청 앞을 꽉 메운 시위대의 한 명이었다는 그는 "이제 광주도 끝장"이라고 말했다. 5·18 행사 때를 빼면 도청 앞 거리는 스산하기까지 하다. 열기가 식은 현실 속의 광주는 고정희 시 속의 광주보다 내게 더 비현실적이다.

　　2.

　　6년간 다녔던 광주중앙공립국민학교는 말 그대로 광주 한 복판에 있었다. 중앙학교라고 줄여 부르던 학교에는 교문이 두 쪽에 나 있었는데, 후문으로 불리는 교문에서 조그만 걸어 나가면 왜색 냄새가 가시지 않은 그때까지도 사람들이 본정통이라고 부르는 금남로와 충장로와 접해 있었다. 조금 더 가면 동방극장이 있었고 조숙한 아이들은 그때 벌써 그 동방극장을 기웃거렸다. 그리고 이름에서부터 뭔가 더러운 돈 냄새를 풍기는 것 같은 황금정이 그 옆에 있었다. 황금동이 공식명칭이지만 그때까지도 황금정이라고 사람들이 부른 그 일대는 밤이면 네온 사인빛이 요란한 곳이었다. 황금동으로 접어들기 전에 약간 방향을 틀면 도청과 시청으로 이어졌다. 도청 뒤로 동명동과 서석동이라는 주택가가 있었는데, 그 동네는 그때까지도 괜찮은 집이 모두 왜식 집이었다. 다른 동네들이 대부분 피난민 냄새가 가시지 않은데 유독 그쪽은 지사관사나 시장관사 등이 있었고, 정원에는 무화과, 태산목, 동백꽃 등이 적당히 심어진 제법 분위기 있는 집들이 모여 있었다. 학교의 정문은 광주역과 대인시장 통으로 이어지는 대로와 이어져 있었으며 산수동, 계림동, 지산동 등은 그 주변에 형성되기 시작한 동네였다.

　　뒤죽박죽으로 묻혀있던 초등학교 때의 기억을 엉뚱한 곳에서 꺼내 본 적이 있다. 2004년 8월 제주도의 한 작은 호텔에서 송두율 교수와 조찬을 하게 되었다. 미리 계획된 만남이 아니라 우연한 합석이었다. 송 교수는 집행 정지로 풀려난 지 이틀 만에 광주 5·18 묘지를 참배하고 고향 제주도를 일박한 다음날 독일로 돌아가는 바쁜 일정에 있었고, 나는 피서 한번 못하고 무더운 여름을 보내게 될 것 같아 무작정 아침 비행기로 제주에 내려 한 호텔에서 조찬을 했는데, 그곳에서 우연히 송 교수 일행과 마주쳐 조찬을 함께 하게 되었다. 알고 보니 송 교수는 광주중앙국민학교 2년 선배였다. 고뇌에 찬 경계인, 지식인이 되어 나타난 송 교수는 광주 중앙학교 운동장에서 함께 뛰놀던 아이들 중 한 명이었다. 우리는 최소한 4년간 같은 운동장에서 살았던 셈이다. 가벼운 화제를 꺼내다 보니 초등학교 시절의 기억으로 말의 물꼬를 텄다. 우리는 그렇게 해서 잠깐 어린 시절 광주 이야기를 하게 되었다. 운동장에 큰 등나무 덩굴이 있었다는 기억을 공유했고 엄청나게 컸던 강당이 학교 한 복판 이층에 있었다는 기억도 공유했다. 잊고 있었는데, 송 교수가 1학년 교실 뒤로 옥외 수영장이 있었다는 것도 기억해 냈다. 그 당시에 수영장 있는 학교라니... 송 교수가 덧붙였다. "일제 때 일본인 자녀들이 주로 다니던 학교였거든요." 그래서 수영장까지 있었던 셈이다. 그때서야 그곳에서 물장구 치던 아이들 모습도 떠올랐다. 하늘색 바닥도 생각났고 겨울에는 모래가 쌓여있었다는 생각도 났다. 송 교수가 사실은 아버지가 전남대학교에 계셔서 그 인근에 살았기 때문에 중앙학교 학군이 아니었는데, 학군을 위반해 다녔다고 했다. 우리집도 그때 계림동에 살고 있어서 중앙학교 학군이 아니었는데, 교육열이 넘친 어머니가 학군을 위반하면서 위장 전입 시켰다는 생각이 났다.

이층 빨간 벽돌 건물의 한 중앙에 엄청나게 큰 강당 위 천정에는 먼지가 쌓여있기는 했지만 꽤 넓은 다락방(attic)이 있었고 그곳에서 가끔 숨바꼭질을 했던 기억도 났다. 지금도 가끔 꿈에 숨바꼭질 할 때면, 그 강당 다락방이 등장하고는 한다. 그 천정에서 일제 때의 칼과 갑옷 같은 것(아마 검도 때 쓰던 투구였는지도 모르겠다)이 무더기로 나온 적도 있다. 말하자면 중앙학교 공간은 일제 잔재의 냄새와 전쟁 후의 어수선함과 그럼에도 불구하고 장난꾸러기 아이들의 일상이 있었다. 송교수와 내가 가볍게 시작한 50년 쯤 전의 기억의 공간에서 우리는 한동안 생각해 본 적이 없는 사람들에 대한 기억을 불러 내오려고 하는 순간 비틀거렸다. 누구 기억나세요? ○○○ 아버지 생각나세요? 왜 ○○당으로 국회의원으로 나왔던 그래서 잡혀가고... 또는 그 ○○○선생님 생각나세요? 그러면서 광주의 거리 곳곳에 배어있던 전쟁 직후의 암울했던 시절을 그 냄새까지 불러오고 있었다. 촘촘한 기억들이 봇물처럼 터져나올 것 같았다. 그래서 그 정도에서 멈췄다.

3.

중고등학교 6년을 보낸 양림동 일대의 공간은 초등학교 6년의 공간과는 아주 다른 색깔의 공간이다. 그곳에는 수피아여중고등학교, 숭일중고등학교 등 미션계 학교, 미국 남장로교 선교회와 위 양림교회와 아래 양림교회라는 위와 아래라는 수식어만 다른 같은 동네 이름의 교회가 있었다. 지금은 기독병원이라고 이름이 바뀐 제중병원이 있었다. 위 양림교회와 아래 양림 교회 사이에는 넓은 토마토 밭이 있었고, 조금만 나가

면 논두렁이 그대로 있었다. 그곳은 시내 중심가와는 다른 영지였다. 일
요일에는 두말할 필요도 없지만 평일에도 한 쪽에 성경을 낀 사람들이 이
곳저곳에서 경건한 표정으로 걸어 나오는 거리였다. 〈밀레의 종소리〉나
〈이삭 줍는 사람들〉이 곧 튀어 나올 것 같기도 하고 널따란 숲 속의 장지
에 푸른 눈의 선교사들의 집이 그림처럼 자리해서, 이국적 분위기와 청교
도적이면서 현세적이지 않은 분위기가 묘한 공기를 뿜어내고 있었다. 중
학교 때 내 단짝은 서울에서 온 아이였다. 딸이 다섯이나 되는 월남한 집
의 넷째 딸이었다. 서울에서는 집도 좁고 생활도 넉넉하지 않자 제중병원
에 여의사로 와있는 노처녀 고모에게 보내진 아이였다. 난 그 아이와 너
무나 친해서 학교에 있는 동안은 언제나 붙어 다녔다. 결핵 환자 병원이
어서 제중병원을 드나드는 것을 어머니가 싫어했음에도, 개의하지 않고
나는 날마다 그 제중병원 안에 있는 친구 집에 가서 살다시피 했다. 고모
와 함께 사는 친구 집은 병원 안에 있었는데, 6월이면 아카시아 꽃향기가
진동하는 언덕에 있었다. '숲 속의 작은 집' 이라고 우리는 이름 지었다.
숲 속의 작은 집 한쪽 침대에는 젊은 청년이 늘 누워 있었다. 친구 고모는
무슨 영문인지 결핵 3기의 청년을 집에서 직접 치료하고 있었다. 그 친구
는 자기 고모의 애인이라고 장난스레 말하고는 했다. 우리가 〈마지막 잎
새〉를 읽고 있을 때 그 청년이 세상을 떠났다. 그 청년이 떠난 뒤에는 또
다른 어떤 환자가 그 고모네의 손님 침대를 점하고 있었다. 그 친구의 고
모는 언제나 환자 한 명쯤은 집에서 돌보고 있었다. 어떤 때는 갓난아이
가 와있기도 했다. 오랜 세월이 지났을 때 신문에서 무슨 봉사상의 수상
자로 친구 고모의 이름을 발견했다. 양림동 동산이라고 불렸던 그 공간에
는 전혀 현실적이지 않은 '그런 사람들' 이 무더기로 있었다. 나중에 광주
의 어머니로 불리는 조아라 선생님은 동창회장의 이름으로 꿈을 심으러
우리 앞에 자주 나타났고 화학 선생님은 "화학은 물질의 변화만을 가르

치는 것이 아니라 사람이 사람답게 변화되는 것을 가르치는 과목"이라고 '억지 주장'을 해가면서 화학 시간에 인생을 가르쳤다.

교장선생님의 사모님은 제중병원의 간호사였는데 언제나 염소를 앞세워 몰고 양림동 긴 고갯길을 걸어 출근했다. 병원 풀밭에 염소를 방목했다가 퇴근길에 다시 몰고 가고는 했다. 내 친구의 어머니이기도 했지만 친구에게 왜 어머니가 염소를 몰고 출근하시는지 묻지 못했다. 이제 이 글을 쓰면서 친구에게 전화해서 어머니가 몰고 다닌 염소가 한 마리였는지 두 마리였는지 물었다. 둘 다 맞다고 친구가 확인해주면서 웃었다.

시를 읽고 시를 쓰는 일은 익숙했다. 중학교에 입학하자 만난 국어 선생님은 〈동백꽃〉('동백꽃은 / 훗시집간 순아 누님이 / 매양 보며 울던 꽃 // 눈녹은 양지쪽에 피어 / 집에 온 누님을 / 울리던 꽃')이라는 시로 1954년에 문예(文藝)지를 통해 등단한 선생님이었다. 수업이 없을 때는 늘 운동장을 돌고 있었다. 아이들이 시상(詩想)이 안 잡혀서일 거라고 쑥덕거렸다. 얼마 전 중학교 때 한 반이었던 친구가 어디서 구했는지 우리가 대학을 졸업할 때쯤에 나온 그 선생님의 시집을 제본해서 보내주었다. 고 1때 국어 선생님은 《영산강》이라는 시집을 낸 선생님이었는데, 별명이 5센티였다. 키가 작다고 아이들이 붙인 별명이다. 작은 키에 늘 책을 한 가방씩 들고 다녀서 사진사라고 불리기도 했는데 나중에는 노트르담의 꼽추라고 불리기도 했다. 훤칠하게 키가 크고 예쁜 어떤 언니를 좋아한다고 아이들이 부쳐주었다. 고등학교 때 음악 선생님의 부군은 김현승 시인이어서 우리는 일찍부터 김현승의 〈가을의 기도〉, 〈창(窓)〉, 〈플라타너스〉 정도의 시는 외우고 있었다.

4.

그리고 또 다른 유년의 공간에는 친숙하지 않지만 지워지지도 않는 공간이 있다. 공설 운동장으로 가는 길과 31사단이 있는 상무대는 어느 순간 불쑥 고개를 내미는 어정쩡한 공간이다. 동원의 공간이었던 공설 운동장으로 가는 길은 걷기에는 좀 먼 길이었다. 버스 노선도 없었던 것 같다. 그래서 먼지 날리는 길을 땀을 삘삘 흘리며 걷고는 했다. 이름도 모르는 미국 대통령이 서울을 방문 중일 때, 우리는 성조기와 태극기를 들고 공설 운동장에 가야 했다. 왜 가야 하는지 모르지만 어떻든 갔었다. 재일 조선인 북송을 반대하는 궐기 대회를 할 때도 그곳에 동원되어 갔었다. 그리고 또 중학교 체육 시간에 수영을 배우러 그곳에 갔었다. 우리 학교에 풀장이 없었기 때문이다. 아니 그때는 학교뿐이 아니라 풀장이 있는 장소가 거의 없었다. 모든 학교가 수영을 가르치러 그곳에 왔는지 여름 한 철 공설 운동장 수영장은 아수라장이었다. 공설 운동장과 비슷하게 변두리 어딘가에 31사단과 상무대가 있었다. 가본 것 같기도 하고 아닌 것 같기도 한 그 상무대는 내 기억 속에는 없지만 늘 광주와 붙어 다녔다. 그쪽 출신이 아니면서 광주에 가본 적이 있다고 말하는 남자들 중 상당수는 훈련병 때 거기 배치되던 남자들이다. 그들은 충장로에 가봤다고 말하다가 "황금동이라고 있지요." 하면서 말끝을 내리기도 한다. 〈꽃잎〉이라는 영화를 보다 말고 그 상무대의 공간과 마주친다. 〈박하사탕〉에서도 만난다. 그리고 초등학교 때 잠깐 살았던 그 계림동 집에 우리가 떠난 뒤 세들어 살았던 육군 소위인지 중위인지가 5·18이 끝난 뒤 청와대 주인이 되었다. 그 집 아주머니 내외를 초청했다는 소문을 기억해 낸다. 상무대는 계림동에서 가까운 곳은 아니었지만 무슨 이유에선지 상무대로 가는 통근버스가 있어서 군장교들이 꽤 살았었다는 기억이 따라나왔다.

유년 시절의 광주를 기억해내면서 이상하게도 성(聖)과 속(俗)이 병존했던 공간을 오간 것은 이상한 느낌이 잡힌다. 목가적이면서 전투적인, 아니 '멜랑콜리' 하고 '비의적(秘義的)' 이기까지 한 공간을 오간 것 같기도 하다.

이런 기억을 헤엄치다말고 나는 벤야민의 〈베를린의 유년 시절〉의 한 구절을 떠올린다. 그리고 샘을 내면서 다시 읽는다.

"우리 정원에는 사람이 살지 않는 다 썩어버린 정자가 하나 있었다. 창문이 너무 화려했기 때문에 나는 그 정자를 사랑하였다. 그 안의 창문을 하나씩 색칠하노라면, 나는 내가 변모되어가는 것을 느꼈다. 창문에 비치는 풍경이 때로는 아름다우며 때로는 먼지투성이가 되고, 때로는 메마르고 때로는 초목이 무성하듯이, 나 역시도 그러한 풍경처럼 물들여졌다. 느낌이었다. 그림을 그릴 때 축축한 구름 속의 풍경을 내 손으로 붙잡으면, 사람들은 나에게 그들의 내부를 열어 보이지 않았던가. 비눗방울 놀이를 할 때에도 나는 이와 비슷한 느낌을 받곤 하였다. 비눗방울을 만들면, 나 자신은 비눗방울 속으로 들어가서 둥근 지붕이 파열할 때까지 둥근 세상의 색채 놀이에 뒤섞이지 않았던가. 하늘 색, 장신구의 색깔, 책에 그려진 색채는 너무도 나를 매혹시켰다. 어린이들은 어디서나 색깔의 포로이다."

나도 유년의 광주를 쓰면서 이런 기억을 해내고 싶다. 그런데 그럴 수가 없다. 내 어린 시절의 어느 하루쯤은 색깔의 포로가 되었을 법한데 그런 순간을 기억해 낼 수가 없다. 그래서 쓸 수가 없다. 유년을 사로잡은 색깔을. 〈베를린의 유년시절〉을 따라 읽으면, 또 이런 구절이 있다.

"삶이란 언제나 오랫동안 유년 시절에 대한 온화한 회상과 함께 흐른
다. 이는 마치 어머니가 잠든 신생아를 깨우지 않고 가슴에 안고 있는
것과 같다. 유년 시절에 대한 기억 가운데 정원을 바라보던 기억이 가장
깊고도 버밀하게 내 마음속에 자리하고 있다. 정원의 어두컴컴한 회랑
들 가운데도 여름철 차양에 의해 가려진 회랑은 내게 하나의 요람이었
다. 그것은 마치 도시가 새로운 시민들을 위해 설치해둔 요람 같았으니
까. 위층의 가로로 된 나무를 받치고 있던 여상 기둥들은 이 요람에서
노래를 부르기 위해 잠깐 제자리를 떠난 것 같았다. 그 노래는 내가 애
타게 기다리던 어떠한 구절도 담지 않았으나 그 대신 한 절의 후렴으로
이루어져 있었다. 정원의 공기는 이 노랫가락에 실려 언제까지나 그곳
에서 나를 황홀하게 만들었다....."

내 유년에는 정원을 바라보던 기억이 없다. 무등산을 바라보던 기
억은 있다. 그 무등산은 있기도 하고 없기도 한 우리 일상의 일부였다.
특별히 바라보았다고 할 수도 있다. 그런데 광주를 생각하거나 무등산을
생각하면 황홀하기 보다는 아프다. 무색으로 아프다.

5.

1990년 어느 날 고정희가 직접 서명해 보내준 《광주의 눈물비》 제
1부 〈망월동 원혼들이 쓰는 절명시〉는 15편의 시에 모두 '우리의 봄 · 서
울의 봄' 이라는 부제가 붙어있다. 같은 제목에 '우리의 봄 · 서울의 봄
2' 라고 붙어 있는 시는

오월이라는 의미를
그대 저녁밥상에서 밀어버지 말라

광주는 그대의 밥이다

로 시작한다. 그리고 이렇게 이어진다.

오월이라는 눈물을

그대 마른 가슴에서 닦아버지 말라

광주는 그대의 칼이다

오월이라는 함성을

그대 출세진급표에서 삭제하지 말라

광주는 그대의 역사성이다

오월이라는 상처를

그대 장래 희망사항에서 버려놓지 말라

광주는 그대 부활의 땅이다

오월이라는 주먹밥을

그대 축복 가운데서 외면하지 말라

광주는 그대 진실의 징표이다

오월이라는 기다림을

그대 겨울 난롯불에 화장하지 말라

광주는 그대의 봄, 우리의 봄,

서울의 봄이다

광주가 '밥'이고 '칼'이고 '역사성'이고 '부활의 땅'이고 '진실의 징표' 그리고 '그대의 봄'이고 '우리의 봄'이고 또 '서울의 봄'이라는 것이다.

고정희는 광주에 대해 시를 쓰는 것이 아니라 광주의 혼을 노래한다. 그래서 나는 정말 광주가 그리우면 고정희의 시를 읽는다. 거기서 광주를 만난다.

6.

내가 고정희를 처음 만난 것은 1984년 《또 하나의 문화》를 시작하면서였다. 그때 나는 미국에서 막 공부를 끝내고 대학에 들어온 지 1년도 안 된 때였다. 누군가가 고정희를 여성 운동에 관심 있는 시인이라고 내

게 소개했다. 광주에서 일도 하고 산 적도 있다고 했다. 그런데도 우리는 광주에 대해서 말하지 않았다. 광주에서 학교를 다녔는지도 묻지 않았다. 당연히 어느 학교를 다녔는지 묻지 않았다. 서로가 '광주'를 입 밖에 내며 서로의 아픔을 덧나게 할 필요가 없어서 일거라고 나는 막연히 생각했다. 그가 지리산 산행중 세상을 떠난 뒤에야, 가난한 농민의 딸이었던 고정희는 우리들이 시인 선생님 주변에서 얼쩡거리며 '가볍게' 시와 친했을 때 혼자 외롭고 "무겁게" 시 습작을 하고 있었다는 것을 알았다. 중고등학교를 다니지 못하고 초등학교와 대학만 다녔다는 것을 그가 세상을 떠난 뒤에 알았다.

광주사람들에게 무등산은 모든 곳에서 바라다 보였고 눈만 뜨면 쳐다보는 또 하나의 영지였다. 1983년에 나온《이時代의 아벨》에 나오는〈朴興塾傳〉에서 고정희는 생각하기에 따라서는 매우 엉뚱한 무등산 시를 가져오고 있다.

어머니 나는 법관이 될래요

독학으로 무등산 기록이 될 거예요

가난이 무슨 부끄러움인가요

지금은 무등산 무허가 초막에 살지만

기러기떼 날아가는 어느 날엔가

햇빛 쨍쨍한 마당 전나무숲 아래

시름 많은 사람들 오고 가게 할래요

근심 많은 사람들 찾아 오게 할래요

지금은 토담에 거미줄만 정답지만

서까래에 매어 둔

(중략)

지금은 무등산에 수박을 심고

수박 덩굴처럼 엎드려 살아요

수박 덩굴처럼 단물을 만들어요

이 시를 보면서 나는 처음으로 무등산이 등급이 없는 산을 뜻한다는
생각을 해보게 되었다. 눈만 뜨면 보였던 무등산을 때로 신령한 영지처럼
생각한 적은 있었지만, "등급이 없는" 산, 그래서 엎드려 사는 사람들의 산
이라는 생각을 해보지는 못했었다. 김남주의 〈무등산을 위하여〉를 읽으면
서 무등산의 위용을 생각했고, 김현승의 〈무등茶〉를 읽으면서 '무등산 차'
한 잔의 향기를 꿈 꾼 적이 있었지만, 무등산에 사는 사람들 이야기와 만나
지는 못했다.

박흥숙은 누구인가? 1977년 4월 어느 날 무등산 중턱 증심사 계곡 덕
산골에서 무허가 건물을 철거하던 철거반원 4명이 한 청년에게 쇠망치로
살해 당했다. 이 엽기적인 살인사건을 저지른 청년이 당시 21세의 박흥숙
이었다. 그는 1980년 12월 형장의 이슬로 사라졌다. 당시 모든 매스컴이 앞
다투어 희대의 살인마로 이름붙인 박흥숙을 고정희는 도시빈민 청년의 꿈
과 무등산을 묶어 〈박흥숙전〉이라는 '아름다운' 시로 엮어내고 있다. 그
청년이 형장의 이슬로 사라진 지 25년 뒤, 그리고 고정희가 그를 시로 만들
어낸 지 23년 뒤인 2005년 5월 '이제는 말할 수 있다'는 TV 프로그램에 등
장한 그의 유서와 만난다.

도시빈민과 강제철거, 공권력의 횡포와 무등산을 눈하나 깜빡않고
시로 만든 고정희의 시적 상상력에 눈을 감는다.

고정희는 누구에 대해서 또는 무엇에 대해서 시를 쓰지 않는다. 광주

에 대해서 또는 무등산에 대해서 시를 쓰지 않는다. 심지어는 망월동에 대해서도 시를 쓰지 않는다. 광주와 무등산과 망월동의 사람들과 그들의 혼을 노래한다. 그래서 우리는 고정희의 시를 통해 빛고을 정신을 만난다.

1986년에 나온 《눈물꽃》에는 〈우리는 이제 가야합니다 - 광주 YWCA회관 신축 봉헌날〉이라는 시가 있다.

그대여

빛고을의 그대여

우리는 이제 가야 합니다

무등산의 넉넉한 산들바람에

수난의 옷고름 휘날리면서

63년 한평생 쓰라린 기억들을

길이어라, 힘이어라, 호명하면서

새로운 역사의 고지를 향해

늠름히 늠름히 걸어가야 합니다

모진 돌풍 이겨낸 고난의 땅에

묵시의 종소리 울리고

전국 방방곡곡에서 동지들 달려오니

무등의 젖줄에서 태어난

뜨겁고 정의로운 광주 사람들과 함께

산천초목 흔들리게 노래부르며

저 어둠, 저 불 막으러 가야지요

그러나 누군들 지난역사 잊겠어요

(중략)

조국해방이 돌아왔을 때는

신병도 불사하고 건국이념 불태우다가

동족상잔 육이오를 당하셨지요

아, 거리마다 넘치는 고아들

아, 골목마다 버려진 기아들을

쓸쓸한 폐옥에 불러 모으시고

장롱 속에 고이 간직한

무명베 두 필로 풀죽을 쑤시며

가없는 하늘을 향해

나직이 하느님을 부리시던 당신,

그러나 나날은 더욱 어두웠지요

허리가 휘어지도록 돌밭을 고르시고

해마다 '민주씨앗' 그곳에 뿌리시며

민주풍년 나라잔치 학수고대하셨지만

(중략)

끝내는

군화발에 짓이겨진 폐허의 땅에

유신헌법 긴급조치 몰려와

피땀어린 땅문서 통째로 빼앗겼지요

밤이면 밤마다

낮이면 낮마다

금남로와 충장로에서

비탄으로 울부짖는 젊음을 향해

(중략)

오 세계 어느 곳에도 없는

피비린내의 항거인 그날이여

역사의 오점을 거부하고

오욕의 역사를 거부하기 위해

한반도의 정적을 깨뜨린 그날이여

무고한 백성들의 피의 축제 앞에서

온몸에 총구멍 숭숭 뚫리면서도

저희의 깃발을 무등에 꽂으시며

〈광주는 빛이다〉 외치신 당신,

외치다 외치다 기진하신 당신,

(중략)

아직은 우리가 깊고 어두운 폭풍전야 속에 있지만

더러운 발자욱을 거부하는 광주

죽어도 죽지 않는 광주와 함께

우리는 또다시 가야 합니다

이 거대한 침묵의 증인되어

무등의 아들들을 일으켜 세우고

무등의 딸들을 일으켜 세우고

한반도의 자유시민과 함께

새 예루살렘의 길을 가야 합니다

고정희는 YWCA회관 신축 봉헌을 기념하는 봉헌시에서조차 YWCA에 대해 쓴 것이 아니라 YWCA의 얼을 그리고 광주의 얼을 쓰고 있다.

광주 항쟁 직후인 가을 1981년에 낸 《실락원기행》에서는 〈신연가〉 연작 5편이 실려 있는데, 〈휘몰이〉라는 시에서 그때 하소연할 데가 '광주밖에' 없음을 호소한다.

여보시오 광주 시민 문 좀 열어 주시오

泉城島 都彌 안해 문전 걸식 왔수다

두눈 빠진 우리 서방 봉양 왔수다

(중략)

여보시오 광주시민 귀 좀 빌어 주시오

천성도 도미 안해 문전 안부 왔수다

(중략)

여보시오 광주 시민 혼 좀 열어 두시오

1987년에 나온 《지리산의 봄》 Ⅰ부에는 연작 15편이 들어있다. 〈땅의 사람들 1, 2, 3.... 15〉라는 제목에 다른 부제만 붙어 있는 이 시들은 모두 광주 민주화 항쟁으로 땅에 묻힌 사람들을 노래한다.

그 시에서 고정희는

아니다

아무도 네 시체 위에 궁전을 지을 수는 없으며

아무도 네 봉분 깔고 앉아

면죄부를 나눠 가질 수는 없으니

라고 노래한다.

그러면서 그 땅의 사람들이 희망임을 우리에게 각인시킨다.

이 땅의 어린이가 그대 영전에

민들레 꽃씨 휘휘 뿌려놓고

산꽃 들꽃으로 돌아오라 이른다

이 땅의 젊은이가 그대 영전에

동트는 새벽빛 가닥가닥 걸어놓고

자유의 바람으로 돌아오라 이른다

1989년에 나온 《저 무덤 위에 푸른 잔디》의 후기에서 고정희는 "눌린자의 해방은 눌림받은 자의 편에 섰을 때만 가능하다"고 쓰고 있다. 마당놀이 형식을 연 이 시에서 〈네 번째거리 - 진혼마당〉에는 〈눈물없이 부를 수 없는 이름 석 자〉, 〈누가 그날을 모른다 말하리〉 등 열세 편의 시 모두에서 망월동의 넋을 불러오고 있다.

누가 그날을 모른다 말하리

넋이여,
망월동에 잠든 넋이여
하늘이 푸르러 눈물이 나네
산꽃 들꽃 피어나니 눈물이 나네

누가 그날을 잊었다 말하라
누가 그날을 모른다 말하리
가슴과 가슴에서 되살아나는 넋
칼바람 세월 속에 우뚝 솟은 너

(중략)

꽃물을 가슴에 문지르는 어머니

그대이름 호명하며 눈물이 나네

목숨바친 역사 뒤에 자유는 남는 것
시대는 사라져도 민주꽃 만발하리
너 떠난 길 위에 통일의 바람 부니
겨레해방 봄소식 눈물이 나네

1980년 민주 항쟁 이후 광주를 시에서 놓지 못하는 고정희 시를 따라 광주를 읽으면서, 《비트겐슈타인의 빈, 그 세기말 풍경》의 첫 구절을 다시 펴고 읽어 보았다.

"대중의 상상 속에서 '빈'이라는 이름은 슈트라우스의 왈츠, 매혹적인 카페, 감칠맛 나는 페이스트리 과자, 그리고 어떤 근심 걱정도 없이 만사를 포용하는 쾌락주의 등과 같은 의미를 지닌다. 그러나 그 껍데기를 아주 조금이라도 벗겨 본 사람에게는 매우 다른 그림이 드러난다. 왜냐하면 꿈의 도시 빈의 신화를 만들어 내는 데 동원되는 이 모든 요소들이, 동시에 빈 식 삶의 또다른 어두운 단면이 되기 때문이다. (중략)
가장 잘 알려진 슈트라우스 왈츠 작품 〈아름다운 푸른 도나우〉는 오스트리아-헝가리 제국의 군대가 자도바라는 마을에서 프러시아 군대에게 패퇴하고 난 지 몇 주 후에 작곡되었는데, 그 패배는 합스부르크 왕가가 더는 게르만 세계의 헤게모니를 주장할 수 없게 될 정도로 결정적이었다. 프란츠 요제프의 군대가 비스마르크의 군대 앞에 그렇게 신속하게 무너져 버렸다는 사실은, 일등 군주국이 이제는 기껏해야 이류 국가로 전락해 버렸음을 분명하게 말해 주는 것이었다. 비슷하게, 슈트라우스의 가장 성공적인 오페라 〈박쥐〉는, 훗날 오스트리아인들이 검은 금요

일이라고 부르게 되는 1873년 5월 9일의 끔찍한 주식 시장 붕괴에 충격을 받은 빈 시민들의 기분을 전환하는 효과를 발휘하였다.

왈츠는 언제나 빈 사람들의 삶의 기쁨(joie de vivre)을 나타내는 상징이었지만, 동시에 또 다른 얼굴도 가지고 있었다. 독일에서 온 한 방문객은 슈트라우스와 그의 왈츠가 악마의 소굴로 가는 비상구를 제공한다고 묘사하였다...."

고정희의 "아름다운 시어"들이 광주와 맺고 있는 역설은 무엇일까?

7.

이 글을 쓰면서 "도시는 침묵으로 말한다"고 한 어느 도시 사회학자의 말을 떠올린다. 그는 외국의 학자다. 그가 사는 도시도 침묵으로 말하는 모양이다. 서울에서 살면서 도시는 침묵으로 말한다고 생각한 적이 없는데 왜 광주를 생각하면 도시는 침묵으로 말한다는 생각이 드는지 모르겠다. 적어도 내게 광주는 침묵으로 말한다. 아니 광주는, 빛고을은 이름으로 말한다. 많은 것을.

풍요, 원한, 혁명, 해원,
그리고 다시 풍류로
전북 서부 평야

김월덕

지리 · 역사 · 문화

전라북도는 지역적으로 크게 동부 산간 지역과 서부 평야 지역으로 나눌 수 있다. 이 중에서 서부 평야 지역은 예로부터 전북 지역뿐만 아니라 호남 지역 문화의 중심 지역으로서, 역사적 · 사회적으로 우리나라에서 가장 다양하고 풍부한 문화와 예술을 창조해 내어, 우리 문화 예술의 방향과 흐름을 주도해온 지역이다.

이 지역은 현재의 행정 구역상으로는 북쪽으로부터 익산 · 옥구 · 군산 · 전주 · 완주 · 김제 · 정읍 · 부안 지역으로서, 이 중에서 전주는 이 지역의 동쪽 끝에 자리하면서 전북 지역의 동부 산간 지역과 서부 평야 지역의 중간에 위치하여, 양 지역의 문화를 종합하는 역할을 해 왔다. 이 지역은 동쪽이 백두대간의 끝자락으로서 산간 지역으로 막혀 있고, 북쪽이 금강을 경계로 분리되어 있으며, 서쪽이 서해 바다로 널리 트여 있다. 이러한 환경 지리 조건으로 인해 일찍부터 서해 바다를 통해 중국과 서방의 선진 문화를 가장 활발하게 받아들였다. 이를 토대로 재창조한 우리의 독창적인 문화를 다시 이들 지역으로 재수출했으며, 영남 지역 및 일본 등지로도 전파한 공력과 업적을 이룩한 곳이다. 그러나 역설적이게도 나중에는 이 지역의 문화를 수입해 간 인근 다른 지역인 신라 및 일본으로부터 수많은 침략과 약탈을 받아야만 했고, 그러한 비운의 역사는 오늘날까지도 암암리에 이어져 오고 있다.

이 지역에 관한 가장 오래된 기록인 중국 서진 시대의 진수(陳壽, 233~297)가 기록한 《삼국지(三國志)》 〈위지동이전(魏志東夷傳)〉에 '소도(蘇塗)' 라는 특정한 신성 지역이 따로 독립되어 있었다는 기록으로 보아, 이 시기에 이미 제정일치 신화 시대를 벗어나 제정 분리가 이루어졌음을 알 수 있다. 이것은 제사장의 위치가 일정한 신성 지역으로 제한되어 있었고 그 나머지 지역은 정치 지배자인 씨족장이나 부족장이나 왕이 다스렸음을 뜻한다. 이 '소도' 의 옛 풍속은 그 후 이 지역의 세습무(世襲巫)인 '단골' 의 전통으로 이어지고, 단골을 중심으로 한 다양하고 풍부한 '공연 예술' 의 전통을 이룩하는 중요한 기저가 되었다. 호남 농악·시나위·호남 살풀이·각종 광대 놀음·민요·호남작법 및 범패 등과 같은 민속 예술이 세습무의 전통과 깊은 관련을 가지고 전개되었던 것이다.

또한 씨뿌리기와 추수를 한 후에 하늘에 제사하는 제천 의식인 '오월제(五月祭)' 와 '시월제(十月祭)' 가 행해졌다는 기록이 있는데, 이 지역에서는 이미 이 시기에 농경 생활과 이를 토대로 한 '농경 문화' 가 확실하게 정착되었음을 분명하게 알 수가 있다. 그리고 삼국시대 초기인 4세기경 백제에 의해 축조된, 우리나라 최고(最古)의 저수지인 김제의 '벽골제' 에 관한 역사적 기록과 발굴 현장 자료들을 보면, 서기 300년경에 이미 이 지역에서 벼농사가 본격적으로 이루어졌음을 확인할 수가 있다. 이처럼 일찍부터 발달한 답작(畓作) 농경 생활은 이 지역 문화 예술의 풍요한 토대를 보장해주는 근거가 되었다.

이 지역의 지형적 특징을 보면, 발원지를 달리하는 강물이 한 곳으로 모이지 않고 물길이 각각 다른 방향으로 흘러간다. 전북 북동쪽의 장수에서 발원하는 금강, 동남쪽의 진안에서 발원하는 섬진강, 서북쪽의 완주군 동상면에서 발원하는 만경강, 서남쪽의 정읍 내장산에서 발원하는 동진강 등 물길의 방향을 달리하는 큰 강들이 전라북도 전역에 뻗어 흐른다. 그래서 풍수 지리적으로는 실학자 성호 이익이 지적한 바와 같이, 물길이 사방으로 흩어지는 '산발사하(散髮四下)' 형세를 이루고 있다. 이러한 형세는 모든 물줄기들이 낙동강 한 줄기로 모이는 영남 지역과 대조를 이룬다. 이처럼 지형으로부터 문화적인 인자를 찾는 관점으로 보면, 물길이 사방으로 흩어지는 프랑스의 지세와 물길이 라인강 한 줄기로 합쳐지는 독일의 지세와 비교되어, 호남 지방은 마치 프랑스와 같이 문화와 예술이 발달하고, 영남 지방은 독일과 같이 사상과 학문이 발달했다는 견해를 낳기도 한다. 이와 같은 자연 지리적 환경 조건은 이 지역에 우리나라에서 가장 광대하고 기름진 평야 지역을 형성하여, 이 지역 문화와 예술의 다양성과 풍부성을 이룩하는 중요한 조건이 된 것만은 분명하다. 이처럼 다양하고 풍부한 지리 · 역사 · 문화의 조건들은 이 지역에 다양한 문화적 충돌과 소용돌이와 융합의 장과 계기들을 마련해 주었으며, 그러한 충돌과 융합의 장과 계기들로부터 이 지역 문화와 예술과 문학이 탄생하고 성장하고 발전하고 전파될 수 있었다.

씨족 공동체 마한의 제천 의식과 집단 구비시가

이 지역의 가장 오래된 문학 자료는 앞서 언급한 《삼국지》〈위지동이전〉의 '마한' 조에 나오는 '오월제' 및 '시월제'에 관한 기록일 것이

다. 그 기록은 다음과 같다. "항상 오월에 씨뿌리기 때가 되면 귀신에게
제사를 지내는데, 무리지어 노래하고 춤추고 술 마시기를 밤낮으로 하여
그치지 않는다. 그 춤은 수십 명이 함께 한 줄을 이루어 몸을 구부리기도
하고 허리를 펴기도 하며 손과 발을 서로 맞추는 것이다. 절주(節奏)는
중국의 탁무(鐸舞)와 비슷하며, 시월에 농사가 끝난 때에도 이와 같이 한
다. 귀신을 믿으며 국읍(國邑)에는 각기 한 사람씩을 세워 천신(天神)에
게 제사지내는 일을 주관하게 하는데 이를 천군(天君)이라 한다. 또한 각
읍에는 별읍(別邑)이 있는데 그곳을 '소도(蘇塗)' 라고 한다."

　　이 기록을 보면, 2~3세기에 이 지역에 소박한 형태의 집단적 구비
시가 곧 '여럿이 함께 집단적으로 춤추고 노래하는 소박한 제창(齊唱)
형태의 구비시가' 가 형성되어 있었음을 알 수 있다. 노래의 내용을 알
수는 없지만《삼국유사》〈가락국기〉에 나오는 〈구지가(龜旨歌)〉와 같
이 축귀적인 내용 또는 공동체의 기원을 노래했을 것이다. '소도' 는 제
사장으로서의 '천군' 의 사제권이 보장받던 곳으로, 오늘날 그것이 '솟
대' 와 '단골판' 이라는 유풍으로 이 지역에 널리 퍼져 전승되었으며, 그
천군의 역할은 바로 세습 무당이 계승해 오면서 이 지역 공연 문화 예술
을 주도해 왔다.

부족 국가 백제의 원한과 사랑

　　이후에 이 지역은 부족 국가인 백제로 발전하면서 서역과 중국으
로부터 찬란한 선진 문화를 받아들여 일찍부터 반도에서 가장 발달한 문
화를 창조하여 이를 주변 지역과 나라들에 전파해주었다. 그러나 그 후
반에 가서는 발달한 문화와 풍부한 경제력과 개방적인 지세 등이 오히려
주변 국가들로부터의 수없는 침탈을 감내해야 하는 요인이 되었다. 이것

부족국가 백제의 원한과 사랑의 상징이 된 망부상
정읍사 공원 소재

은 이 지역에 수많은 고통과 원한을 대대로 집적하는 결과를 낳았다. 이러한 환경 조건 속에서 이 지역에서는 그러한 원한을 예술적으로 표현한 문학과 그러한 원한을 정치적으로 치료한 혁명과 그것을 종교적으로 승화한 사상 등이 다양하고 성숙하게 발전되었다.

그러한 백제 시대의 문학은 《고려사》〈악지〉 '삼국속악' 조에 그 기록이 나오는 백제의 노래 〈선운산가〉, 〈무등산가〉, 〈방등산가〉, 〈정읍사〉, 〈지리산가〉 5편과 《삼국유사》 '무왕' 조에 나오는 〈서동요〉이다. 이 고대 가요 가운데 가사가 현전하는 작품은 〈정읍사〉와 〈서동요〉인데, 〈정읍사〉는 정읍의 한 여인이 행상 나간 남편을 그리워하여 지었다는 노래이고, 〈서동요〉는 백제 무왕이 어린 시절에 신라 진평왕의 딸 선화공주를 아내로 얻기 위해 지어 퍼뜨렸다는 노래이다. 〈선운산가〉는 지금은 고창군에 편입된 어느 고을에 사는 한 여인이 남편이 부역에 나가서 기한이 지나도 돌아오지 않자, 선운산에 올라가서 남편을 기다리며 부른 노래라고 하는데, 노래의 창작 배경이 〈정읍사〉와 유사하다. 〈무등산가〉는 광주의 진산인 무등산에 성을 쌓고 백성들이 안심하고 살게 된 즐거움을 노래한 것이고, 〈방등산가〉는 도적에게 잡혀온 장일현의 한 여인이 자신을 구하러 오지 않는 남편을 원망하며 부른 노래라 한다. 〈지리산가〉는 가난하지만 부도(婦道)를 다하며 살고 있는 구례현의 한 여인을 그 자색에 반한 왕이 강제로 궁에 데려가려 하자, 그 여인이 저항하며 정절을 지키고자 하는 자신의 심정을 노래한 것이라고 한다. 이들 노래들은 실제로 특정한 개인이 창작한 것이라기 보다는 당시 구전되던 민요들 가운데서 정착된 것이라고 볼 수 있다. 그런데 대부분이 여성 화자를 내세워 민중의 원한과 사랑을 노래한 점이 특징적이다. 또 이러한 노래들의 배경 설화와 내용이 이 지역 사람들의 역사적인 고통과 한에 깊이 관련되어 있다는 점에서, 민중의 노래로서의 그 전통적 연원이 매우 의미심장하게 다가온다.

이 지역의 이러한 민중적 전통은, 민중 불교 사상인 미륵 신앙이 김제 모악산 금산사와 익산 미륵산 미륵사를 중심으로 이 지역에서 널리 성행했던 것이나, 훗날 동학 혁명이 이 지역의 정읍을 중심으로 일어난 것과 무관하지 않다. 그리고 동학 혁명의 실패로 인한 원한을 치유하는 민중 종교 사상인 증산 사상이 다시 정읍에서 탄생한 것도 이러한 전통의 맥락에서 볼 때 결코 우연한 일이라 할 수 없다.

가사 문학의 근원지 정읍 태인

유학에 바탕을 둔 사상을 발전시키면서 신라 육두품 지식인층의 학문을 이끈 신라 말기의 최치원은 금돼지의 변을 입고 태어났다는 출생 설화 및 어려서 글공부를 했다는 자천대(紫泉臺) 등과 함께 군산·옥구에 그의 자취를 남기고 있다. 또한, 지금의 정읍시 태인면인 태산에서 현감을 지냈는데, 고려 시대에 이곳에는 그의 학문과 덕행을 기리기 위해 태산사(泰山祠)가 세워졌다. 이곳은 조선 시대에 와서 무성서원으로 사액을 받아 재건되는데, 여기에는 최치원뿐만 아니라 신잠, 정극인, 송세림 등 조선 시대의 여러 유학자들이 함께 배향되었다.

고대 가요 〈정읍사〉가 나온 곳인 정읍은 조선 시대에 들어서자 다시 우리나라 가사 문학의 고향으로 거듭난다. 사간원 정언(正言)을 지낸 불우헌(不優軒) 정극인(丁克仁, 1401~1481)이 우리나라 가사 문학의 효시인 〈상춘곡(賞春曲)〉을 탄생시킨 곳이 바로 정읍 태인이기 때문이다. 정극인은 단종이 폐위되자 벼슬에서 물러나 태인에 은거하면서 부귀와 공명을 욕심 내지 않고 자연을 벗 삼아 '풍월주인'으로 사는 삶에서 느끼는 만족과 기쁨을 〈상춘곡〉에서 노래했다. 〈상춘곡〉의 풍류 정신은 이후에 인근의 전남 담양의 면앙정(俛仰亭) 송순(宋純), 송강(松江) 정철(鄭澈)의 가사 문학으로 이어지며 이른바 '호남가단(湖南歌壇)'의 강호가도 시풍을 형성하는 바탕이 되었다.

문화사의 측면에서 태인이 갖는 또 하나의 중요한 의미는, 태인이 조선 시대 호남 지방에서 전주와 함께 인쇄 문화가 가장 발달한 지역 중의 하나였다는 점이다. 1664년에 《명심보감초(明心寶鑑抄)》가 판매용 도서인 방각본으로 출판되어 나온 이래, 교육 도서뿐만 아니라 수많은 학술 서적들이 태인에서 출판되었다. 이 지역에서 발달한 인쇄술은 태인의 문화적 환경을 발전시키는 원동력이 되었다. 신라 말 최치원으로부터 시작되어 조선중기 정극인과 송세림 등으로 이어지는 이 지역 유학의 깊은 전통의 토대 위에서 태인은 출판 문화를 꽃피워 교육과 학문의 고장으로서 발전할 수 있었다.

원한의 승화로서의 판소리와 전주의 판소리 애호

전주는 원래 백제의 완산주로서 견훤이 후백제를 세워 수도로 정한 이후 호남 문화의 중심지 역할을 해왔다. 또한 태조 이성계의 본향으로서 조선 왕조 창업의 유구한 역사와 전통의 맥을 느낄 수 있고, 이런 면면한 전통이 지금까지도 전주를 전통 문화의 도시로 자리매김하는 요인이 된다. 전주의 대표적인 전통 예술들 가운데 하나로 판소리를 들 수 있다.

판소리는 이 지역 사람들의 정치·사회적 한을 승화시키는 중요한 예술적 장치였다. 민중의 한을 승화시킨 예술인 판소리는 19세기에 들어서자 중인층 이상의 애호를 폭넓게 받으면서 계급을 넘어서 한 차원 높은 예술로 발전해 나갈 수 있었다. 고창에서는 동리(桐里) 신재효(申在孝, 1812~1884)가 나와서 판소리 사설의 체계를 세우고 판소리 명창들을 후원하면서 판소리 연구에 심혈을 기울였다면, 판소리의 중심지였던 전주에서 아전들의 판소리 애호는 대사습놀이로 나타났다. 전주 대사습놀이는 구체적인 문헌 자료가 없어서 그 연원을 자세히 알 수는 없지만 전주 통인청 통인들이 동지 때 전국에서 우수한 광대를 통인청에 초청하여 소리를 듣던 것에서 유래했다고 알려져 있다. 이것이 점차 소리 경연으로 발전하여 전국 명창들이 집결하는 장이 되었고, 대사습을 통해 많은 판소리 명창들이 배출되었다고 한다. 대사습놀이로 전주는 소리의 수도

호남 지역의 정치 사회적 한이 승화된 예술, 판소리
창자 김연, 고수 주봉신 출처_김연

로 자리매김하였고, 이것은 판소리에 대한 높은 예술적 감식안을 가진
이 지역의 청중이 만들어 낸 결과라 할 수 있다.

전주에서의 판소리 애호는 또 다른 형태로 나타나기도 했는데, 그
것은 판소리를 독서물로 고정시켜 감상하는 것이다. 조선후기 전주에서
는 당시 대중적 인기를 끌었던 판소리가 소설로 정착되어 목판본으로 다
량 출판되었다. 판매용 도서인 방각본으로 나온 이러한 판소리계 고소설
로는 《춘향전》·《심청전》·《흥부전》 등이 있는데, 다채로운 수사가 특
징인 판소리계 고소설은 대중적 인기를 얻어 널리 유통되면서 많은 이본
을 낳았고, 조선후기 국문 소설을 한층 풍성하게 했다. 지방 도시에서 이
러한 현상이 가능할 수 있었던 것은, 교양을 함양하려는 지역민들의 욕
구가 높았고, 양질의 종이가 생산되고 인쇄술이 발달했던 전주의 사회·
문화적 역량이 그것을 충분히 뒷받침할 수 있었기 때문이었다.

유배지에서의 혁명 문학,
중농학파 실학 사상, 그리고 기녀 문학

조선 중기에 당시 사회와 집권층의 모순을 비판하며 환로에서 부
침을 거듭하던 교산(蛟山) 허균(許筠, 1569~1618)이 자신의 혁명적인 사
상과 문학을 성숙시킨 곳은 다름 아닌 호남의 유배지였다. 부안현 우반
동(지금의 부안군 보안면 우동리) 골짜기는 허균이 1608년에 공주 목사
에서 파직당한 후 은둔했던 곳인데, 몇 년 후 부정에 연루되어 다시 부안
에 내려와 살며 호남지방을 다닐 때 《홍길동전》을 지은 것으로 추정된
다. 또 익산 함열에서 1년 동안 유배 생활을 하면서 자신의 문학과 사상
을 피력한 문집인 《성소부부고(惺所覆瓿藁)》를 정리하여 엮어내기도 했
다. 이처럼 부안과 함열은 조선 시대 문학에서 개혁·저항·혁신의 대명

사가 된 허균의 혁명 문학을 완성시켜 준 곳이라 할 수 있다.

또한 부안의 우반동은 농민의 입장을 대변한 토지 개혁론과 군주 중심의 정치 운영론을 내세운 반계(磻溪) 유형원(柳馨遠, 1622~1673)이 중농학파(重農學派) 실학 사상을 완성한 곳이기도 하다. 우반동은 유형원의 선대에 받은 사패지가 있는 곳이어서 벼슬에 뜻이 없던 유형원은 젊은 시절부터 이곳에 살면서 오로지 현실 사회를 구제할 수 있는 학문 연구와 저술에 몰두했고, 그 결과는 《반계수록(磻溪隨錄)》으로 나타났다. 그의 사상은 이익(李瀷)과 정약용(丁若鏞)에게 계승되어 조선 후기 실학 사상으로 성장하는 토대를 형성했다.

부안은 자기 자신을 찬바람 눈 속에 피는 매화에 견주어 스스로 매창(梅窓)이라 칭하고 절개를 지키고자 한 조선 시대의 대표적인 기녀 시인 이매창(李梅窓, 1573~1610)이 태어나 살던 곳이기도 하다. 매창은 당대의 지식인 이귀(李貴)·유희경(劉希慶)·허균 등을 만나 이들과 교류하면서 많은 한시와 시조를 지었는데, 그녀의 많은 시편들에는 신분적 제약 때문에 사랑을 지속하지 못하고 이별을 반복해야 했던 운명을 가진 여인의 한이 담겨 있다. 다음의 한시는 매창의 그러한 심정을 잘 드러내 준다. "동풍 불며 밤새도록 비가 오더니 / 버들잎과 매화가 다투어 피었어라 / 이 좋은 봄날에 가장 견디기 어려운 것은 / 술잔 앞에 놓고 임과 헤어지는 일이라" [東風一夜雨 柳與梅爭春 對比最難堪 樽前惜別人][94] 또한 시조 〈이화우 흩날릴 제〉는 이별의 정한을 노래한 절창으로 널리 알려져 있다. 사랑과 이별과 그리움을 모두 시로 승화시켰던 매창은 38세의 젊은 나이에 세상을 떠나 시와 더불어 평생의 벗이었던 거문고와 함께 묻혔다. 부안 사람들은 매창이 묻힌 공동 묘지를 '매창뜸'이라 일컬었고, 먼 훗날 이곳을 지나던 가람 이병기는 "그 고운 글발 그대로 정은 살아 남아"[95]있다며 그녀의 시정(詩情)

94 〈自恨〉 중에서, 《매창 시선》, 허경진 엮음, 평민사, 1991.

95 〈梅窓뜸〉의 부분, 《가람 문선》, 신구문화사, 1966.

이 여전히 우리 곁에 머물고 있음을 일깨웠다.

동학 농민 혁명과 후천개벽의 비전

조선 말기에 들어 사회적 모순이 극에 이르자 1894년 마침내 이 지역 사람들은 정읍 고부를 중심으로 하여 동학 사상을 기반으로 하는 동학 농민 혁명을 일으켰다. 그 선봉은 정읍 고부에 살던 전봉준(全琫準, 1855~1895)과 정읍 산외에 살던 김개남(金開南, 1853~1895) 등이었다. 이 무렵에 퍼진 이야기와 노래들도 이들과 관련된 경우가 많은데, 전봉준의 봉기를 빗댄 〈파랑새 노래〉나 동학의 실패를 경고한 "갑오세 가보세 / 을미적 을미적 / 병신되면 못가보리"와 같은 노래는 비록 짧은 노래이지만 우리나라 참요 전통의 한 줄기를 이루고 있다.

이 지역에서 일으킨 동학 농민 혁명은 실패로 돌아갔다. 그러자 다시 정읍 고부에서 증산(甑山) 강일순(姜一淳, 1871~1909)이 해원(解寃), 상생(相生), 대동(大同) 사상을 골자로 하는 이른바 증산 사상을 내세우며, 제자들이 보는 앞에서 몸소 풍물굿을 치며 후천개벽을 상징하는 '천지굿'을 실행하고, 도탄에 빠진 당대의 민중들을 의통제세(醫統濟世)의 새로운 사상으로 구제하고자 했다. 그는 민중 사상의 중심지인 김제 모악산(母嶽山)의 대원사(大願寺)에서 도를 깨우쳤다 하며, 죽어서는 민중불교의 근원지인 모악산 금산사 미륵전을 통해 화천했다고 전한다. 증산의 사상적 비전은 《대순전경(大巡典經)》에 잘 나타나 있으며, 그의 사상을 담은 문학으로는 〈남조선 뱃노래〉와 〈초당의 봄 꿈〉 등 6편의 한글 가사가 실린 《춘산채지가(春山採芝歌)》가 있다.

동학 농민 혁명은 수많은 문학 작품을 통해 살아있는 역사로 우리와 만나고 있다. 동학 혁명을 소재로 한 소설로는 유현종의 《들불》(1976),

박태원의 《갑오농민전쟁》(1977~1986), 송기숙의 《녹두장군》(1989), 희곡으로는 김우진의 〈산돼지〉(1926), 조용만의 〈갑오세〉(1931), 채만식의 〈제향날〉(1937), 임선규의 〈동학당〉(1941), 박노아의 〈녹두장군〉(1950), 차범석의 〈새야 새야 파랑새야〉(1976), 임진택의 〈녹두꽃〉(1980) 등이 있고, 시로서는 동학농민혁명백주년기념사업회에서 엮어낸 《황토현에 부치는 노래》(1993)에 동학 혁명과 관련된 시 90여 편이 수록되어 있다. 동학 혁명을 다룬 문학은 소재적 차용에서부터 총체적 재조명에 이르기까지 다양한 해석과 시각을 제시하며 한국 문학의 폭을 넓혀 주었다.

학문적 전통과 신학문의 길, 해학 이기와 석정 이정직

김제 만경 출신인 해학(海鶴) 이기(李沂, 1848~1909)와 김제 백산 출신인 석정(石亭) 이정직(李定稷, 1840~1920)은 구한말의 학자로서 유학의 학문적 전통을 계승하면서 신학문을 수용하여 학문의 새로운 방향을 제시하고자 했다는 점에서 공통적이다. 이기는 개항 이전의 실학 사상과 개항 이후 들어온 근대 서양 사상의 절충과 조화를 지향하면서 당시의 역사적 과제를 해결하는 데 매진하였다. 또한 그는 시재(詩才)로서도 널리 이름이 알려졌는데, 그의 사상과 문학을 담은 문집으로 《해학유서(海鶴遺書)》가 전한다. 이기는 민족의 독립과 고대 민족사에 관심을 기울여 《환단고기(桓檀古記)》를 감수하기도 했다.

이정직은 일찍부터 성리학을 익혔고 중국으로 가서 의약·성력(星曆)·율려(律呂)·지리·술수학(術數學)·서법·묵화 등을 두루 섭렵하였으며, 중국에서 서구의 학문을 접한 후 한국 최초로 칸트 철학을 국내에 소개하기도 했다. 그는 여러 방면의 연구 성과를 종합하고 자신의 학문을 체계화하여 《연석산방미정문고(燕石山房未定文庫)》 등의 저술을 남겼다. 이러한 저서는 전통적인 학문 체계를 근대적인 학문 체계로 전환시키는 데 중요한 역할을 하였다. 이정직은 시와 문장 또한 뛰어나 당시 널리 알려져 있던 매천(梅泉) 황현(黃玹, 1855~1910)과 쌍벽을 이루었다. 그래서 당대의 사람들은 김제의 석정 이정직과 해학 이기와 구례의 매천 황현을 일컬어 호남삼걸(湖南三傑)이라 불렀다. 이기와 이정직은 반계 유형원과 다산 정약용이 이룬 호남 실학의 계보를 이으면서 신학문의 길을 개척함으로써 지식인들이 사회 격변기에 대응하는 하나의 방법을 보여 주었다.

진정한 민족 시학의 수립, 가람 이병기와 석정 신석정

일제 강점기에 익산 여산에서 태어난 가람 이병기(李秉岐, 1891~1968)는 식민지 시대 우리 민족의 혼과 언어와 문학을 수호하기 위해 한 평생을 바쳤으며, "끝까지 지조를 지키며 시와 수필에서 단 한 편의 친일문장도 남기지 않은 영광된 작가"[96] 중의 한 사람으로 평가받고 있다. 무엇보다도 시조 부흥 운동의 주역이자 국문학자로서 가람이 이룬 가장 큰 공로는 시조를 통해서 근대 민족 시학 수립의 기초를 마련했다는 점일 것이다. 또한 가람은 서지학 분야에서도 많은 업적을 이루어 국학 연구의 본보기가 되었다. 그의 대표적인 저서로는 《표준국문학사》(1956), 《국문학개론》(1962), 《가람문선》(1966) 등이 있다.

부귀와 영화를 멀리한 채 선비의 기품을 잃지 않았던 가람의 자취는 선대부터 세거해 온 익산 여산면 원수리 진사동 마을의 생가 '수우재(守愚齋)' 에 남아 있다. 여러 편의 시조에서 고향 마을의 모습을 묘사하면서 고향에 대한 사랑과 그리움을 노래했던 가람은 자신의 생가 뒷산

96 임종국, 《친일문학론》, 민족문제연구소, 1966, 467쪽.

대숲 아래에 묻혀 있다. 가람은 "뒤에 기단 언덕 가득히 들어선 대 / 곧게 자란 마디 그 뜻을 아니 잊어 / 눈지고 휘이던 몸도 바람 맞아 펴이다"(〈고토(故土)〉)라고 생가 뒷산에 가득한 대를 묘사했다. 어려운 시대 속에서도 모국어와 문학을 지키려는 의지를 굽히지 않았던 가람의 삶은 대나무의 곧고 푸른 기상 그대로였으며, 그의 작품과 정신 세계는 인간의 정신을 기르는 식물로 칭송하며 무엇보다도 아끼고 좋아했던 난초의 향기를 품고 있다.

석정(夕汀) 신석정(辛錫正, 1907~1974)은 전북 부안에서 출생하여 서해안에 인접한 농촌에 살면서 자연에 귀의하려는 시상을 계속 추구했던 점에서 목가적인 시인으로 불리고 있으나, 현실을 적극적으로 비판하는 작품들도 많이 남겼다. 석정은 바다와 평야가 맞닿은 고향 부안의 아름다운 풍경을 자신의 시 세계 속에서 이상향의 모습으로 그려냈다. 〈그먼 나라를 알으십니까〉, 〈아직은 촛불을 켤 때가 아닙니다〉 등의 초기 시에서 그려진 이상향은 일제치하 암울한 시대에 잃어버린 조국을 되찾고자 하는 시인의 간절한 염원이 만들어낸 것이었다. 젊은 시절에 어렵게 마련한 고택 '청구원(靑丘園)'(부안읍 선은리 소재)에서 20대 중반부터 20년 동안 궁핍하게 살면서도 석정은 항상 자연과의 조화를 지향하는 서정적인 시 세계를 보여 주었으며, 고향 부안의 아름다운 산천은 그러한 시 세계를 이룰 수 있게 해준 자양분이었다. 첫 시집 《촛불》(1939) 이후 《슬픈 목가》(1947), 《빙하(氷河)》(1956), 《산의 서곡(序曲)》(1967), 《대바람 소리》(1970) 등의 시집을 간행했다.

석정은 암울한 현실에서 느끼는 불안감을 모성의 구원을 통해 치유하려는 소년의 목소리뿐만 아니라, 현실에 적극적으로 맞서는 강인한 의지를 가진 아버지의 목소리도 들려준다. "벙어리처럼 목놓아 울 수도 없는 너의 아버지 나는 / 차라리 한 그루 푸른 대(竹)로 / 내 심장을 삼으

리라"(〈차라리 한 그루 푸른 대로〉)며 결연한 의지를 다지기도 하고, "꽃
가루 날리듯 홍건히 드는 달빛에 / 기적 없이 서서 나도 대같이 살거나"
(〈대숲에 서서〉)라며 대쪽같이 올곧은 선비의 지조를 지키며 살고자 한
다. 이처럼 생태적인 감수성과 선비 정신의 교차점에서 이루어진 석정의
시 세계는 가람 이병기와도 상통한다. 가람과 석정은 어둡고 험난한 시
대에 올곧게 살아가는 법을 자연의 이치를 통해 터득했고, 유장한 역사
와 문화를 가진 가람과 석정의 고향은 그들의 시에서 민족의 안식처로
새롭게 태어났다.

비판적인 지식인 문학, 백릉 채만식

백릉(白菱) 채만식(蔡萬植, 1902~1950)은 근대 문학에서 비판적인
지식인 문학에 큰 획을 그은 작가이다. 일제 강점기에 옥구 임피면에서
태어난 채만식은 당대 사회의 모순을 지식인의 날카로운 시각으로 풍자
한 뛰어난 소설과 희곡을 다수 남겼다. 특히, 그의 작품에서는 이 지역의
전통 판소리의 문체가 생동감 있게 계승되었고 전라도 방언과 우리말의
묘미를 풍부하게 살려서 표현한 점이 높이 평가받고 있다. 그의 소설
〈태평천하〉(《조광》, 1938. 1~9)와 희곡 〈제향날〉(《조광》, 1937. 11)은 판
소리의 문체와 구조를 가장 분명하게 살린 의미 있는 소설과 희곡이다.
1937년 10월부터 다음 해 5월까지 《조선일보》에 연재된 장편 소설 《탁
류》는 일제 식민지 시대 군산 일대의 사회상과 민족의 애환을 사실적으
로 그려내 한국 소설사에서 기념비적인 작품이 되었다.

《탁류》의 무대가 된 1930년대의 군산은 일제가 이곳을 경제적 침
탈의 기지로 삼으면서 도로, 항만, 역, 은행 등과 같은 근대적 공간들로
팽창해 있었고 지금도 그러한 흔적을 확인할 수 있다. 일제 시대 건축이

아직도 남아있는 군산 금암동, 장미동, 선양동 일대에서는 《탁류》에서 초봉의 아버지 정주사가 금강 건너 고향 충남 서천을 바라보던 '째보선창,' 오막살이집을 오가며 정주사가 넘나들던 '콩나물고개,' 식민지 조선의 자본을 잠식해 갔던 '조선은행' 터와 '미두장' 터를 찾아볼 수 있다. 식민지 시대의 역사적 현장으로서 《탁류》의 공간들을 직접 찾아보면, 삶의 뿌리를 잃어버린 채 방황하던 사람들이 감당해야 했던 암담한 현실의 무게가 그대로 느껴진다.

군산 신흥동과 해망동에 걸쳐 있는 월명공원에는 군산 시가지와 금강 하류가 가장 훤히 내려다보이는 자리에 '채만식선생문학비'가, 어둡고 혼탁했던 한 시대의 꿈과 고통 모두를 얼려 쏟아 넣은 채 도도히 흘러가는 탁류를 바라보고 있다. 금강 하구둑 근처 내흥동에는 2001년에 개관한 '채만식 문학관'이 있고, 군산 시내에서 그리 멀지 않은 임피면 읍내리에는 채만식의 생가터가 있으며, 그 바로 옆 마을에는 선생의 묘소가 있다.

민중 문학의 길, 고은과 윤흥길

이 지역의 오랜 민중 문학적 전통은 오늘날 정읍 출신의 소설가 윤흥길(尹興吉, 1942~)과 군산 출신의 시인 고은(高銀, 1933~)에게로 이어지고 있다. 윤흥길은 왜곡된 역사 현실의 모순과 산업화에 따른 소외와 억압의 문제 등을 예리한 통찰력과 독특한 서술 기법으로 제시한다. 《장마》(1974) 이후 《소라단 가는 길》(2003)에 이르기까지 그의 작품 세계에는 전쟁 세대의 경험이 밑바탕을 이룬 작품들이 많은데, 그 속에서 그는 인간이 끝내 잃지 말아야 할 삶에 대한 희망과 의지를 이야기한다. 아울러 전라도 방언을 통해 주제 의식을 더욱 돋보이게 하는 힘의 근원은 이

지역의 민중적 전통 및 인근 지역 옥구 임피 출신의 백릉 채만식의 문학
과도 무관하지 않아 보인다.

　　고은은 초기에는 허무주의적이면서도 아름다운 감성을 표현하기
도 했으나, 후기로 갈수록 정치, 사회적인 문제에 직접 다가서게 되었고,
탐미적 허무주의도 역동적 현실주의로 변모했다. 그의 지적인 편력과 녹
록치 않은 삶의 궤적은 민중의 고통스러운 삶을 비관이나 절망이 아니
라, 희망과 여유로 승화시킨 작품들을 낳게 한 동력이 되었다. 1986년부
터 발표하기 시작한 연작 시집《만인보》는 자신의 고향 사람들과 고향의
산하를 벗어나 만나고 스쳐간 사람들에 대한 시적 기록이다. 이 시집에
서 그는 개인의 삶과 경험이 역사의 흐름과 수레바퀴처럼 얽혀 있음을
일깨워주면서 민족 공동체의 생명력과 역사 의식을 새로운 차원에서 환
기하고 있다.

새로운 문체 혁명, 최명희 그리고 풍류의 정신

　　가장 최근의 이 지역 작가로서 우리는 전주시 풍남동에서 출생한
최명희(崔明姬, 1945~1998)를 주목하지 않을 수 없다. 최명희 소설《혼
불》의 특징은 소설 전체를 일종의 거대한 '복문 구조'로 보고 그 사이사
이에 수많은 수식어적 공간들을 설치하여, 그 안에다가 이 지역 문화의
들판들을 장대하게 펼쳐놓는다는 점이다. 이러한 작업은, 결국 판소리의
구성 방식을 소설 작품 구조에까지 확장하고 심화하여, 판소리의 구조적
전통 속에서 이 지역이 축적해 놓은 삶과 문화를 두루 포용해 보고자 하
는 야심에 찬 모험인 셈이다. 전주시 풍남동 경기전 근처에 남아 있는 최
명희 생가터와,《혼불》의 배경이 된 남원시 사매면 노봉 마을에 2004년
10월에 개관한 '혼불문학관'에서, 뜨겁게 타오르는 작가 정신으로 고뇌

했던 최명희의 흔적들을 더듬어 볼 수 있다.

전북 서부 평야 지역은 일찍부터 발달한 농업을 기반으로 풍부한 문화와 예술이 형성되어 호남 지역 문화와 예술의 핵을 이루는 곳이다. 일제 시대 우리 민족의 처절한 삶과 장대한 투쟁을 치밀하게 그려낸 조정래의 소설 《아리랑》에서는 이 지역 문화의 자양분이 된 '김제만경 평야'의 광대함을 이렇게 묘사하고 있다. "그 끝이 하늘과 맞닿아 있는 넓디나 넓은 들녘은 어느 누구나 기를 쓰고 걸어도 언제나 제자리에서 헛걸음질을 하고 있는 것 같은 착각에 빠지게 만들었다." 막히는 것 없이 탁 트여 우리나라에서 유일하게 지평선이 보이는 이 넓은 들녘은 이 지역 사람들에게 풍요한 물산을 선사하기도 했지만, 역설적으로 끊임없이 가진 자들과 외세에게 수탈의 대상이 되었고, 거기서 역사의 아픔과 한을 가질 수밖에 없었다. 이것이 민중의 혁명으로 이어졌지만 끝내는 실패로 돌아갔다. 그러나 이 지역의 문화적 전통에서 나온 문학은 과거의 역사를 향해 원한을 품는 대신 오히려 넉넉한 여유와 화해를 보여 주었고, 나아가 이 지역의 유장한 문화적 전통 속에서 형성된 풍류의 정신은 미래의 새로운 문화 창조의 길을 열어 주고 있다.

정남진, 혹은 문향

장흥, 천관산

하성란

1. 정남진 장흥

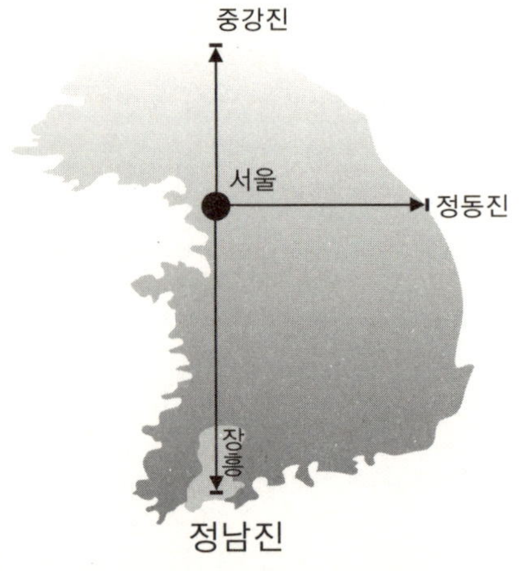

서울에서 정 남쪽에 있는 바닷가 마을 정남진

10년 전 드라마 〈모래시계〉에서 여주인공 윤혜린이 도피 생활을 하던 중 '정동진'에서 체포되는 장면이 방영이 된 후 조용한 마을 정동진은 세간의 화제가 되었다. 드라마의 촬영지로 새삼 알려진 정동진은 이후 '바닷가에서 가장 가까운 역사'에 '해돋이'를 볼 수 있다는 점이 부각되어 더욱 사람들의 주목을 받았다. 정동진이 사람들의 관심을 받게 된 데에는 '정동진'이라는 지명도 한몫을 했다. 서울에서 정 동쪽에 있는 바닷가 마을 '정동진(正東津).'

이러한 정동진과 비슷한 길을 걷는 곳이 있으니, 바로 전라남도에 있는 조용한 해변 마을 '장흥군 용산면 남포리'다. 1996년 개봉된 임권

택 감독의 영화 〈축제〉에 담긴 이 마을의 수채화 같은 풍경은 사람들로 하여금 장흥을 찾도록 했다. 이후 이곳의 해돋이 풍경이 입소문을 타면서 새해를 이곳에서 맞이하려는 사람들이 늘기 시작했고, 또한 이곳이 정남진이라는 것이 알려지면서 정동진과 더불어 해돋이 관광 명소가 되었다. 서울의 광화문을 기준으로 경도상 정남쪽에 있는 장흥의 안양면, 용산면, 관산읍, 회진면 및 대덕읍 일대 바닷가를 '정남진(正南津)'이라고 부른다.

정남진이 있는 장흥에 대해 고려말 대학자 목은 이색은 땅은 낙토(樂土)이고, 사람들은 순박하다고 말한 바 있다. 전라남도의 서남부 해안 지역- 동경 126°47′17~127°02′104, 북위 34°25′02~34°52′30에 자리잡고 있다. 정남진이라 불리는 안양 · 용산 · 관산 · 대덕 · 회진 5개 읍면은 남쪽 바닷가에 위치하여 고흥군 · 완도군과 경계를 이루고 있다. 장흥의 남쪽이 바다와 맞닿아 있다면, 강진군 · 영암군과 경계를 이루고 있는 북부에서 서남방 경계는 산악 지대로, 화순 · 보성군과 경계를 이루고 있는 북방으로부터 동남방에 이르는 경계는 고지대로 이루어졌다. 위쪽으로부터 소백산맥 준령이 이어져 이곳에서 용두산 · 사자산 · 제암산 · 억불산 · 부용산 · 천관산 등으로 주봉을 이룬다. 자태가 고고한 억불산, 붉은 철쭉으로 가득찬 제암산, 정상이 면류관을 닮았다는 천관산 등은 산을 좋아하는 사람들에게 익히 알려진 곳이다. 특히, 봄에는 동백꽃으로 가을에는 참억새로 옷을 바꿔 입어가며 여행객들을 유혹하는 천관산은 장흥의 대표적인 산이다. 이러한 산 사이로 북서쪽에는 탐진강이, 동북에는 보성강 지류가, 남부에는 수문천 · 남대천이 흐른다. 강 주변에는 기름진 평야가 있다. 그야말로 장흥은 강과 산과 바다의 삼박자가 잘 조화된 곳이다.

수려한 산수와 살기 좋은 기온 덕분인지, 장흥에는 아주 오래전부터 사람들이 살았다. 장흥의 곳곳에서 기원전 2500~1000년경에 축조되었을 고인돌을 볼 수 있다. 전라남도 중에서도 장흥에 가장 많은 고인돌이 남아있다고 한다. 이후 장흥의 내력은 《신증동국여지승람》〈장흥도호부조〉에 잘 나타나 있다.

> "장흥이 삼한 중 마한에 속했고 삼국 시대에는 백제의 조차현(烏次縣)이었다. 이후 통일 신라에 귀속되었고 고려조에 들어와서 정안(定安)으로 고쳐 영암군(靈巖郡)에 예속되었고, 이후 임원후(任元厚)의 딸이 17대 인종(仁宗)의 비 공예왕후(恭睿王侯)가 되자 장흥부로 승격되었다. 이후 원종(元宗) 6년에 회주(懷州)로 고쳐 목(牧)으로 올렸으며, 충선왕(忠宣王) 2년에 다시 장흥부(長興府)로 바뀌었다. 조선조에 들어와서는 태종 13년에 규례에 따라 도호부로 정하였고, 이듬해 성이 좁다하여 도로 수령현의 옛터로 다스리는 곳을 옮겼으며, 세조 때에 비로소 진(鎭)이 설치되었다"

이러한 천혜의 자연과 역사 속에서 장흥에는 일찍부터 독특한 문화가 형성되었다. 《논어》의 〈옹야〉편에 "지혜로운 자는 물을 좋아하고 어진 자는 산을 좋아한다[智者樂水 仁者樂山]"는 말이 있다. 이 말은 '물은 지혜로운 자를 만들고 산은 어진 사람을 길러낸다' 고 해석할 수도 있을 것이다. 장흥은 강·바다·산·들과 조화를 이룬 곳이다. 남해 바다와 탐진강의 물은 사람들을 지혜롭게 했고 제암산, 가지산, 천관산 등은 사람들이 덕을 갖추게 했다. 이를 바탕으로 각각 장흥의 사찰 문화와 정자 문화가 형성되었다고 할 수 있다.

정자 문화는 탐진강을 따라 형성됐다. 탐진강을 따라서 '사인정,' '독취정,' '수녕정,' '홍덕정,' '창랑정,' '부춘정,' '경호정,' '통백정,'

'용호정,' '영귀정' 등의 정자가 들어서 있다. 탐진강은 구비마다 소와 여울을 만들며 흐르면서 주변에 비옥한 평야를 만들고 숲과 기암괴석들이 어우러져 절경을 이루고 있다. 탐진강의 수려한 풍경은 사람들로 하여금 자연을 탐하도록 했고, 사람들은 그 욕심을 따라 경치 좋고 따뜻한 강기슭에 터를 잡아 정자를 지었다. 그리고는 이곳에서 풍류를 즐기며 문화 예술적 안목을 높였고 자연과 삶을 노래하는 시문(詩文)을 짓고 학문을 논하였다.

장흥의 사찰 문화는 산을 중심으로 형성되었다. 유치면 가지산 보림사와 관산읍 천관산 천관사가 대표적이다. 보림사는 759년에 원표(元表)가 세운 암자를 860년경 신라 헌안왕(憲安王)의 권유로 보조선사(普照禪師) 체징(體澄)이 창건한 사찰이다. 선종(禪宗)의 도입과 동시에 맨 먼저 선종이 정착된 곳이다. 인도 가지산의 보림사, 중국 가지산의 보림사와 함께 3보림이라 일컬어졌다. 보림사는 통일 신라 구산선문 가운데 가지산문의 종찰로서 고려 말까지 선맥이 이어져 《삼국유사》를 지은 일연 스님도 가지산문에 속했다. 고려 시대는 원응국사와 공민왕의 왕사인 태고 보우국사가 주석하여 선종을 진작시킨 큰 절이었고, 그 후 여러 차례 중창과 중수를 거치며 웅장한 규모를 자랑하던 보림사는 1950년 한국전쟁 당시, 외호문과 사천왕문을 빼고 20여 동의 건물이 모두 소실되었다. 1950년 가을 전남 지역의 공산군 유격대가 보림사에서 한 겨울을 났는데, 다음해 봄 군경토벌대는 '공비들의 본거지' 라고 보림사에 불을 질러버렸다고 한다. 전쟁 이후 조금씩 복원되어 현재는 외호문과 사천왕문, 1998년에 복원된 대적광전, 대웅전, 새로 지은 방각과 요사조사전, 삼성각, 명부전, 주지실, 암자 등이 절터를 채우고 있다.

보림사와 더불어 장흥을 대표하는 사찰은 천관사이다. 관산읍 천관산 중턱에 자라잡은 천관사는 신라 애장왕 때에 영통화상이 창건한 사찰이다. 지금은 송광사의 말사이지만 예전에는 화엄사라 불리며 89개의 암자를 거느리고 1,000여 명의 승려가 모여 수도하던 곳이었다. 폐찰된 것을 1963년 극락보전을 다시 세우고 요사채와 종각 등을 짓고 천관사라 하였다.

2. 장흥의 문학과 문인

장흥은 일명 문향(文鄕), 문림(文林)이라고도 한다. 어느 지역에서나 그 지역만의 독특한 향맥이 있고, 밖으로 드러내고자 하는 자랑거리가 있다. 장흥은 그러한 자랑거리로 문학을 내놓고 있다. 장흥의 천관산에는 국내 저명 작가들의 친필 원고가 캡슐에 담겨 문탑에 보관되어 있으며, 그 아래 문학공원에는 이청준·한승원·송기숙 등 국내 저명 작가 50여 명의 문탑이 천관산과 장흥 포의의 경치와 어울려 있다.

장흥에 이러한 문학 관련 기념물과 공간이 조성된 까닭은 과거에서 현재에 이르기까지 장흥 출신 문인이 활발히 활동하고 있기 때문이다. 현재 시·소설·수필·아동 문학·희곡·평론 등 다양한 장르에 걸쳐 활동하고 있는 장흥 출신 작가들이 50여 명에 이른다고 한다. 1954년에 장흥읍 출신의 정병우는 단편 소설 〈가재골〉이 당선되어 문단에 진출하였다. 이후 용산면의 송기숙이 1964년에 《현대문학》에서 평론으로 등단하고 1966년에 단편 소설 〈대리 복무〉를 발표한 이래 많은 소설 작품을 창작했다. 〈서편제〉로 우리에게 잘 알려진 이청준은 회진면(구 대덕면)에서 태어났다. 1965년에 단편 소설 〈퇴원〉으로 《사상계》 신인 문학상에 당선되어 문단에 들어선 이청준은 1969년 〈매잡이〉로 대한민국문화예술상, 1975년 〈이어도〉로 《한국일보》 창작문학상, 1978년 〈잔인한 도시〉로 이상문학상, 1980년 〈살아있는 늪〉으로 중앙문예대상, 1986년

〈비화밀교〉로 대한민국문학상, 1988년 〈날개의 집〉으로 21세기문학상 등의 수많은 문학상을 휩쓸었다. 이청준과 같은 마을 사람인 한승원은 1968년에 《대한일보》 신춘 문예에 단편 소설 〈목선〉이 당선된 후 최근 〈흑산도 하늘길〉에 이르기까지 왕성한 집필력을 과시하며 개성있는 작품들을 발표하였다. 관산읍 출신인 이승우는 1981년 중편 소설 〈에리직톤의 초상〉으로 한국문학 신인상을 수상한 이래 지금까지 그 문력을 인정받고 있다. 이외에도 소설가 신동규, 이대흠, 시인 김영남·이성관·이한성·박순길, 시조 시인 김제현, 아동문학가 김녹촌 등도 장흥을 고향으로 삼고 있다.

특히, 이청준, 송기숙, 한승원은 작품의 배경으로 장흥과 장흥 사람들의 과거의 삶을 적극 수용하는 작가로 유명하다. 이청준은 회진면을 배경으로 한 〈선학동 나그네〉, 〈눈길〉을 비롯하여 〈소리의 빛〉, 〈서편제〉, 〈새와 나무〉, 〈다시 태어나는 말〉, 〈축제〉, 〈석화촌〉, 〈여름의 추상〉 등 장흥을 배경으로 한 작품을 많이 창작하였다. 영화로 만들어진 〈축제〉에서 오정해가 포구 마을의 한 횟집에서 술에 취해 노래하는 연기를 펼친 곳이 바로 장흥의 대덕면 진목마을이다. 진목마을은 〈노송〉, 〈침몰선〉, 〈돌아온 풍금〉의 배경이기도 하다. 송기숙의 장편 소설 《자랏골의 비가》는 용산면 포곡리를, 〈녹두장군〉은 장흥읍 일대를, 〈당제〉는 유치면을 배경으로 하고 있다. 전남 장흥의 회진포라는 바닷가에서 청년기까지 살았던 한승원은 장흥의 바닷바람 소리와 갯내음을 작품에 담아내었다. 〈새터말 사람들〉에서는 회진면 신상리를, 〈안개바다〉에서는 장흥읍을, 〈동학제〉에서는 회진면을 주무대로 하여 장흥의 이야기를 담아냈다. 특히 자서전적 소설 《해산가는 길》은 장흥에서의 작가의 유년 시절부터 중학교에 입학하기까지의 성장기가 고스란히 담겨있다.

장흥을 문향이라 부르는 것은 현대의 몇몇 걸출한 문인이 이곳에서 태어나서도 이곳이 몇몇 소설 작품들의 배경이어서도 아니다. 장흥은 조선 시대에 '장흥가단(長興歌壇)'이라 일컬어질 만큼 가사 문학의 큰 흐름을 형성하였던 곳이었다. 〈관서별곡〉의 작자 기봉(岐峯) 백광홍(白光弘, 1522~1556)과 그의 아우 백광훈(白光勳)이 장흥군 안양면 기산리 출신이다. 백광홍은 1555년(명종 10년)에 평안도 평사(評事)에 임명되어서도 관방에 부임하였다. 그때 그곳의 삶과 정취, 자연 풍광을 시문으로 표현한 것이 〈관동별곡〉이고, 이는 기행 서경 가사의 효시가 되었다. 〈관서별곡〉은 송강 정철이 지은 〈관동별곡〉에 영향을 주었으며, '장흥가단'을 형성하는 촉진제가 되었다.

장흥가단은 백광홍의 활동기인 15세기에서부터 18세기까지 작가와 가사 작품을 배출하였다. 우선 관산 출신인 위세직(魏世稷, 1655~1721)은 〈금당별곡〉을 지었다. 〈금당별곡〉은 필사본으로 전남 완도군의 금당도(金塘島)와 만화도(萬花島)를 유람하는 동안의 경치를 읊은 작품이다. 이어서 관산 출신 노명선(盧明善, 1647~1715)이 1698년경에 천관산을 사흘간 여행하고 〈천풍가(天風歌)〉를 지었다. 관산 출신의 실학자 위백규(魏伯珪, 1727~1798)는 〈농가(農歌)〉, 〈자회가(自悔歌)〉, 〈권학가(勸學歌)〉, 〈합강정선유가〉 등의 작품을 발표하였다. 〈자회가〉는 효사상을 바탕으로 작중 화자가 불효했던 과거를 참회하고 부모를 섬기는 도에 대한 내용으로 되었다. 이 작품의 내용상의 구조는 부모은공, 망은불표(忘恩不孝), 노후비애(老後悲哀), 천운시기(天運猜忌), 풍수지탄(風樹之嘆), 선행현친(善行顯親), 효행권장(孝行勸奬), 재연축원(再緣祝願)으로 구성되었다. 〈권학가〉는 본연 심성을 잃어버리고 박혁음주하고 이욕여색을 탐하면 짐승이 되는 것이 멀지 않고 사람이 되기 힘드니, 효제충신 예의염치뿐임을 알기 위해 배워야 하며, 사람이 할 일은 문필밖에 없다는 내용이다. 〈합강정선유가〉는 선유비감(船遊悲感), 가

렴향락(苛斂享樂), 수령야유(守令揶楡), 관개상망(冠蓋相望), 관인접대(官人接待), 태평기원(泰平祈願), 갈력보민(竭力輔民)단으로 구성되어 있다.[97] 용산면 출신의 이상계(李商啓, 1758~1822)는 유가적 사상과 인륜 도덕을 강조한 〈초당곡(草堂曲)〉, 〈인일가(人日歌)〉 등의 작품을 창작하였다. 18세기 부산면 출신의 이중전(李中銓, 1825~1893)은 장가(長歌)인 〈장한가(長恨歌)〉를 창작하였다.

97 이종출,《한국고시가연구》, 태학사, 1989, 467~487쪽.

호남 출신 가사 작가는 총 31명이고, 작품 수는 56편이다. 이를 다시 출신 시군으로 나누어 보면 장흥 출신 가사 작가는 기봉 백광홍을 비롯한 7명으로 호남 지방 가사 작가 전체의 22.58%를, 이들의 가사 작품 수는 총 15편으로 호남 지방 출신 작가에 의해 창작된 전체 작품의 26.79%를 차지하고 있다. 이로써 작가 수에서나 작품 수에 있어서 장흥은 호남 가사 문학의 중심에 위치함을 알 수 있다.[98]

98 백수인, 〈장흥의 가사문학〉, 《장흥의 가사문학》, 1997.

장흥과 관련된 문학적 활동 및 작품은 장흥인들에 의해서만 이루어지고 탄생한 것은 아니다. 외지인들 중에서도 장흥에 관한 기록과 작품을 남긴 사람들을 상당수 볼 수 있다. 이춘원·허목·김창업·이안눌·이해조·심세광·구봉령 등이 장흥과 관련된 시와 글을 남겼다. 특히, 이하곤이 남도를 여행하고 쓴《남행집》에는 장흥에 대한 시 10여 편이 담겨 있다.

3. 남해의 신산 천관산

장흥의 자연 경관 중에 결코 뺄 수 없는 것이 '천관산(天冠山)'이다. 장흥군 관산읍과 대덕읍 경계 — 노령산맥의 끝자락 — 에 있는 723미터의 바위산이다. 지리산, 월출산, 내장산, 변산과 함께 호남의 5대 명산으로 꼽히며 산 정상에 비쭉비쭉 솟아 있는 바위의 모습이 기묘하면서도 신비로워 일찍이 '영산'으로 여겨졌다. 《동국여지승람》에서 "몹시 높고 험하여 가끔 흰 연기와 같은 이상한 기운이 서린다"라는 기록을 볼 수 있다. 천관산은 천관보살과 권속들이 상주해 있다고 하여 천관산이라고 불렀다고 한다. 혹자는 꼭대기 부분에 바위들이 비쭉비쭉 솟아 있는데, 그 모습이 주옥으로 장식된 천자의 면류관 같아서 천관산이라고 부른다고도 한다. 이외에도 천관산은 천풍산(天風山)·불두산(佛頭山)·우두산(牛頭山)·지제산(支提山) 등의 이름으로 불려지고 있다.

천관산의 꼭대기 부분에 비쭉 솟아 있는 아기바위, 사자바위, 종봉, 천주봉, 관음봉, 선재봉, 대세봉, 석선봉, 돛대봉, 갈대봉, 독성암, 아육탑 등 수십 개의 기암괴석과 기봉은 사람들의 상상력을 자극하기에 충분하다. 이러한 기암괴석과 함께 그림처럼 펼쳐진 다도해를 함께 볼 수 있다는 것은 천관산이 가진 가장 큰 매력이다. 눈을 돌려 북으로는 영암의 월출산, 장흥의 제암산, 광주의 무등산도 바라볼 수 있다. 천관산은 주변의 바다와 산들과 조화를 이뤄 멋스러움을 드러내는 한편 천관산 자체도 기암괴석과 계절 식물들이 조화를 이루면서 계절마다 색다른 맛을 즐기게 해준다. 봄에는 위백규의 제각이 있는 장천재의 계곡을 따라 자연스레 형성된 동백 군락지가, 가을에는 구룡봉·구정봉·환희봉·연대봉으로 이어지는 약 4킬로미터 구간에 걸쳐

천관산의 모습

바닷바람에 쓸려 물결치는 참억새가 가히 볼 만하다.

　　이러한 천관산에 관한 글은 《동국여지승람》의 기록 이외에 정명국사(靜明國師) 천인(天因, 1205~1248), 구봉령(具鳳齡, 1526~1586), 심광세(沈光世, 1577~1624), 이만부(李萬敷, 1664~1732), 이춘원(李春元, 1571~1634), 허목(許穆, 1595~1682), 김창업(金昌業, 1658~1721), 이안눌(李安訥, 1571~1637), 위백규(魏伯珪, 1727~1798), 노명선(盧明善, 1707~1775), 이해조(李海朝, 1869~1927) 등이 남겼다.

　　《동문선》에 실린 정명천인의 〈천관산기〉에는 "조령(鳥嶺) 남쪽 바닷가 옛적 오아현(烏兒縣) 지경에, 천관산이 있는데, 꼬리는 궁벽한 곳에 서리고 머리는 큰 바다에 잠기어 일어났다 엎드렸다 하며 높고 우뚝하게 솟아 여러 고을 땅에 걸쳐 있으니, 그것은 큰 기운이 쌓인 것이리라. …(중략)… 이 산을 지제산(支提山)이라고도 한다고 하는데, 《화엄경》에도 있듯이, '보살(菩薩)이 머물렀던 곳을 지제산이라 하고, 현재 보살이 있는 곳을 천관이라고 한다'는 설도 이와 같았다"라고 시작하고 있다. 천관산 이름의 유래는 물론, 의상암(義湘庵), 탑산사(塔山寺), 천관사(天冠寺), 신중암(神衆岩)의 유래 및 관련 있는 전설을 기록하고 있다. 또한 〈천관산기〉에는 천관산의 기암의 이름과 그 형상도 잘 묘사되어 있다. "절 남쪽에서 바라보면 바위가 더욱 기이하니, 뾰족하게 우뚝 솟은 것은 당바위(幢岩)이고, 불쑥 튀어나서 외롭게 매달려 있는 것은 북바위(鼓岩)이고, 구부정하여 몸을 굽혀 명령을 듣는 것 같은 것은 측립암(側立岩)이고, 엉거주춤하여 사자가 뽐내는 것 같은 것은 사자바위(獅子岩)이고, 겹겹이 쌓여 있어서 음식을 괴어 놓은 것 같은 것은 상적바위(上積岩)와 하적바위(下積岩)이고, 높다랗게 가운데 서서 홀로 높은 체하는 것은 사나바위(舍那岩)이고, 뾰족뾰족하게 양쪽을 옹위하여 으그러진 곳을 보충하는 것은 문수바위(文殊岩)과 보현바위(普賢岩)이다." 정명이 스님이었기

때문인지 〈천관산기〉는 아름다운 풍광을 지닌 산으로서의 천관산보다
는 불교 성지로서의 천관산에 관한 이야기들을 자세히 나타내고 있다.

　　그러나 이후 조선 시대에 나온 천관산 관련 글을 보면 불교적 색채
를 드러내지 않고 있다. 이만부의 〈천관〉[99]과 허목의
〈천관산기〉[100]에는 이미 기록으로 전해져 온 천관산
의 모습을 재확인하는 정도로만 천관산을 묘사하고

99　이만부, 〈천관〉, 《息山集》, 한
국문집총간 제178집.
100　허목, 〈천관산기〉, 《記言》한
국문집총간 제98집.

있다. 〈천관〉과 〈천관산기〉만으로는 이들이 천관산을 어느 계절에 올랐
는지, 주위의 풍광은 어떤지를 알 수 없고 다만 그들의 등산로만 확인할
수 있다. 더군다나, 허목은 "천관산의 바위 이름과 전설은 불교와 관련된
것들이 많은데, 천관산에 그러한 이야기들을 임금이 계신 곳에서 멀리
떨어져 바닷가에 있어 임금의 덕이 미치지 못한 탓에 발생한 승려의 괴
이하고 터무니없는 것" 이라 일축해 버렸다.

　　천관산은 불교 문화가 꽃 피었던 삼국 시대부터 48개의 전당을 자
랑했다는 '천관사' 를 비롯해 80여 개의 크고 작은 절과 암자가 있었다고
한다. 그러나 '숭유억불' 을 내세웠던 조선조를 거치면서 퇴락을 거듭해
왔고 18세기에는 예전에 영화는 사라진 천관산만 남아 있었다. 때문에
위백규는 천관산의 옛 흔적들이 손실되고 그에 관한 기록마저도 망실되
어 이름마저도 잊혀질 것에 대한 위기 의식을 갖고 이에 관한 기록을 남
기고자 하였다. 그것을 실행에 옮겨 만든 것이 바로 〈지제지(支提誌)〉이
다. 〈지제지〉 서문에 보면 "천관산이 두류산보다는 작으나 경개가 수려
하며 불적(佛跡)이 뛰어나 금강산에 뒤지지 않는다. 그러나 운(運)이 다
하여 사람이 드물고 만물이 소멸되어 건물이 점차 허물어져 이른바 89암
자가 이제는 한곳도 남아 있는 곳이 없다. 천장만장 울창했던 나무도 나
무꾼들의 연장에 탕진되어 산이 벌거숭이가 되었다"라고 기록되어 있
다. 〈지제지〉에는 천관산 명칭과 유래, 불교적 영이담(異蹟), 봉우리 이

름과 유래담(峰號), 사찰의 유래와 설명, 암자에 관한 사항(寺名, 寺宇, 庵室), 천관산에 머물렀던 명승(名僧) 등 천관산에 대한 가장 상세한 기록을 담겨 있다.

〈천풍가〉는 청사 노명선의 작으로 그의 말년에 천관산을 사흘간 여행하고 천관산의 자연 풍경을 서경적으로 읊은 가사 작품이다. 〈천풍가〉에서는 천풍산의 사적, 봉우리, 유적 등 경치와 유적을 두루 돌아보고 있다. 여정은 천풍산안의 '천관사(天冠寺) → 구정암(九精庵) → 대장봉(大壯峯) → 배바회 → 구용봉(九龍峯) → 아육왕탑(阿育王塔) → 의상암(義尙菴) → 탑상암(塔仙庵) → 영은사(靈恩寺) → 창포봉(菖蒲峯) → 부령대(佛靈臺) → 만심대(萬心臺) → 안초당(安草堂) → 제일봉(第一峯) → 동일암(東日庵) → 망야루(望野樓) → 벽송대(碧松臺) → 금수굴(金水窟) → 반야암(般若庵) → 문수암(文殊庵) → 거북봉' 이다.

〈천풍가〉에서의 천풍산은 현실적인 삶의 공간인 인간 세계와 단절된 탈속적인 곳으로 그려지고 있다. 그리하여 기행 공간은 부정적인 현설 세계와는 대비되는 이상적인 공간으로 형상화되며, '인세(人世)-선산(仙山), 인력(人力)-신공(神工)' 의 대립 구조로 나타난다.

결과 도(道), 사랑과 이별의 변주 공간
남원

김종진

1.남원의 공간성

산과 강은 그 굽이치고 막히고 트이는 양상에 따라 문화를 형성하는 주요 인자(因子)가 된다. 한 마을의 생업과 교통과 타지 사람들과의 교류를 결정하며 나아가 인간에 대한 이해, 삶에 대한 이해, 자연에 대한 정서까지도 형성하는 주요 요소가 된다. 한 지역의 '풍토(風土)' 라는 말을 글자로 해석하면 산과 들과 물이 형성하는 물리적인 환경을 말하나, 결국에는 그 속에 사는 사람들의 문화적 제반 풍토를 말하고 있음을 알 수 있다.

남원은 덕유산에서 지리산 줄기로 내려오는 백두대간을 동서로 하여 동부권과 서부권으로 나뉜다. 동부권은 남강이 발원하여 경남 함양과 경계를 대고 있는 운봉 문화권으로 상대적으로 고원 분지를 형성하는 산악지역이다. 이 지역은 삼국이 쟁패하던 시기에 신라와 백제가 치열하게 공방을 벌이던 군사적인 요충지로서, 남원의 방언에 경상 방언의 미묘한 어감을 느껴볼 수 있는 것도 이러한 지리적 경계와 역사적 교류에 따른 결과로 보인다. 서부권은 백두대간에서 갈라진 금남호남 정맥의 줄기로서, 노적봉 문덕봉 고리봉으로 이어지는 맥을 따라 서부의 경계를 이루며 백두대간과 금호정맥의 한 줄기 사이에 비교적 평평한 넓은 분지를 형성하고 있는 공간이다. 그 가운데를 섬진강으로 합류되는 요천이 흐르는데, 임실과 순창 곡성과 경계를 대고 있다. 역사적으로는 장수 임실 순창 곡성의 일부가 남원에 속해 있었던 사실도 환기할 만하다.

이러한 분지에 있는 남원은 동서남북으로 교통로가 열려있는 지리적인 위상을 보여 준다. 이는 또 다양한 '길'의 문학을 산출하는 요소로 작용한다. 필자는 남원의 문학의 특징을 한 마디로 '길'의 문학이라 규정하고자 한다. 이를 구체적으로 갈래 지으면, (1)풍류의 길, (2)삶과 상상을 반영한 문학 속의 길, (3)역사적 체험의 길, (4)종교적인 구도의 길 등의 네 가지 층위로 나누어 살펴볼 수 있다.

2. 길로 소통되는 문화

풍류의 길과 남원

남원은 소리의 고장이다. 동편제의 발상지가 운봉 지역이며 많은 명창이 남원에서 태어나 수련을 거쳐 최고의 득음의 경지에 올랐다. 지리산의 울창한 수목의 성품에 기대어 굵고 남성적인 발성이 돋보이는 독특한 한 유파를 형성하게 되었다. 그러나 남원은 동편제의 본고장이기 전에 오랜 옛날부터 음악을 전수하는 공간으로, 음악과 풍류를 수련하는 공간으로, 독특한 위상을 지니고 있다. 이야기는 남원의 동부권을 형성하는 운봉(雲峰)의 '구름 운' 자에서 시작된다.

《삼국사기》에 보면 신라의 거문고 명인 옥보고가 지리산의 운상원(雲上院)에 기거하면서 거문고 음악을 전수하였다는 기록이 있다. 이를 줄여 소개하면 다음과 같다.

신라사람 옥보고가 지리산 운상원에 들어가 거문고를 배운지 50년에 새로 30곡을 지어 속명득(續命得)에게 전하고, 속명득은 귀금선생(貴金先生)에게 전하였는데, 귀금선생도 역시 지리산에 들어가 나오지 않았다. 신라왕이 가야금의 도가 끊어질 것을 염려하여 이찬 윤흥(允興)에게 일러 어떤 방법으로든지 그 음률을 전해 얻게 하라 하고, 남원소경(南原小京)의 공사(公事)를 위임하였다. 옥보고가 지은 30곡은 … 입실상곡(入實相曲) 등이 있다.

이를 보면 옥보고가 거문고를 배우러 들어간 지리산 운상원은 바로 남원의 운봉에 해당하며, 이는 또 운봉에 있는 실상사(實相寺)와 관련된 곳임을 알 수 있다. 운상원이 운봉과 관련된 음악 수련처라면 운상인(雲上人)이라는 명칭도 마찬가지로 운봉과 관련된 것으로 추정된다. 그렇다면 운봉은 곧 화랑의 수련처이자, 젓대의 반주를 수반한 향가를 부르는 향도들의 수련처라는 결론도 자연스럽게 도출된다. 《화랑세기》를 인용해 보자.

문노(文弩)의 낭도들은 무사(武事)를 좋아하고 협기가 많았으며 설원(薛原)의 낭도들은 향가를 잘하고 청유(淸遊)를 좋아하였으므로 나라사람들이 문노의 낭도를 호국선(護國仙)이라 부르고 설원의 낭도들을 운상인(雲上人)이라 불렀다. 비보랑(秘寶郎)은 (…중략…) 설원공과 같은 해에 태어나 함께 노래를 배웠으나 설원공에게 미치지 못하였고 젓대(笛)를 배우면서도 또 설원에게 미치지 못하자 문노의 낭도로 들어가 검술을 배워 드디어 고재(高才)가 되어 문노를 보필하여 선화(仙花)가 되게 하였다.

《화랑세기》를 통해 향가에 관련된 몇 가지 단서를 찾을 수 있는데, 향가는 설원랑처럼 노래와 젓대에 재질이 뛰어나야 할 수 있었다는 점에서 향가는 젓대와 같은 악기를 동반한 선율적으로 세련된 노래이다. 화랑이나 낭도 가운데서도 무술보다는 노래와 악기를 다루는 재질을 함께 갖춰야 가능할 수 있었다는 점과, 향가를 잘하는 낭도들은 청유(淸遊), 곧 산수에 노니는 것을 좋아했다는 것을 알 수 있다고 한다.[101] 그러나 운상원과 운산인이 그 성격과 어휘가 유사한 것에 비추어 볼 때, 운산인의 수련의 장소가 물론 풍악산 · 지리산 모두 해당하는 것이기는 하지만 특별히 운봉 지역의 어떤 장소와 근원에서 연관이 되어있을 것으로 생각한다.

한편 옥보고가 운상원에서 거문고 음악을 전수한 이후 남원은 거문고와 인연이 매우 깊다. 조선조 중엽 장악원(掌樂院) 악사였던 양덕수(梁德壽)는 임진왜란이 일어나자 고향인 남원에 피난 와서 사라질 위기에 처한 가곡(歌曲)들을 채집하여 거문고 악보를 만들고 그의 벗이었던 임실현감 김두남의 도움으로 1610년 이를 펴내었는데, 곧 《양금신보(梁琴新譜)》로 전해진다.

소리와 관련한 남원 지역의 전통은 근세에 이르러 다시 한 번 동편제의 형성과 확산으로 부활하였다. 송흥록은 조선 후기 정조 때에 남원 운봉에서 태어나 순조 · 헌종 · 철종 시대에 활동한 소리꾼이다. 신재효의 판소리 사설 〈변강쇠가〉에는 "세상 사람 하는 말이 모란은 화중왕(花中王), 송선달은 가중왕(歌中王)" 이라는 표현으로 판소리사에서 차지하는 위상을 잘 드러낸 바 있다. 남원은 동편제 판소리의 창시자인 송흥록과 아우 송광록, 손자 송만갑은 물론, 김정문, 강도근과 여류명창인 이화중선 박초월 안숙선 강정숙의 고향[102]이며, 그 동안 순창인으로 알려졌던 장재백 역시 남원 주생 내동에

101 김학성, 《향가문학연구》, 일지사, 1993, 67쪽 인용.

102 서정섭, 《서교수의 남원 지리산이야기》, 북스힐, 2002, 320쪽.

생가터와 묘가 있음이 밝혀진 바 있다.

삶과 상상을 반영한 문학 속의 길과 남원

남원의 문학은 이러한 다양한 층위의 길의 문화, 길의 문학을 만들어 낸 것으로 주목할 만하다. 먼저 문학 작품 속의 노정으로서의 길은 널리 알려진 바, 《춘향전》의 이몽룡이 어사가 되어 전주, 임실을 거쳐 남원으로 당도하는 노정기가 있고, 춘향이가 이별하며 전송하는 남원 오리정 노정에 얽힌 한 대목을 떠올릴 수 있다. 이 길은 춘향과 몽룡이 사랑을 증폭시키는 이별의 길이며 재회의 무궁무진한 정감과 사건 역전의 전환을 예비하는 전도로서의 길이다. 남원에서 오수, 오수에서 임실, 임실에서 전주로 이어지는 길은 그다지 높지도 가파르지도 않으면서, 그러나 동부의 산악 분지 지역과 서부의 평야 지대를 이어주는 굴곡 있는 여정길이다.

청춘 시절의 이별과 만남의 길인 이 길은 남원 출신으로 진안에 터를 잡았던 김삼의당(金三宜堂, 1769~?)의 한시와 편지글에서 서울로 과거를 준비하러 10년 동안을 헤어지게 된 남편과의 애틋한 이별과 기다림과 재회의 훗날을 기약하는 사랑의 길로 재생한다. 김삼의당은 전라도 남원, 지금의 교룡산이 있는 부근에서 태어나 같은 동네에 사는 하욱(河瑻)과 혼인을 맺었다. 두 사람의 생년월일이 같다 하여 기이한 인연으로 여겼다. 삼의당은 부인이 거처하는 집에 글씨와 그림을 가득 붙이고 뜰에는 꽃을 심어 남편이 지어준 호라 한다. 양가의 집안은 한미한 선비 집안으로 그녀의 소원은 남편이 과거에 급제하는 것이었다. 10년을 서울로 과거를 보러 가는 남편과 헤어져 살며 산사에서 독서하고 경계하고 권려하고 애틋한 정을 토로하는 시와 편지글을 썼다. 말년에는 전라도 진안에 들어가 농사를 지으며 살았는데, 삼의당이 남긴 문집 《삼의당집》에는 시 253편이 수록되어 있어 역대 여성 작가들 중 가장 많은 작품을 남겨놓은 시인으로 평가받는다.

> 배꽃은 정을 담고 반갑게 피었건**만**
>
> 님은 아직 안 오시고 봄은 또 돌아왔네
>
> 오로지 처마 끝의 무수한 제비들**만**이
>
> 쌍쌍이 짝을 지어 석양 속에 날아가네

　남원에서 오수, 임실을 거쳐 전주로 향하는 길은 일제 시대에 철도가 부설되면서 이제와는 다른 의미의 길로 변하게 된다. 이 길은 전주를 거쳐 만주까지 이어지는, 미지의 세계로 자신의 몸을 맡기는 또 다른 통로가 되며, 과거와 다른 새로운 질서와 충격이 유입되는 길이기도 하다. 최명희의 《혼불》의 공간적 배경은 전라선 서도역이 있던 곳이다. 혼불에서 이 길은 전통적인 삶, 공동체적인 삶이 역사의 소용돌이 속에서 변화하는 과정에서 중요한 연결 고리로 제시되었다. 그 길은 역사를 받아들이는 길이기도 하고 역사에 쫓기는 길이기도 하며, 새로운 역사적 삶과 고향의 삶 사이에 가로 놓인 단절과 소통의 길이기도 하다. 전라선 철길을 곧게 만든 결과, 서도역은 이제 그 기능을 다해 기차가 서지 않는 폐역사가 되어 버렸지만, 《혼불》의 공간적 배경으로 언제나 그 자리에 남아 있을 것이다. 이런 의미에서 전주에서 남원 가는 길목에서 '혼불마을'을 가는 곳에 놓여있는 서도역을 헐지 않고 보존하기로 한 것은 참으로 다행한 일이라 할 수 있다.

　이상에서 소개한 문학의 노정기가 삶의 터전을 바탕으로 수평으로 이어지는 특징을 보여 준다면, 다음 소설에서 보는 것은 천상에서 지하 세계로 이어지는 수직적인 문학적 상상의 길이다. 남원의 한 복판에 있는 광한루는 춘향전의 공간적 배경이자 정철·백광훈 등 많은 시인들의

광한루
이 건물은 조선시대 이름난 황희정승이 남원에 유배되었을 때 지은 것으로 처음엔 광통루(廣通樓)라 불렀다고 한다. 광한루(廣寒樓)라는 이름은 세종 16년(1434) 정인지가 고쳐 세운 뒤 바꾼 이름이다. 지금 건물은 정유재란 때 불에 탄 것을 인조 16년(1638) 다시 지은 것으로 부속건물은 정조 때 세운 것이다. 출처_문화재청

제영시(題詠詩)의 무대가 되기도 하였는데, 광한전 광한루는 바로 천상의 옥황상제가 사는 곳을 이름하여 그 세계를 지상에 구현한 것이다. 광한루 앞의 호수는 은하를 상징하도록 하고 하늘의 옥황상제가 사는 곳처럼 꾸몄으며, 하늘의 세계를 연상시키는 오작교를 놓아 옥황이 사는 달나라를 지상에 구현한 것이다. 춘향전의 배경이 되는 광한루는 그 구조 자체가 하나의 신비성과 환상성을 지닌 서사를 함축하고 있는 소중한 문학적 자산인 것이다.

남원은 김시습(金時習, 1435~1493)의 《금오신화》의 배경이 되는 곳이다. 김시습은 조선 초에 수양대군이 단종을 폐위시킨 사건이 일어나자 미친 중의 행색으로 방랑길에 나서 10여 년 동안 관서 관동 호남 지방을 유람하고 31세부터 36세까지 경주의 금오산에 정착하게 된다. 우리나라 최초의 소설로 평가받는 한문 소설 《금오신화》에 〈만복사저포기〉, 〈이생규장전〉, 〈취유부벽정기〉, 〈남염부주지〉, 〈용궁부연록〉 등 다섯 편이 전하는데, 그 가

김시습 출처_한국학 중앙연구원

운데 〈만복사저포기〉는 남원에 있는 만복사를 그 공간적 배경으로 삼고
있다. "전라도 남원부의 양생(梁生)은 일찍 부모를 여의고 장가도 가지
못한 채 만복사 동쪽 방에서 홀로 살았다"로 시작하여, "그 후 양생은 다
시 장가들지 않고 지리산에 들어가 약을 캐며 살았다고 하는데 마친 바
를 알 수 없었다"로 마무리되는 이 이야기는 왜구에게 죽은 한 여인의 환
신과의 사랑을 담은 전기 소설이다. 소설에서 주인공은 절의 판자방에서
하룻밤의 인연을 맺고 여인을 따라 여인의 집으로 향하여 사흘을 머물렀
다. 여인은 헤어지면서 이곳에서의 사흘은 인간 세상의 3년과 같다는 말
을 하고 정표를 주며 여인의 부모님께 인사를 드리라고 했는데, 그곳은
곧 지하 세계였음을 의미하는 것이다. 이 작품에서 지하 세계에 대한 의
미는 단순한 배경에서부터 김시습의 생사관을 파악하는 자료로서 다양
하게 해석된다. 그러나 광한루의 천상의 세계에서부터 〈만복사저포기〉
의 지하의 세계에 이르기까지 하나의 확장된 공간을 남원 문학의 공간성
으로 이름 부를 수 있다면, 이는 또 다른 의미로 해석될 가능성을 열어 놓
은 것이라 할 수 있다.

역사적 체험의 길과 남원

　　남원(南原)이라는 지명은 삼남(三南)의 중심, 즉, 충청과 호남과 영
남의 중심 지역이라는 의미를 담고 있다. 이는 남원이 지니는 지정학적
인 위상을 말해준다. 곧 남원은 동으로는 운봉을 통하여 경상도 함양으
로 넘어가는 중요한 통로고, 서로는 임실 전주를 거쳐 한양으로 향하는
길이 열려 있으며, 북으로는 장수를 거쳐 대전으로, 남으로는 섬진강을
따라 경상도 진주까지 이어지는 축이 되는 등, 동서남북의 다양한 교통
로가 발달한 곳이다.

　　한편 남원은 남부 해안에 진격한 왜구가 내륙을 통해 서울에 진격

할 때, 가장 빠른 시간 내에 공격할 수 있는 곳이어서 왜구의 출몰이 잦았던 곳이기도 하다. 서쪽으로는 전주를 통하여, 북쪽으로는 장수를 통하여 며칠 내로 서울에 진격할 수 있는 유일한 길이었던 것이다. 왜구의 침입과 관련하여 고려 말 우왕 6년(1380) 운봉에 침입한 왜구를 이성계가 토벌하였던 황산대첩을 기억할 만하다. '운봉 지역에는 황산대첩에 얽힌 지명이 많이 전해지고 있는데, 대표적인 곳이 피바위 인월 군마동 인풍리다. 피바위는 현재 황산대첩비터에서 인월 방면으로 가는 길목의 남천변에 있다. 당시 이성계가 아지발도(阿只拔都)가 이끄는 3000명의 왜구를 맞아 이곳에서 싸웠을 때, 죽은 왜구의 피가 바위를 물들여 지금껏 붉다는 전설이 지금도 내려오고 있다.'[103] 이는 지금도 남원 사람들이 어렸을 때부터 익히 듣게 되는 이야기로 살아있는 역사 전설이라 할 만하다. 남원에는 사랑 이야기만 전해지는 것은 아니다.

103 남원문화원 편, 《남원의 문화 유산》, 2001, 298쪽.

또한 같은 맥락에서 남원의 지리적 요충지로서의 위상은 승리의 후일담인 황산의 전설만 전해오는 것은 아니니, 그 이후 1597년 정유재란 때 남원성에 고립된 채 나흘 동안 외로운 항전을 하였던 남원군민 1만여 명이 순절한 사건을 기억해야 하리라. 당시 도요토미 히데요시(豊臣秀吉)는 사람의 목 대신 코를 베어 본국으로 보냈고 지금껏 그 코를 잘 받았다는 영수증이 남아 있으니, 그날의 참상을 떠올리면 새삼 숙연해진다. 정유재란 때 왜구는 남원에서 수많은 문화재와 도공을 끌고 간 것으로 전해지는데, 당시에 끌려간 도공들이 고향에서 불렀던 노래 〈오늘이 오늘이소서〉를 망향가로서 오늘날까지도 부르고 있다고 한다. 이 노래의 원형은 1572년에 기록된 《금합자보》와, 1610년에 기록된 《양금신보》에 수록되어 있다. 당시 정악원 악사였던 양덕수는 임진왜란 때 남원에 피난 와서 임실현감의 권유로 남원과 임실에서 불려진 노래들을 채록하여 《양금신보》를 펴냈는데, 여기에 〈심방곡(心方曲)〉이라는 제명으로

〈오늘이 오늘이소서〉가 수록되어 있다. 이를 보면 당시에 지금의 '아리랑' 처럼 – 최소한 남원 지역에서는 – 우리 민족의 심금을 대변하던 노래로 불려졌던 것을 알 수 있다.

오느리 오느리쇼셔

민일에 오느리쇼셔

졈그디도 새디도 마르시고

새라난 민양 댱식에 오느리쇼셔《양금신보》

(오늘이 오늘이소서 매일이 오늘이소서 저물지도 새지도 말고 주야장상

에 오늘이소서)

이 노래는 터전을 같이하여 살던 겨레와 혈족들을 뒤로 하고 끌려와 오랑캐 땅인 남국에서 그 서러움과 한으로 가슴을 저미며 눈시울을 적실 때, 부르던 노래인 것이다. 정유재란 때 순절한 남원군민의 묘를 합장하여 만인의총(萬人義塚)이라 하여 성역화하고 사당을 지어 추모하였는데, 1994년 남원문화원에서 주관하여 망향의 한을 고향에서 추모하고 기리는 노래비를 너른 앞마당에 세워 지나는 이들에게 나라 잃은 슬픔과 노래의 감동을 전해주고 있다.

정유재란은 관군을 포함하여 1만여 명의 목숨을 앗아간 깊은 슬픔을 남긴 사건으로, 남원 사람의 삶을 송두리째 흔들어 놓은 역사적 사건이었다. 민요 전설로 다하지 못하는 원억한 사연들이 이 땅에 얼마나 많았을 지는 짐작하기 어렵지 않다. 임진왜란을 피해 어머니의 고향인 남원으로 피난 내려왔던 조위한(趙緯韓, 1597~1649)은 정유재란으로 인해 고통받았던 남원 사람의 실제 체험을 소설적으로 각색한《최척전(崔陟傳)》을 지었다.

정유년 팔월에 왜적이 남원으로 쳐들어와 성을 함락시키니 사람들이 다 피난하였고 최척의 가족도 지리산으로 피난하였는데, 이 와중에 아내 옥영은 남장을 하게 되었다. 최척이 양식을 구하러 간 사이에 왜적이 쳐들어와 피난민은 다 죽고 옥영은 왜적에게 잡혀갔다. 아내를 잃었다고 생각한 최척은 명나라 장수의 진중에 합류하여 중국으로 들어갔다. 옥영은 왜병에게 붙잡혀 일본으로 끌려갔는데 남장을 한 옥영을 아들같이 아껴주는 늙은 왜병을 만나 중국까지 장사를 다니게 되었다. 중국의 항구에서 최척이 고향을 그리며 통소를 불자 한 여인이 조선말로 칠언절구를 읊었는데 다음날 만나보니 바로 옥영이었다. 둘은 다시 헤어졌다가 우여곡절 끝에 다시 남원의 옛집에서 온 가족과 함께 재회의 기쁨을 누리게 된다. 이 소문을 듣고 보러오는 사람이 줄을 이었고 이 사연을 들은 사람들은 서로 다투어 그 이야기를 이웃에 전했다.

《최척전》의 내용은 유몽인의 《어우야담》에 일명 〈홍도이야기〉로 전하는 이야기와 비슷하다. 전란 이후에 남원 지역에는 전란으로 끌려갔다가 중국을 거쳐 다시 귀환하게 된 한 인물에 대한 이야기가 널리 퍼졌던 것으로 생각되며, 유몽인은 이를 야담으로, 조위한은 이를 소설로 각색한 것이다.

정유재란으로 인한 남원 사람들의 전혀 예기치 않은 삶의 굴곡이 《최척전》을 통해서 드러났다면, 정유재란 때 끌려간 도공들의 입에서 입으로 구전되다가 다시 남원의 만인의총 마당에 세워진 '오늘이 오늘이소서'라는 노래비와 노래는 시대를 초월하여 헤어짐과 귀환이라는 굴곡을 거쳐 전승된 또 다른 이야기로 기억될 만하다.

구도의 길과 남원

근대의 초입에 나라의 운명이 풍전등화에 처하고 민중들의 삶이 도탄에 빠졌을 때, 새로운 길을 개척하려는 종교인들은 남원을 근거지로 자신의 뜻을 펼쳤다.

최제우(崔濟愚, 1824~1864)는 득도한 해인 경신년(1860)과 신유년(1861) 사이에 〈용담가〉, 〈안심가〉, 〈교훈가〉를 지어 깨달음 이후에 갖게 되는 기쁨을 노래하였다. 동학가사는 동학의 교리를 알지 못하는 사람들을 깨우치기 위해 우리말로 부른 노래로, 경전을 활용한 혁신적인 의의를 지닌다.

수운은 관으로부터 지목되어 제약이 심해지자 신유년(1861) 11월에 갑자기 길을 떠나 남원 지인의 집에서 10여 일을 유숙한 후에 근교에 있는 은적암(隱跡菴)으로 들어가 은거하게 된다. 이 은적암은 교룡산성에 있는 선국사(善國寺)의 한 암자인 것으로 알려져 있다. 그는 송구영신의 감회를 금하기 어려워 전전반측하며 어진 벗들을 생각하며 동학 가사인 〈도수사(道修詞)〉와 〈권학가(勸學歌)〉를 짓게 된다. 〈권학가〉는 그의 가사 가운데서도 개인적인 고뇌나 절망감보다는 직접적인 시대적 고뇌, 절망감이 보다 구체적으로 표현되어 있다.[104]

104 윤석산, 《용담유사연구》, 민족문화사, 1987, 60쪽.

> 時運(시운)을 의논해도 一盛一衰(일성일쇠) 아닐런가
>
> 衰運(쇠운)이 지극하면 盛運(성운)이 오지마는
>
> 현숙한 모든 군자 同歸一體(동귀일체) 하였던가

최제우는 지극한 쇠운인 이 시대가 지나고 나면 곧 이어 후천 개벽의 새로운 시대가 도래하게 될 것임을 노래하였다. 한편 이 곳 교룡산성

수운 최제우

은 1895년 갑오농민전쟁이 일어나자 농민군의 지도자인 김개남(金開南)은 남원성을 점령하고 이 교룡산성을 거점으로 활약하다가 끝내 여원치에서 관군에게 패하였다. 지금도 이곳 교룡산성에는 김개남과 농민군이 주둔하였던 것을 기리는 작은 푯말이 서있다 한다.[105] 남원의 교룡산성은 왜란으로부터 우리 민중을 지켜줄 최후의 보루

105 남원문화원 편,《남원의 문화 유산》, 2001, 172쪽.

였으나 결국 이를 버리고 남원성에 고립되어 정유재란의 참상을 겪은 것을 앞에서 본 바 있다. 교룡산성의 공간은 근대 초기에 이르러 우리 민족의 바람 앞의 촛불 같은 운명과 시운을 지켜 줄 새로운 이념을 제시하는 공간으로 새롭게 의미를 부여할 수 있다.

근대 초기에 불교계도 위기 의식을 느끼고 불교 개혁 운동을 실천하였다. 민중의 일방적인 시주에 의지하지 않고 스스로 농업에 힘쓰면서 수행을 겸하는 선농일치의 사상은 근대 불교의 가장 중심적인 이념으로 제시되었다. 이 실천 운동의 선봉에 백용성(白龍城, 1864~1940) 선사가 있다. 그는 장수

교룡산성
전라북도 남원시 산곡동 교룡산에 위치해 있다. 출처_남원문화원

에서 남원 가는 길목에 있는 장수군 번암면 죽림리에서 태어나 14세 때 꿈에 부처를 친견하는 체험을 하고 교룡산성의 덕밀암(德密庵)을 찾아 구도의 길을 걷게 된다. 그의 호인 용성(龍城)은 남원의 옛 이름이다. 그의 고향은 행정 구역상 장수이지만 태어날 당시에는 남원에 속했던 곳이라 굳이 분간할 이유는 없다. 그는 1919년 3·1운동 때 민족 대표 33인으로 독립선언서에 서명하였으며, 불교의 대중화와 혁신을 위해 불경 번역 사업에 매진하기로 하고 역경 사업에 발을 내디뎠다. 그가 펴낸 《조선글화엄경》(1928)은 불경을 그 시대의 민중의 언어로 재창조했다는 의미에서 대단히 혁신적인 의의를 지니고 있다. 한편으로 그는 근본적인 불교의 혁신을 위해 대각교(大覺敎)를 창안하였으며, 그의 대각 사상을 가사와 창가 형식을 공유한 노래로 표출한 바 있다. 〈왕생가〉, 〈권세가〉, 〈대각교가〉, 〈세계기시가〉, 〈중생기시가〉, 〈중생상속가〉, 〈입산가〉 등이 있다.

주인공아 잠을 깨오 대각마다 도를 깨쳐
만반쾌락 자재한데 우리들은 무삼일노
삼계고해 빠쳐있어 벗어날줄 모르난요

〈왕생가〉의 일부다. 그가 말한 잠을 깨라는 언사는 단순하게 종교적인 미몽에서 벗어나라는 의미에서 그가 처한 시대적인 상황 인식까지 포괄하는 의미로 활용된 것이다.

이외에도 종교적 공간으로 남원의 성격을 규정하는 것으로 첨기해 둘 것은 남원에 본부를 두고 있는 경정유도(更正儒道)의 경우 《만민해원경(萬民解冤經)》 등 기본 경전이 모두 가사체로 되어 있어 유구한 종교 가사의 전통을 잇고 있다는 점도 참고할 만하다.

아, 과연 새로운 시대 우리를 구원할 길은 과연 어디에 있는 것일
까. 남원의 역사와 문학은 바로 이러한 의문에 대한 치열한 고뇌의 산물
이었으리라.

3. 남원의 공간성에 대한 열린 해석을 예비하며

남원은 풍수지리학적으로 보았을 때 긴 배가 바다를 향하여 떠나
가는 형국이라고 한다. 그리하여 비보(裨補) 관념으로 배가 떠나려는 것
을 막기 위해 조산(造山)을 만들었는데, 지금의 조산동이라는 지명은 그
이유로 지어진 것이다. 그리고 동으로 백두대간에, 서로는 금남정맥에,
즉 남원의 동쪽과 서쪽 산맥에 각각 봉우리 이름을 '고리봉' 이라 불러
남원의 지기가 바다를 향하여 떠나려는 것을 고리를 매어 막으려는 의지
를 보여주고 있다. 이로써 남원은 크게 보아 풍수 사상에 기반을 둔 문화
적 공간으로 규정할 수 있다. 그리고 남원의 광한루는 천상의 공간으로
형상화되었으며, 교룡산성은 외적으로부터 나라를 수호하고 후천 세계
의 도래를 꿈꾸며 근대 불교를 개혁하는 구도 행각의 첫 발자취로서 의
미가 있는 공간이다. 남원은 다양한 역사성과 종교성을 지니는 공간으로
서 의미가 있다. 그리고 여기저기 서 있는 수많은 돌장승들은 오랜 과거
에 새로운 세상이 열리기를 꿈꾸었던 선인들의 소망이 돌로 굳어진 채
남아 전한 것이며, 따라서 남원은 꿈의 공간이라는 해석도 가능하다. 아
울러 나라가 어려움에 처했을 때 응당 맞서 싸웠던 이곳 민중들의 한은
만인의총에 고이 서려 있는 것만은 아닐 것이다. 또한 이곳은 이성계가
왜구를 물리친 역사적 승리의 공간이기도 하고, 근세에는 동학의 사상을
노래로 펼친 공간이면서 동학 농민군의 장렬한 죽음터이기도 한 공간적
의미를 지니고 있다. 남원이라는 공간은 오랜 과거에서 현재에 이르기까

지 다양한 문화적 특성이 뒤섞여 있는 문화의 보고라 할 수 있다. 남원은 단순하게 《춘향전》이 보여 주는 사랑의 공간만은 아닌 것이다.

이 글에서는 남원의 지리적, 역사적 특징과 문학적 특징을 하나로 일별하는 특징을 '길'의 문학이라 규정하고 이를 따라 개략적인 소개를 하고자 하였다. 따라서 우리가 익히 알고 있는 소중한 판소리계 작품들이나 한문학 관련 문인들, 그리고 현대 문인들의 소중한 업적과 그들의 남원과의 인연은 누락시켰다. 또 문화적으로 경계를 긋기 어려운, 과거 남원 권역으로 포함되었던 주변의 문학을 언급하지 않은 점도 아쉬운 점이다. 남원권의 문학은 한 편의 짤막한 글로 다할 수 없는 넉넉함이 있다고 스스로를 위안하며 아쉬움을 달랜다.

현재 진행형의 태백산맥
보성, 벌교[106]

106 이 글은 졸저《태백산맥 문학기행》(해냄, 2003)의 일부를 수정, 보완한 것이다.

한만수

1. 들어가며

전라남도의 동남부, 즉 남해안 중간쯤에 보성군(寶城邑, 筏橋邑)은 자리잡고 있다. 동쪽으로는 벌교천을 건너 순천시, 서쪽으로는 장흥군, 북쪽으로는 화순군, 남쪽으로는 득량만과 고흥군에 각각 접하고 있다. 보성의 젖줄인 보성강은 웅치면 대산리에서 발원, 장흥군 동부를 흐르다가 우회하여 보성군을 지나 구례·곡성의 중간 지점에서 섬진강과 합류한다.

보성은 삼향(三鄕)이라고 일컫는다. 먼저 대종교의 창시자 나철(羅喆), 구한말 선각자 서재필(徐載弼) 등 의인들을 배출하였으니 의향(義鄕)이다. 판소리 명창 박유전(朴裕全)이 이 곳(보성읍 회천면 영천리 도강 마을)에 머물면서 판소리 서편제를 만들어 냈고, 작곡가 채동선(蔡東鮮)의 고향이며, 조정래의 소설《태백산맥》의 주무대이니 예향(藝鄕)이다. 또한 광활한 녹차 밭에서 전국 녹차 생산량의 40%를 감당해내니 다향(茶鄕)이기도 하다는 것이다.

보성과 벌교는 바로 맞붙어있으니 비슷한 점도 많지만 다른 점도 많다. 먼저 산물이 사뭇 다르다. 전남은 두말할 것도 없이 한반도 제일의 곡창이며, 또한 리아스식 해안으로 해안선의 길이가 매우 길어 해산물도 풍부하다. 이 2대 산물 중에서 농산물은 보성에, 그리고 수산물은 벌교에 해당한다. 보성강 유역 농사의 중심이 보성이라면, 벌교는 해안가의 소읍으로 '벌교 꼬막'을 필두로 전어 바지락 등 해산물이 풍부한 것이다.

요즘에야 수산물 값이 쌀값의 몇 배로 뛰었지만 옛날엔 수산물은 돈이 되질 않았으니, 두 읍 사이에는 빈부의 격차가 현격하였다. 물론 신분의 차이도 엄연하여 보성 양반님네들은 벌교 '갯것'들을 업신여기고 살았다. 그러다가 일제 식민 치하에 벌교는 급격히 발전하였다. 강제 병탄 직후인 1915년에 보성군 고상면과 남면을 통합하여 벌교면을 처음 만든 뒤, 1929년에는 순천군 동초면에서 연산 봉림 회정 장양 호동리를 떼어 벌교로 편입시켰다. 이어 1937년에는 읍으로 승격시키는 등 총독부는 벌교를 계속 확장시켜 나갔다. 보성군 벌교읍이 아니라 '벌교군 보성읍'이 되어버린 셈이라는 말까지 나오게 된다.

이러한 행정 구역 재편은 물론 그들의 식민 지배와 수탈을 효율화하기 위한 것이었다. 그 수탈의 핵심에 쌀 공출이 있었으니, 벌교는 바로 쌀 공출을 위해 육성된 해안 도시이다. 이 과정을 조정래는 다음과 같이 설명한다.

> 벌교는 한 마디로 일인(日人)들에 의해서 구성, 개발된 읍이었다. 그 전까지만 해도 벌교는 낙안 고을을 떠받치고 있는 낙안벌의 끝에 꼬리처럼 매달려 있는 갯가 빈촌에 불과했다. 그런데 일인들이 전라남도 내륙지방의 수탈을 목적으로 벌교를 집중 개발시킨 것이었다. 벌교 포구의 끝 선수머리에서 배를 띄우면 순천만을 가로질러 여수까지는 반나절이면 족했고, 목포에서 부산에 이르는 긴 뱃길을 반으로 줄일 수 있었던 것이다. 목포가 나주 평야의 쌀을 실어 내는데 최적의 위치에 있는 항구

였다면, 벌교는 보성군과 화순군을 포함한 내륙과 직결되는 포구였던
것이다. 그리고 벌교는 고흥반도와 순천·보성을 잇는 삼거리 역할을
담당한 교통의 요충이기도 했다. 철교 아래 선착장에는 밀물을 타고 들
어온 일인들의 통통배가 득시글거렸고, 상주하는 일인들도 같은 규모의
읍에 비해 훨씬 많았다. 그만큼 왜색이 짙었고, 읍 단위에 어울리지 않
게 주재소 아닌 경찰서가 세워져 있었다.[107]

[107] 《태백산맥》1권 151~152쪽. 5권 102~103쪽에도 벌교의 역사와 지리에 대한 상세한 설명이 나온다. 쪽수는 해냄, 2002년 3판 2쇄 기준.

그렇다. '호남을 잃으면 조선을 잃게 된
다' 는 이 충무공의 말처럼 호남이야 두말할 것 없는 곡창 지대, 그 곡물
공출의 길가에 떨어지는 이삭들이 벌교를 근대 도시로 키운 셈이다. 교
통의 요지가 되고 보성보다 오히려 더 큰 경제력을 확보하게 되면서 저
절로 돈이 몰리고 주먹이 몰렸다. 《태백산맥》의 주인공 중 하나인 청년
단장 '염상구' 같은 왈짜들이 그래서 나올 수 있었다.

염상구가 진을 치던 청년단 건물의 아래층에는 목욕탕이 있었다.
그 시절의 지방 소읍에 대중 목욕탕이 있었음은 목욕 문화가 발달된 일
본인들이 그만큼 많았다는 증거이다. 대중 목욕탕뿐만이 아니다. '현부
자네 별장' 은 아예 안채에 화장실과 목욕탕을 마련했다. 조선 부자들은
일본을 닮고 싶었던 것이다.

그 개화의 문물들은 아직도 벌교의 곳곳에 남아 있다. 현부자네 별
장, 다다미방의 남도여관, 자애의원 등은 거의 일제 시대 그대로다. 벌교
의 중심이었던 본정통 거리의 집들도 대부분 앞부분만 현대식으로 고쳤
을 뿐, 뒷부분은 일본식 건물이 그대로 남아 있다. 마치 대충대충 식민 청
산을 흉내만 내고 만 우리 역사처럼.

이 건물들은 당시로서는 개화의 상징이었지만, 지금은 개발에서
소외된 낙후성의 상징이다. 아이러니이다. 그런데 또 한 번의 아이러니

가 벌어진다. 그 낙후의 상징인 건물들이 그대로 남아 있는 덕에 다시 한 번 보성과 벌교는 주목받는다. 《태백산맥》의 무대가 그대로 남아 있다는 소문은, 문화 기행객을 불러 모으고, 이곳 사람들은 그들이 떨어뜨리는 '돈 이삭'을 주워서 여위어만 가는 지역 살림에 보탬을 주고 싶어 한다.

보성과 벌교 지역에서는 《태백산맥》 기념 공원 조성 사업을 싸고 오랫동안 현지 인심이 둘로 나뉘었다. 특히, 보성 쪽에서는 반대가 많았다. 이에 비해 벌교 출신 젊은이들은 '벌교사랑회'라는 모임을 결성하여 벌교 문학 기행을 안내하는 웹사이트를 운영하고 있으며 현지 안내도 무보수로 해오고 있다. 이런 의견 대립에는 보성과 벌교의 오랜 소(小)지역 대립도 한몫하고 있지 싶다.

앞서 잠깐 살핀 대로 벌교는 일제가 육성한 도시였고 보성은 개화를 못마땅하게 여기는 전통이 강한 고장이었다. 개화와 더불어 신분제 역시 사라졌으니, '갯것들'이라며 업신여기던 벌교 사람들이 더 이상 '상놈'도 아니고 돈도 더 많이 가지게 된 것이다. 보성 사람들이 보기에 벌교는 식민화에 편승해서 갑자기 세력이 커진 동네이다. 못마땅할 수밖에 없겠지. 하지만 벌교가 이렇게 신문물을 신속하게 받아들인 것은 단지 일제의 육성책이라는 외부적 요인만 있는 것은 아니리라. 가난한 갯가 사람으로 천대받던 봉건적 조선에서 벗어날 수 있었다는 내부적 요인 또한 작용했다고 벌교 사람들은 말한다. 그럴싸한 지적이다. 동학의 급속한 팽창 원인 중에 하나가 인내천(人乃天)의 만민 평등 사상이었음을, 이 땅에 기독교가 신속하게 전파된 이유 중의 하나도 양반과 상놈의 구별을 부인하는 교리에 있었음을 상기해본다면 그렇다는 말이다.

보성과 벌교 주민 사이에 《태백산맥》에 대한 정서적 반응이 다른 것은 이러한 역사성에 기인한다. 그러나 결국 현실이 승리하고 있다. 이미 기념 사업의 국비 지원이 이뤄져 현부자네 집 등 《태백산맥》 관련 문화 유적의 보수 공사가 이뤄지고 있다. 주된 이유는 관광 사업이 활성화될 때 기대되는 수입이 절실하기 때문이었다. 《태백산맥》의 주무대는 아무래도 순천, 보성보다는 벌교와 지리산이겠지만, 여기 내려오는 사람들은 보성 차밭을 대개는 들러보고 가게 마련이니까 말이다.

문학도 이념도 결국 먹고사는 문제 앞에서는 무력해질 수밖에 없다. 먹고사는 문제 앞에서는 이념의 좌우가 문제가 아님을, 《태백산맥》에서 뿐만 아니라, 보성 벌교에서, 오늘도, 그리고 나날이 확인할 수 있는 것이다.

2. 《태백산맥》의 현장으로

진트재 ― 왜 벌교 가서 주먹자랑 하면 안 되나

순천 시내에서 2번 국도를 타고 벌교 쪽으로 간다. 왼쪽으로는 바다(순천만)가 오른쪽으로는 들판이 펼쳐진 풍광 좋은 길이다. 20분쯤 달리다가 처음으로 고개다운 오르막을 만나면 바로 그곳이 진트재이다. 바로 이 진트재를 통해서 빨치산 정하섭이 여순 사건의 진앙지 순천에서 벌교로 잠입해 들어간다. 소설 《태백산맥》의 첫 장면이다.

진트재　출처_http://gonamdo.or.kr(이하 이 원고의 사진출처는 동일합니다.)

진트재 고개 위에 마련된 전망대는 벌교를 조망하기에 딱 좋은 위치이다. 왼쪽으로 선명하게 보이는, 큰 다리로 이어지는 길이 목포 - 부산을 잇는 2번 국도. 우리가 순천서 타고 왔던 길이 그리로 이어지면서 중도 들판을 둘로 가르고 있다. 그 오른쪽으로 보이는 다리가 열차가 다니는 철다리(鐵橋). 그 언저리에서 시작된 중도 방죽이 포구까지 쭉 이어지며, 그 방죽으로 바닷물을 막아 만들어낸 땅이 바로 중도 들판인 것이다. 계속해서 오른쪽으로 소화다리, 횡갯다리(虹橋), 봉림교가 이어진다.

지명들을 들으면서, 어떤가, 《태백산맥》을 밤새워 읽던 기억이 아스름히 떠오르지 않는가. 지금 우리가 서있는 전망대의 맞은편으로 보이는 산들. 순천에서 벌교로 쭈욱 이어지는 저 어느 능선을 따라서 빨치산 정하섭은 고향 벌교로 숨어드는 것이다. 어릴 적 애틋한 눈길만 주고받았던 무당 딸 소화에게 몸을 기대기 위해서.

전망대에는 선암사 주지 지허 스님이 쓴 "나 이제 진토(塵土)재에 오르니"라는 기념비가 서있다. 이 비문은 제법 읽을 맛이 난다. "주먹 자랑 마라는 땅 / 깔담사리 하나가 / 맨주먹으로 / 맨주먹으로 / 왜놈 헌병 열을 / 죽게 패주었다는 곳."

벌교는 그런 땅이었다. 그곳 가서 섣불리 주먹 자랑하던 일본 헌병이, 머슴 중에도 새끼머슴인 '깔담사리' 한테 '죽게 맞았다' 는 말이 영 과장만은 아니지 싶은 곳이었다. "여수 가서 돈 자랑하지 말고, 순천 가서 인물 자랑하지 말고, 벌교 가서 주먹자랑하지 말라" 는 속담 그대로이다. 여수는 항구 도시이니 '강아지도 만 원짜리 지폐를 물고 다닐 만큼' 돈이 넘쳐 났고, 순천은 학교가 많은 교육 도시이니 부근의 웬만한 인물들은 거기서 배웠던 것이다. 그러니 '순천에 인물 많다' 고 할 때 '인물' 은 원래는 외모를 가리키는 게 아니었다고 한다. 사람의 가치를 외모 중심으로만 판단하는 못된 풍조가 일면서 생긴 오해에 불과하다는 것이다.

그러면 왜 벌교는 '주먹' 인가? 앞질러 결론부터 말하자면, 역시 돈 때문이다. 일제 시대에 갑자기 교통과 행정의 요지가 되면서 돈이 넘쳐 났으니, 원래 돈 많고 장사 잘 되는 곳에 기생하게 마련인 주먹패도 몰려들었던 것이다.

중도 방죽 — 소작농의 끝없는 공복감을 닮은 뻘밭

이제 중도 방죽으로 간다. 이 방죽[108]은 식민 시대 일본 자본이 동원되어 만든 간척지의 제방이다. 이 방죽을 쌓는 빈농들의 고통과 가혹한 노동, 그리고 해방 뒤에도 그 땅이 자기들 손으로 들어오지 못한 분노들이 그곳에는 뒤엉켜있다.

[108] 방죽이란 '방축(防築)' 에서 온 말이니 물을 막기 위해 쌓은 둑을 말한다. 일반적으로는 저수지 둑, 또는 저수지 물을 뜻하지만, 바닷가인 벌교에서는 간척지 둑이 된다.

지금 우리가 서있는 곳은 평지 같이 보이지만 사실은 갯벌을 막은 방죽 위이다. 방죽을 쌓아 풀어놓은 벌판이니 당연히 짠물이 상당히 높은 곳까지 올라올 수밖에 없는 것이다. 그러니 소화다리며 횡갯다리를 건너는 여러분은 강을 건너는 것이기도 하고 바다를 건너는 것이기도 하다.

바다 쪽으로 길게 이어지는 길이 바로 중도 방죽 길. 지금은 그다지 높아 보이지 않지만 옛날에는 두 길 높이(땅 쪽에서 보아 한 길, 바다 쪽에서 보면 두 길)였다고 한다. 점점 뻘이 차올라서 낮아 보일 뿐. 그 방죽을 순전히 사람 힘

중도 방죽 출처_http://gonamdo.or.kr

으로 쌓았다. 게다가 뻘밭에 쌓는 일이었다. 허리 휘게 날라 온 돌을 부으면 뻘은 냉큼 삼키고는 흔적도 남기지 않았다. 그 한없는 식욕. 뻘은 소작농을, 그 끝없는 공복감을 닮았다. 그렇게 쌓아 20리. 여기 사람들이 '뚝방 20리 길'이라고들 부르는, 여러분이 지금 평화롭게 걷고 있는 기나긴 방죽 길은 그 고투 끝에 만든 것이다. 방죽 안쪽이 중도 들판이다. 일본인 지주 중도(中島, 나카시마)의 집도 역시 들판 들머리에 있다.

소화 다리―난간 없는 다리, 안전망 없는 사회

소화 다리는 목포와 부산을 잇는 옛 국도 2호선이 지나던 다리이다. 지금은 읍 외곽으로 우회하여 큰 도로가 났고 '국도 2호선'이라는 이름도 그 길에 내주었지만, 그 이전에는 이 조그마한 다리만 끊기면 국도 2호선이 끊기는 셈이었다. 정식 명칭은 '제1 부용교.' 하지만 태평양 전쟁을 일으킨 일본 최고 전범(戰犯)인 소화(昭和)가 천황에 즉위한 지 6년째 되던 해에, 즉 소화 6년(1931년)에 놓았다고 해서 소화 다리라는 이름을 얻게 되었다.

지금은 콘크리트 난간이 있지만 처음 다리를 세울 때는 쇠 난간이었다고 한다. 그러다가 일제가 쇠붙이 공출을 한다며 쇠 난간마저 뜯어 갔고, 여순 사건 때까지 그 난간은 복구되지 않았다. 조정래의 회고에 따

소화 다리 출처_http://gonamdo.or.kr

르면, 집에서 학교(나중에 가보게 될 벌교 북초등학교)에 가느라고 그 다리를 건널 때면 세찬 겨울 골바람이 낙안벌에서 거세게 불어왔다고 한다. 그 바람 속에 난간도 없는 다리를 건너노라면 와락 겁이 났고, 벌벌 기다시피 하였다는 것이다.

그렇게 일제가 난간을 뜯어가 버린 탓에 나중에 소화 다리는 학살장으로 악용된다. 난간이 없는 다리에 처형할 사람을 세워두고 총을 쏘면 시체들이 갯벌에 그대로 떨어지게 되니까 시체 처리가 손쉬웠던 것이다. 매우 '효율적'인 일관 작업 시스템인 셈이다. 마치 컨베이어 시스템처럼. 게다가 자신의 손으로 학살한 사람들의 피와 시체가 잘 보이지 않으니, 죄의식도 덜해지겠지. 곧 처형할 사람을 시켜 제 무덤을 제 손으로 파게 만드는 것은 이 시기에 도처에서 자행되었던 일이지만, 이 소화 다리를 보면 그건 그래도 나은 편이 아니었나 싶다.

벌교 공원—부용산 오리 길에 잔디만 푸르러 푸르러

벌교 읍내 한가운데 나지막한 동산에 벌교 공원이 있다. 전몰 장병을 기리는 '충혼탑'(1979년 건립)이 보이고, 그 밑으로는 돌계단이 보인다. 차를 버리고 걷기를 택한 사람들은 바로 그 돌계단으로 걸어왔을 것이다. 계단이 끝나는 어름의 오른쪽에 일제 시대 신사(神社)가 있었다. 벌교에서 동쪽이 가장 잘 보이는 곳이니 여기에 자리잡은 것이다.

벌교 공원 출처_http://gonamdo.or.kr

신사, 엠원고지, 충혼탑이 차례로 자리잡았을 만큼 벌교 공원은 벌교 시내가 한 눈에 보이는 조망처이다. 부용산에 왔으니 〈부용산〉 노래를 들어보자.

부용산 오리 길에 / 잔디**만** 푸르러 푸르러 / 솔밭 사이 사이로 / 회오리 바람 타고 / 간다는 말 한마디 없이 / 너는 **가고** **말았구나** / 피어나지 못한 채 / 병든 장미는 시들어가고 / 부용산 봉우리에 / 하늘**만** 푸르러 푸르러

가사만 보아도 짐작할 수 있듯이, 향가 〈제망매가〉를 연상케 하는 순수한 서정적 노래이다. 작사자 박기동이 나이 열여섯에 폐결핵으로 세상을 뜬 누이를 부용산에 묻고 내려오면서 지은 노랫말이라고 한다.

하지만 이 노래는 작곡자인 안성현(널리 알려진 동요 〈엄마야 누나야〉 작곡자)이 월북했다는 점, 그리고 빨치산이 즐겨 부른 노래라는 점이 겹쳐서 오랫동안 금지곡으로 묶였다. 하지만 '빨치산의 노래'라는 선입견은 그야말로 오해에 불과하다. 1948년 작곡된 이후 이 지역 사람들 사이에 자연스럽게 퍼져서 즐겨 부르던 노래였다. 빨치산도 이 지역 사람들이니 산에 올라서도 즐겨 불렀을 뿐이다.

"고향에 고향에 돌아와도 / 그리던 고향은 아니러뇨"로 시작되는 정지용 시에 벌교 출신 작곡가 채동선이 노래를 붙인 〈고향〉도 비슷한 운명에 처했었다. 고등학교 음악 교과서에 실렸지만, 5·16 쿠데타 이후 정지용이 월북 작가라는 이유로 삭제되었다고 한다. 그 뒤로 이 아름다운 곡이 사장될 것을 아까워한 이은상이 〈그리워〉를, 박화목이 〈망향〉을 각각 작사하였다. 원래 노래란 노랫말부터 지은 뒤에 곡을 붙이는 법인데, 이 경우는 그 순서가 바뀐 셈이다. 게다가 이렇게 같은 곡에 세 개

의 가사가 붙게 되었으니, 분단이 만들어낸 진기록이다.

채동선은 벌교 사람들이 자랑삼는 작곡가이다. 대종교의 창시자 나철 선생 또한 이곳 출신이다. 보성읍에서는 독립 운동가 서재필을 배출하였다. 이 조그만 군에서 이만한 인물들을 배출했으니 보성-벌교 사람들이 자부심을 지닐 만도 하겠다. 이 모든 것이 벌교가 이 부근에서는 비교적 일찍 개화되었다는 점과 관련될 터이다. 채동선은 그 덕분에 바이올린과 작곡을 배울 수 있었을 터이고, 나철 역시 식민지적 근대화의 모순을 고향 벌교에서 실감할 수 있었던 덕분에 민족 운동에 나섰을 터이다. 채동선 생가, 나철 선생 생가도 멀지 않은 곳에 있으니 한번 찾아봄 직하다.

공원에서 내려오는 길에는 염상구의 청년단 건물을 만난다. 읍사무소, 금융 조합(전형적인 일본식 건물로 잘 보존되어 있다)도 부근에 몰려 있다. 돈(금융 조합)과 행정(읍사무소)과 치안(경찰서와 청년단)이 몰려 있는 것이다. 돈, 그것을 증식하는 서류들, 그리고 그것들을 보호하는 주먹. 이들이 함께 몰려다니면서 민중을 수탈해냈던 일제와 해방 초기의 사회상을 상징적으로 보여 주는 공간의 짜임새 아니겠는가. 대도시에서야 그 기관들이 널찍널찍한 공간에 벌려있어 눈에 잘 띄지 않겠지만, 이런 소읍에서는 그 공간의 짜임새가 한눈에 보인다.

횡갯다리—이곳에 서면 태백산맥이 보인다

횡갯다리(虹橋)를 찾아간다. '벌교(筏橋; 뗏목다리)' 라는 이름도 바로 이 다리에서 나왔다고 한다. 뗏목다리가 있는 곳이어서 벌교가 되었다는 것. 순 돌다리뿐인데, 무슨 뗏목이냐고? 돌다리를 놓기 전까지가 뗏목 다리였다. 나무 뗏목을 물위에 띄워 두어 썰물 때는 뻘까지 내려가고 밀물 때는 물을 타고 위로 올라가도록 한 것이다. 홍수 때마다 떠내려

가서 단교(斷橋)라고도 불렀다고 하며, 떠내려가지 못하도록 나중에 돌
다리를 놓았다는 것이다.

벌교는 식민지적 근대화의 상징적인 장소이다. 앞서 살폈듯이 벌
교는 일제가 인위적으로 만들어 놓은 도시였다. 잠시 후 김범우의 집에
들어가서 좀더 폭넓게 조망하면 보이겠지만, 벌교는 일인들이 만든 읍내
와, 고읍 낙안 등 전통적인 농촌부락이 함께 결합되어 있는 곳이다.

봉건적 토지 모순이 자체적으로 해결되지 못한 상태에서 식민지적
근대화가 이뤄지면서 그 모순은 심화되고, 해방 이후 기만적 토지 개혁
을 보면서 폭발한 것이 여순 사건이라는 것이 조정래의 인식이다. 그러
니 여순사건은 '작은 한국 전쟁'의 성격을 띤다는 것이다. 이런 그의 역
사인식을 한눈에 드러내 보여 준 장소는 바로 봉건시대의 갯마을, 일제
에 의해 개발되고 수탈당한 장소, 바로 벌교였던 것이다.

그런 의미에서 벌교는 이 땅의 한 부분이면서 동시에 전부이기도
하다. 잎사귀 하나를 잘 그려 보이면 이미 거대한 나무를 함께 보여 줄 수
있는 것이다. 일엽낙지천하추(一葉落知天下秋)《회남자(淮南子)》〈설산
훈편(說山訓篇)〉라, 오동잎 하나 지는 것을 보면 천하에 가을이 온 것을
알 수 있다지 않는가.

들몰—소작인을 감시하는 지주의 집

횡갯다리 위쪽으로 대숲에 둘러싸인 곳이 바로 들몰이다. '들몰'
은 '들마을'의 전라도 발음이니, 한자식 표현으로는 평촌(坪村)이다.

들몰은 당연히 소작인들의 마을이다. 일하러 다니기 편하게 들판
가까이 자리잡는다. 지주의 집은 자신의 농토를 한눈에 조망할 수 있는
곳에 자리잡았다. 현부자네 2층 제각에서 중도들판을 조망할 수 있듯이.
일인 지주 나카시마의 집이 중도들판 들머리에 자리잡았듯이. 김범우의

집 역시 자기 소유의 고읍 들판과 낙안 들판을 가장 잘 조망할 수 있는 곳
에 자리잡은 것이다.

이렇게 지주와 소작인의 집이 바로 코앞에 마주보고 있음은 이곳
에서 소작쟁의가 극심해지는 배경 중의 하나이다. 서울에 가까운 중부
지방의 경우는 지주들이 대부분 서울로 올라가 살면서 마름을 통해서 농
토와 소작료를 관리했다. 미당 서정주의 아버지가 김성수 집안의 마름
노릇을 했다는 것도 전북 지방쯤 되니까 그랬고, 김유정의 단편들에서
주된 갈등이 소작인과 마름 사이에서 생겨나는 것 또한 강원도 어름을
무대로 삼았으니 그랬다. 그러나 벌교는 서울과 너무 멀었으니 지주들이
아예 같은 마을에 살면서 직접 소작료를 관할했던 것이다. 마름의 기능
이 약화된다. 지주들이 동네 사정을 손바닥 들여다보듯 잘 알 수 있으니
소작료 수취가 좀더 극심했으며, 소작인들로서는 자기가 거둔 쌀이 바로
옆 지주의 곳간에 쌓여있는 것을 무시로 보게 되니 저항감 역시 극대화
되었으리라.

벌교는 이중적 구조를 지니고 있다. 횡갯다리를 중심으로 위 부분
은 전형적인 농촌 마을이고, 그 아래로는 개화 도시이다. 일본인 지주 나
카시마의 집이니 개화 지주 현부자네 집이니 무슨 관공서니 기차역이니
우체국이니 하는 것들이 모두 저 아래 '신도시' 쪽에 있고, 전통적 지주
김범우의 집은 횡갯다리 부근에 있는 데에는 다 까닭이 있는 것이다.

'신도시'에 살던 지주들은 전통적 농업 자본에서 벗어나 상업/산
업 자본으로 변신해갔지만, 이 봉림리의 김범우 집안은 그대로 농업 자
본으로 남아 있었다. 식민 치하에 근대적 상업 자본으로 변신하려던 자
본들은 총독부 권력과 이리저리 짬짜미를 할 수밖에 없었고 친일 매판
자본이 되어갔다. 그러나 김범우의 집안은 식민지적 근대화에 저항했고
끝내 몰락해갔다. 우리나라에서 근대적 자본의 형성이 식민치하라는 조

건 때문에 왜곡될 수밖에 없던 사정을 짐작할 수 있다. 이곳 김범우의 집 담장 너머로 지주들의 집이 자리잡은 지리적 배치를 보면 그런 사정이 한눈에 인다. 공간에서 시간을, 역사를 보는 것이다.

율어─보성의 모스크바

막바지에는 클라이맥스가 있다. 해방구 율어. 율어(보성읍 율어면)를 보려면 주릿재로 가야 한다. 지금까지의 무대들은 촘촘히 읍내에 박혀 있었지만 율어로 가는 길은 좀 시간이 걸린다. 벌교에서 차로 20분 남짓.

벌교와 인근 주요 지점을 잇는 고개는 네 개를 꼽을 수 있다. 순천으로 가려면 진트재나 오금재를 넘어야 한다. 고흥으로 가려면 뱀골재(뱀같이 꾸불꾸불하다고 해서, 또는 뱀이 많다고 해서), 보성으로 가려면 석거리재(섶나무가 많았다고 해서, 또는 징광사로 이어지는 곳이니 부처 '석'(釋)자를 따와서)를 각각 통해야 한다. 이에 비해 주릿재는 작은 마을 율어로 가는 고개이니 실제로는 그다지 중요한 곳은 아니다. 하지만 《태백산맥》에서라면 사정이 달라진다. 주릿재는 뱀골재나 석거리재를 제치고 진트재 오금재와 함께 3대 고개로 손꼽을 만하다. 물론 '해방구 율어' 때문이다.

벌교에서 율어로 가는 주릿재는 굽이굽이 고갯길이다. 유심히 보

율어 출처_http://gonamdo.or.kr

면 '다랑이 논'이 보인다. 다랑이 논은 표준말로는 '다락 논'이며, 삿갓 논, 소반 논이라고도 부른다. 삿갓 논이란, 논매다가 삿갓을 벗어놓고 보면 논이 어디 갔나 찾아야 할 정도로 좁은 논이라는 뜻이다. 소반 논이란 말도 마찬가지이다. 새참 먹으려고 소반이라도 하나 놓으면 논이 안 보인다는 것이다. 삿갓 하나, 소반 하나에 가릴 정도의, 쌀 한 됫박이나 건질 만한 땅까지도 다 개간해서 주린 배를 달래야 했던 조상들의 가파른 삶이, 삿갓 하나만 벗기면 드러난다.

그러나 그 한 됫박 쌀마저도 온전히 농민들의 것이 아니었다. 기본 소작료로 5할, 게다가 각종 종자대, 비료대, 물세(水稅), 지세 등을 소작인이 부담하게 되어있으니 수확량의 7할, 많게는 8할, 9할까지를 빼앗기는 게 일반적이었다. 게다가 고리채인 '장리'를 쓴 사람들은 더 말할 나위조차 없었다. 가을걷이를 해봐야 거의 전부를 지주에게 바치고, 나중에 빚이 더 쌓이면 지주의 요구대로 어린 딸이나 자신의 아내를 첩으로 바쳐야 했다.

낙안 읍성을 보고, '넘을 생각만 해도 오금이 저린다'는 오금재를 넘으면 고찰 선암사로 이어진다. 또 선암사에서 승보(僧寶) 사찰 송광사로 이어지는 조계산의 그 유명한 산대나무 우거진 산길을 걸을 수 있다. 그러나 이곳들은 순천에 속하니, 이 글은 여기서 멎을 수밖에 없다.

3. 나오며

보성의 산은 사시사철 푸르르다. 차나무들이 자라고 있기 때문이다. 마치 산 전체가 거대한 녹색의 융단을 깔아놓은 듯한 느낌이다. 관광객들이 문전성시를 이루는 대규모의 보성차밭이 본격적으로 개발된 것은 일제 시대 때이지만, 예로부터 보성에는 차나무들이 자생하여 선비들이 즐겨 마시곤 했다(오죽하면 인근 강진으로 유배된 정약용이 '다산(茶山)' 으로 호를 삼았겠는가).

지금도 문덕면 대원사, 벌교 징광사지 주변 등에는 야생 차나무가 있어 소수의 애호가들에게 공급되고 있다. 사실 비료와 농약을 주면서 가꾸는 차밭의 차보다는 야생차가 여러모로 좋겠지만, 워낙 비싸니 서민들의 입사치로 삼기는 벅차다.

야생차는 아닐지라도 남도에서는 손님을 맞으면 차를 내오는 것이 일반적이다. 서울에서는 주로 커피를 대접하는 것과는 대조적이다. 손님으로 남도, 특히 보성 벌교를 찾았다가 녹차 대신에 커피 대접을 받으면 그리 융숭한 대접을 받은 셈은 못된다고 생각해도 된다.

녹차의 고장이기 때문이기도 하지만, 그보다는 삶의 속도와 더 많이 관련될 것이다. 서울살이에 어디 녹차가 없어서 못 마시겠는가. 찻물을 끓였다가 알맞게 식히고 다기를 덥힌 뒤에 차를 우려내는 과정들을 용납하기 어려울 만큼 서울살이는 바쁘다. 자판기에서 커피를 뽑으면 5초 안에 끝나는 일을 5분여 동안 할 시간이 없다. 차를 마시는 것만이 목적이요, 차 달이기란 단지 과정이요 수단에 불과하다는 인식이 여기에는 깔려있다. 하지만 목적이 과정을 말살하는 일에 의해 우리의 삶은 얼마나 피폐해졌는가. 과정을 생략한다면 우리네 삶은 과연 무엇인가.

서울 남산의 소나무도 사시사철 푸르르다. 그 소나무들은 열매를 많이 맺는다고 한다. 죽음을 직감한 소나무들이 종족 번식을 위해 그리 한다는 것이다. 사람들은 늘 바쁘니 세 걸음 이상이면 차를 탄다는 시쳇말이 실감나도록 줄창 차를 타고 다니고, 그 매연이 소나무를 죽이는 것이다. 그러니 남산과 보성의 푸르름은 같으면서 또 많이 다른 셈이다. 보성의 푸르름이(아니 그보다는 장관이 아니지만 징광사지 군데군데 남아있는 녹차밭의 푸르름이) 사무치게 그리워지는 까닭이다.

남국의 신화와 옹이 박힌 土박이들의 삶

제주

오대혁

1.

스물 무렵에 고향을 떠나온 나는 정작 서울 하늘 아래서 제주의 역사와 문학을 가까이하게 되었다. 우연한 기회에 삼별초의 일원이었던 김통정과 무당의 노래인 〈이공본풀이〉를 살피면서 유년의 이야기 속에 잠자던 제주가 선명하게 떠오르곤 했다. 가끔 쓰는 잡글도 여지없이 고향의 품안이었다. 어느새 제주는 내 의식의 원형으로 자리잡았던 것이다. 한복판에 들어선 한라산, 수백의 오름들과 초원, 천여 종의 식물들과 짐승들이 삼삼하게 떠올랐다. 그러나 마냥 행복한 추억만 있지는 않다. 관광지의 어두운 그림자가 섬 토박이의 옹이 박힌 삶을 수렁으로 끌고 가는 악몽을 꾸게 된다. 해안가에만 살던 사람들은 말과 소, 고라니의 터전인 초원과 한라산을 아스팔트와 콘크리트로 뒤덮었다. 제주가 지닌 이러한 명암을 떠올리며 나는 아름다운 풍경 너머에 도사린 토박이들의 노래와 이야기를 찾아 떠났다.

요즘은 비행기를 타고 제주도를 찾지만 예전에는 뱃길뿐이었다. 풍랑이 일면 항상 열흘이나 한 달을 잡아야 했다. 추사 김정희가 유배를

갈 때에도 풍랑과 천둥, 번개가 쳐서 죽살이를 예측할 수 없었는데, 그 와
중에도 그는 꼿꼿이 뱃머리에 앉아 시를 지어 읊는 기개를 보여 주었다
(《완당김공소전(阮堂金公小傳)》). 이제 뱃길은 카훼리호를 타고 완도에
서 세 시간, 목포에서 다섯 시간, 인천에서 열댓 시간이 걸린다. 섬이 가
까워졌음은 맨 먼저 나타나는 한라산 봉우리를 통해 알 수 있다. 일찍이
정지용은 김영랑과 함께 목포에서 배를 타고 제주도로 들어서며 한라산
을 보고는 어찌나 반가웠던지 초야에 쳐다보지도 못하던 신부를 숫는 해
아래서 와락 사랑하게 됨과 같이 그리던 산을 모셨다고 했다(《일편낙토
(一片樂土)》). 고려 시대 삼별초의 입도를 막기 위해 김수와 고여림이 진
을 쳤던 화북 포구, 조선 시대 제주도에 부임한 지방관들이 정치적 복권
을 꿈꾸며 바다만 바라보던 연북정(戀北亭)이 서 있는 조천 포구 등이 제
주의 관문이었으나 지금은 제주항이 나그네들을 반긴다.

2.

　　제주항에 내리면 협죽도와 종려나무가 남국의 정취를 자아내고,
가까이 한라산이 다가와 있다. 해안도로를 타고 다니거나, 서부산업도
로 · 오일륙도로를 통해 중문이나 서귀포를 향할 때에도 한라산은 늘 가
까이 버티고 서 있어 제주도 전체가 한라산 자락에 놓여 있음을 알 수 있
다. 젖무덤 같은 오름들이 초원을 수놓고, 보석처럼 빛나는 바닷물이 섬
을 휘감싸고 있다. 해안에는 일출봉과 산방산이 우뚝 솟았고, 천지연폭
포 · 정방폭포 · 천제연폭포가 은하수 가득한 밤이면 선녀들이 내려와
멱을 감을 듯 고운 자태로 바다를 향해 쏟아져 내린다. 이 신비로운 자연
을 누가 창조했단 말인가? 섬사람들은 《천지왕본풀이》와 《설문대할망설
화》를 통해 창조의 신화를 노래해왔다. 우리는 이 신화를 통해 섬사람들
의 세계 인식을 짐작해 볼 수 있다.

제주에 전하는 창세 신화인 〈천지왕본풀이〉는 무당들의 노랫가락에 실려 9편 정도가 전한다. 태초에 세상은 하늘과 땅이 서로 뒤섞여 처음과 끝도 없고 안과 밖도 없었으며, 삶과 죽음, 선과 악도 없는 혼돈의 상태였다. 하늘에서 푸른 이슬이 내리고 땅에서는 검은 이슬이 솟아올랐다. 하늘은 자시(子時)에 열리고, 땅은 축시(丑時)에 열렸으며, 사람은 인시(寅時)에 태어났다. 이렇게 세상이 창조되었지만 천지개벽의 어둠 속에서 무시무시한 거인이 나타났다. 그의 앞이마에서는 두 개의 해가, 뒷이마에서는 두 개의 달이 나타났다. 동물들이 말을 하고, 귀신과 사람의 구분이 없는 혼란은 계속되었다. 게다가 수명장자(쉬맹이)가 사나운 소, 말, 개를 앞세워 사람들이 거둔 소출을 독차지하며 사람들을 굶어죽게 하였다. 이를 안 천지왕은 번개장군과 벼락장군, 화덕진군과 풍우도사, 일만 군사를 이끌고 가 머리에 쇠테를 씌워 수명장자를 죽이려 했다. 그런데 그는 종을 불러 도끼로 머리에 씌워진 쇠테를 깨라고 명령하였다. 그 모습을 본 천지왕은 쇠테를 풀어 목숨만은 살려주었다.

지상에 잠시 머물던 천지왕은 지상의 총명 부인과 결혼하여 대별왕과 소별왕을 낳고는 하늘로 올라가버렸다. 대별왕과 소별왕은 점점 자라났는데, 친구들에게 애비 없는 자식이라 따돌림을 받았다. 형제는 어머니에게 떼를 써 마침내 박 넝쿨을 타고 하늘나라로 올라가 아버지를 만났다. 아버지 천지왕은 큰아들 대별왕에게 이승을, 작은아들 소별왕에게 저승을 다스리라 했다. 작은아들은 수수께끼를 내서 이기는 사람이 이승을 차지하자고 형에게 제안했다. 마음 착한 형은 동생의 제안을 받아들여 내기를 했는데, 두 번 다 형이 이기고 말았다. 마지막으로 소별왕은 꽃을 누가 더 잘 키우는지를 내기하고는 형이 잠든 사이에 잘 자라는 형의 꽃을 자신의 꽃과 바꿔버렸다. 소별왕이 이승을 차지하게 된 것이다. 그런데 이승에서는 제2의 혼돈이 계속되었고 그 혼돈을 처리할 능력이 소별왕에게는 없었다. 할 수 없이 형의 도움을 얻어 해와 달을 하나씩 활로 쏘아 맞춰 없앴다. 초목과 짐승은 소나무 껍질 가루로 눌러 말을 못하게 했다. 귀신과 생사람은 저울로 무게를 달아보아 100근을 넘으면 인간으로, 못 넘으면 귀신으로 처리했다. 그러자, 자연의 질서가 바로 잡혔다. 그러나 안타깝게도 저승으로 형이 떠나자 또다시 살인·도둑·간음 등 무질서가 여전했다.

신화학적으로 보면 천지왕은 불과 쇠를 다루는 외래적 존재로 제주 섬에 있던 수신계(水神系)의 수명장자를 벌하였고, 그의 후계인 두 아들로 하여금 섬을 지배하게 하였다는 것으로 읽힌다. 두 개의 해는 극심한 더위와 가뭄을, 두 개의 달은 극심한 추위나 홍수를 의미한다. 그것의 조정은 곧 농작물의 풍작을 뜻한다.

제주 섬은 순수한 토착민들만이 살았던 공간이 아니다. 〈천지왕본풀이〉나 뒤에 보게 될 〈삼성혈신화〉 등에서 짐작할 수 있듯 섬은 토착민들이 유입된 외지인들과 더불어 만들어간 공간이다. 고려 말에서 조선 초, 조선 중기 당쟁 시기에 중심부의 사람들이 제주로 쫓겨 들어 왔다. 당신본풀이에서 말하는 신의 내력은 유입과 이주의 역사를 고스란히 담아 놓고 있는 것이라 볼 수 있다.

세상의 창조는 여기에서 끝나지 않고 설문대할망(선문데할망, 설명두할망, 세명뒤할망이라고도 전한다)이라는 거대한 여신의 제주 섬 창조로 이어진다. 할망은 한라산을 베개 삼고 누우면 발이 바다에 닿아 물장난을 할 정도로 거대했다. 할망은 밋밋했던 섬을 아름답게 꾸미기 시작했다. 치마폭에 흙을 날라 한라산을 만들고, 구멍 난 치마폭의 흙으로 초원 위에 오름들을 만들었다. 성산 일출봉과 식산봉에 양 발을 디디고 앉아 시원스레 눈 오줌으로 소섬[牛島]을 만들었다. 그런데 섬에 갇혀 살던 사람들이 육지로 다리를 놓아 달라는 부탁에 할망은 속옷 한 벌을 요구했다. 거친 밥을 먹으며 살던 섬사람들은 100필의 명주에서 1필이 모자라는 바람에 속옷을 완성하지 못했고, 다리를 놓아가다 그만 둔 흔적이 조천 앞바다에 남아 있게 되었다.

그렇게 제주 섬을 창조한 할망은 바다 고기를 잘 잡는 할으방을 만나 윤 3월 16일 500형제 자식을 낳고 고기를 함께 잡으며 살았다. 그런데 식구가 많은데다 흉년이 들어 할망은 자식들에게 죽이라도 끓일 양식을 구해 오라고 타일러 보냈다. 죽을 끓이느라 어마어마하게 큰 가마솥에 불을 때다 할망은 발을 잘못 디디어 죽솥에 빠져 죽고 말았다. 집으로 돌아온 오백 형제는 여느 때보다 맛있게 죽을 먹었고, 막내가 솥을 휘젓다 사람의 뼈를 발견하게 된다. 어머니 고기를 먹은 걸 안 이들은 통탄을 하다 모두 바위로 굳어버렸고, 한라산 영실(靈室)의 수많은 기암괴석이 바로 그것이라 한다. 가을 단풍을 만끽하려면 한라산 서측의 이곳 영실을 찾으면 좋다. 거기에서 오백장군(오백나한) 바위를 따라 흐르는 바람을 느껴보기 바란다.

이처럼 〈설문대할망설화〉에는 섬사람들의 육지를 향한 지향과 좌절감, 그리고 척박한 땅과 바다를 상대로 싸우며 견뎌야 했던 지독한 가난이 슬프게 아로새겨져 있다. 고립된 섬에 살던 제주인들은 외지인을 두려워한다. 그러면서도 한편으로는 내면 깊숙이 육지를 향한 그리움을 지니고 있었다. 그래서 한기팔은 "먼 바다 푸른 섬 하나 / 아름다운 것은 / 내가 건널 수 없는 수평선 / 끝끝내 닿지 못할 / 그리움이 거기 있기 때문이다"(〈먼 바다 푸른 섬 하나〉)라고 노래했다. 그리고 문충성은 "제주 섬은 가난과 한숨에 흔들리고 날마다 / 흔들리는 제주섬 지키는 설문대할망은 / 제주섬 사람들 수천 년 살아온 / 전설이 되고 바람이 되고 영욕이 되고 / 이어도를 꿈꾸는 꿈이 되고 노래가 되고"(〈설문대할망〉)라며 섬사람들의 슬픔과 꿈이 스며든 존재로 설문대할망을 노래했던 것이다.

제주는 신화의 섬이다. 신들의 손길이 닿지 않는 곳이 없고, 신들의 내력을 이야기하는 본풀이가 굿의 현장에 있다. 〈천지왕본풀이〉를 비롯한 천지와 일월, 산과 바다, 생사와 농경, 어로, 빈부 등을 지배하는 12편의 〈일반신본풀이〉, 마을의 수호신인 당신의 내력을 말하는 〈당신본풀이〉, 일족(一族)의 수호신을 말하는 〈조상본풀이〉가 섬을 지키고 있다. 이 신들의 노래는 346개나 되는 신당에서 불려진다. 그 가운데 제주의 토착신인 수렵을 생업으로 하던 남신인 한라산신을 모시는 와흘본향당이나 제주 신당의 원조로 무형문화재 5호로 지정받은 송당본향당은 사람들에게 많이 알려져 있다.

그런데 이 신당들은 인적이 뜸한 곳에 돌담들을 쌓아 만든 정말 소박한 곳이다. 생각하니, 타다 남은 양초와 지전을 태운 냄새, 향내와 음식 냄새가 뒤섞인 신당 안에서 무서워 떨던 어린 시절이 떠오른다. 화려하지는 않으나 거친 산, 바다와 싸우던 제주 민중의 소박한 기원이 신당에는 살아 있다. 새마을운동 시기 미신타파를 부르짖으며 민속문화재라 할 신당을 파괴하던 때가 있었다. 그 와중에 현용준, 진성기 선생들이 가까스로 챙겨 놓은 신당과 무가들은 제주 신화의 특수성과 우수성을 전 세계에 한껏 뽐내게 한다. 그리고 그곳을 채우던 심방들의 노랫가락이 아직 살아 있음이 얼마나 다행스런 일인가. (최근 현용준 선생은 《한라산 오르듯이》(각, 2003)라는 자전 수필을 통해 제주 신화의 보존 과정을 흥미롭게 알려주셨다.)

3.

제주시에서는 삼성혈을 맨 먼저 찾았다. 탐라국은 신라와 백제에 입조하여 국호와 벼슬을 받고 고려 태조 21년(938)에 고려에 속하게 되었는데, 삼성혈은 그러한 역사 시대에 편입해 들어간 고을나·양을나·부을나 세 시조가 태어난 곳이다. 거목들이 들어찬 뜰을 걸어 들어가면 3개의 구덩이가 나온다. 이 구덩이에서 사람이 솟아나왔다는 것은 물론 허구이다. 아마도 탐라 건국 신화이자 3성 시조의 신화를 노래하던 당굿 장소였을 것이다. 그러던 것이 조선 중종 21년(1526)에 이수동 목사가 석단을 쌓고 혈비를 세워 후손들에게 제사를 지내게 한 것이 유교식 조상 제의로 축소된 것으로 보인다. 지금도 매년 유교식으로 대제(大祭)가 봉헌된다. 《성주고씨전》(1416)과 《고려사》(1454)에는 〈삼성혈신화〉가 전해진다.

한라산 북쪽 기슭의 모흥혈(毛興穴)에서 세 신인은 탄생했다. 그들은 황량한 들판에서 사냥을 하여 가죽옷을 입고 고기를 먹으며 살았다. 하루는 나무함이 동쪽 바닷가에 떠내려왔다. 그 함을 열었더니 돌함과 붉은 띠를 두르고 자줏빛 옷을 입은 사자가 있었다. 돌함에는 푸른 옷을 입은 세 처녀와 송아지, 망아지, 오곡의 씨가 있었다. 사자는 벽랑국(碧浪國)에서 신의 아들 3인에게 배필이 필요할 듯하여 세 공주를 모시고 왔노라 했다. 그들은 결혼을 하고 활로 거처할 땅을 점쳤다. 오곡의 씨를 뿌리고 소와 말을 길러 살림이 풍부해졌다. 성산읍 온평리 바닷가에는 세 공주를 맞이한 연혼포(延婚浦, 속칭 황루알)와 결혼식을 올린 혼인지(婚姻池)가 있다.

삼성혈 가까이에 있는 제주도 민속자연사박물관을 둘러보고, 중앙로로 걸어 내려갔다. 세종 30년(1448)에 병사들의 훈련장으로 세워진 관덕정을 찾아가니 제주목 관아가 그 옆에 복원되고 있었다. 탐라국 때부터 조선 시대까지 정치와 행정, 문화의 중심지였던 이곳을 1991년부터 발굴하여 옛 모습을 살리고 있는 것이다. 그런데 관덕정 광장이 갖는 상징성을 생각하니 관아 복원만으로 채울 수 없는 곳임을 생각하게 했다.

관덕정 광장은 천주교도들의 횡포와 봉세관의 조세 수탈에 항거해 일어난 '이재수의 난'의 무대였다. 수백 명의 천주교도들이 이곳에서 처형당했다. 현기영의 《변방에 우짖는 새》는 구한말에 일어난 방성칠난과 함께 이재수의 난을 그렸다. 관권의 핍박과 외세를 등에 업은 천주교도들의 횡포에 대한 제주민의 항쟁을 다루었다.

또한 관덕정 광장은 일제 말엽에는 5일장이 있던 곳이다. 그리고 4·3 항쟁의 기폭제가 되었던 3·1 시위 사건이나 무장대 사령관 이덕구의 주검이 나무 십자가에 매달려 있던 곳도 이곳이었다. 현기영은 관덕정 광장에서 바라보았던 시국 연설회, 군인과 토벌대, 그리고 목 잘린 머리통들의 기억을 《지상에 숟가락 하나》에 생생하게 그리고 있다. 그러면서 아름다운 붉은 동백꽃이 꽃으로 보이지 않고 눈 위에 뿌려진 선혈처럼 끔찍하게 떠오른다고 했다. 역사의 소용돌이는 역사책에 고스란히 자리를 잡을 수도 있지만 그 시대의 생생한 생활사는 그 시대를 산 자의 기록에 의해서만 복원이 가능하다. 4·3이 '사태'에서 '항쟁'으로 신원이 되기까지는 폭압적인 독재 정권에 맞서 고문을 견디며 끝끝내 펜을 놓지 않았던 문인들의 힘이 컸다.

풍문으로만 떠돌며 쉬쉬하던 4·3을 최초로 공론화했던 현기영은 《순이 삼촌》(1978) 때문에 보안사로 끌려가 모진 고문을 당해야 했고, 책 역시 발매 금지되었다. 어느 대담에서 그는 "원래 내 생각은 세 편만 쓰고 그만두려고 했습니다. …… 그런데 당국에서 나를 가만히 두지 않더란 말입니다. 뭐, 조사도 당하고 끌려가기도 했죠. …… 그러니 나는 계속 쓸 수밖에 없었고 또 소설만 쓴 게 아니라, 4·3연구회라는 조직도 만들었죠. …… 정권과 일 대 일로 붙을 수도 있는 것이 문학이라는 사실을 깨달은 거죠."(《작가세계》 36, 1998)라고 말했다. 우리들은 얼마나 그들에게 빚을 지고 있는가? 《순이 삼촌》의 배경이 되는 북제주군 조천면 북촌리의 '너분숭이'라는 밭은 군경토벌대에 의해 억울하게 죽어간 320명의 영혼이 숨 쉬는 곳이다. 한번 찾아볼 일이다.

현기영·오성찬·현길언·고시홍·한림화·김석범 등 4·3 항쟁 시기를 살았던 소설가들은 뇌리에 각인된 피의 살육을 고통스럽게 떠올리며 글쓰기를 시도하였으며, 그들 작품에는 참된 세상에 대한 갈망이 담겨 있다. 현기영의 《순이 삼촌》·《아버지》·《도령마루의 까마귀》·《해룡 이야기》·《잃어버린 시절》·《아스팔트》·《길》, 오성찬의 《연 날리기》·《사포에서》·《겨울산행》·《한 공산주의자를 위하여》·《크는 산》, 현길언의 《우리들의 조부님》·《귀향》·《먼 훗날》·《지나는 바람에게》·《未明》·《한라산》, 한림화의 《한라산의 노을》, 고시홍의 《도마칼》·《해야 솟아라》·《계명의 도시》·《저승문》·《유령들의 친목회》·《자서전 고쳐 쓰기》, 재일 작가 김석범의 《火山島》 등 이루 헤아릴 수 없는 작품들이 '4·3문학'을 형성한다.

나는 서둘러 용두암과 용연을 둘러보았다. 저녁 무렵에는 반짝이는 놀이 시설과 호텔 그리고 높다랗게 쌓아올린 탑동 매립지 위에 서 있었다. 그리고 어둠에도 잠들지 못하는 바다를 바라보았다. "밤이 되어도 / 잠들지 못하는 제주바다야, / 숱한 배반으로 / 쫓기고 떠밀려 온 세월을 / 이 밤도 울부짖는 바다야"(양중해, 〈잠들지 못하는 바다〉)

4.

제주의 어른들은 무슨 일이든 나서는 것을 좋아하지 않았다. "뻴라 진추룩 허지 말라(잘난 척 하지 마라)," "곤밥(흰 밥) 먹은 소리 허지 말라"라는 말을 흔히 했다. 왜 그랬을까? 제주 민중은 역사의 소용돌이 속에서 큰 소리 한번 쳐서 죽고, 나서서 죽고, 혼자 뛰어가다 죽고, 사람들에게 싸우자 하다 죽는 이들을 수없이 보아왔기 때문이다. 제주민들의 외지인들에 대한 경계의 눈길도 어쩌면 죽음의 역사를 통해 내면화된 집단 무의식에서 비롯된 것은 아닐까.

아침 일찍 애월읍 항파두리를 찾았다. 삼별초가 여·몽연합군과 맞서 싸우던 곳이다. 강화도, 진도를 거쳐 나머지 군사를 이끌고 제주에 들어온 김통정은 귀일촌에 토성과 석축으로 내외성을 쌓고, 애월포에 목성을, 하귀포에 군항(軍港)을 세웠다. 성의 규모는 외성인 토성의 둘레가 6킬로미터 가량 되었고, 성 안에 백성들을 살게 했다. 여·몽연합군의 맹렬한 화공(火工)을 맞아 항전하다 함덕포가 무너지고, 항파두리성이 함락되자 김통정은 남은 병력만을 이끌고 한라산에서 싸우다 자결하고 만다.

김통정의 죽음은 고려에서 항몽 세력의 뿌리가 완전히 뽑힌 것을 뜻한다. 고려 정부의 수탈과 지방관의 가렴주구에 시달려왔던 제주 민중은 김통정 세력에 협조하면서 반정부, 반외세의 기치를 함께 올렸을 것으로 추정된다. 그러나 역사는 그를 패배한 영웅으로 만들었고, 몽고의 마목장이 들어서며 제주 민중의 삶은 더욱 고통스러워졌다. 그래서 김통정은 애월면 고내리의 〈고내본향당본풀이〉를 비롯한 6편의 무가 속에서 탐라의 생산물에 욕심을 부리다 세 장수에게 죽은 것으로 그려졌다. 항파두리 토성 일대에는 살맞은돌, 돌쩌귀, 장수물 등의 전설로 당시의 역사가 남아 있다.

다시 차를 돌려 북제주군 구좌읍 쪽으로 향했다. 김녕사굴과 만장굴을 찾았다. 제주에는 이외에도 협재굴, 쌍용굴, 소천굴, 황금굴, 빌레못굴 등 세계적인 용암 동굴이 많이 있다. 만장굴은 13킬로미터나 되고 석주, 종유석 등이 장관을 이루는 곳으로 고고학상 가치가 높은 굴이다. 김녕사굴은 S자형의 동굴로 세 개 부분으로 나뉘는데, 뱀과 관련된 전설이 전해진다. 옛날에 이 굴 속에 살던 커다란 뱀은 매년 큰 굿을 하고 처녀를 희생으로 바치지 않으면 곡식밭을 휘저어 흉년이 들게 했다. 이즈음 서련(徐憐)이라는 판관(判官)이 부임하여 군졸과 함께 그 뱀을 창검으로 찔러 죽였다. 서판관은 배를 타고 제주를 떠나다 뱀신의 복수로 파선당하여 고기밥이 되었다고 한다. 실제로 그런 뱀이 나왔겠는가? 조선 시대 관리들이 유교 이념을 앞세워 제주의 신당을 파괴하려는 데 대한 민중의 저항 의식이 설화화된 것이리라.

이곳 김녕굴당에는 뱀신인 궤네깃또 신이 모셔진다. 바다를 건너 들어온 백주또 할망이 사냥을 하며 살아가던 토착신인 소천국과 만나 일곱 자식을 낳아 길렀다. 사냥을 해서는 먹고 살 길이 없어 농사를 짓는데, 소천국은 밭 갈던 소까지 잡아먹고 결국 헤어지게 된다. 여덟째 자식을 낳아 기르던 백주또는 오백 장군의 딸을 첩으로 두고 살던 소천국을 찾아갔다. 그런데 소천국은 고기를 굽고 있었고, 그 모습에 화가 난 백주또는 아들 궤네깃또를 무쇠상자에 넣고 동해 바다로 띄워버린다. 궤네깃또는 용왕국의 막내딸과 결혼하고, 강남천자국에서 공을 세운 후 제주섬으로 들어온다. 그 모습에 무서워 도망가던 백주또와 소천국은 죽게 되고 윗마을과 아랫마을의 당신이 된다. 형들도 모두 죽는다. 궤네깃또는 궤네기굴에 좌정해 사람들이 1년에 한 번씩 통째로 돼지를 바치면 마을을 튼튼히 지켜주는 신이 되었다.

뱀신에게 돼지를 바치는 본풀이의 내용이 앞서 본 설화를 낳게 하였을 것이다. 이와 같이 뱀신을 모시는 곳으로는 송당본향당, 대정광정당, 내도본향당, 표선 토산당, 차귀당 등이 있다. 그리고 일반신 본풀이인 〈칠성본풀이〉는 집안의 풍요를 가져오는 뱀신인 칠성을 노래한다. 지금은 많이 흐려졌지만 이렇듯 뱀 신앙은 제주도민의 생활 속에 깊숙이 살아 있었다. 제주도처럼 뱀 자체를 신앙화하면서 체계화한 곳은 찾기 힘들다고 한다. 현길언의 《김녕사굴 본풀이》는 김녕사굴에 얽힌 위 설화와 칠성 본풀이를 혼합하여 흥미롭게 쓴 소설이다.

김녕에서 가까운 세화리와 하도리를 지났다. 이곳은 1930년대 잠녀(潛女)들의 투쟁을 그린 《껍질과 속살》, 《바람타는 섬》의 배경이 되는 곳이다. 해녀 조합 간부들인 일본인들이 가혹하게 잠녀들을 수탈했고,

이에 대한 저항을 다룬 소설들이다.

해녀라는 이름으로 잘 알려진 잠녀는 제주도 바닷가에서 흔히 만날수 있다. 나는 세화리와 하도리를 뒤로 하고 차를 몰아 성산 일출봉 터진목에서 그들을 만났다. 까만 잠수복을 한 그들은 사진을 찍는 나를 웃으며쳐다보았다. 예전에는 박으로 정성들여 만든 테왁을 썼는데, 지금은 스티로폼으로 만든 것을 쓰고 있다. 조금 거리를 두고 해녀들이 물에 들었다.

1936년 21세 때부터 제주도를 연구한 문화 인류학자 이즈미 세이이치(泉靖一)의 《제주도》에는 "바가지에 끈이 달린 테왁과 조개 딸 때 쓰는갈퀴를 들고 물안경 쓰고 자맥질을 한다. … 똑바로 선 자세로 물 속에 얼굴을 박고, 목표물을 가늠한 다음 발을 힘있게 굽혀 가슴께로 끌어당기고머리를 잽싸게 물 속에 디밀어, 몸을 뻗고 발을 공중에 흔들어 침하 속도를 높인 다음, 신체가 완전히 물 속에 잠기면 발을 차듯이 움직이고, 손으로 물을 양옆으로 가르면서 가라앉는다. 한 번의 잠수를 끝낼 때는, 몸을꺾은 자세로 다리를 아래로 내려서 힘차게 바닥을 차고 솟구친다. 수면에뜨는 것과 동시에 '휘유' 휘파람을 부는 것이다"라고 해녀들이 물질하는모습을 표현했다. 그 휘파람을 제주에서는 '숨비소리(숨비질소리)' 라고한다. 이 소리를 내고는 물질하는 친구가 나올 때까지 기다린다.

해녀들은 1900년대 초부터 섬 밖으로 벌이를 나갔다고 한다. 일본,육지 연안, 강원도, 심지어는 청진까지 갔다가 기선을 타고 돌아온 사람들도 있었고, 블라디보스토크에서 중국 청도(靑島)까지도 갔다고 한다.현기영의 〈거룩한 생애〉를 학창 시절에 흥미롭게 읽었는데, 이 소설은해녀 '간난이' 의 파란만장한 삶을 참으로 아름답게 그리고 있다. 그녀는일제 시대 때 잠녀의 딸로 태어나 17살에 상군 잠녀가 되어 빼앗긴 밭을되찾는다. 놀음에 미친 시아버지 때문에 무너진 집안을 그녀는 잠녀 일을 하여 일으키고, 어린 신랑을 읍내 공립학교까지 보낸다. 그리고 일제

일출봉

말엽에는 징용에 끌려가게 된 남편을 이끌고 육지로 물질 나가 금강산 근처에서 8·15 광복을 맞는다. 마침내 미군과 소련군이 지키는 38선을 넘어 고향에 돌아온 그녀는 4·3 항쟁 시기에 한 많은 목숨을 잃고 만다. 이 소설을 읽으며 나는 눈시울이 붉어졌다. 강인한 우리 어머니들의 삶이 너무도 서러웠기 때문이다.

해녀들이 물질하는 모습 뒤로는 일출봉이 장엄하게 서 있었고, 파도는 거칠었다. 이곳은 이생진의 《그리운 바다 성산포》와 신경숙의 소설 〈깊은 숨을 쉴 때마다〉의 배경으로도 유명한 곳이다.

표선민속촌과 성읍민속마을에 들러 제주 도세기(돼지)도 보고, 올래며 정낭도 보며 옛 기억을 더듬었다. 내 유년의 한 구석에 자리잡은 우리 집이 어렴풋이 떠올랐다. 갈옷을 파는 가게 앞에서도 한참을 서성거렸다. 푸른 감으로 물을 들이는 갈옷은 여름철 뙤약볕에서 김을 맬 때면 이만한 옷이 없었다. 땀도 잘 흡수하고 바람도 잘 통하기 때문이다. 차를 달려 서귀포에서 이중섭이 거닐던 천지연폭포 주변을 어슬렁거렸다. 그러다 바로 추사 적거지로 향했다.

　추사 김정희는 대정현에 위리안치되었다. 그는 처음 화북진에 도착한 후 걸음을 옮겨 대정현의 송계순의 집에서 유배생활을 시작했다. 섬 안의 섬이라 할 추사의 적거지는 가로놓인 정낭이 방문객들을 맞는다. 9년간의 유배 생활은 추사로 하여금 한 치의 틈도 없는 고독과 자연에의 몰입, 예술혼을 불태우게 했다. 그는 이곳에서 추사체를 완성했고, 사랑하는 아내의 부고를 들었다. 그리고 수선화를 사랑했다고 한다. "푸른 바다, 푸른 하늘 시름 가시고 / 너와의 선연(仙緣)은 다할 수 없어 / 호미 끝에 버려진 예사론 너를 / 오롯한 창가에 놓고 기른다." 나는 어디 수선화를 심어놓지나 않았는지 주변을 서성거렸다.

　제주는 신화의 섬이요, 역사의 소용돌이 속에서 깊은 상처를 입은 섬이다. 제주를 찾는 사람들이 아름다운 자연 너머에 숨 쉬고 있는 제주의 문화와 역사를 안다면 얼마나 좋을까. 그래서 대별왕과 소별왕, 설문대할망을 이야기하고, 삼별초의 항쟁과 4·3 항쟁, 해녀들과 유배자들의 쓰린 상처를 보듬어 안아줄 수 있기를 소망한다.

추사적거지

■ 글쓴이 소개 ■

조동일 s21318@hanmail.net
계명대학교 석좌교수이며, 저서로는《세계지방화시대의 한국학》,《지방문학사》,《한국문학통사》,《한국문학사상사시론》등이 있다. 세계문학사와 함께, 지방문학의 의의를 밝히고, 지방문학사를 쓰는 중요성을 강조하고 있다.

이혜순 hslee@ewha.ac.kr
이화여자대학교 국어국문학과 교수이며, 주요 저서로《비교문학》,《수호전연구》,《조선통신사의 문학》,《고려전기 한문학사》등이 있다. 현재 조선후기 여성지성사를 쓰고 있다.

김성룡 srkim@office.hoseo.ac.kr
호서대학교 국어국문학과 교수이며, 저서와 논문으로는《문학사상사1》과〈우연성과 환상성〉,〈이중 텍스트의 시학과 중층 독해의 이론에 관한 연구〉등이 있다. 한국문학사상사, 한국시학, 허구의 이론에 관심을 갖고 연구하고 있다.

구중서 wangsanjsk@yahoo.co.kr
문학평론가이며 민족문학작가회의 고문이다. 저서로는《민족문학의 길》,《한국문학과 역사의식》,《문학과 현대사상》,《역사와 인간》등이 있다. 평소부터 문학지리에 대한 관심이 컸는데, 최근에는 그림을 곁들인〈문화기행〉을《유심》지 등에 연재하고 있다.

이진호 yijh999@hanmail.net
여주대학교 문화예술계열 교수이며, 저서로는《여주지방의 민요연구》, 논문으로는「병문친고 육두풍월」의 복합장르적 양상고찰〉등이 있다. 향토문학에 관심을 갖고 그 의미를 중점적으로 고찰하고 있다.

허병식 musil@dreamwiz.com
동국대학교에서 강의하고 있으며, 논문으로〈식민지 청년과 교양의 구조〉,〈교양소설과 주체확립의 동력학〉,〈이태준과 교양의 형성〉등이 있고, 한국 근대문학에 나타난 교양의 형성과 청년의 성장이란 주제에 관심을 기울이고 있다.

김영 kimyoung@inha.ac.kr
인하대학교 국어교육과 교수이며, 저서로는《조선후기 한문학의 현재적 의미》,《망양록 연구》,《네티즌과 함께 가는 우언산책》,《한국의 우언》,《논어를 읽는 즐거움》,《인터넷 세대를 위한 한문강의》등이 있다. 동아시아 우언과 한국의 독서문화에 관심을 갖고 연구하고 있다.

권희돈 plant@chongju.ac.kr
청주대학교 국어국문학과 교수이며, 저서로《(한국현대소설 속의)독자체험》,《소설의 빈자리 채워 읽기 - 무정과 꿈하늘》등이 있고, 시집으로《첫날》,《하늘눈썹》등이 있다. 문학지리학의 새로운 활력을 현대문학연구에 적용하는 방법에 관심이 크다.

신동욱

연세대학교 국어국문학 교수로 재직하다 퇴임하였고, 저서로는 《한국현대시선집》, 《시상과 목소리》, 《우리 시의 짜임과 역사적 인식》, 《삶의 투시로서의 문학》 등이 있다. 현재는 한국의 선비 정신과 불교 고승의 시가에 관심을 갖고 관련 저작을 탐독하고 있다.

사재동　　　　　　　　　　　　　　　　　　　　　　　　kjykjy64@hanmail.net

충남대학교 명예교수이며, 저서로는 《한국문학유통사의 연구》전2권, 《한국희곡문학사의 연구》전6권, 《한국서사문학사의 연구》전5권, 《불교계 국문소설 연구》, 《불교계 서사문학의 연구》 등이 있다. 불교 문학사와 공연예술학회 활동에 열심이다.

윤주필　　　　　　　　　　　　　　　　　　　　　　　　yjp88@hanmail.net

단국대학교 인문대 한국어문학부 교수이며, 저서로는 《한국의 방외인 문학》, 《틈새의 미학》 등이 있다. 최근에는 한국, 중국, 일본, 월남, 몽고 등을 아우르는 동아시아 우언, 동아시아 한문학을 연구하고 있다.

강영순　　　　　　　　　　　　　　　　　　　　　　　　pro903@hanmail.net

단국대학교 동양학연구소 연구교수이며, 논문으로는 〈조선 후기 여성지인담 연구〉, 〈동아시아 순환 오류형 형식담의 우언적 소통 비교연구〉 등이 있다. 동아시아의 우언, 판차탄트라의 동아시아 수용 등에 관심을 갖고 연구를 진행하고 있다.

이연숙　　　　　　　　　　　　　　　　　　　　　　　　ysl@hyomin.dongeui.ac.kr

동의대학교 국어국문학과 교수이며, 저서로는 《일본 고대 한인 작가 연구》, 《한일 고대문학비교연구》 등이 있다. 한국과 일본의 고대 문학과 비교 연구에 힘쓰고 있으며, 특히 고대시가집인 《만엽집》에 관심을 갖고 있다. 일본의 신화, 설화에 나타난 한일 문학 교류의 흔적을 연구하고 있다.

오출세　　　　　　　　　　　　　　　　　　　　　　　　ocs@mail.dongguk.ac.kr

동국대학교 경주캠퍼스 국어국문학과 교수이며, 저서로는 《한국서사문학과 통과의례》, 《불교민속학의 세계》 등이 있다. 유교, 도교, 불교를 통합하는 삼교합일(三敎合一) 사상을 연원적으로 파악하여 문학과의 상관성을 천착하고 있다.

오용원　　　　　　　　　　　　　　　　　　　　　　　　oyw6769@hanmail.net

아시아대학교 아시아문화연구소 연구교수이며, '누정문학'에 관심을 가지고, 현재 '영남지방 누정문학 연구'를 진행하고 있다. 저서로는 《농암 김창협의 사상과 문학 연구》, 역서로는 《농암잡지》 등이 있다.

오석윤　　　　　　　　　　　　　　　　　　　　　　　　sugyoono@hanmail.net

동국대학교 일본학연구소 전임연구원으로 있으며 논저와 역서로는 〈三好達治 詩 硏究〉, 〈풀베개〉, 〈조선청년 역도산〉, 〈2번째 키스〉 등이 있다. 한국과 일본의 근현대문학을 양국에 소개하는 작업에 관심을 갖고 있으며, 특히 일본 근·현대시인으로 한국을 노래한 시와 그들의 한국관, 한국인상에 관심을 기울이고 있다.

김수연　　　　　　　　　　　　　　　　　　　　　　　　hyup77@hanmail.net

동국대학교 대학원에서 박사과정을 수료하였다. 논문으로는 〈여성영웅소설의 서사형식과 사회적 의미〉, 〈이산해와 유배문학〉 등이 있으며, 19세기 후반에 이루진 한국 문학과 문화에 관심을 갖고 연구하고 있다.

김현룡

건국대학교 명예교수이며, 저서로는 《한국문헌설화》전9권, 《한국인이야기》전8권, 《소설 오성과 한음》전3권 등이 있다. 역대 문헌에 전하는 설화에 관심을 갖고 이야기를 모으고 체계화하는 작업에 힘쓰고 있다.

조은 chomomo@dongguk.edu

동국대학교 사회학과 교수로 재직중이며, 논문으로 〈도시빈민의 삶과 공간〉, 〈절반의 경험, 절반의 목소리〉 등과 소설 《침묵으로 지은 집》이 있다. 다양한 글쓰기실험을 하고 있으며, 한국의 가부장제 연구를 진행 중이다.

김월덕 woldkim@daum.net

전북대학교 전라문화연구소 전임연구원이며, 논문으로 〈전북지역 마을굿의 공연학적 연구〉, 〈위도 띠뱃굿의 변화 양상과 축제적 의미〉 등이 있다. 지역문화, 구비문학, 민속학, 공연예술 등에 관심을 갖고 연구 진행 중이다.

하성란 hahah79@hanmail.net

동국대학교 박사과정을 수료하고 강남대학교에서 강의하고 있으며, 논문으로는 〈조선후기 소설에 나타난 현식인식 - 화폐경제 인식을 중심으로〉 등이 있다. 경제사회사의 관점에서 바라보는 문학사와 한·중 비교연구에 관심이 많다.

김종진 kimjj37@hanmail.net

동덕여자대학교와 동국대학교 등에서 강의하고 있으며, 저서로는 《불교가사의 연행과 전승》이 있다. 한국의 고전시가를 전공하며, 최근에는 주로 가사, 게송, 창가 등을 중심으로 한국의 불교가요 전반에 대한 연구를 진행하고 있다.

한만수 hanms58@hanmail.net

동국대학교 국어국문학과 교수이며, 평론집 《삶 속의 문학, 독자 속의 비평》, 《삶 속의 비평》, 저서로 《태백산맥 문학기행》, 공역서로 《현대문학이론입문》 등이 있다. 최근에는 식민지시대 문학검열에 대한 논문을 발표하고 있다.

오대혁 songiya@hitel.net

광운대학교와 동국대학교에서 강의하고 있으며, 저서로는 《원효설화의 미학》과 논문으로는 〈김시습의 선불교적 현실주의와 금오신화〉 등이 있다. 설화에서부터 시작된 공부가 어느덧 불교계 고소설분야로 확대되어 왔다. 불교계 소설사를 체계적으로 서술하려 노력하고 있다.